mtb

Alle handelnden Personen in dieser Ausgabe sind frei erfunden.
Ähnlichkeiten mit lebenden oder verstorbenen Personen wären rein zufällig.

Der Preis dieses Bandes versteht sich einschließlich
der gesetzlichen Mehrwertsteuer.

Umwelthinweis:
Dieses Buch wurde auf chlor- und säurefreiem Papier gedruckt.

Maya Banks

Deep Desire: Brennende Versuchung

MIRA® TASCHENBUCH
Band 25861
1. Auflage: August 2015

MIRA® TASCHENBÜCHER
erscheinen in der HarperCollins Germany GmbH,
Valentinskamp 24, 20354 Hamburg
Geschäftsführer: Thomas Beckmann

Titel der nordamerikanischen Originalausgaben:

Konzeption/Reihengestaltung: fredebold&partner GmbH, Köln
Umschlaggestaltung: pecher und soiron, Köln
Redaktion: Mareike Müller
Titelabbildung: Thinkstock/Getty Images, München; pecher und soiron, Köln
Autorenfoto: © Ben Riley Johnson, Jr.; Harlequin Enterprises S.A., Schweiz
Satz: GGP Media GmbH, Pößneck
Druck und Bindearbeiten: CPI books GmbH, Leck – Germany
Printed in Germany
Dieses Buch wurde auf FSC®-zertifiziertem Papier gedruckt.
ISBN 978-3-95649-211-2

www.mira-taschenbuch.de

Maya Banks

Das Feuer der Unschuld

Roman

Aus dem Amerikanischen von
Andrea Greul

mtb

1. KAPITEL

Im Leben eines jeden Mannes kam irgendwann der Moment, in dem es ernst wurde. Devon Carter starrte auf den funkelnden Diamantring, der in einem Etui auf violetten Samt gebettet war, und wusste, für ihn war dieser Moment nun gekommen. Er klappte den Deckel des Etuis zu und schob es in die Brusttasche seines Jacketts.

Noch hatte er die Wahl: Entweder ehelichte er Ashley Copeland, um endlich seinen Lebenstraum zu verwirklichen und gemeinsam mit *Copeland Hotels* das weltweit exklusivste Hotelresort zu errichten. Oder er musste sich von diesem Traum verabschieden.

Was hieß hier Wahl? Natürlich würde er ihr die Frage aller Fragen stellen!

Der Portier des Manhattaner Apartmentgebäudes, in dem er lebte, hielt ihm lächelnd die Tür auf, und Devon trat auf die Straße, wo sein Chauffeur bereits auf ihn wartete.

Heute Abend erwartete ihn die Nacht der Nächte. Heute Abend würde sich sein hartnäckiges Liebeswerben – die unzähligen Dinner, die erst schüchternen, dann leidenschaftlicheren Küsse – endlich auszahlen. Heute Abend würde er zur Höchstform auflaufen und Ashley Copeland einen Heiratsantrag machen.

Das Ganze war so aberwitzig, dass er dafür nur ein Kopfschütteln übrighatte. Devons Meinung nach war William Copeland verrückt, ihm einfach seine Tochter aufzudrängen. Dabei hatte er wirklich alles versucht, um den alten Herrn davon zu überzeugen, dass die Sache mit der Heirat keine gute Idee war.

Ashley war zwar reizend, aber Devon dachte noch nicht an eine Ehe. Na gut, vielleicht würde er in ein paar Jahren seine Meinung ändern. Vielleicht wäre er dann glücklich und zufrieden mit einer reizenden Frau und reizenden Kindern an seiner Seite.

Doch der alte Copeland hatte ihm einfach einen Strich durch die Rechnung gemacht. Devon wurde das Gefühl nicht los, dass

William bereits in dem Moment, als die beiden Männer sich zum allerersten Mal begegnet waren, entschieden hatte, ihn zu seinem Schwiegersohn zu machen. Er hatte ihm ohne Umschweife mitgeteilt, Ashley habe kein Händchen fürs Geschäft, sei viel zu weichherzig und besäße nicht im Geringsten das Zeug dazu, ein Familienunternehmen zu leiten. Deshalb war William auch jedem Mann gegenüber misstrauisch, der Ashley schöne Augen machte. Denn er war sich sicher, dass diese Männer es lediglich auf sein Vermögen abgesehen hatten. Doch der alte Herr wollte sein Geschäft *und* Ashley in guten Händen wissen. Und aus für Devon absolut unerfindlichen Gründen vertraute William ihm und hatte für sich entschieden, dass Devon der richtige Mann war.

Die Heirat mit Ashley war ein fester Bestandteil des Vertrages, der die Fusion von Devons Unternehmen *Tricorp* und *Copeland Hotels* besiegelte.

Allerdings hatte Devon sich verpflichten müssen, Ashley kein Sterbenswörtchen von dem Deal zu sagen. Der alte Copeland hatte sie zwar eiskalt verschachert, wollte aber natürlich nicht, dass sie davon erfuhr. Das wiederum hieß für Devon, dass er sich ziemlich lange mit diesem Spielchen hatte aufhalten müssen. Der Gedanke daran, was er alles unternommen hatte, um Ashleys Herz zu gewinnen, behagte ihm ganz und gar nicht. Denn er war ein geradliniger und zielstrebiger Mann, dem dieses ganze Theater widerstrebte.

Seiner Meinung nach sollten *alle* Beteiligten wissen, worauf sie sich einließen, also auch Ashley. Das wäre fair und würde gar nicht erst zu falschen Hoffnungen, verletzten Gefühlen und Missverständnissen führen.

Bisher glaubte sie natürlich, hier ginge es um die große Liebe. Sie war eine warmherzige junge Frau, die ihre Zeit lieber in ihrem kleinen privaten Heim für herrenlose Tiere verbrachte als auf anstrengenden Vorstandssitzungen von *Copeland Hotels*.

Nicht auszudenken, was geschehen würde, sollte sie jemals die Wahrheit erfahren. Vermutlich würde sie explodieren. Was durchaus verständlich wäre, denn wenn jemand das Gleiche mit ihm machen würde, würde er garantiert in die Luft gehen.

„So ein alter Esel", murmelte Devon leise vor sich hin.

Sein Chauffeur brachte ihn zu einem imposanten Gebäude, das ausschließlich von der Copeland-Familie bewohnt wurde. William und seine Frau residierten im Penthouse im obersten Stockwerk, und Ashley lebte in einem kleinen Apartment in einer der unteren Etagen. Die anderen Stockwerke wurden von diversen Tanten, Onkeln, Cousins und Cousinen bevölkert.

Für Devon waren die Copelands ein absolutes Phänomen. Seit seinem achtzehnten Lebensjahr stand er auf eigenen Beinen und sorgte für sich selbst. Die einzige Erinnerung, die er an seine Eltern hatte, war ihre Ermahnung, er solle „sich zusammenreißen und es bloß nicht vermasseln".

William Copelands Liebe und Fürsorge seinen Kindern gegenüber befremdete Devon. Und dass William ihn wie einen Sohn behandelte, seit er der Heirat mit Ashley zugestimmt hatte, war ihm irgendwie unangenehm.

Als Devon aus dem Wagen stieg, sah er, wie Ashley freudestrahlend auf ihn zugerannt kam. Ihre Augen glänzten.

Was hatte das zu bedeuten?

Er ging auf sie zu und sah sie streng an.

„Ashley, du sollst doch im Haus bleiben. Ich wollte dich abholen, schon vergessen?"

Als Antwort schenkte sie ihm ein frisches, strahlendes Lachen. Ihr langes blondes Haar war offen und nicht wie sonst zu einem Pferdeschwanz gebunden. Sie nahm ihn bei den Händen und lächelte ihn fröhlich an.

„Ach Devon, was soll schon passieren? Direkt hinter mir steht Alex und bewacht mich mit Argusaugen."

Alex, der Portier, lächelte nachsichtig in Ashleys Richtung. Die meisten Menschen begegneten ihr mit diesem Lächeln: Es war geduldig, freundlich und leicht amüsiert. Aber fast jeder, der sie traf, war sofort von ihrem Charme und ihrer Lebhaftigkeit verzaubert.

Seufzend nahm Devon Ashleys Hände und legte sie sich an die Hüften. „Alex kann dich aber nicht ständig beschützen. Er hat auch noch andere Dinge zu erledigen."

Mit strahlenden Augen schlang sie ihm die Arme um den Hals und überrumpelte ihn mit einer spontanen Liebesbekundung.

„Dafür bist du doch da, Dummerchen. Wenn du in meiner Nähe bist, dann geschieht mir bestimmt nichts."

Bevor er etwas sagen konnte, drückte sie ihm einen Kuss auf den Mund. Himmel, diese Frau musste wirklich lernen, ihr Temperament zu zügeln.

Dennoch reagierte sein Körper auf das wilde Verlangen, das in dem Kuss lag. Sie schmeckte so süß und so verdammt unschuldig, dass er sich angesichts der geheimen Absprache mit William wie ein Mistkerl und Verräter fühlte.

Doch dann dachte er wieder daran, dass *Copeland Hotels* schon bald ihm gehören oder zumindest unter seiner Leitung stehen würde. Nicht mehr lange, und die ganze Welt würde auf ihn schauen. Gar nicht schlecht für einen Mann, dem sein halbes Leben lang eingeschärft worden war, er solle „es nicht vermasseln".

Behutsam löste er sich von Ashley und blickte sie mit milder Strenge an.

„Das hier ist nicht der richtige Ort, Ash. Lass uns losfahren. Carl wartet bereits auf uns."

Einen Moment lang sah Ashley enttäuscht drein, doch als sie Carl erspähte, lächelte sie wieder fröhlich.

Kopfschüttelnd sah Devon, wie sie seinen Chauffeur aufs Herzlichste begrüßte. Carl lächelte breit, sogar noch, als er Ashley in den Wagen half. Erst nachdem Devon eingestiegen war, nahm der Chauffeur wieder eine distanzierte Haltung an.

Auf dem Rücksitz schmiegte Ashley sich sofort an Devon.

„Wo werden wir heute zu Abend essen?", fragte sie.

„Lass dich überraschen."

Wie nicht anders zu erwarten, löcherte sie ihn neugierig und aufgeregt.

„Verrate es mir, bitte!", bat sie flehend.

Er lächelte. „Das wirst du dann sehen."

Als sie ihrer Empörung mit einem winzigen Laut Luft machte, wurde sein Grinsen breiter. Das Gute an Ashley war, es war unglaublich leicht, sie zufriedenzustellen. Er kannte nur Frauen, die schmollten und zickig wurden, wenn man ihre Erwartungen nicht erfüllte.

Ashley hingegen schien immer glücklich zu sein, egal womit er sie überraschte. Deshalb war er sich auch sicher, dass der Ring, den er für sie ausgesucht hatte, ihren Geschmack traf.

Sie drückte sich enger an ihn und legte ihm den Kopf an die Schulter. Ihre spontanen Zärtlichkeitsbekundungen irritierten ihn immer wieder aufs Neue. Den Umgang mit Menschen, die so … anhänglich waren, war er einfach nicht gewohnt.

William Copeland wünschte sich einen Mann für Ashley, der ihr Naturell verstand und akzeptierte. Warum er glaubte, ausgerechnet *er* sei dieser Mann, würde Devon wohl nie verstehen.

Wenn sie erst einmal verheiratet waren, würde er versuchen, sie zu etwas mehr Zurückhaltung zu bewegen. Sie konnte doch nicht ewig mit dem Herz auf der Zunge durchs Leben laufen. Irgendwann würde sie böse verletzt werden.

Einige Minuten später stoppte Carl den Wagen vor dem Gebäude, in dem Devon wohnte, und stieg aus, um ihnen die Tür zu öffnen. Nachdem Devon ebenfalls ausgestiegen war, reichte er Ashley die Hand.

Fragend blickte sie ihn an.

„Du wohnst hier."

Amüsiert verzog er den Mund. „Ganz genau. Na komm, das Dinner wartet."

Er führte sie durch die offenen Türen zum Aufzug und fuhr mit ihr in die oberste Etage. Als die Aufzugtür sich wieder öffnete, traten sie direkt in sein Wohnzimmer. Zu seiner Zufriedenheit war alles so arrangiert, wie er es sich gewünscht hatte.

Das Licht war gedimmt und zauberte eine romantische Atmosphäre, im Hintergrund lief leichte Jazzmusik, und der Tisch vorm Fenster, das einen Ausblick über die ganze Stadt bot, war für ein Candle-Light-Dinner gedeckt.

„Oh Devon, wie wunderbar!"

Wieder flog sie ihm spontan in die Arme und drückte ihn überschwänglich. Und wie jedes Mal, wenn sie ihn umarmte, fühlte es sich seltsam an.

Er befreite sich aus ihrer Umklammerung und führte sie zum Tisch. Dann rückte er ihr den Stuhl zurecht und füllte Wein in die Gläser.

„Das Essen ist ja sogar noch warm", rief sie verblüfft, nachdem sie ihren Teller berührt hatte. „Wie hast du das denn geschafft?"

Er lächelte. „Superkräfte?"

„Hm, der Gedanke, einen Mann mit Superkochkräften zu haben, gefällt mir."

„Als ich dich abgeholt habe, war ein Koch hier."

Ashley kräuselte ihre Nase. „Du bist furchtbar altmodisch, Dev. Das wäre überhaupt nicht notwendig gewesen. Ich hätte mir auch ein Taxi nehmen können."

Er blinzelte überrascht. Altmodisch? Man sagte ihm eine Menge nach, aber altmodisch?

„Ein Mann sollte die Wünsche seiner Frau kennen. Ich habe dich gerne abgeholt."

Im Schein der Kerzen erröteten ihre Wangen, ihre Augen glänzten.

„Bin ich das denn?"

„Was?"

„Deine Frau."

Da war es schon wieder, dieses sonderbare Gefühl. Eigentlich war er kein besonders eifersüchtiger Mann. Doch seit er sich entschieden hatte, sie zu heiraten, wurde ihm klar, dass er durchaus Besitzansprüche auf Ashley erhob.

„Ja", sagte er sanft. „Nach diesem Abend wirst du wissen, dass du endgültig zu mir gehörst."

Ein Prickeln schoss durch Ashleys Körper. Du liebe Güte, wie würde sie sich nach dieser Bemerkung bloß aufs Dinner konzentrieren können? Über den Tisch hinweg blickte Devon sie verlangend an. Wie eine Wildkatze, die ihre Beute fixierte. Zum Sprung bereit.

Seine wunderschönen bernsteinfarbenen Augen nahmen sie völlig gefangen. Im Sonnenlicht sahen sie aus wie flüssiges Gold, im Schein der Kerze wirkten sie wie die eines Berglöwen. Was für ein aufregendes Gefühl! Insgeheim sehnte sie sich danach, dass Devon endlich den nächsten Schritt tun würde, um ihre Beziehung zu vertiefen.

Gleichzeitig fürchtete sie sich aber auch davor. Denn wie sollte sie einem Mann gerecht werden, der es schaffte, eine Frau bloß durch einen Blick und eine Berührung willenlos zu machen?

Während ihrer Verabredungen war er stets ein perfekter Gentleman geblieben. Zuerst waren seine Küsse nur ganz zart gewesen. Aber mit der Zeit waren sie immer leidenschaftlicher geworden, und sie hatte eine Ahnung davon bekommen, welcher Mann sich hinter der Fassade aus Höflichkeit und gutem Benehmen möglicherweise versteckte.

Ashley war überzeugt, es war ein sinnlicher und … leidenschaftlicher Mann.

Bei dem Gedanken wurde sie wieder von einem lustvollen Schauer erfasst. Sie hätte zwar nicht sagen können, warum, aber sie vertraute Devon. Würde es heute Abend geschehen? Würden sie in dieser Nacht eins werden?

„Hast du keinen Hunger?“, unterbrach Devon ihre Gedanken.

Sie blickte auf ihren Teller und war sich nicht sicher, ob sie überhaupt einen Bissen herunterbekommen würde. Ihr Mund war trocken, und vor lauter Vorfreude zitterte sie am ganzen Körper.

Sie spießte eine Garnele auf die Gabel und führte sie langsam zum Mund.

„Du bist doch keine Vegetarierin, oder?“

Sie musste lachen, als sie sein Gesicht sah. Dass er überhaupt auf diesen Gedanken kam.

„Das hättest du mir doch gesagt, oder?“

Sie nahm einen Bissen und kaute genüsslich, während sie die Gabel wieder beiseitelegte. Dann legte sie die Hand auf seine.

„Natürlich hätte ich es dir gesagt. Eine Menge Leute denken, ich sei Vegetarierin, weil ich so viel Zeit in meinem Tierheim verbringe.“

Angesichts der Erleichterung, die sich auf seinem Gesicht abzeichnete, musste sie lachen.

„Ich mag Hühnchen und Meeresfrüchte. Auf rotes Fleisch und Gänsestopfleber bin ich allerdings nicht so wild.“

Sie schüttelte sich.

„Ich werde es mir merken und es von deinem Speiseplan streichen“, sagte er grinsend.

Sie lächelte ihn an. „Weißt du, Devon, du bist gar nicht so steif, wie alle denken.“

Erstaunt zog er eine seiner fein geschwungenen Augenbrauen hoch. „Steif? Wer sagt, ich sei steif?“

Schnell nahm sie noch einen Bissen.

„Niemand“, murmelte sie, während sie kaute. „Vergiss es einfach.“

„Hat dich jemand vor mir gewarnt?“

Sein angespannter Tonfall behagte ihr nicht.

„Meine Familie macht sich eben Sorgen um mich“, sagte sie. „Jeder von ihnen hat einen ausgeprägten Beschützerinstinkt“, fügte sie verlegen hinzu.

„Deine *Familie* hat dich vor mir gewarnt?“

Wieso überraschte ihn das? Glaubte er denn wirklich, dass sämtliche Familienmitglieder eine Beziehung zwischen ihnen guthießen?

„Na ja, nicht alle. Schon gar nicht Daddy. Er vertraut dir blind. Und Mom auch. Gibt er dir grünes Licht, tut sie es auch.“

Allmählich wirkte er wieder entspannter. „Aber wer dann?“

Sie zuckte die Schultern. „Mein Bruder will, dass ich vorsichtig bin. Allerdings hat er das bisher bei jedem Mann gesagt, mit dem ich ausgegangen bin.“

Erstaunt blickte er sie an, als er sein Weinglas hob. „Aha?"

„Ja, weißt du, für ihn bist du so etwas wie ein Schürzenjäger. Ein Spieler. Der mich nur ins Bett kriegen will."

Errötend senkte sie den Kopf. Wie konnte sie nur solchen Blödsinn reden? Wie peinlich!

„Ja, klingt wie ein typischer älterer Bruder", erwiderte Devon höflich. „In einem Punkt hat er sogar recht: Natürlich will ich dich in mein Bett kriegen. Nur ... wenn du erst einmal darin liegst, wirst du da nicht mehr so schnell rauskommen."

Mit den Lippen formte sie ein lautloses *Oh*.

Er lächelte. Es war ein lässiges, selbstbewusstes und sehr männliches Lächeln.

„Iss, Ashley. Wir ... widmen uns einander dann ... später."

Pflichtbewusst aß sie ihren Teller leer.

Was taten Frauen in solchen Situationen? Offensichtlich war er entschlossen, sie zu verführen. Würde sie cool bleiben? Sollte sie offensiv reagieren? Sich für ihn ausziehen?

Beinahe hätte sie losgekichert. Du liebe Güte, ihre Fantasie ging mit ihr durch!

Dann spürte sie plötzlich Hände auf ihren Schultern. Devon stand hinter ihr. Wie und wann war er bloß dahin gekommen?

„Entspann dich, Ash", sagte er sanft. „Komm her."

Mit zitternden Knien erhob sie sich. Er strich ihr mit einem Finger über die Wange hinauf zur Schläfe und wickelte spielerisch eine Haarsträhne darum.

Dann legte er ihr einen Arm um die Taille und die andere Hand in den Nacken. Dabei ging er alles andere als zurückhaltend vor. Der Kuss, der folgte, war wie Feuer, war pure Leidenschaft.

Es war so erregend und überwältigend, dass es Ashley fast um den Verstand brachte. Wie konnte ein einziger Kuss das bewirken?

Mit der Zunge streifte er ihr über die Lippen, erst zärtlich, dann entschlossener. Es war ein süßer Zwang, seiner Forderung nachzukommen und den Mund zu öffnen.

In Devons Umarmung schmolz Ashley dahin. Ihr Körper schien zu vibrieren, ihr Puls hämmerte wie verrückt. In sich spürte sie plötzlich überwältigendes Verlangen. Sie wollte diesen Mann. Manchmal hatte sie das Gefühl, ihr ganzes Leben lang nur auf ihn gewartet zu haben.

„Devon“, flüsterte sie.

Er sah sie an, ohne sie loszulassen.

„Ja, Liebes?“

Ihr Herz klopfte.

„Es gibt da etwas, was du wissen solltest.“

Fragend blickte er sie an.

„Du weißt, du kannst mir alles sagen.“

Ashley schluckte gegen den Kloß im Hals an. Nie hätte sie gedacht, dass es ihr so schwerfallen würde, ihm die Wahrheit zu sagen. Vielleicht sollte sie besser den Mund halten und es einfach geschehen lassen. Aber nein, dies war ein bedeutsamer Abend. Devon verdiente es, dass sie es ihm sagte.

„Ich … ich habe vorher noch nie mit einem Mann geschlafen. Du … bist der erste.“

Ein dunkler, fast animalischer Ausdruck trat in seine Augen. Einen Moment lang schwieg er. Dann presste er sie an sich und küsste sie leidenschaftlich.

Als er wieder von ihr abließ, sah er zufrieden aus. Zufrieden und wild.

„Ab heute wirst du zu mir gehören, Ashley. Und ich bin sehr froh darüber, dein erster Mann sein zu dürfen.“

„Ich auch“, flüsterte sie nervös.

Er beugte sich vor, küsste ihre Brauen und ließ die Lippen einen Moment lang auf ihrer Stirn ruhen.

Dann ließ er die Hände an ihren Schultern hinabgleiten und streichelte ihr sanft über die Arme. „Hab keine Angst. Ich werde sehr vorsichtig sein, Liebes, und ich werde dafür sorgen, dass du jeden Moment genießen kannst.“

Sie stellte sich auf die Zehenspitzen und umschlang seinen Nacken. „Liebe mich, Devon. Denn ich habe so lange auf dich gewartet.“

2. KAPITEL

Nachdem Devon Ashleys Brauen sanft geküsst hatte, nahm er sie auf den Arm und trug sie in das große Schlafzimmer.

Seufzend legte Ashley ihm den Kopf an die Brust. „Ich habe immer davon geträumt, dass ich, wenn der große Moment gekommen ist, auf Händen zum Bett getragen werde. Auch wenn das wahrscheinlich vollkommen dämlich klingt."

Leise lachte er auf. „Freut mich, dass ich dir jetzt schon eine deiner Fantasien erfüllen kann."

Sie wurde rot, gleichzeitig aber auch von einem erregenden Schwindel erfasst, als sie sich vorstellte, wie er sie langsam auszog. Das war Nummer zwei ihrer heimlichen Fantasien.

Nachdem so viele ihrer Mitschülerinnen in der Highschool und auf dem College berichtet hatten, wie bedeutungslos ihr erstes Mal gewesen war, hatte Ashley sich geschworen, dass ihre Erfahrung anders sein würde. Gut möglich, dass sie dadurch etwas wählerisch geworden war, doch sie hatte sich in den Kopf gesetzt, sich nur dem richtigen Mann im richtigen Moment hinzugeben. Und Devon Carter war schlichtweg perfekt. Fast schon zu perfekt.

Nachdem er sie sanft abgesetzt hatte, blickte Ashley sich nervös in dem riesigen Schlafzimmer um. Es war so groß, dass man Gefahr lief, darin zu verschwinden. Ganz zu schweigen von dem maßangefertigten, imposanten Bett. Wer brauchte so ein großes Bett? Es sei denn, er veranstaltete regelmäßig zügellose Orgien mit zehn Frauen gleichzeitig.

„Ich werde dich jetzt ausziehen, Liebes", sagte er mit rauer Stimme. „Ich werde es ganz langsam tun, und solltest du dich unwohl fühlen, dann sag es mir sofort. Wir haben die ganze Nacht vor uns. Kein Grund zur Eile also."

Er klang so zärtlich und war so geduldig, dass ihr Herz dahinschmolz. Gleichzeitig konnte sie es kaum abwarten, dass ihre Körper miteinander verschmolzen.

Gedulde dich gefälligst. Du verlierst nur ein Mal deine Unschuld!

Richtig, es würde noch unzählige Gelegenheiten zu heißem, zügellosem Sex geben. Aber sie würde nur diese eine Nacht haben, an die sie sich ihr Leben lang erinnern würde.

„Dreh dich um, damit ich dein Kleid öffnen kann."

Mit geschlossenen Augen tat sie, was er von ihr verlangte. Behutsam schob er ihr das Haar über die Schulter und zog den Reißverschluss auf. Sie spürte, wie der Stoff an ihr heruntergleitt, und hielt das Kleid schnell am Ausschnitt fest, bevor es tiefer rutschen konnte.

Devon strich ihr mit der Hand über die Schulter und küsste ihren Nacken. „Entspann dich."

Er hatte gut reden. Vermutlich hatte er das hier schon etliche Male getan. Dieser Gedanke verstimmte sie. Daher drängte sie die Frage, wie viele Bettpartnerinnen Devon bereits gehabt hatte, schnell beiseite.

Er drehte sie um und sah ihr in die Augen. Bei dem Lächeln, das er ihr schenkte, wurde sie ganz schwach. Behutsam löste er ihr die Hände, mit denen sie krampfhaft den Stoff festhielt. Das Kleid fiel auf den Boden, und sie stand schließlich nur noch im Slip vor ihm.

Ashley wurde knallrot. Warum hatte sie bloß nicht den trägerlosen BH angezogen? Allerdings fühlte sie sich auch ein bisschen verrucht, weil sie sonst nichts weiter trug.

Außerdem hatte sie ja gewusst, dass dies die Nacht der Nächte werden würde.

Besser gesagt: gehofft.

„Du bist so sexy", raunte Devon, während er den Blick über ihren Körper wandern ließ.

Gott sei Dank hatte sie sich für den Seidenslip und nicht für die weiße Baumwollunterwäsche entschieden, die sie manchmal trug, wenn es ihr nicht darauf ankam, sich sexy und attraktiv zu fühlen.

„Du bist so schön, Ash. So verdammt schön."

Allmählich wurde sie ruhiger und konzentrierte sich auf das verführerische Glitzern in seinen Augen. Diese bernsteinfarbenen Augen, in deren Tiefen Lust und Verlangen schimmerten.

Er zog sie an sich und küsste sie. Erst heiß und fordernd. Dann wieder zart. Als müsse er sich zwingen, nicht über sie herzufallen.

Dabei wollte sie ja, dass er über sie herfiel.

Sie mochte noch Jungfrau sein, doch das hieß nicht, dass ihr Lust, Erregung und Verlangen fremd waren. Und ihr Verlangen nach Devon grenzte fast schon an Verzweiflung.

In der Vergangenheit hatte es ihr durchaus nicht an Verehrern gemangelt. Bei dem einen oder anderen hatte sie sogar überlegt, mit ihm den letzten entscheidenden Schritt zu gehen, sich letztlich aber dagegen entschieden, weil sie sich nicht sicher genug gewesen war.

Nicht so bei Devon. Als er sich ihr mit dieser rauen und unglaublich verführerischen Stimme vorgestellt hatte, war es bereits um sie geschehen gewesen. Die letzten Wochen hatte sie nur diesem einen Moment entgegengefiebert. Jetzt, wo er gekommen war, zitterte Ashley erwartungsvoll am ganzen Körper.

Als Devon sich von ihr löste, sah sie ihn mit verklärtem Blick an. Dann strich er ihr über die Wange und küsste sie wieder. Und wieder.

Er ließ die Zunge zwischen ihre Lippen gleiten und liebkoste sie. Gierig nahm Ashley seinen köstlichen Geschmack auf, und ihr Hunger nach ihm wuchs.

„Du machst mich ganz verrückt", keuchte er leise.

Sie lächelte. Die Wirkung, die sie auf diesen unglaublichen, sinnlichen Mann ausübte, erfüllte sie plötzlich mit Genugtuung und weiblichem Selbstbewusstsein.

Mit den Lippen strich er über ihre Wangen und zog eine Spur aus Küssen bis zu ihrem Hals hinab, den er mit sanftem Knabbern verwöhnte.

Köstliche Schauer rannen ihr über den Rücken, als er ihr erst die Arme, dann die Ellbogen langsam küsste.

Als er vor ihr auf die Knie ging, war sein Mund nur noch Millimeter von ihren Brustspitzen entfernt. Leise keuchte sie auf, denn sie sehnte sich verzweifelt danach, von ihm dort berührt zu werden. Mit den Lippen, der Zunge … ganz egal womit. Nur sollte er es tun, denn sonst würde sie bestimmt verrückt werden.

Doch stattdessen liebkoste er die Stelle über dem Bauchnabel. Ashley schnappte nach Luft, als er sich langsam wieder aufrichtete und seinen Weg nach oben fortsetzte, bis er zu der Stelle kam, wo ihr Herz wie wild schlug.

Ein Lächeln breitete sich auf seinem Gesicht aus.

„Dein Herz rast“, raunte er.

Ashley entgegnete nichts. Ihr Herz raste nicht, es war kurz davor zu *explodieren*.

Nun konnte sie nicht mehr länger stillhalten und schob die Finger in sein kurzes hellbraunes Haar.

Er schaute ihr in die Augen. „Hast du Angst?“

„Und wie“, gab sie zu.

Sanft umarmte er sie und zog sie an sich. Es fühlte sich merkwürdig an, seine Kleider auf ihrer nackten Haut zu spüren.

„Ich hätte wahrscheinlich weniger Angst, wenn du dich auch ausziehen würdest.“

Er blinzelte überrascht und warf lachend den Kopf in den Nacken. Dann richtete er sich auf und war plötzlich wieder viel größer als sie. „Es ist mir ein Vergnügen, dir deine Wünsche zu erfüllen. Sogar *mehr* als das.“

Sie leckte sich über die trockenen Lippen, als er einen Schritt zurücktrat und begann, sich das Hemd aufzuknöpfen. Dann zog er den Saum aus der Hose, legte die Manschettenknöpfe ab und zog das Hemd aus.

Sie geriet buchstäblich ins Wanken, denn du lieber Himmel, war dieser Mann atemberaubend! Schlank und durchtrainiert, aber nicht zu kräftig. Seine Muskeln waren wohldefiniert, ohne dass er wie ein Bodybuilder aussah.

Auf der Brust hatte er hellbraune Haare, die zu einem feinen Streifen zusammenliefen, der unter dem Rand seiner Boxershorts verschwand.

Sie wollte ihn berühren. Musste es tun. Ashley ballte eine Hand zur Faust und dachte fieberhaft nach. Es gab keine Regeln für die richtige Verführung, oder? Sie durfte ihn anfassen. Niemand schrieb ihr vor, wie erstarrt stehen zu bleiben, während er die ganze Arbeit übernahm. Natürlich war es sinnvoll, Dinge langsam anzugehen, aber ihr Verlangen war viel zu groß, um einfach nur untätig herumzustehen, während sie gerade verführt wurde. Sie wollte auch aktiv werden.

Devon war gerade dabei, sich die Hose auszuziehen, als sie ihm kurzerhand mit den Händen über Brust und Schulter strich. Er hielt inne und schloss die Augen.

Seine Reaktion faszinierte sie. Genoss er ihre Berührungen genauso sehr wie sie seine? Mit einem Mal fühlte sie sich stark und unglaublich weiblich.

Sie trat näher an ihn heran, um seine Haut zu spüren. Leise aufstöhnend presste sie die Brüste gegen seinen Oberkörper. Die Berührung fühlte sich an wie ein Stromschlag, der durch sie hindurchging. Sie wollte mehr, so viel mehr.

„Was tust du da?“, keuchte er heiser.

„Ich amüsiere mich.“

Er musste lächeln und hielt weiter inne, während er immer noch den Hosenbund festhielt. Mit den Handinnenflächen streifte sie ihm langsam über die Brust, um jede Wölbung, jeden Muskel zu erforschen. Es war wunderbar, seinen athletischen Körper auf ihrer weichen Haut zu spüren.

„Zieh sie aus“, flüsterte sie, als sie mit den Händen dorthin fuhr, wo seine verharrten.

„Oh, von der Jungfrau zur Verführerin?“

Als sie errötete, lächelte er und umfasste ihr Gesicht. Dann küsste er sie leidenschaftlich. „Zieh du sie mir aus“, raunte er an ihrem Mund.

Plötzlich wurde sie nervös, als sie unbeholfen begann, ihm die Hose zu öffnen. Doch er war geduldig, streichelte ihr übers

Gesicht und sah ihr tief in die Augen, während der Stoff an den Beinen hinabglitt und er sich davon befreite.

Sie schluckte, als sie einen Blick auf seine Boxershorts warf und seine Erregung sah. Er trug einfache weiße Baumwollshorts. Irgendwie hatte sie sich etwas anderes vorgestellt, etwas, das mehr … sie wusste es auch nicht. Bei einem so geschmackvoll gekleideten Mann hatte sie einfach keine weiße Unterwäsche vermutet. Aber vielleicht war das auch ein Zeichen dafür, dass er ein unkomplizierter Kerl war. So wie seine Kleidung: exklusiv, aber unauffällig.

Devon Carter war zwar anzusehen, dass er es zu was gebracht hatte. Allerdings vermittelte er nicht den Eindruck, ein eitler Pfau zu sein. Er war wohlhabend, aber nicht neureich. Obwohl er die Rolle des souveränen Geschäftsmanns bestens beherrschte. Sie hatte ihn schon in teuren Designeranzügen gesehen, die er mit größter Souveränität trug. Doch die meiste Zeit hatte sie privat mit ihm verbracht, wenn seine Anspannung, in der Öffentlichkeit zu stehen, verschwunden war. Wenn er seine offizielle Rolle übernahm, dann bekam man das Gefühl, nichts würde zu ihm durchdringen. Deshalb entzückte sie der Gedanke, dass er ihr Vertrauen schenkte und ihr seine persönlichste Seite zeigte.

„Berühr mich“, befahl er ihr mit dieser vor Erregung heiseren Stimme, die sie dahinschmelzen ließ.

Zaghaft glitt sie mit einer Hand unter den Rand der Shorts, bis sie ihn spürte, glatt, heiß und hart. Als Devon die Augen schloss, wurde sie kühner, umfasste ihn mit den Fingern und begann, ihn zu verwöhnen.

Ungeduldig entledigte er sich der Shorts. Nun war er völlig nackt und ihren Händen, mit denen sie ihn liebkoste, ausgeliefert.

Sanft umfasste er ihre Handgelenke und legte sich ihre Hände mit den Innenflächen auf die Brust. Er sah Ashley in die Augen und strich ihr zärtlich mit den Daumen über die Handrücken.

„Eigentlich sollte ich dich verführen, Liebes, doch jetzt ist es umgekehrt. Jede deiner Berührungen macht mich völlig willenlos."

Ashley errötete vor Freude und spürte, wie ihre Haut unter seinem Blick ganz warm wurde.

Er küsste sie wieder und presste sie an sich, während er sie vorsichtig zum Bett führte. Als ihre Beine die üppige Daunendecke streiften, blieb er stehen.

Er legte Ashley behutsam auf das große Bett und blieb über ihr.

Mit ernstem Blick strich er ihr zärtlich die Haare aus dem Gesicht. „Wenn du spürst, dass dir etwas nicht gefällt oder du Angst bekommst, dann sage es mir bitte, und ich werde sofort aufhören."

„Oh", brachte sie hervor. Es war alles, was sie sagen konnte, denn ihr Hals war wie zugeschnürt.

Als sie ihn an den Schultern berührte und an sich zog, um ihn zu küssen, fühlte sie sich unbeholfen und unerfahren, doch das schien ihn nicht zu kümmern. Sie wünschte sich, mehr Raffinesse und Erfahrung an den Tag legen zu können. Gleichzeitig war sie unendlich glücklich darüber, auf diesen Moment, auf Devon, gewartet zu haben!

„Ich liebe dich", flüsterte sie ihm ins Ohr, ohne über ihre Worte nachzudenken.

Als er daraufhin innehielt, überfiel sie plötzlich Panik, alles verdorben zu haben.

„Devon?"

Ihre Stimme klang gebrochen, ihre Lippen zitterten, und sie schämte sich.

Anstatt ihr zu antworten, überwältigte er sie mit einer einzigen kraftvollen Bewegung. Er presste ihr den Mund auf die Lippen und küsste sie. Leidenschaftlich, fordernd und wild.

Ihr Körper erwachte zu neuem Leben, sie drückte sich an ihn und schlang ihm die Arme um den Nacken, während er sie immer enger an sich zog. Ihre Körper schienen miteinander zu verschmelzen, und an ihren Schenkeln konnte sie seine heiße Erregung spüren.

Er bewegte die Hüfte und konnte sein Verlangen, in ihr zu sein, kaum noch zurückhalten. Sie schnappte nach Luft, ebenso erregt wie ängstlich.

Er schien sie überall gleichzeitig mit Händen und Lippen zu verwöhnen. Es war ein magisches Wechselspiel zwischen zärtlichen Liebkosungen und fordernden Berührungen. Er glitt ihren Körper hinab, bis er mit dem Mund eine Brustspitze umschloss und mit der Zunge umkreiste.

Überwältigt von dieser Berührung stieß Ashley einen leisen Schrei aus. Lust strömte durch ihre Adern, sie packte ihn mit aller Kraft an den Schultern und hielt sich an ihm fest.

Doch er wollte noch mehr von ihr, sein Streicheln wurde fordernder.

Vor Ashleys Augen schien die Umgebung zu verschwimmen. Sie hatte das Gefühl, im Himmel zu sein, zu schweben. Es war überwältigend.

Dann strich er ihr mit der Hand über den Bauch weiter nach unten und erreichte ihre sensibelste Stelle.

Als er sie zärtlich erkundete, ihre Hitze spürte, ihre Lust anfachte, hielt Ashley den Atem an. Es war, als würde er ihren Körper besser kennen als sie selbst, als wüsste er genau, wie – und wo – er sie berühren musste, um sie in höchste Höhen zu treiben.

Die Spannung war kaum mehr auszuhalten. Ashleys Muskeln zuckten, Wellen der Lust schossen durch ihren Bauch, durch ihren Schoß … Natürlich wusste sie, was ein Orgasmus war, aber auf dieses intensive Gefühl, diese geheime Kraft war sie nicht vorbereitet gewesen. Noch nie hatte sie so etwas empfunden. Es war erregend und Furcht einflößend zugleich.

Devon hörte auf, sie zu verwöhnen, und spreizte ihr sanft die Beine. Zärtlich streichelte er über die Innenseiten der Oberschenkel und legte sich zwischen ihre Beine.

Als er mit den Lippen von ihren Brüsten abließ, stöhnte sie

protestierend. Noch einmal strich er ihr mit dem Mund über die Lippen und sprach leise zu ihr.

„Halt mich fest, Liebes, berühr mich. Ich werde jetzt gleich in dir sein. Hab keine Angst, ich werde ganz vorsichtig sein."

Sie zitterte am ganzen Körper. Aber nicht vor Angst. Sie war so kurz vor einem weiteren Höhepunkt, dass sie befürchtete, genau in dem Moment zu kommen, in dem er in sie eindrang. Dabei wollte sie ihre Vereinigung so lange wie möglich ausdehnen. Und jede Sekunde davon genießen.

„Warte", keuchte sie.

Er hielt inne, nur einen Hauch von dem entscheidenden Moment entfernt. Anspannung lag auf seinem Gesicht, doch er beherrschte sich.

„Alles in Ordnung? Habe ich dir Angst gemacht?", fragte er.

Sie schüttelte den Kopf. „Nein, nein. Ich bin nur so kurz davor ... ich brauche eine Sekunde, um durchzuatmen."

Er grinste, seine Augen schimmerten triumphierend. „Sag mir, wann du bereit bist."

Sie strich ihm über die Schultern und den muskulösen Rücken. Als sich ihre Blicke trafen, versank sie im Anblick seiner bernsteinfarbenen Augen.

„Bereit."

Er schluckte. Dann schloss er die Augen, hob die Hüfte und drang langsam, Zentimeter für Zentimeter, in sie ein.

Ihre Augen weiteten sich, überrascht schnappte sie nach Luft. Eine Welle verschiedenster widersprüchlicher Empfindungen erfasste sie.

Dann war er ganz in ihr, sie umschloss ihn, und er füllte sie aus. Sie wusste nicht, was stärker war: der Schmerz ... oder das heiße Verlangen.

Sie wusste nur, sie wollte – brauchte – mehr.

Sie seufzte und stöhnte leise, bewegte sich, bäumte sich auf. Nicht, um zu protestieren. Sie wollte ... ihn. Wollte alles von ihm.

„Langsam", flüsterte er ihr zu.

Er küsste sie und begann, sich langsam und rhythmisch zu bewegen. Sanft. Er war so unglaublich zärtlich und rücksichtsvoll.

Dann hielt er inne, beugte sich vor und legte die Unterarme neben ihren Kopf. „Alles okay?"

Sie lächelte. „Mehr als nur okay."

„Du bist wunderschön, Ash. So vollkommen und unschuldig. Und du bist mein."

Die *Seine*. Als er aufstöhnte, strömte eine neue Welle der Leidenschaft durch ihren Körper.

„Ja, ich bin dein", flüsterte sie.

„Sag mir, wie weit du bist. Ich will, dass wir gemeinsam kommen. Ich kann mich nicht mehr lange beherrschen."

„Dann lass dich gehen." Ihre Stimme zitterte. Sie war kaum noch in der Lage, einen klaren Gedanken zu fassen. Ihr Körper war angespannt, ihre Sinne verklärt, und sie war kurz davor, die Kontrolle zu verlieren. Es fehlte nur noch eine Berührung. Eine einzige Berührung …

Er schloss sie fest in die Arme und gab mit seinen Bewegungen den Rhythmus vor, bis sie sich zu verlieren schien.

Sie rief seinen Namen und nahm die Dinge, die er ihr ins Ohr flüsterte, kaum wahr. Schöne und beruhigende Dinge. Sie schien in einen Strudel der Lust hineingezogen zu werden. Dann schloss sie die Augen.

Es war wirklich die wunderbarste, spektakulärste und schönste Empfindung, die sie sich vorstellen konnte.

Als sie sich wieder etwas erholt hatte, fand sie sich sicher in Devons Armen und spürte, wie er sie zärtlich auf den Hals küsste. Warum auch immer, sie lag auf ihm. Ihr Haar hatte er auf der Seite beiseitegeschoben, die er bis zur Schulter hinunter und wieder hinauf ausgiebig mit Küssen bedeckte.

Ashley hob den Kopf und sah ihn an, immer noch ein bisschen verwirrt. „Wieso liege ich hier oben?"

Lächelnd strich er ihr mit den Händen über den nackten Körper. „Ich mag es, wenn du auf mir liegst. Daran könnte ich mich wirklich gewöhnen."

„Oh."

Erstaunt zog er eine Braue nach oben. „Sprachlos? Du?"

Sie blickte ihn gespielt beleidigt an, war aber zu durcheinander, um zu kontern. Na gut, sie war sprachlos.

Verschmitzt lächelnd zog er sie neben sich auf die Matratze. Erschöpft und seufzend schmiegte sie sich an ihn und streichelte verträumt über seinen Rücken.

„Habe ich dir wehgetan?" Angesichts seines Mitgefühls musste sie lächeln. „Nein. Es war wunderbar, Dev. Durch dich ist mein erstes Mal ganz besonders schön gewesen", sagte sie ruhig. „Es war großartig. Du warst großartig."

Er gab ihr einen Kuss auf die Stirn. „Das freut mich." Sie gähnte verstohlen und kuschelte sich eng an ihn.

„Schlaf jetzt", murmelte er. „Ich möchte, dass du heute Nacht hierbleibst."

Sie spürte, wie ihr die Lider immer schwerer wurden und sie kurz davor war einzuschlafen. „Das möchte ich auch", murmelte sie.

Mit der Hand strich er ihr noch einmal über den Körper. „Das ist gut, Ash. Denn von nun an gehörst du zu mir."

3. KAPITEL

Als Devon erwachte, machte er eine für ihn äußerst ungewöhnliche Erfahrung: Eine schlafende Frau schmiegte oder besser klammerte sich an ihn.

Ashley lag so dicht bei ihm, dass ihre Brüste an seinen Oberkörper gepresst wurden; einen Arm hatte sie um seine Hüfte geschlungen und ihm das Gesicht in die Halsbeuge gedrückt.

Es fühlte sich ... gut an.

So lag er eine Weile da und betrachtete sie im Schlaf. Sie war von einer bezaubernden, unverfälschten Schönheit, die durch ihre Lebendigkeit unterstrichen wurde. Jeder Raum, den sie betrat, erstrahlte, und es war nicht schwer, sie in einer Menge auszumachen. Sie war so unglaublich ... natürlich. Manchmal vielleicht etwas zu quirlig, aber mit der Zeit und dem richtigen Mann an ihrer Seite würde sie eine hervorragende Ehefrau und Mutter abgeben.

Mit den Fingerspitzen strich er ihr sanft über den Arm. Ihre Haut war sehr hell. Ganz bestimmt gehörte sie nicht zu den Sonnenanbeterinnen oder ging regelmäßig ins Solarium. Vielleicht war es das, was er am meisten an ihr mochte. Dass sie immer natürlich und niemals aufgedonnert aussah, trotz des dezenten Make-ups, das sie manchmal trug, wenn sie ausgingen.

Devon hoffte inständig, dass sie nicht in den Plan ihres Vaters eingeweiht war und kein Spiel mit ihm spielte. Obwohl es ihm eigentlich lieber gewesen wäre, wenn auch sie davon gewusst hätte.

Er musste zugeben, ihm gefiel, dass sie eine Schwäche für ihn hatte. Sie hatte sogar von Liebe gesprochen.

Einerseits machte das die Sache komplizierter, anderseits schmeichelte es seinem männlichen Ego.

Während die bevorstehende Hochzeit für ihn ein notwendiges Übel war, um einen Karrieresprung zu machen, bereitete ihm der Gedanke, dass sie romantische Gefühle hatte, erheblich größere Probleme.

Doch auch wenn es aus ihm einen elenden Heuchler machte, war er erleichtert darüber, dass sie ihn mochte und, ja, sogar liebte.

Denn je früher er die Hochzeit publik machen konnte, desto besser. Noch wusste Ashley allerdings nicht, dass sie bald Mrs Devon Carter werden würde.

Vorsichtig versuchte er, sich aus ihrer Umklammerung zu lösen, obwohl das eigentlich gar nicht nötig war, denn sie schlief offenbar so fest wie ein Baby. Sie kräuselte nur die Nase und murmelte etwas unverständlich vor sich hin, während sie sich umdrehte.

Er zog seinen Morgenmantel an und warf noch einmal einen Blick auf sie. Einen Moment lang genoss er das Bild, wie die helle Morgensonne, die durchs Fenster fiel, sie erstrahlen ließ.

Ihr zerzaustes Haar war übers Kissen ausgebreitet, ein Arm lag über ihren Brüsten. Nur der Ansatz einer Brustspitze war zu sehen. Die Bettdecke bedeckte gerade einmal ihren Po, gab den Blick aber frei auf das Grübchen im unteren Rücken.

Sie war wirklich schön.

Er griff in die Innentasche seines Sakkos, holte das kleine Etui hervor und legte es auf den Nachttisch. Wenn Ashley erwachte, würde der nächste Akt seines wohlüberlegten Plans beginnen.

Ashley rekelte sich schlaftrunken und blinzelte in die Sonne. Einen Moment schloss sie wieder die Augen und genoss die Behaglichkeit des großen Betts. Devons Betts.

Sie seufzte zufrieden. Dieses erste Mal gehörte definitiv zu den Top Ten aller ersten Male! Was für eine wunderbare Nacht: ein romantisches Dinner und Devon, der ihr tief in die Augen geblickt und gesagt hatte, sie gehöre ihm. Oh ja, es war vollkommen gewesen!

Als sie bemerkte, dass sie allein im Bett lag, stutzte sie und blickte sich um. Sie erspähte Devon an der Tür zum Badezimmer, wo er einfach nur lässig dastand und sie ansah.

Er trug einen Morgenmantel, der so locker zusammengebunden war, dass sie seine nackte Brust sehen konnte. Es war ein erregender Anblick, der ihr ein süßes Prickeln bescherte.

Dann entdeckte sie etwas auf dem Kissen neben ihr. Als sie genauer hinsah, erkannte sie, dass es eine Rose war. Doch ihre Aufmerksamkeit galt der Karte und dem atemberaubend schönen Diamantring in dem Etui auf dem Nachttisch.

Sprachlos und überwältigt starrte sie auf das Arrangement. Sie stützte sich auf einen Ellbogen und griff nach dem Ring. Dabei zitterten ihre Hände so sehr, dass sie fast das Etui fallen gelassen hätte.

Sie blickte auf die Karte und traute ihren Augen nicht, als sie las, was darauf stand.

„*Willst du mich heiraten?*"

„Oh Gott", brachte sie mühsam hervor.

Sie blickte erst auf den Ring, dann auf die Karte und schließlich zu Devon hinüber, als befürchte sie, alles fände nur in ihrer Einbildung statt.

Doch er stand immer noch da, mit einem unwiderstehlichen Lächeln auf den Lippen.

„Wirklich?", flüsterte sie.

Er nickte, und sein Lächeln wurde breiter. „Wirklich."

Sie flog förmlich aus dem Bett auf ihn zu in seine Arme.

Lachend trat er einen Schritt zurück, als sie ihn mit Küssen übersäte: sein Gesicht, seine Brauen, seine Lippen, seine Wangen. „Ja, oh ja! Oh mein Gott, Devon. Ja!"

Er hielt sie fest, damit sie vor lauter Aufregung nicht ausrutschte und hinfiel. Dann hob er sie hoch, bis sie auf Augenhöhe waren. „Du weißt, es ist üblich, den Ring anzustecken."

Sie blickte erst auf ihre Hand, dann hinter sich aufs Bett. „Oh Gott, wo ist er?"

Kopfschüttelnd trug er sie zum Bett hinüber, setzte sie behutsam ab und griff hinter sie.

Dann nahm er ihre rechte Hand und streifte ihr den Diamantreif über den Ringfinger. Sie schluckte, als ein Sonnenstrahl auf den Stein traf und ihn funkeln ließ.

„Oh Dev, er ist wundervoll“, sagte sie atemlos.

Sie schlang ihm die Arme um den Hals und drückte ihn fest an sich. „Ich liebe dich so sehr. Ich kann es immer noch nicht glauben.“

Behutsam löste er ihre Arme und legte sie ihr auf den Schoß. Dann blickte er ihr in die Augen. „Ich will aber keine lange Verlobungszeit.“

Sie strahlte ihn an. „Ich auch nicht.“

„Um ehrlich zu sein, würde ich am liebsten sofort heiraten“, fügte er hinzu, ohne den Blick von ihr abzuwenden.

Stirnrunzelnd biss sie sich auf die Unterlippe. „Ich weiß nicht, wie meine Familie das sieht. Mom will sicherlich eine riesige Hochzeitsparty organisieren. Immerhin bin ich ihre einzige Tochter. Sie würde vermutlich sehr verletzt sein, wenn wir auf die Hochzeitsfeier verzichten.“

Er strich ihr über die Wange. „Überlass deine Familie mir. Ich garantiere dir, sie werden auf unserer Seite sein. Du und ich werden eine wunderbare Hochzeitsfeier haben – mit der deine Mutter mehr als nur einverstanden sein wird.“

Ashley war so aufgeregt, dass sie kaum still sitzen konnte. „Ich kann es gar nicht erwarten, es jedem zu erzählen! Ist das nicht unglaublich? Alle werden völlig aus dem Häuschen sein. Ich weiß, dass Daddy sich immer einen Mann für mich gewünscht hat. Er hat immer schon gesagt, ich sei zu unstet, aber na ja, ich bin ja auch noch jung.“

Lächelnd beugte er sich vor und gab ihr einen Kuss auf die Augenbraue. „Wie wär's, du nimmst ein Bad, um dich von den Anstrengungen der letzten Nacht zu erholen, und dann frühstücken wir gemeinsam?“

Sie wurde rot. Glühend rot. Dann nickte sie, begierig darauf, die gemeinsame Zukunft zu besprechen.

Mrs Devon Carter. Das klang großartig. Und dann erst dieser Ring … Sie sah auf ihre Hand und war völlig hingerissen.

„Gefällt er dir?", fragte Devon grinsend.

Sie schaute ihn an und wurde ernst. „Ich liebe ihn, Dev. Er ist einfach unglaublich. Dabei musst du mir doch gar nicht so einen teuren Ring schenken. Jeder andere wäre genauso schön gewesen."

Er lächelte. „Ich weiß. Aber es sollte keiner wie jeder andere sein."

Ihr Herz hüpfte vor Freude. „Danke. Er ist perfekt."

Er gab ihr einen langen Kuss. Als er sich von ihr löste, sah er sie aus halb geschlossenen Augen an, die vor Verlangen glühten.

„Du solltest lieber schnell in die Wanne springen, bevor ich es mir mit dem Frühstück überlege und über dich herfalle. Also heb deinen süßen Hintern aus dem Bett und geh ins Bad."

Sie seufzte. „Okay, okay. Ich gehe ja schon."

Sie stand auf und ging in Richtung Badezimmer. Im Türrahmen blieb sie noch einmal stehen und drehte sich zu ihm um.

„Dev, wie hast du das eigentlich gemeint, als du gestern gesagt hast, ich würde von nun an jeden Abend hier schlafen?"

Er zog den Gürtel des Bademantels enger und sah sie ernst an.

„Ich möchte, dass du so schnell wie möglich bei mir einziehst. Ich werde alle Vorkehrungen für den Umzug treffen. Denn von nun an gehörst du zu mir, Ash. Von nun an wirst du jede Nacht mit mir in meinem Bett verbringen."

4. KAPITEL

„Na, dann hast du's ja geschafft", sagte Cameron Hollingsworth und sah zur gegenüberliegenden Seite des Saals, wo Ashley mit ein paar Frauen ins Gespräch vertieft war.

Devon zwang sich, einen Schluck Wein zu nehmen, weil er hoffte, durch den Alkohol etwas ruhiger zu werden.

Nur noch wenige Minuten, dann würde er höchstpersönlich ihre Verlobung verkünden.

„Und, kalte Füße?", fragte Cameron trocken. „Seit ich hier bin, hast du kaum mehr als zwei Worte gesagt."

Devon verzog das Gesicht. „Nein, alles in Ordnung. Copeland muss nur noch den Vertrag unterschreiben. Nach der ganzen Sache hier wird er mir die restlichen Dokumente zufaxen, und dann ist es nur noch eine Frage der Zeit, bis wir fusionieren. Nach den Flitterwochen würde ich mich gerne sofort mit dir, Ryan und Rafe treffen, um alles zu besprechen."

Cameron sah ihn erstaunt an. „Flitterwochen? Ist das dein Ernst?"

„Nur weil die Heirat eine Bedingung des Vertrags ist, heißt das nicht, dass Ashley auf die Hochzeitsreise verzichten muss", murmelte Devon.

Cameron zuckte die Schultern. „Gute Idee. Halt sie bei Laune. Ist sie glücklich, ist Daddy es auch."

Devon blickte finster drein. „Hör zu. Sie hat keinen blassen Schimmer, was ihr Vater getan hat. Sie glaubt, aus einem romantischen Stelldichein sei die große Liebe geworden. Wenn ich nicht mit ihr in die Flitterwochen fahre, würde das merkwürdig aussehen."

Cameron stöhnte auf. „Das geht doch niemals gut. Merk dir meine Worte, mein Freund. Du steckst in der Klemme."

„Danke für deine überaus positive Unterstützung."

Abwehrend hielt Cameron die Hände hoch. „Ich versuche bloß, dich zu warnen. Du solltest ihr die Wahrheit sagen. Keine Frau mag es, hinters Licht geführt zu werden."

„Damit sie mich gleich zum Teufel schickt?“, fragte Devon. „Dieser Deal ist für uns *alle* sehr wichtig“, fuhr er fort. „Ich reiße mich nicht um die Ehe, aber immerhin ist Ash ein süßes Mädchen. Sie wird eine gute Ehefrau und Mutter abgeben. Und jeder kriegt, was er will. Du, ich, Ryan und Rafe. Ashley, ihr Vater. Alle sind glücklich.“

„Wie du meinst, Mann. Du weißt, ich steh hinter dir. Aber denk daran: Du musst sie nicht heiraten, um dein Ziel zu erreichen. Wir finden notfalls ein anderes Unternehmen, mit dem wir uns zusammentun können. Keiner von uns verlangt von dir, dass du irgendwelche Opfer bringst. Unsere Kumpel Rafe und Ryan sind überglücklich, weil beide die Frau ihres Lebens gefunden haben. Und es gibt keinen Grund, warum du nicht auch so glücklich werden solltest.“

Devon machte ein abfälliges Geräusch. „Keine Sorge, Cam. In meinem Leben gibt es keine große Liebe, keine andere Frau und keine, die ich lieber heiraten würde. Ich bin sehr zufrieden mit Ash.“

Cameron sah auf die Uhr. „Die dir zugewiesene Braut sieht übrigens in deine Richtung. Ich schätze, dein großer Moment ist gekommen.“

Devon blickte zu Ash hinüber, die von Freunden und Familienangehörigen umringt war. Freudestrahlend gab sie ihm den Wink, zu ihr zu kommen.

Er reichte Cameron sein Weinglas und bahnte sich einen Weg durch die Gästeschar hindurch zu Ashley.

An diesem Abend strahlte sie wie keine andere.

Als er bei ihr war, zog sie ihn in den Kreis ihrer Bekannten. Höflich lächelte er jeden an, ohne sich erinnern zu können, wen er vor sich hatte. Nach einer Weile beugte er sich vor und flüsterte Ashley zu: „Es ist an der Zeit, findest du nicht?“

Aufgeregt drückte sie seine Hand. Ihre Augen leuchteten.

„Entschuldigen Sie uns“, sagte er charmant, während er Ashley in Camerons Richtung drehte. Sein Freund stand ganz allein auf weiter Flur. Die perfekte Stelle also, um ihre Verlobung bekannt zu geben.

„Hi, Cam“, rief Ashley ihm zu, als sie auf ihn zugingen.

Sie ließ Devons Hand los, um Cameron herzlich zu umarmen. Der grinste und versuchte vorsichtig, sich aus der stürmischen Umarmung zu befreien.

„Hallo, Ash“, sagte er und gab ihr einen freundschaftlichen Kuss auf die Wange und reichte Devon das Weinglas zurück, das er für ihn festgehalten hatte. „Stell dich lieber zu mir, während Devon sich zum Narren macht.“

Devon warf seinem Freund einen strengen Blick zu, bevor er Ashley bei der Hand nahm und sie neben sich zog.

Dann hob Cameron zwei Finger an den Mund und pfiff. „Dürfte ich für einen Moment um Ihre Aufmerksamkeit bitten?“

„Vielen Dank, Cam“, sagte Devon trocken. Er blickte sich im Saal um, wo Ashleys Freunde und Familienangehörige sich ihm gespannt zuwandten. Himmel, jetzt wurde es ernst!

Er räusperte sich und hoffte inständig, sich nicht zu blamieren.

„Ashley und ich haben Sie heute Abend eingeladen, um gemeinsam mit uns etwas ganz Besonderes zu feiern.“ Er warf Ashley einen zärtlichen Blick zu und drückte ihr die Hand. „Ashley hat mich zum glücklichsten Mann der Welt gemacht, denn sie hat zugestimmt, meine Frau zu werden.“

Fröhlicher Applaus und Jubel brandeten auf. Zu ihrer Rechten standen Ashleys Eltern, die ihre jüngste Tochter voller Rührung anstrahlten. William nickte Devon anerkennend zu, während Ashleys Mutter sich lächelnd eine Träne aus dem Augenwinkel wischte.

„Wir wünschen uns, dass Sie gemeinsam mit uns unsere Hochzeit feiern, die in genau vier Wochen stattfinden wird und nach der wir beide als frischgebackene Eheleute in die Flitterwochen fahren werden.“

Er erhob das Weinglas und sah Ashley in die Augen, die bis über beide Ohren strahlte. „Auf Ashley, die mich zum glücklichsten Mann aller Zeiten macht.“

Die Gäste erhoben ebenfalls die Gläser zu einem Toast.

„Gelungene Rede", raunte Cameron ihm zu. „Man könnte glauben, du meinst jedes deiner Worte ernst."

Ohne auf ihn zu achten, legte Devon Ashley einen Arm um die Schulter, während sie von allen Seiten von Gratulanten bestürmt wurden.

In seinem Kopf begann sich alles zu drehen, während die Gäste einzeln an ihm vorbeizogen, um ihn zu beglückwünschen. Breites Lächeln, Schulterklopfer, freundliche Ermahnungen, auf „das Mädchen" gut aufzupassen.

Sie schien jedermanns jüngere Schwester, Tochter, beste Freundin oder gute Bekannte zu sein. Einerseits faszinierte es ihn, andererseits ging es ihm auf die Nerven, dass offenbar jeder hier glaubte, Ashley könne nicht allein auf sich aufpassen. Er jedenfalls hatte bis jetzt nicht den Eindruck gewonnen, dass sie unselbstständig war.

Ja, sie war flatterhaft. Und ganz sicherlich auch zu vertrauensvoll. Und ein bisschen naiv.

Das hieß doch aber nicht, dass sie keine Verantwortung für sich übernehmen konnte. Es hieß nur, dass sie jemanden brauchte, der zu ihrem Besten handelte und sie ab und zu vor sich selbst beschützte. Jemanden wie ihn.

Er spürte, wie sie ihm eine Hand auf den Arm legte und sich auf Zehenspitzen stellte, um ihm etwas zu sagen.

„Wir können jederzeit gehen", flüsterte sie. „Ich weiß, wie anstrengend meine Familie sein kann."

Fast hätte er losgelacht. Er dachte gerade darüber nach, wie er sie behüten konnte, dabei nahm sie ihn vor ihrer überfürsorglichen Sippe in Schutz.

„Alles in Ordnung. Ich möchte, dass du es genießt. Das ist dein Abend."

Erstaunt und fragend blickte sie ihn an. „Deiner etwa nicht?"

„Natürlich. Aber deine ganze Familie und deine Freunde sind hier, deshalb möchte ich, dass du dich wohlfühlst."

Lächelnd drückte sie ihm einen Kuss auf die Wange und stellte sich wieder an seine Seite, um sich von der Reihe Gratulanten beglückwünschen zu lassen.

„Ashley! Ashley!"

Devon drehte sich um und sah eine junge Frau, die sich mit einem Mann im Schlepptau zu ihnen durchkämpfte.

„Brooke!", rief Ashley laut. Sie streckte die Hände nach der Frau aus und begrüßte sie freudestrahlend.

„Rate mal!", sagte Brooke atemlos.

„Oh nein, du weißt doch, dass ich darin nicht gut bin", beteuerte Ashley aufgeregt.

„Ich bin schwanger! Paul und ich bekommen ein Baby!"

Ashleys Freudenschrei war im ganzen Saal zu hören. Devon schluckte und blickte sich verlegen um, als alle herüberstarrten.

„Oh mein Gott, Brooke! Ich freu mich ja so für euch! Ich kann mir gar nicht vorstellen, wie es sein wird, wenn ich erst schwanger bin. Ich hoffe, unsere Kinder verbringen viel Zeit miteinander und werden dicke Freunde!"

Ashley wurde immer lauter. Sie redete lebhaft und schnell, gestikulierte wild und hätte um ein Haar einen vorbeilaufenden Kellner umgestoßen.

Nachdem sie Brooke zum dritten Mal überschwänglich umarmt hatte, herzte sie Paul und danach wieder Brooke.

Grinsend schüttelte Cameron den Kopf. „So wie's aussieht, kannst du dich auf was gefasst machen, Dev."

„Sag mal, hast du nicht zufällig noch etwas anderes vor?", murmelte Devon missmutig.

Als Cameron erneut in Ashleys Richtung sah, hätte Devon schwören können, dass aufrichtiges Interesse im Blick seines Freundes lag.

„Sie ist wirklich süß", sagte Cameron.

„Süß?"

Cameron zuckte die Schultern. „Ja, sie ist süß, okay? Was willst du mehr?"

Verblüfft starrte Devon seinen Freund an und musste schließlich lachen. „Du hast was für sie übrig. Ausgerechnet du, der sonst niemanden leiden kann. Sie aber offenbar schon."

„Sie ist nett", murmelte Cameron.

„Aber du findest, ich sollte sie nicht heiraten", erwiderte Devon.

„Pst, sie kann dich hören", raunzte Cameron leise.

Doch Ashley war längst mit Brooke weitergezogen.

„Wenn du sie so süß und nett findest, warum hältst du mir dann eine Predigt von wegen ich müsse mich nicht opfern und sie heiraten?", ließ Devon nicht locker.

Cameron seufzte. „Sieh mal, ich möchte einfach nicht, dass sie verletzt wird, aber genau das wird passieren, wenn du nicht ehrlich zu ihr bist. Frauen spüren es sehr genau, wenn man nicht auf sie steht."

„Wer zum Teufel sagt denn, dass ich nicht auf sie stehe?"

Erstaunt hob Cameron eine Braue hoch. „Ach?"

Finster blickte Devon sich um, um sicherzugehen, dass niemand ihr Gespräch mithörte. „Du, Ryan und Rafe seid die einzigen Menschen, die über meine Beziehung mit Ashley Bescheid wissen. Keiner sonst weiß etwas über die Gründe, warum ich sie heirate."

Cameron zuckte die Schultern. „Vergiss einfach, was ich gesagt habe. Bestimmt wird alles gut. Abgesehen davon geht es mich auch gar nichts an. Ich möchte einfach nicht, dass man ihr wehtut."

„Ich werde ihr nicht wehtun", stieß Devon hervor. „Ich werde sie heiraten und verdammt noch mal gut auf sie aufpassen."

„Aber erst einmal wirst du wieder heranzitiert", sagte Cameron und nickte in Ashleys Richtung. „Ich verschwinde dann für heute. Ich komme noch kurz mit, um mich von ihr zu verabschieden."

Als sie bei Ashley angekommen waren, wurde Devon einem Teil ihrer unzähligen Cousinen vorgestellt. Dann wartete er, bis Cameron sich von ihr verabschiedet hatte.

Doch die ganze Zeit über ging ihm das Gespräch mit Cameron nicht mehr aus dem Kopf. Wollte sein Freund ihm die Idee mit der Heirat ausreden? Ausgerechnet jetzt, wo alles zum Greifen nahe war, würde er sich die Früchte seines Erfolgs nicht durch die Lappen gehen lassen.

Er hat so unglaublich hart an diesem Plan gearbeitet, dass er sich sogar auf eine Ehe mit dem Teufel einlassen würde, um diesen Vertrag zu besiegeln.

5. KAPITEL

Ganz gleich, wie viele Nächte Ashley nun schon in Devons Apartment verbracht hatte, sie hatte immer noch Schmetterlinge im Bauch, wenn sie das Schlafzimmer betrat. Und trotz allem fühlte sie sich auch immer noch ein bisschen fremd, denn sie hatte nicht das Gefühl, dass sein Zuhause von nun an auch ihr Zuhause war.

Sie streifte sich gerade ihr Seidennachthemd über, als Devon ins Zimmer trat. Blitzschnell drehte sie sich zu ihm um. Als sie sah, dass ihn ihr Anblick offenbar amüsierte, zog sie die Brauen zusammen.

„Was ist so lustig?"

„Du. Jeden Abend ziehst du dieses aufregende Nachthemd an, obwohl ich es dir kurz darauf wieder ausziehe. Man könnte meinen, du legst es darauf an."

Sie wurde rot. „Ich dachte, es sei … unangemessen … zu denken, dass du … ich meine, anzunehmen, dass …"

„Dass ich Sex mit dir will?", beendete er ihren Satz.

Sie nickte mit erröteten Wangen.

Grinsend führte er sie zum Bett. „Ich denke, an der Annahme, dass ich jeden Abend mit dir schlafen will, ist nichts auszusetzen. Ganz im Gegenteil. Ich versichere dir …", er beugte sich vor und küsste sie langsam, „dass ich niemals …", mit den Lippen strich er ihr über die Wangen und knabberte ihr schließlich zärtlich am Ohrläppchen, *„nicht …"*, als er ihr mit der Zungenspitze über den Hals fuhr, bekam sie weiche Knie, „Sex mit dir haben will. Außer, ich liege in einem Gipskorsett."

Sie lachte leise auf. „Dann stimmt es also. Männer haben nichts anderes als Sex im Kopf."

„Ab und zu denken wir auch ans Essen."

Jetzt lachte sie aus vollem Herzen. „Meine Mutter ist übrigens ziemlich empört darüber, dass ich praktisch bei dir eingezogen bin."

„Nicht praktisch", sagte er und schob ihr einen Träger über die Schulter. „Du *musstest* es tun."

Sie zuckte die Schultern. „Na ja. Mein Vater hatte sie gebeten, mit dieser Schwarzseherei aufzuhören. Und dass es selbstverständlich sei, dass du und ich zusammenleben, da wir ja sowieso heiraten werden. Eric sieht das allerdings anders. Er glaubt, Daddy sei verrückt, mir zu erlauben, mit einem Mann zusammenzuziehen, der sich die halbe Stadt einverleibt – das waren übrigens seine Worte, nicht meine."

Devon ließ von ihr ab und sah sie verblüfft an. „Tust du das eigentlich *immer*?"

Jetzt schaute sie ihn ihrerseits fragend an. „Was denn?"

Er schüttelte den Kopf. „Alles, was dir in den Sinn kommt, sofort auszusprechen."

Sie stutzte. „Hm, ja. Allerdings habe ich noch nie genauer darüber nachgedacht. Ich meine, es ist ja genau das, was er gesagt hat. Weißt du, jedes Mal, wenn ich einen Mann kennenlerne, reagiert er etwas merkwürdig."

„Ich glaube kaum, dass ich mit einem dieser Typen vergleichbar bin", erwiderte er gespielt gekränkt.

Ashley grinste. „Was ich damit sagen will, ist, er ist eben mein Bruder Eric und muss zu allem seinen Senf dazugeben."

„Noch mal zum Mitschreiben: Ich habe mir nicht die halbe Stadt *einverleibt*."

Lächelnd schlang sie ihm die Arme um den Nacken und zog ihn an sich, um ihn zu küssen. „Solange ich die Einzige bin, die du … du weißt, in Zukunft. Was in der Vergangenheit war, ist mir völlig schnuppe."

„Die Zukunft? Oh ja. Bleiben wir doch lieber bei der Gegenwart. Genauer, bei diesem Moment."

Ein erregender Schauer erfasste sie, als er sie aufs Bett legte.

Wenn das der Vorgeschmack auf das gemeinsame Leben mit ihm war, dann würde sie schon sehr bald eine sehr glückliche Frau sein.

„Wir begrüßen zu unserer Videokonferenz Ryan Beardsley und Rafael de Luca", sagte Devon, als die Gesichter seiner beiden

Freunde und Geschäftspartner auf dem Bildschirm an der Wand erschienen.

„Ryan ist vor Ort auf St. Angelo Island, wo unser Hauptsitz gerade aufgebaut wird. Sobald die Arbeiten abgeschlossen sind, wird dieses Hotelresort das Modell für alle weiteren Projekte von *Copeland* sein. Guten Morgen, Ryan. Vielleicht könntest du uns kurz sagen, wie der Stand der Dinge ist."

Devon lehnte sich wieder zurück, und nun war Ryan zu sehen, der es sich in einem Sessel bequem gemacht hatte. Natürlich wusste Devon genau über den Stand der Dinge Bescheid. Er ließ sich schließlich täglich Berichte und Pläne zuschicken. Doch er wusste auch, dass Ryans ganze Aufmerksamkeit, obwohl er die Bauleitung innehatte, seiner hochschwangeren Frau galt. Deshalb hielt Devon engen Kontakt mit dem Vorarbeiter, um jederzeit eingreifen zu können.

Die Mitarbeiter von *Tricorp* lauschten Ryans Vortrag und machten sich hier und da Notizen. Spannung lag in der Luft. Denn jeder wusste, dass es nur noch eine Frage der Zeit war, bis die große Fusion mit *Copeland Hotels* bekannt gegeben wurde.

Nach der Hälfte von Ryans Bericht ertönte ein merkwürdiger Harfenklang im Raum. Was zum Teufel war das?

Als sich alle Augen auf Devon richteten, bemerkte er, dass das Handy in seiner Tasche klingelte.

„Was ...?"

Cameron lachte sich ins Fäustchen und beobachtete ihn amüsiert.

Devon nahm das Telefon und schaute aufs Display. Als er sah, dass es Ashley war, hätte er um ein Haar laut aufgestöhnt.

„Entschuldigen Sie mich einen Moment", sagte er und stand auf.

Als er nach draußen eilte, sah er, dass Cameron ihn beobachtete. Sein Freund wusste verdammt gut, wer ihn gerade anrief.

Sobald er auf dem Flur stand, nahm er den Anruf an. „Carter", sagte er nur.

Ashley störte seine knappe Begrüßung offenbar nicht.

„Hi, Dev! Wie ist dein Tag?“

„Hm, ganz gut. Sag mal, ist es wichtig? Ich bin nämlich gerade beschäftigt.“

„Oh nein, nein“, sagte sie fröhlich. „Ich wollte dir nur sagen, dass ich dich liebe.“

Devon fühlte sich unbehaglich. Was sollte er darauf antworten? Er räusperte sich. „Ash, hast du den Klingelton meines Handys verstellt?“

„Oh stimmt, habe ich. Ich habe meiner Nummer einen passenden Ton zugewiesen, damit du immer weißt, wann ich dich anrufe. Nett, hm?“

Devon schloss die Augen und atmete tief durch. „Nett“, stimmte er ihr wenig begeistert zu. „Hör mal, wir sehen uns heute Abend, okay? Dinner um neun?“

„Ja, großartig. Bis acht Uhr bin ich im Tierheim und danach fahre ich zum Restaurant.“

Er stutzte. „Fährt dich jemand hin?“

„Ich nehme ein Taxi.“

Er schüttelte den Kopf. „Ich schick dir einen Fahrer. Er wird dich gegen acht Uhr abholen.“

Sie seufzte, widersprach aber nicht. „Ich wünsche dir einen schönen Tag, Dev. Ich kann's kaum erwarten, dich zu sehen.“

„Danke, wünsche ich dir auch“, sagte Devon, doch da hatte sie bereits aufgelegt.

Er starrte lange auf das Handy in seiner Hand. Wie war es ihr nur gelungen, den Klingelton zu verändern? Noch nie hatte er für eine Person einen persönlichen Ton ausgewählt. Wenn sein Telefon klingelte, sah er, wer der Anrufer war, und hob ab. Punkt.

Sie rief ihn regelmäßig an. Täglich. Und garantiert immer dann, wenn er in einem wichtigen Meeting saß.

Nach zwei Wochen erntete er entweder amüsierte oder ungeduldige Blicke von den Kollegen. Nur die weiblichen Mitarbeiter sahen ihn entzückt an. Und Cameron? Der lachte sich schlapp.

Wann immer ihr danach war, rief Ashley ihn an. Manchmal wollte sie bloß seine Meinung zu irgendeiner Hochzeitsangelegenheit wissen.

Rafael und Ryan hatten dieses ganze Hochzeitstheater nicht mitmachen müssen. Beide Freunde hatten eine schlichte und einfache Trauungszeremonie gehabt. Devon saß in der Falle. Eine Hochzeit, die von dem gesamten Clan der Copelands ausgerichtet wurde!

Am liebsten hätte er sein Handy in den Hudson River geworfen.

6. KAPITEL

„Dev?“

Devon streckte den Kopf aus dem Badezimmer und kam schließlich ins Schlafzimmer, während er sich mit einem Handtuch die Haare trocken rubbelte. Ashley lag bäuchlings auf dem Bett, hatte das Kinn auf die Hände gestützt und die gekreuzten Unterschenkel nach oben gestreckt.

Offenbar schien sie über etwas nachzudenken. Eigentlich traute er sich kaum, sie danach zu fragen. Denn mittlerweile wusste er, dass Ashley ihn daraufhin mit einer ganzen Gedankenflut überschütten würde.

Er setzte sich auf den Bettrand und streichelte ihr über den Rücken. „Was gibt's?“

Sie drehte sich leicht, um ihn ansehen zu können. „Wo werden wir eigentlich leben? Ich meine, nach unserer Hochzeit?“

„Hier, in meinem Apartment, oder?“

Mit leicht gekräuselten Lippen zog sie die Brauen zusammen. „Oh.“

„Gefällt's dir hier nicht? Mein Apartment ist größer als deins, daher dachte ich, es sei selbstverständlich, hier zu leben.“

Sie setzte sich auf und in den Schneidersitz. „Doch, mir gefällt dein Apartment. Es ist großartig. Aber es passt besser zu einem Junggesellen als zu einer Familie mit Kindern und Haustieren.“

„Haustiere?“, stieß er hervor. „Hm, Ash, ich weiß nicht.“

Unglücklicherweise verdunkelte sich ihre Miene. Ashley stellte kaum Ansprüche. Und das war auch gut so, denn wenn sie ihn bekümmert ansah, konnte er ihr so gut wie nichts abschlagen. Gott sei Dank kam das nicht so häufig vor.

„Ich habe mir immer ein Haus auf dem Land gewünscht. Wo Kinder und Tiere frei herumtollen können. Die Stadt ist kein guter Ort für eine Familie.“

„Eine Menge Familien leben hier“, gab Devon zu bedenken. „Du bist hier doch auch aufgewachsen.“

Sie schüttelte den Kopf. „Nicht immer, nein. Wir sind erst in die Stadt gezogen, als ich zehn war. Vorher haben wir auf einer riesigen Farm gelebt. Es war so wunderbar dort."

Die Sehnsucht, die in ihren Worten mitschwang, war ihm nicht ganz geheuer.

„Darüber können wir immer noch reden, wenn es Zeit ist", sagte Devon beschwichtigend. „Im Moment konzentriere ich mich darauf, dich zu meiner Frau zu machen, mit dir in die Flitterwochen zu fahren und dich dazu zu bringen, zu mir zu ziehen."

Lächelnd beugte sie sich vor und strich ihm mit den Lippen übers Kinn. „Ich liebe es, wenn du so sprichst."

Erstaunt blickte er sie an. „Was meinst du mit ‚so'?"

„So, als könntest du es kaum erwarten, dass wir beide für immer zusammen sind."

Sie kuschelte sich an ihn und schlang ihm die Arme um die Hüften. Prompt verspürte er wieder dieses ungewohnte Gefühl in der Brust. Es war nicht unangenehm, doch er wusste nicht, ob er es mochte. Allerdings wollte er auch nicht, dass es sofort wieder verschwand.

Aus irgendeinem unerfindlichen Grund hatte er plötzlich das Bedürfnis, seinen Standpunkt klarzumachen. „Wir können uns jederzeit überlegen, wo wir leben möchten. Aber im Moment sollten wir uns aufeinander konzentrieren."

Sie drückte ihn fester und ließ dann von ihm ab, um ihn zu betrachten. Ihre blauen Augen strahlten. „Können wir noch über eine Sache reden?"

„Natürlich."

„Wenn du sagst, wir sollen uns erst einmal aufeinander konzentrieren, heißt das dann, wir sollen uns mit der Familienplanung noch Zeit lassen? Ich meine, ich mache kein Geheimnis aus meinem Kinderwunsch. Aber ich weiß immer noch nicht, wie du darüber denkst."

Vor seinem inneren Auge tauchte blitzlichtartig ein Bild von Ashley mit Schwangerschaftsbäuchlein und strahlendem Lächeln auf. Viel schockierender als das war allerdings die Tatsache, dass ihm dieses Bild gefiel. Er wusste nicht, wieso er auf einmal diese merkwürdige Sehnsucht und dieses Verlangen verspürte.

Die Themen Ehe, Kinder und Familie hatte er bisher immer aus einer sehr nüchternen Perspektive betrachtet und analysiert. Fast schon wie Punkte auf einer Liste, die abgearbeitet werden mussten: Teile eines Businessplans, um beruflich voranzukommen.

Doch plötzlich hatte er kaum noch die Möglichkeit, nüchtern darüber nachzudenken. Plötzlich war das eine verdammt gute Frage, die und der er sich stellen musste.

Ashley war intelligent, süß, liebevoll, und sie hatte ein großes Herz. Sie würde eine hervorragende Mutter abgeben. Aber würde er auch ein guter Vater sein?

„Dev?"

Er sah sie an und bemerkte, dass sie ihn besorgt betrachtete. Da er nicht wollte, dass sie sich Sorgen machte, beugte er sich vor und küsste ihre Augenbraue. „Ich habe nur nachgedacht."

„Wenn es zu früh für dieses Thema ist, dann tut es mir leid. Daddy sagt immer, ich sei viel zu voreilig. Aber ich kann nichts dagegen tun. Sobald ich eine Idee habe, will ich sie sofort umsetzen."

Er konnte nicht anders und lächelte. Ihre Selbstbeschreibung brachte es auf den Punkt: Ashley stürzte sich einfach kopfüber in die Welt, ins Leben. Ohne darüber nachzudenken, dass sie auf ihrem Weg auch stolpern konnte. Es schien ihr egal zu sein. Menschen wie sie waren Devon ein Rätsel. Sie waren so ganz anders als er.

Er zog sie zu sich auf den Schoß, sodass sie ihm gegenübersaß. „Ich dachte einfach nur, dass du eine großartige Mutter sein wirst. Ich habe mir vorgestellt, wie du wohl aussiehst, wenn du mit unserem Kind schwanger bist. Und diese Vorstellung gefiel mir sehr. Außerdem musste ich daran denken, dass ich bis jetzt keine Verhütung benutzt habe, was in vielerlei Hinsicht sehr verantwortungslos von mir war, ich weiß. Aber vielleicht stand dahinter auch der unbewusste Wunsch, dass du schwanger wirst."

Leise seufzend lehnte sie sich an seine Brust. „Ich habe gehofft, dass du das sagst. Ich meine, über den Wunsch, Kinder zu bekommen. Es ist ja nicht so, dass ich sie sofort haben muss. Aber weißt du, ich habe mir immer eine große Familie gewünscht, und ich möchte nicht alt sein, wenn sie die Highschool abschließen."

Zärtlich legte er ihr einen Finger auf die Nase und fuhr ihr langsam über das Gesicht. „Glaubst du, du bist schon schwanger, Ash? Hast du das Thema deshalb angesprochen? Du kannst mit mir über alles reden. Du sollst keine Angst haben, und ich werde dir auch nicht böse sein, weil ich genauso verantwortlich dafür bin. Du warst noch Jungfrau, als wir uns geliebt haben. Es war meine Aufgabe, an Verhütung zu denken."

Sie schüttelte den Kopf. „Nein. Also, ich weiß es natürlich nicht. Aber ich glaube nicht."

Er lehnte die Stirn an ihre und musste plötzlich darüber nachdenken, dass sie sich schon wie ein verheiratetes Paar verhielten. Merkwürdig, er vertraute Ashley und fühlte sich wohl in ihrer Nähe. Irgendwie fühlte es sich richtig an, auch wenn er nicht sagen konnte, warum. Vielleicht hatte William Copeland doch gewusst, was er tat, als er auf einer Heirat bestanden hatte.

„Also wenn du es bist, wunderbar. Ehrlich. Und wenn nicht, dann arbeiten wir dran. Abgemacht?"

Sie grinste und errötete. „Abgemacht."

„Was hältst du dann davon, wenn wir jetzt ins Bett gehen und uns absolut sündigen Gedanken hingeben?"

Als ihre Wangen noch röter wurden und sie schüchtern den Kopf senkte, lächelte er.

Er beugte sich vor und flüsterte ihr zärtlich ins Ohr: „Ich werde alles tun, damit du schwanger wirst."

Zu seiner Überraschung stieß sie ihn gegen die Brust, sodass er rücklings auf dem Bett landete. Sie setzte sich auf ihn und grinste ihn schelmisch an. Dann wurde ihr Ausdruck ernster. „Ich liebe dich über alles, Devon. Ich bin wirklich die glücklichste Frau auf Erden und kann es kaum erwarten, endlich verheiratet zu sein."

Als sie sich hinunterbeugte, um ihn zu küssen, dachte er, dass sie sich da gewaltig irrte. Denn er war hier der Glückliche.

7. KAPITEL

Ashley, wenn du weiter so herumzappelst, dann wird das nichts mit deiner Frisur und dem Make-up“, seufzte Pippa.

„Sie hätte doch besser eine Stylistin engagieren sollen“, sagte Sylvia, die misstrauisch beäugte, was Tabitha mit Ashleys Haaren anstellte.

„Tabitha *ist* Stylistin, Dummerchen“, erwiderte Ashley. „Und ich kenne keine bessere Make-up-Spezialistin als Carly.“

Pippa schnaubte unwillig. „Jaja, davon bin ich überzeugt.“

„Schließ die Augen, Ash“, sagte Carly. „Zeit für die Mascara.“

„Darling, bist du bald fertig?“, rief Ashleys Mutter, die im Türrahmen stand. „Nur noch zehn Minuten.“

„Zehn Minuten“, kreischte Tabitha. „Auf gar keinen Fall. Können Sie sie noch ein bisschen hinhalten, Mrs C.?“

„Ich werde doch nicht zu meiner eigenen Hochzeit zu spät kommen“, protestierte Ashley. „Beeil dich einfach, Tab. Meine Haare werden schon gut aussehen. Steck einfach den Schleier in den Knoten.“

„Einfach den Schleier in den Knoten stecken“, grummelte Tabitha. „Als ob das so einfach wäre.“

Sylvia verdrehte die Augen, quetschte sich kurzerhand zwischen Ashley und Tabitha und befestigte den Schleier im Nu an dem eleganten Nackenknoten. „So. Du siehst wunderschön aus, Ashley.“

„Noch etwas Lipgloss, und fertig“, sagte Carly. „Mach mal einen Kussmund.“

Als Ashley die Lippen kräuselte, drehte Carly ihr Gesicht zum Spiegel, damit sie sich bestaunen konnte.

„Oh, ihr seid großartig!“, flüsterte sie aufgeregt.

Ihre besten Freundinnen strahlten sie im Spiegel an.

„Du siehst wunderschön aus“, sagte Pippa mit tränenfeuchten Augen.

„Absolut“, stimmte Tabitha zu.

„Mädchen, ihr müsst los, eure Begleitungen warten. Wir wollen doch nicht, dass die Braut sich verspätet“, rief Ashleys Mutter.

Mit Blumenbouquets in den Händen eilten die Freundinnen zur Tür.

„Dein Vater wird dich gleich abholen“, sagte ihre Mutter, während sie zu ihr hinüberging. Als sie Ashley erreicht hatte, standen ihr Tränen in den Augen. „Mein Baby. Sieh nur, was für eine schöne Frau aus dir geworden ist. Ich bin so stolz auf dich!“

„Bitte nicht, Mom, sonst heule ich gleich los.“

Lachend nahm ihre Mutter sie bei den Händen und half ihr beim Aufstehen.

„Ich streiche dir noch schnell das Kleid glatt. Dein Vater ist vermutlich schon ganz ungeduldig. Du weißt ja, wie sehr er es hasst, zu spät zu kommen.“

Während sie über Ashleys Kleid strich, klopfte es auch schon an der Tür.

„Das wird er sein. Bist du bereit, Darling?“

Plötzlich wurde Ashley nervös, und ihre Hände begannen zu zittern. Doch sie nickte. Oh Gott, das hier passierte wirklich! Sie würde zum Altar schreiten, um Mrs Devon Carter zu werden.

Sie umarmte ihre Mutter und drückte sie fest. „Ich hab dich lieb, Mom.“

„Ich dich auch, Baby. Nun aber schnell zu deinem Vater“, entgegnete ihre Mutter.

Sie ging Ashley voraus und trat auf den Flur, wo ihr Vater gerade auf seine Armbanduhr schaute. Als er seine Tochter sah, entspannten sich seine Gesichtszüge sofort. Voller Liebe streckte er ihr die Hände entgegen.

„Ich kann es immer noch nicht glauben“, sagte er mit flacher Stimme. „Hast du nicht gestern erst Laufen und Sprechen gelernt? Du siehst wundervoll aus, Ash. Devon kann sich wirklich glücklich schätzen.“

Sie beugte sich vor und drückte ihm einen Kuss auf die Wange. „Danke, Daddy. Du siehst aber auch ganz schön schmuck aus.“

Die Hochzeitsplanerin eilte ihnen aufgeregt entgegen und führte sie durch einen Seitengang der Kirche zum Hauptportal.

Ashleys Mutter ging zu ihrem Platz, während Ashley und ihr Vater darauf warteten loszuschreiten.

Dann setzte die Musik ein, die Flügel der Doppeltür wurden weit aufgeschwungen, und alle Gäste in der Kirche wandten den Kopf, um die Braut hereinkommen zu sehen.

Ashley spürte, wie ihr die Hände, mit denen sie den Brautstrauß umklammerte, zitterten, und hoffte, ihre Beine würden durchhalten.

Vorn am Altar erspähte sie Tabitha, Carly, Sylvia und Pippa, die sie aufmunternd anlächelten. Pippa hielt den Daumen nach oben, deutete mit einer Kopfbewegung zu Devon und fächelte sich spielerisch Luft zu.

Und dann endlich erblickte sie Devon. Schlagartig fiel alle Nervosität von ihr ab. Er stand da und wartete auf sie, denn von nun an würde sie zu ihm gehören!

Eine angenehme Wärme durchströmte sie.

Ihr Dad übergab sie in Devons Hände. Devon lächelte sie beruhigend an, als sie vor den Priester traten und die Zeremonie begann.

Bestimmt würde es ihr später ein bisschen leidtun, dass sie sich an nichts erinnern konnte außer an Devons Augen und seinen liebevollen Blick, als er ihr Liebe, Treue und Hingabe schwor. Und an den Kuss, den er ihr gab, nachdem sie zu Mann und Frau erklärt worden waren.

Als sie gemeinsam den Gang entlangschritten, taten sie es als verheiratetes Paar. Während sie einen Bogengang durchschritten und kurz stehen blieben, um auf die anderen Gäste zu warten, drückte Devon sie fest an sich.

„Du siehst absolut atemberaubend aus."

Er gab ihr einen Kuss, der dieses Mal intensiver und prickelnder war. Verlangender. In aller Ruhe eroberte er ihren Mund, und als er wieder von ihr abließ, war ihr ganz schwindelig.

Hinter ihnen und um sie herum wurde der Jubel der Gäste laut, die aus der Kirche strömten.

„Schon bald fahren wir in die Flitterwochen", flüsterte sie ihm zu.

Lächelnd drückte er ihr die Hand. „Der Gedanke daran ist das Einzige, was mir die nächsten Stunden erträglich macht. Oder die Vorstellung, wie du und ich den ganzen Tag in der Suite verbringen werden."

Seine Worte ließen sie erröten und bescherten ihr einen lustvollen Schauer. Auch sie konnte es kaum abwarten, allein mit ihm zu sein.

Gleichzeitig war das natürlich ihr großer Tag, den sie auch genießen wollte. Sie lächelte, als sie von ihrer Familie und ihren Freundinnen umringt wurde. Unzählige Cousins und Cousinen, Tanten und Onkel, ihre Eltern, ihr Bruder und Bekannte bildeten eine Traube um sie herum, um ihr zu gratulieren.

Es war der glücklichste Tag ihres Lebens.

Als Devon sich ein Glas Wein nahm, nutzte Ashleys Bruder die Gelegenheit und entführte die Braut auf die Tanzfläche.

Als Cameron sich zu ihm gesellte, pfiff Devon ebenso anerkennend wie ironisch, da sein Freund einen Smoking trug.

„Diese Aufmachung ist nur für euch", sagte Cameron finster. „Nicht einmal auf Rafes Hochzeit hatte ich so ein Ding an. Und Ryan und Kelly haben so schnell geheiratet, dass wir froh waren, es überhaupt zu erfahren."

„Bei Rafes Hochzeit wurde auch nicht um Abendgarderobe *gebeten*", gab Devon zu Bedenken.

Cameron zuckte die Schultern. „Stimmt. Aber nur für dich habe ich ihn auch nicht angezogen. Ich wollte Ash einfach nicht enttäuschen. Sie findet, ich sehe heiß aus."

Devon schüttelte den Kopf. „Du lässt einfach nicht locker, was? Man könnte meinen, du bist gerade erst aus deiner Höhle in die zivilisierte Welt gekrochen. Als wenn ausgerechnet du,

Mister Ich-hasse-jeden-und-Frauen-ganz-besonders, ausgesprochen rücksichtsvoll wärst."

„Ich hasse Frauen nicht", erklärte Cameron nüchtern. „Dafür mag ich sie viel zu sehr. Abgesehen davon macht es mir großen Spaß, dich auf die Palme zu bringen. Ich finde, Ashley ist genau die Richtige für so einen spießigen Langweiler wie dich."

„So habe ich es doch gar nicht gemeint", sagte Devon. „Ich bin einfach nur fertig mit den Nerven und froh, wenn das alles endlich vorbei ist. Es stresst mich. Jeden Tag habe ich Angst davor, dass Ashley die Wahrheit herausfindet und mich zum Teufel schickt. Je früher wir im Flugzeug nach St. Angelo sitzen und dem ganzen Zirkus hier entkommen, desto besser."

Cameron sah zu Ashley hinüber, die von ihrem Bruder auf der Tanzfläche herumgewirbelt wurde. Ihr helles Lachen hallte durch den Saal. Es war ihr anzusehen, dass es der schönste Tag in ihrem Leben war.

„Wenigstens wirst du nicht an einem gebrochenen Herzen leiden", sagte Cameron leise. „Kannst du das auch über Ashley sagen?"

„Ich werde ihr verdammt noch mal nicht das Herz brechen. Können wir bitte das Thema wechseln? Das Letzte, was ich gerade brauche, ist jemand, der mitbekommt, über was wir hier reden."

„Natürlich. Ich werde zu Ashley und ihrem Bruder gehen und ihr gratulieren, bevor ich wieder in meine Höhle zurückkrieche, aus der ich deiner Meinung nach gekommen bin."

Devon beobachtete Cameron, wie dieser auf die Tanzfläche schlenderte. Einen Augenblick später übergab Ashleys Bruder Eric ihm seine Schwester.

„Du hast mein kleines Mädchen sehr glücklich gemacht", sagte William Copeland.

Devon drehte sich um und stand seinem Schwiegervater gegenüber, der ihn breit anlächelte und ihm väterlich auf die Schulter klopfte. „Willkommen in unserer Familie, Sohn."

„Danke, Sir. Ist mir eine Ehre."

„Schnapp dir Ashley und hab eine gute Zeit mit ihr. Keine Sorge wegen der geschäftlichen Angelegenheit. Nach eurer Rückkehr ist dafür immer noch genug Zeit."

Devon nickte. „Natürlich."

„Ashleys Mutter lässt ausrichten, dass draußen der Wagen zum Flughafen wartet. Die Tradition verlangt von dir eigentlich so unnötige Sachen, wie den Kuchen anzuschneiden, eine Rede zu halten und so weiter. Aber wenn ich das süßeste Mädchen von New York City geheiratet hätte, würde ich an deiner Stelle mit ihr heimlich die Flucht ergreifen. Noch bevor es hier jemand merkt, seid ihr schon am Flughafen."

Devon grinste. „Klingt genial. Gibst du mir Rückendeckung?"

Verschwörerisch lächelte William zurück. „Natürlich, mein Sohn. Dann also los."

Lachend bahnte sich Devon den Weg durch die Gäste zu Ashley, um sie aus Camerons Armen zu befreien.

8. KAPITEL

Am Horizont versank gerade die Sonne im Meer, als Devon seine Braut über die Türschwelle in die Suite trug. Sowie Ashley wieder Boden unter den Füßen hatte, lief sie zur Terrasse, riss die Türen weit auf und jauchzte beim Anblick des Himmels verzückt auf.

„Oh Devon, es ist atemberaubend!"

Er trat hinter sie, legte ihr die Arme um den Körper und zog sie an seine Brust. Als er begann, an ihrem Ohrläppchen zu knabbern, seufzte sie lustvoll.

Sie drehte sich in seinen Armen zu ihm um und erlaubte ihm, die Hände an ihre Taille zu legen. „Wie um alles in der Welt bist du nur auf diesen Ort gekommen? Ich habe noch nie von St. Angelo gehört."

„Wir bauen hier gerade ein Resort und haben vor einigen Wochen mit der Grundsteinlegung begonnen. Ryan und Kelly leben hier."

Sie kräuselte die Nase. „Oh ja, du hast mir von ihnen erzählt. Aber ich habe sie nie getroffen. Cam ist der Einzige, den ich bis jetzt kennengelernt habe."

„Das werden wir so schnell wie möglich ändern. Bryony und Kelly sind beide hochschwanger und können daher nicht reisen. Deshalb haben wir hier auch nur eine Verabredung mit Ryan und Kelly. Aber bestimmt wird es nicht mehr lange dauern, bis wir Rafe und Bryony treffen werden."

„Ich kann's kaum erwarten."

„Das, was ich im Moment kaum erwarten kann, ist eigentlich nur unsere Hochzeitsnacht."

Seine Worte bescherten ihr ein sehr angenehmes Kribbeln. „Vorher muss ich aber noch mal verschwinden", sagte sie leise. „Ich habe eine Überraschung für dich."

„Hm, was denn für eine?"

„Ähm, na ja, es ist das Geschenk meiner Freundinnen. Sie haben gesagt, dass mir kein Mann widerstehen kann, wenn er mich darin sieht."

„Dann erinnere mich bitte später daran, mich bei ihnen zu bedanken."

Vor lauter Aufregung erzitterte sie. „Okay. Du wartest hier. Gib mir eine Viertelstunde. Ich möchte perfekt aussehen. Und nicht gucken!"

Er erhob die Hände. „Würde ich niemals tun."

Sie kniff die Augen zusammen. „Versprich es."

Er seufzte. „Okay, okay. Aber beeil dich. Ich werde inzwischen nach unten gehen, eine Flasche Wein bestellen und ihnen unsere Frühstückswünsche mitteilen. Wenn ich wieder da bin, ist deine Zeit abgelaufen."

Sie stellte sich auf die Zehenspitzen und gab ihm einen Kuss. Dann wartete sie, bis er gegangen war, und öffnete flugs den Koffer, aus dem sie eine rosafarbene Schachtel nahm.

Auf ihrem Junggesellinnenabschied war sie von ihren Freundinnen mit Dessous überhäuft worden. Von klassisch bis verrucht war alles dabei.

Für ihre Hochzeitsnacht hatte sie sich für ein kostbares Negligé entschieden, das in seiner Schlichtheit ebenso elegant wie verführerisch war.

In Windeseile zog sie es an und stellte sich dann vor den Spiegel, um sich zu betrachten. Es war ein wunderschönes Stück, in dem sie sich wie eine Prinzessin fühlte.

Dann löste sie die Haarspange und ließ ihr Haar locker auf die Schultern fallen. Sie fuhr sich mit den Händen hindurch, um es ein wenig zu zerzausen, und trat dann wieder vor den Spiegel.

Das Negligé war tief ausgeschnitten und betonte ihre Brüste, ohne zu viel von ihnen zu zeigen.

Der seidige Stoff floss fast an ihrem Körper hinunter und umspielte locker ihre Beine. Dieser Hauch von einem Kleidungsstück umgab sie mit der Aura einer Verführerin und ließ sie alles andere als brav aussehen.

Genau richtig für eine Hochzeitsnacht.

Sie verabschiedete sich von ihrem Spiegelbild mit einem spitzbübischen Lächeln und drehte sich um. Beschwingt streckte sie die Arme aus und begann, mit einem imaginären Tanzpartner durchs Zimmer zu tanzen.

Leise summend drehte sie ein paar Runden und dachte dabei seufzend an ihren Hochzeitswalzer mit Devon.

Mit geschlossenen Augen tanzte sie weiter, bis sie mit der Hand gegen etwas Hartes stieß und sie durch einen Schmerz und einen lauten Knall aus ihren Träumen gerissen wurde.

Devons Laptop, den er auf dem Kaminsims deponiert hatte, war zusammen mit seinem Portemonnaie und seinem Schlüssel, die er dort ebenfalls abgelegt hatte, auf den Boden gefallen.

Stöhnend kniete Ashley sich hin. So wie es aussah, war nur der Akku herausgefallen. Aber wie konnte sie da sicher sein? Was, wenn sie ihn kaputt gemacht hatte? Vielleicht hatte er ja unglaublich wichtige Dinge gespeichert?

Schön. Sie war zwar leidenschaftslos, was Computer betraf, wusste aber, wie man damit umging. Oder wie man herausfand, ob man den seines Ehemanns zerstört hatte oder nicht.

Sie setzte den Akku wieder ein und drückte den Einschaltknopf, innerlich betend, dass dieses Ding noch funktionierte. Als der Bildschirm schwarz blieb, stöhnte sie wieder auf.

Deprimiert drückte sie ein paar Tasten, damit sich wenigstens *etwas* tat. Daraufhin tauchten wiederum so viele Dateien auf dem Bildschirm auf, dass Ashley erst recht nicht wusste, was sie tun sollte.

Immerhin funktionierte dieses Ding noch.

Konzentriert biss sie sich auf die Unterlippe und schloss eine Datei nach der anderen. Als sie ungefähr die Hälfte geschafft hatte, war sie sich plötzlich nicht mehr sicher, ob sie alle womöglich wertvollen Informationen gespeichert hatte.

Sosehr sie sich auch auf diesen Abend gefreut hatte, sie musste Devon von dem Malheur erzählen, damit er am nächsten Tag keine böse Überraschung erlebte.

Gerade wollte sie eine weitere Textdatei schließen, als sie plötzlich ihren Namen entdeckte. Neugierig hielt sie inne und begann zu lesen. Es war eine E-Mail ihres Vaters. Als sie sah, dass er sie als sein Baby bezeichnete, musste sie lächeln. Doch das, was danach kam, ließ sie erstarren.

Ich habe noch einmal über Ihre Bedenken bezüglich Ashley nachgedacht. Natürlich kann ich Ihre Besorgnis verstehen. Aber glauben Sie mir, ich möchte Ashley um jeden Preis schützen und finde es aus diesem Grund absolut unnötig, sie über unsere Vereinbarung zu informieren. Sie ist meine einzige Tochter, und ich liebe sie über alles. Deshalb darf sie auch nicht erfahren, dass ich der Fusion unserer Firmen nur unter der Bedingung zustimme, dass Sie sie heiraten. Sie sind ein großer Gewinn für unsere Familie, und ich vertraue Ihnen Ashley an, weil ich weiß, dass Sie immer nur zu ihrem Besten handeln werden. Aus diesem Grund bitte ich Sie inständig, Ashley gegenüber Stillschweigen zu bewahren.

Regungslos starrte Ashley auf den Bildschirm. Hatte sie das richtig verstanden? In ihrem Kopf purzelten die Gedanken geradezu durcheinander.

Sie zwang sich, ruhig zu bleiben, obwohl ihr Puls raste und sie ein Gefühl der Übelkeit überkam.

Sie las die E-Mail ein weiteres Mal.

„Ashley?"

Erschrocken sah sie hoch zu Devon, der vor ihr stand.

„Ich bin gestolpert", brachte sie hervor. „Als ich mich am Kaminsims abstützen wollte. Ich hatte Angst, den Laptop kaputt gemacht zu haben. Als ich den Akku wieder eingesetzt hatte, waren plötzlich die ganzen Dateien auf dem Bildschirm. Ich habe versucht, sie zu schließen."

Er griff nach dem Laptop, doch sie hielt ihn fest umklammert.

Er glaubte zu sehen, was sie gerade las, und wand ihr das Gerät schließlich aus den Händen.

„Gib ihn mir wieder, Devon. Ich will wissen, was da steht."

Er klappte schnell den Deckel zu und klemmte sich den Laptop unter den Arm. „Nichts, was für dich bestimmt wäre."

„Lüg mich nicht an“, brachte sie hervor. „Das meiste davon habe ich bereits gelesen. Ich will wissen, was das zu bedeuten hat.“

Mit zusammengepressten Lippen blickte Devon sie an. Wahrscheinlich wünschte er sich in diesem Moment an einen anderen Ort, um dieses Gespräch nicht führen zu müssen. Pech für ihn. Denn sie würde auf der Wahrheit bestehen.

„Vergiss einfach, was du gelesen hast, Ash.“

Sie funkelte ihn an. „Vergessen? Ich soll einfach eine E-Mail meines Vaters vergessen, in der er mir praktisch einen Ehemann kauft? Oder dich zumindest manipuliert, das Spiel mitzuspielen? Heute ist meine Hochzeitsnacht, Devon. Soll ich deiner Meinung nach etwa so tun, als sei nichts geschehen?“

Leise vor sich hin fluchend strich Devon sich durchs Haar.

„Was für eine Abmachung hast du mit meinem Vater getroffen? Sag mir die Wahrheit, oder ich schwöre dir, ich verschwinde auf der Stelle.“

„Genau aus dem Grund bist du deine größte Gegnerin, Ash. Du bist viel zu impulsiv. Du denkst nicht nach, bevor du handelst. Du bringst dich in schwierige Situationen und wirst am Ende nur verletzt. Du musst endlich lernen, dich zu beherrschen!“

Fassungslos starrte sie ihn an und ließ seine Worte auf sich wirken. Wer war jetzt der Böse hier? Etwa sie? Was zum Teufel hatte sie denn getan? Das hier war doch nicht ihre Schuld, sie hatte seinen Heiratsantrag schließlich nicht aus den falschen Gründen akzeptiert. Devon wusste sehr gut, was sie für ihn empfand. Himmel, schließlich hatte sie es ihm ja auch oft genug gesagt.

In seinen Augen erschien ein wütendes Funkeln. Er drehte sich um, ging zu einer Kommode und knallte den Laptop darauf. Einen Moment lang stand er einfach nur da, mit dem Rücken zu ihr gewandt, schweigend. Die Spannung im Raum war fast spürbar. Plötzlich wurde Ashley von einer Furcht erfüllt, dass sie gleich etwas Schreckliches erfahren würde. Über ihr Schicksal, ihre Heirat.

„Devon?“, flüsterte sie.

Sie dachte an ihre Beziehung. An sein Liebeswerben und an all die Verabredungen, die ihr plötzlich in einem anderen Licht erschienen. Wie viel von dem, was er ihr gesagt hatte, war eine Lüge? Etwa alles?

Sie wollte ihn nicht danach fragen. Denn sie hatte Angst, dass sie die Wahrheit nicht aushalten würde. Doch sie hatte keine andere Wahl.

Er drehte sich wieder um. Seine Augen waren matt, sein Gesichtsausdruck teilnahmslos.

Genau in diesem Augenblick spielten die Umstände ihrer Heirat für Ashley plötzlich keine Rolle mehr. Es gab nur eine einzige Sache, die sie wissen musste. Es war die wichtigste Frage überhaupt, die Ashley Klarheit darüber verschaffen würde, ob sie ihre Zukunft mit oder ohne Devon erleben würde.

„Beantworte mir bitte nur eine Frage“, sagte sie leise. „Liebst du mich?“

9. KAPITEL

Devon fühlte sich grauenhaft. Er starrte auf Ashleys blasses Gesicht und wusste, die Stunde der Wahrheit war nun gekommen. Tief in seinem Innersten hatte er immer geahnt, dass es so weit kommen würde.

Verdammter alter Mann! William Copeland hatte seine geliebte Tochter schützen wollen. Und jetzt? Hatte er ihr den schwärzesten Tag ihres Lebens beschert. Großartig. Und Devon stand natürlich wie der größte Mistkerl aller Zeiten da.

„Du bedeutest mir sehr viel", sagte er mit monotoner Stimme.

Wut und Angst spiegelten sich in ihren Augen. Selbst ihm war klar, wie abgeschmackt seine Antwort klingen musste. Doch er wollte ihr nicht noch mehr wehtun. Hatte sie nicht schon genug erdulden müssen?

„Lass uns bei der Wahrheit bleiben", erwiderte sie. „Du musst mich nicht mit netten Worten beruhigen. Es ist eine ganz einfache Frage, Devon: Liebst du mich?"

Seine Nasenflügel bebten. „Die Wahrheit ist nicht immer angenehm, Ash. Und sie hört sich auch nicht immer schön an. Also überlege dir gut, ob du sie wirklich hören willst. Denn manchmal ist der Schmerz, den sie verursacht, größer als der, sie nicht zu kennen."

Sie schien noch bleicher zu werden. Der Glanz war völlig aus ihren Augen verschwunden, und einen Moment lang dachte er, sie würde es gut sein lassen. Doch dann blickte sie ihn traurig an und sagte tonlos: „Die Wahrheit, Dev. Ich will die Wahrheit hören. Ich muss es wissen."

Er strich sich durchs Haar. „Also gut, Ashley. Nein, ich liebe dich nicht. Ich habe dich sehr gerne. Ich mag und respektiere dich. Aber wenn du wissen willst, ob ich dich liebe, dann muss ich diese Frage verneinen."

Sie gab einen Laut von sich, in dem ihr ganzer Schmerz mitschwang und der wie ein Messer durch Devons Brust fuhr. Wieso hatte er sie nicht einfach angelogen? Weil sie es sowieso gewusst hätte, ganz egal, welches Geständnis er ihr gemacht hätte.

Vielleicht waren sie ja jetzt in der Lage, aufrichtig miteinander umzugehen. Dann würde auch endlich dieses Gefühl, der größte Mistkerl aller Zeiten zu sein, verschwinden.

Sie wich zurück, musste sich aber am Kaminsims abstützen, weil ihr plötzlich schwindelig wurde. Er trat auf sie zu, nahm sie bei den Schultern und führte sie zum Bett, damit sie sich setzen konnte.

Er trat einen Schritt zurück und atmete hörbar aus. Bevor er etwas sagen konnte, sah sie ihn unendlich traurig und verletzt an.

„Wie konnte ich nur so dumm und naiv sein?“, flüsterte sie. „Wahrscheinlich hast du dich über mich totgelacht.“

„Verdammt, Ash, ich habe mich nie über dich lustig gemacht. Niemals!“

„Ich habe dich geliebt“, sagte sie mit schmerzerfüllter Stimme. „Ich dachte, du liebst mich auch. Ich habe gedacht, wir heiraten, weil du mich wolltest, nicht das Geschäft meines Vaters. Wie viel bin ich dir wert, Dev? Oder sollte ich lieber fragen, wie viel mein Vater dir angeboten hat, damit du mich heiratest?“

Wütend darüber, wie aussichtslos jedes Argument von ihm sein würde, zog er den Schreibtischstuhl ans Bett, setzte sich und sah sie an. „Hör mir zu. Es gibt keinen Grund, warum wir keine zufriedene Ehe führen sollten. Wir kommen gut miteinander aus, wir sind uns in den meisten Punkten einig, und es klappt gut im Bett. Das sind drei Dinge, von denen viele Paare träumen.“

Sie schloss die Augen.

„Sieh mich an, Ash. Das mag schmerzhaft für dich sein, aber wir sollten offen miteinander reden. Du bist viel zu emotional, du wirst immer wieder aufs Neue verletzt werden, weil du deine Gefühle offen nach außen trägst. Vielleicht ist es allmählich an der Zeit für dich, erwachsen zu werden und zu erkennen, dass das Leben kein Märchen ist.“

Verwirrt schüttelte sie den Kopf. Es war ihr anzusehen, dass sie mit den Tränen kämpfte. „Wie kannst du nur so … so … *kalt* und abgeklärt sein? Als würdest du über Daten und Fakten sprechen, von denen ich keine Ahnung habe?"

Er spürte ein Ziehen im Magen. Noch nie zuvor hatte er sich dermaßen hilflos gefühlt und wünschte sich, es wäre damit getan, Ashley begreiflich zu machen, dass sie härter im Nehmen werden musste. Doch wie? Wusste er doch, dass sie einer der gefühlvollsten Menschen war, die er kannte. Und es war schon ziemlich rücksichtslos von ihm, ihr einreden zu wollen, die ganze Sache zu vergessen.

Sie barg das Gesicht in den Händen, und er sah, wie sie schluckte und versuchte, geräuschlos zu schluchzen. Natürlich gelang ihr das nicht.

Er hob die Hand, weil er ihr gerne tröstend übers Haar gestrichen hätte, doch im letzten Moment zog er sie wieder zurück.

„Ash, bitte weine nicht."

Sie hob den Kopf, blickte ihn aus verweinten Augen an und strich sich zornig das Haar aus dem Gesicht. „Weine nicht? Was soll ich deiner Meinung nach sonst tun? Wie konntest du nur? Wie konnte mein Vater nur so etwas tun? Sag's mir, Devon. Was ist der Preis für meine Zukunft? Was springt für dich dabei heraus?"

Schweigend sah er sie an.

„Dein Vater wollte, dass ich dich heirate, damit meine Firma *Tricorp Investment* und *Copeland Hotels* fusionieren können", gestand er schließlich. „Und? Glücklich? Kannst du mir bitte erklären, was gut daran sein soll, dass du es nun weißt?"

„Es macht mich nicht glücklicher, aber ich möchte verdammt noch mal wissen, in welche Sache mich mein Vater hineingezogen hat. Hätte ich denn jemals eine Chance gehabt? Hast du täglich Hausaufgaben gemacht, um dich in mein Herz einzuschleichen?"

„Nein, verdammt! Ich habe meine Zuneigung zu dir doch nicht gespielt. Es war keine harte oder unangenehme Arbeit für mich, dich in mich verliebt zu machen. Hätte ich eine Heirat wirklich nicht gewollt, dann hätte keine Abmachung und kein

Vertrag daran etwas ändern können. Ich dachte – und denke immer noch –, dass wir ein gutes Ehepaar abgeben. Ich verstehe nicht, warum Liebe immer eine dramatische Gleichung sein muss. Freundschaft und gegenseitiger Respekt sind weitaus wichtiger für eine Beziehung."

„Dann kannst du mir bestimmt sagen, wie zum Teufel ich Respekt einem Mann gegenüber aufbringen soll, der mich in eine arrangierte Ehe hineingezogen hat. Denkt denn wirklich jeder, ich sei eine dumme Nuss, dankbar dafür, dass ein Mann in mein Leben getreten ist, um auf mich aufzupassen? Dann habe ich ein paar Neuigkeiten für dich und meine Familie: Ich habe geheiratet, weil es meine eigene Entscheidung war. Ich hatte Sex mit einem Mann, weil ich genügend Selbstachtung besitze und mich zu nichts drängen lasse, für das ich nicht reif genug wäre. Ich war weder hilflos, noch hatte ich das Gefühl, eine alte Schachtel zu sein, wenn ich im Alter von dreiundzwanzig Jahren noch nicht unter der Haube bin. Ich war glücklich und zufrieden."

„Ashley, hör mir doch zu."

Er beugte sich vor, nahm sie bei den Händen und blickte sie schweigend an, bis sie sich etwas beruhigt hatte.

„Du bist aufgeregt und verletzt. Aber unterschätze bitte nicht die Möglichkeit, eine gute Ehe zu führen. Triff keine übereilten Entscheidungen, die du später bereuen könntest. Nimm dir etwas Zeit zum Nachdenken."

„Hörst du dir eigentlich selbst zu?", fuhr sie ihn an. „Weißt du eigentlich, wie bevormundend du klingst? ‚Sei nicht so dumm und naiv, Ashley. Erwarte von einer Ehe doch nicht so alberne Dinge wie Liebe und Anziehung'."

„Ich denke, es ist besser, das Gespräch an diesem Punkt abzubrechen", sagte er knapp. „Jedenfalls so lange, bis du dich wieder beruhigt hast." Als Devon aufstand, blickte sie beiseite, doch er konnte sehen, dass sie weinte.

Lieber als alles andere hätte er sie in die Arme genommen und getröstet. Sie gehalten und ihre Tränen getrocknet. Doch wie hätte er das tun können, wo er doch der Grund für ihre Verzweiflung war?

„Es tut mir leid, Ash", sagte er mit heiserer Stimme. „Ich weiß, du glaubst mir nicht, aber es tut mir unendlich leid. Ich hätte alles getan, um dir diesen Schmerz zu ersparen."

„Geh und lass mich allein", stieß sie hervor. „Im Moment ertrage ich nicht einmal deinen Anblick."

Er zögerte einen Moment und seufzte dann resigniert. „Ich nehme die Couch im Wohnzimmer. Morgen früh reden wir weiter."

Es kostete ihn all seine Willenskraft, sich umzudrehen und das Schlafzimmer zu verlassen. Sein Instinkt schien sich aufzulehnen und ihm zuzurufen, sie nicht alleinzulassen, sondern in die Arme zu schließen und mit ihr zu reden. Bis sie ihm schließlich zustimmte, dass ihre Ehe sehr wohl funktionieren könne. Auch ohne emotionales Drama und pathetische Liebesschwüre.

Er musste sich ja bloß seine Freunde anschauen, um zu wissen, dass er recht hatte. Deren Leben war völlig aus den Fugen geraten durch dieses Wort mit L.

So viel Angst und Zittern im Namen der Liebe! Wie oft war es Rafe und Ryan mies gegangen. Und alles bloß wegen dieser … Liebe.

Devon verzog das Gesicht und ließ sich im dunklen Wohnzimmer auf die Couch fallen.

Freundschaft, Kameradschaft, Vertrauen, Respekt.

Das waren die Dinge, an die er glaubte.

Aber romantische Liebe? Nein. Das war ein verstörendes und rohes Gefühl, das er sich lieber vom Leib hielt.

10. KAPITEL

Ashley saß auf der Veranda der Suite und blickte übers Meer, während die Sonne aufging. Sie fühlte sich leer und ausgebrannt. Gleichzeitig aber auch so dumm und naiv, dass sie bei dem Gedanken daran zusammenzuckte. Die Erkenntnis, dass ihr Leben, das ihr bis vor Kurzem noch so vollkommen erschienen war, nur Lug und Trug war, verstörte sie.

Die ganze Nacht über hatte sie zusammengekrümmt auf einem unbequemen Sessel gesessen und versucht, sich mit der Tatsache auseinanderzusetzen, dass sie schamlos belogen worden war. Man hatte sie missbraucht und manipuliert. Nicht nur Devon, sondern ihr eigener Vater hatte sie ausgenutzt. Und alles nur wegen eines Geschäfts.

Warum? Warum war es für Devon so wichtig gewesen, sie zu heiraten? Zweifelte ihr Vater denn so stark an ihrer Fähigkeit, das Leben selbst in die Hand zu nehmen, dass er einen Ehemann für sie engagierte?

Sie rieb sich die Augen, die furchtbar brannten. In den vergangenen Stunden hatte sie viel geweint, doch ab jetzt würde sie einen Teufel tun, auch nur eine einzige weitere Träne über ihren Ehemann zu vergießen.

Ein bitteres Lachen entfuhr ihr. Ihr Ehemann. Was sollte sie nun mit dieser Schmierenkomödie von Ehe anfangen?

Sie schloss die Augen angesichts der Demütigung, die ihr widerfahren war.

Hatte er hinter ihrem Rücken über sie gelacht? Sich gemeinsam mit seinen Freunden über sie lustig gemacht? Die Vorstellung, dass er dazu fähig war, widerte sie an. Doch der Mann, dem sie am Abend zuvor die Wahrheit abgerungen hatte, war ihr tatsächlich mit einer brutalen Ehrlichkeit begegnet.

„Zeit für dich, den Tatsachen ins Gesicht zu sehen, Ashley“, flüsterte sie.

Sie massierte sich die Schläfen, damit dieser elende Kopfschmerz endlich verschwand. Auch wenn dieser im Vergleich zu dem Schmerz, der ihr Herz umklammert hielt, lächerlich war.

Sollte sie Devon verlassen? Die Scheidung verlangen? Damit hätten sie vermutlich die kürzeste Ehe aller Zeiten geführt. Dass ihr Vater den Vertrag auflösen würde, war unwahrscheinlich, denn Devon hatte seinen Part ja erfüllt. Nicht Devon war unglücklich über das Ergebnis, sie, Ashley, war es.

Doch der Gedanke, sich von Devon scheiden zu lassen, war genauso unangenehm wie die Vorstellung, in der nun künstlichen Atmosphäre dieser sogenannten Ehe weiterzuleben. Sie hatte ihn wirklich von Herzen geliebt. Und diese Liebe war etwas, was man nicht einfach so ausknipsen konnte. Sie war unglaublich verletzt und zornig. Und sie fühlte sich aufs Gemeinste betrogen. Doch sie liebte ihn noch immer und wünschte sich insgeheim, an dem Punkt weitermachen zu können, an dem die Wahrheit noch nicht ans Licht gekommen war.

Es stimmte, was man ihr nachsagte. Dass sie die Augen vor der Wirklichkeit verschloss, um in rosaroten Traumschlössern zu leben. Sie hätte alles dafür gegeben, wieder das unschuldige kleine Mädchen zu sein, das sich wünschte, mit ihrem Traumprinzen glücklich bis ans Ende ihrer Tage zu leben.

Für eine kleine Weile war Devon dieser Traumprinz gewesen. Sie hatte ihn so sehen wollen, und das war ganz allein ihre Schuld. Für ihre Blauäugigkeit konnte sie ihn nicht verantwortlich machen.

Nein, sie wollte keine Scheidung. Aber genauso wenig wollte sie mit einem Mann zusammenleben, der sie nicht liebte.

Sie dachte noch einmal daran, was er gestern zu ihr gesagt hatte. Es hatte sie erschüttert, doch vielleicht hatte er ja recht.

Vielleicht war sie tatsächlich zu impulsiv und unbedacht. Vielleicht sollte sie an ihrer Selbstbeherrschung arbeiten.

Da Devon ganz offensichtlich kein Interesse an der tierlieben, warmherzigen und fröhlichen Ashley Copeland hatte, gab es nur zwei Möglichkeiten: Entweder reichte sie die Scheidung ein – oder sie wurde zu dem Menschen, den er lieben würde.

Ihre Familie hatte immer schon befürchtet, sie sei zu vertrauensselig. Und sie hatten recht behalten.

Es war an der Zeit, sich zu verändern.

Eigentlich war die Idee absurd, denn sie musste sich von ihrer Lebendigkeit, ihrem ganzen Wesen verabschieden. Es war ein trostloser Gedanke, und Ashley fragte sich, ob Devon die Anstrengung wirklich wert war.

Wäre ihr seine Liebe dieses Opfer wert, vorausgesetzt natürlich, sie könnte ihn überhaupt in sich verliebt machen?

Als sie ein Geräusch auf der Veranda hörte, setzte Ashley sich kerzengerade auf. Sie wusste, es war Devon, doch sie war noch nicht bereit, ihm gegenüberzutreten.

„Warst du die ganze Nacht hier draußen?“, fragte er ruhig.

Sie nickte stumm, während sie aufs Meer starrte.

Er ging zu dem massiven Steingeländer, schob die Hände in die Hosentaschen und blickte ebenfalls aufs Wasser.

Er sah genauso schlimm aus, wie sie sich fühlte. Allerdings hatte sie kein Mitleid mit ihm. Sein Haar war zerzaust, und er trug die Kleidung von gestern.

„Ash, hör auf, dich zu quälen. Es spricht nichts gegen eine zufriedene Ehe, ganz egal, welche Umstände uns dahin geführt haben.“

Er wiederholte sich schon wieder. Sie biss sich auf die Lippe, um ihren Zorn zu unterdrücken. Denn in diesem Moment führte er zu gar nichts, und sie fühlte sich zu schwach, um Devon etwas entgegenzusetzen.

Sie hob eine Hand, um ihm Einhalt zu gebieten, und verfluchte sich insgeheim dafür, als sie sah, dass sie zitterte. Sie ließ den Arm sinken und erkannte plötzlich, dass sie immer noch das aufregende Seidennegligé trug, das sie extra für die Hochzeitsnacht ausgewählt hatte. Eine Nacht, die eigentlich die schönste ihres Lebens hätte werden sollen. Und die nun für immer ihr schlimmster Albtraum sein würde.

„Ich bin einverstanden“, sagte sie plötzlich.

Verwundert starrte er sie an. „Wirklich?“

Sie nickte nur, denn Worte wären ihr im Hals stecken geblieben. Sie brauchte einen Moment, bis sie in der Lage war, wieder zu sprechen.

„Du hattest recht. Ich hatte unrealistische Erwartungen, die einer Ehe nur im Weg stehen."

Er zuckte kurz zusammen, sagte aber nichts.

„Also bin ich einverstanden, es zumindest eine bestimmte Zeit lang zu versuchen, um zu sehen, wie sich die Dinge entwickeln."

Er stutzte, doch sie sah ihn unumwunden mit kaltem Blick an. „Du kannst froh sein, dass ich noch nicht in einem Flugzeug sitze, um mich zu Hause mit einem Scheidungsanwalt zu treffen."

Er atmete langsam aus und nickte. „Also gut. Und an welchen Zeitraum denkst du?"

Sie zuckte die Schultern. „Woher soll ich das wissen? Ich kann schließlich nicht voraussagen, wann ich die Hoffnung auf eine glückliche Ehe aufgeben werde."

„Ash."

Die Art, wie er mit seiner dunklen Stimme ihren Namen aussprach, machte sie noch wütender. Sie ballte die Hände zu Fäusten, um ihn nicht anzuschreien.

„Ich will dich nicht bestrafen, Devon. Ich versuche nur, mit der Situation klarzukommen, ohne das Letzte bisschen Würde zu verlieren."

Er wurde blass, und Schmerz trat in seine Augen. Aber auch Scham.

„Du denkst also, dass wir eine zufriedene Ehe führen können. Ich persönlich finde es nicht sehr zufriedenstellend, mit einem Mann verheiratet zu sein, der mich nicht liebt. Aber ich bin bereit, mich darauf einzulassen. Vermutlich hast du recht, wenn du sagst, dass es dumm ist, sich auf so etwas wie romantische Liebe zu verlassen."

„Verdammt, du bist mir doch wichtig …"

„Bitte", unterbrach sie ihn, „erspare uns deine Allgemeinplätze. Es war verdammt hart, sich deine Meinung über meinen Charakter anzuhören. Wer hört schon gerne Schlechtes über sich? Aber trotzdem komme ich dir entgegen und werde versuchen, nicht so impulsiv zu sein, oder wie immer du mich bezeichnet hast. Ich werde versuchen, dir eine gute Ehefrau zu sein und dich nicht zu enttäuschen."

Er stieß einen Fluch aus, doch sie ignorierte es und redete weiter, bevor der Mut sie verlassen konnte.

„Im Gegenzug möchte ich dich allerdings um eines bitten", flüsterte sie.

Es kostete sie ihre ganze Kraft, um nicht zusammenzubrechen.

Er hatte die Lippen fest aufeinandergepresst. Seine Augen sahen dunkel aus, sein Blick war finster. Wenigstens ging es nicht spurlos an ihm vorbei.

„Die Situation ist für mich unglaublich demütigend. Trotzdem werde ich alles versuchen, dir als Ehefrau gerecht zu werden. Dennoch bitte ich dich, mir die Blamage vor meiner Familie zu ersparen. Ich will, dass du kein Wort über unsere Sache verlierst. Ich bitte dich also, so zu tun, als sei alles in Ordnung. Zumindest vor ihnen."

„Gott, Ash. Du tust ja gerade so, als hasse ich dich. Ich würde dich niemals blamieren."

„Ich möchte einfach nicht, dass sie erfahren, dass du mich nicht liebst", brachte sie hervor. „Ich wäre dir wirklich sehr dankbar … wenn du dich wie ein richtiger Ehemann verhalten würdest. Du musst nicht gleich übertreiben, aber ich bitte dich, mich mit … angemessen zu behandeln."

Dann wurde ihr plötzlich übel, und sie glaubte, sich übergeben zu müssen.

„Alles in Ordnung?", fragte Devon. „Natürlich nicht. Du siehst aus, als würdest du krank werden."

„Gibt es eigentlich noch eine andere?", fragte sie leise. „Ich meine, hattest du eigentlich vor, treu zu bleiben? Ich werde nicht mit dir verheiratet bleiben, wenn du vorhast, dich durch fremde Betten zu schlafen."

Jetzt wurde sein Fluchen lauter. Er trat auf sie zu, fasste sie bei den Schultern und sah sie an.

„Hör auf, Ashley! Es gibt keine andere Frau, und es wird auch keine andere geben. Ich nehme meinen Treueschwur sehr ernst. Ich brauche keine Geliebte, denn ich will *dich*."

Erleichtert ließ sie die Schultern sinken und lehnte sich so weit zurück, dass seine Hände von ihren Armen rutschten.

„Himmel, von Anfang an wollte ich dir die Wahrheit sagen. Aber dein Vater wollte nichts davon hören. Mein Fehler. Ich hätte es dir einfach sagen sollen. Aber egal. Wenn ich die Idee, dich zu heiraten, wirklich so abwegig gefunden hätte, dann hätte ich bis zum Abschluss der Firmenfusion gewartet und dann die Scheidung eingereicht. Dagegen hätte dein Vater nichts ausrichten können."

Sie schloss die Lider und massierte sich die Schläfen. Die Sonne schien immer heller auf die Veranda und schien sich mit ihren Strahlen in ihre Augen zu bohren.

„Hast du wieder Kopfschmerzen?", fragte er besorgt. „Hast du deine Medikamente mitgenommen?"

Sie öffnete die Augen und zuckte kurz zusammen. „Ich will nach Hause."

Devons Miene verfinsterte sich. „Sei nicht so unvernünftig. Was du brauchst, ist deine Medizin und etwas Schlaf. Danach wirst du etwas essen und dich schon viel besser fühlen."

„Ich werde nicht hier herumsitzen und so tun, als sei alles in bester Ordnung. Du hast mich ja sogar hierher gebracht, weil du auf dieser Insel gerade eine Hotelanlage baust. Vermutlich, damit du hier in Ruhe weiterarbeiten kannst. Also bitte erzähl mir nicht, ich sei unvernünftig, weil ich diese märchenhaften Flitterwochen beenden will. Wir wissen beide, was für ein Witz das hier ist."

Mit aufeinandergepressten Kiefern stand er wieder auf und blickte kurz zur Seite. Dann sah er sie wieder an. Er wirkte irritiert. „Du hast mich gebeten, vor deiner Familie den Schein zu wahren. Wieso kannst du mir jetzt nicht den gleichen Gefallen tun?"

„Weil ich mich ziemlich mies fühle und ein bisschen Zeit brauche, um über alles hinwegzukommen“, fauchte sie. „Wir können sagen, es ginge mir nicht gut. Oder du musstest aus beruflichen Gründen kurzfristig abreisen. Für meine geschäftstüchtige Familie ist es nicht ungewöhnlich, dass Arbeit vorgeht. Und im Moment sind meine verfluchten Kopfschmerzen so stark, dass wir nicht einmal lügen müssten.“

„Ich werde dir etwas gegen die Schmerzen besorgen. Danach solltest du schlafen. Wenn …“ Devon seufzte. „Wenn du dann immer noch abreisen willst, werde ich uns einen Flug zurück nach New York buchen.“

11. KAPITEL

Ashley schlief. Angesichts der starken Tabletten, die Devon ihr gegen die Migräne gegeben hatte, war das auch kein Wunder.

Als sie schließlich erwachte, war die Sonne schon fast untergegangen. Noch immer plagten sie Kopfschmerzen, und als sie sich aufsetzte, wurde sie von einer heftigen Übelkeit befallen. Sie legte sich eine Hand auf die Stirn und versuchte, gleichmäßig atmend zu sich zu kommen.

Die Vorhänge im Zimmer waren zugezogen, der ganze Raum war abgedunkelt worden. Devon hatte Ashley nur mit einem Laken zugedeckt und die Klimaanlage optimal eingestellt.

Vermutlich war er nur so fürsorglich, weil er ein schlechtes Gewissen hatte.

Ashley zwang sich aufzustehen und setzte sich vorsichtig auf die Bettkante. Nach einem kurzen Moment erhob sie sich und ging auf wackeligen Beinen zu ihren Koffern, die immer noch geöffnet auf dem Zimmerboden standen.

Sie zog das Seidennachthemd aus und warf es kurzerhand in den Mülleimer. Sie wollte es nie wieder anziehen.

Dann wühlte sie sich durch die schicken Kleider, die Bikinis und die edle Nachtwäsche und griff zu ausgewaschenen Jeans und einem schlichten T-Shirt. Sie dachte darüber nach, welche Schuhe sie tragen sollte. Da sie einen Strandspaziergang machen wollte, um einen klaren Kopf zu bekommen, entschied sie sich schließlich, lieber barfuß zu laufen.

Ohne auch die leiseste Ahnung, wo Devon steckte, trat sie auf die Veranda. Eine leichte Meeresbrise strich ihr durchs Haar. Tief einatmend ging Ashley die Treppenstufen zum Strand hinunter.

Es war ein warmer Abend. Obwohl der Wind, der vom Meer herüberwehte, sich angenehm anfühlte, fröstelte sie und erschauerte, als ihre Füße im Sand versanken.

Die Sonne war untergegangen; nun erhob sich der Mond an

einem sternenklaren Himmel und ließ das Meer wie Silber glänzen. Es war wunderschön.

Fasziniert von diesem Anblick ging Ashley mit um die Taille geschlungenen Armen näher ans Wasser.

Dann blieb sie stehen und ließ sich die Füße und Gelenke umspülen. Und so stand sie da wie eine Schlafwandlerin, den Blick über das weite Meer gerichtet. So schön es auch war, es hätte eine Million Wünsche gebraucht, um aus der Misere, in der sie steckte, herauszukommen.

Dabei war sie doch gerade wegen ihrer idiotischen Träume und Wunschvorstellungen so unglücklich. Wie dumm sie gewesen war, auf den perfekten Mann zu warten, um ihm die Jungfräulichkeit zu schenken. Ihre Freundinnen waren zumindest mit offenen Augen mit ihrer Situation umgegangen. Sie hatten Sex nicht für Liebe gehalten. Sie hatten keine Migräne während der Flitterwochen befürchten müssen. Ganz zu schweigen von einem Ehemann, der sie nicht liebte.

Ashley nahm ihr Handy und starrte auf die Namen ihrer Bekannten. Auch wenn sie jetzt eine gute Freundin gebrauchen konnte, hatte sie nicht die Energie, eine SMS zu schreiben oder über die Sache zu reden. Immerhin hatte sie schon genügend Demütigungen über sich ergehen lassen müssen. Würde sie überhaupt in der Lage sein, ihren Freunden die Wahrheit zu eröffnen? Oder würde sie einfach wieder nach Hause fahren und stillschweigend hoffen, dass Devon sich an die Absprache hielt und niemandem etwas sagte?

Könnte sie es schaffen, dass er sich in sie verliebte?

Sie steckte das Handy zurück in die Hosentasche, schloss die Augen und wünschte sich eine Minute lang, noch einmal von vorne anfangen zu können. Sie wünschte sich, ihm mehr Fragen gestellt zu haben. Bemerkt zu haben, dass er niemals von Liebe gesprochen hatte, während sie nie müde geworden war, ihm immer wieder zu sagen, dass sie ihn liebe.

Sie hatte sich nichts dabei gedacht. Devon war ein bisschen reserviert und zurückhaltend. Aber genau das hatte sie ja so anziehend gefunden. Sie hatte geglaubt, diese Eigenschaften würden seinen Sex-Appeal ausmachen. Sie war überzeugt davon gewesen, dass er sie begehrte und dass seine Taten wichtiger waren als Worte.

Nicht ein einziges Mal war ihr der Gedanke gekommen, dass sich dahinter manipulatives Verhalten und eiskaltes Kalkül verbergen könnten.

Frustriert biss sie die Zähne zusammen.

„Genug", sagte sie.

Die letzten vierundzwanzig Stunden hatte sie damit verbracht, sich selbst die Schuld zu geben. Dabei war Devon der Übeltäter, nicht sie. Sie hatte nichts Unrechtes getan. Ganz bestimmt würde sie sich nicht dafür entschuldigen müssen, einem Mann, der es nicht verdiente, Liebe und Vertrauen geschenkt zu haben.

Er war der Schuldige. Nicht sie.

Jetzt war es an der Zeit, dass sie aufhörte, an diesen egoistischen Mistkerl zu denken, und sich auf ihre Wünsche konzentrierte.

Ein bitteres Lachen entfuhr ihr. Denn eigentlich wünschte sie sich ja nichts sehnlicher, als von diesem egoistischen Mistkerl geliebt zu werden. Lächerlich.

Nein, sie würde Sylvia, Carly oder Tabitha keine SMS schicken. Und Pippa schon gar nicht. Die würde sie binnen weniger Stunden vor einen Anwalt zerren und Devon in tausend Stücke zerreißen.

Außerdem würden ihre Freundinnen ihr in den Ohren liegen, sie solle sich sofort scheiden lassen. Sie mochte naiv sein, aber das musste sie sich nicht auch noch von anderen Leuten bestätigen lassen. Sie hatte bereits einen Fehler gemacht, und das war ganz bestimmt nicht der letzte gewesen. Na ja, und wenn es nicht funktionieren sollte, dann konnte sie immer noch sagen, dass die Ehe gescheitert wäre. Sie musste ja nicht jedem Menschen auf die Nase binden, dass die Beziehung von vornherein ein schlechter Witz gewesen war.

So klein waren ihr Ego und ihre Selbstachtung nun auch wieder nicht.

Jetzt, da sie das Gefühl hatte, zumindest ein Quäntchen Kontrolle wiedererlangt zu haben, drehte sie sich um und ging zurück. Sie war zwar hungrig, doch allein beim bloßen Gedanken an Essen wurde ihr übel. Außerdem hatte sie immer noch grauenhafte Kopfschmerzen.

Sie war einige Schritte von der Veranda ihrer Suite entfernt, als sie sah, dass Devon auf sie zukam.

Obwohl sie sich viel Zeit zum Nachdenken genommen und entschieden hatte, wie sie weitermachen würde, war sie noch nicht bereit für ein Gespräch. Wie sollte sie sich nur verhalten, jetzt wo sie wusste, dass er nicht der Mann war, für den sie ihn gehalten hatte? Plötzlich hatte sie das Gefühl, einem vertrauten Fremden zu begegnen, mit dem sie von nun an zusammenleben und nach außen hin ein intaktes Eheleben vortäuschen würde.

„Wo warst du denn?", rief Devon ihr schon von Weitem zu. „Ich habe mir Sorgen gemacht."

Noch bevor sie antworten konnte, nahm er sie am Ellbogen und zog sie zu einem Teil des Strandes, der durch kleine Lämpchen hell erleuchtet war.

Als sie den Kopf zur Seite drehte, weil sie von einem Lichtstrahl geblendet worden war, sah er sie besorgt an.

„Du hast immer noch Kopfschmerzen, oder?"

Langsam schüttelte sie den Kopf.

„Verdammt noch mal, Ash. Wieso bist du nicht zu mir gekommen oder hast nicht noch eine Tablette genommen? Du solltest im Bett liegen. Sieh dich doch mal an. Du hast seit vierundzwanzig Stunden nichts gegessen und bist leichenblass."

Sie schlang sich die Arme um den Oberkörper, als er wieder die Hand nach ihr ausstreckte. Doch seine Berührung war nicht so rau wie seine Stimme. Als er sie an sich heranzog und zur Suite zurückführte, tat er es sehr sanft.

Gegen ihren Willen legte sie ihm den Kopf an die Schulter und schloss die Augen. Als sie die Treppenstufen erreichten, hob er sie zu ihrer Überraschung auf die Arme und trug sie hinauf.

„Leg den Kopf an meine Schulter“, sagte er.

Entspannt tat sie, was er ihr sagte, und genoss die Zärtlichkeit, mit der er sie hielt.

So zu tun als ob, war eigentlich gar nicht so schlecht.

Er trug sie in das immer noch verdunkelte Schlafzimmer und setzte sie behutsam aufs Bett. „Ohne die Jeans ist es sicherlich bequemer“, sagte er und streifte ihr kurzerhand die Hose von den Beinen.

Nur in T-Shirt und Slip lag sie nun auf dem Laken und hoffte, dass diese verdammten Schmerzen in ihrem Kopf und ihrem Herzen endlich nachließen.

Er setzte sich auf die Bettkante und streckte sich schließlich so aus, dass sein Bein neben ihrem lag.

„Ich werde dir noch eine Tablette geben. Aber du solltest vorher etwas essen. Ich werde eine leichte Suppe bestellen. Möchtest du auch etwas trinken? Meinst du, du verträgst ein Glas Saft?“

Während er zu ihr sprach, streichelte er ihr beruhigend übers Haar. Sie hatte Mühe, die Tränen zurückzuhalten, die ihr in die Augen stiegen. So konnte das doch nichts werden, wenn sie jedes Mal zusammenbrach, bloß weil er sich um sie kümmerte!

„Suppe klingt gut“, sagte sie leise.

Plötzlich hielt er inne und hörte auf, sie zu streicheln. „Wie gedankenlos von mir. Bei Migräne muss jede Berührung und jeder Laut eine Qual für dich sein.“

„Nein. Es ist ... schön.“

„Ich bin gleich wieder da. Ich bestelle dir eine Suppe, damit zu was im Magen hast.“

Als er aufstand und das Zimmer verließ, schloss sie die Augen. Sie hörte, wie er den Zimmerservice anrief. Dann war er wieder bei ihr und legte ihr eine Hand auf die Stirn.

„Das Essen wird gleich kommen. Ich habe ihnen gesagt, sie sollen sich beeilen.“

„Danke schön.“

Einen Augenblick lang schwieg er. Dann sagte er mit schwerer Stimme: „Ich habe uns für morgen Vormittag einen Rückflug gebucht. Ich möchte nicht, dass du hier eine ganze Woche lang unter Kopfschmerzen leidest. Wenigstens hast du zu Hause alle deine Lieben um dich. Dadurch ... fühlst du dich bestimmt besser.“

Sie nickte, obwohl es ihr schwer ums Herz war. Eine ganze Woche lang hätten sie hier auf dieser Insel eine schöne Zeit miteinander verbringen sollen. Hätten sich lieben und sich amüsieren sollen.

Stattdessen würden sie frühzeitig abreisen und einer unbestimmten Zukunft entgegengehen. In einer Welt, die Ashley fremd war. In der sie auf jedes Wort und jede Geste achten musste.

Der Gedanke ängstigte sie. Was, wenn sie einen Fehler beging? Was, wenn Devon trotz aller Zurückhaltung, die sie an den Tag legen würde, nie mehr für sie empfinden würde als jetzt?

Dann verdient er dich nicht, ertönte eine Stimme in ihr.

Das tat er jetzt schon nicht. Die vernünftige Seite in ihr wusste dies nur zu gut. Doch sie wollte ihn. Wollte seine Liebe und seine Zuneigung. Sie wollte, dass er stolz auf sie war.

Wenn sie sich dafür noch einmal zum Idioten machen müsste, wie sie es ohnehin schon gemacht hatte, konnte sie damit leben. Womit sie aber nicht leben konnte, war der Gedanke, einfach aufzugeben, ohne zu versuchen, ihre Ehe zu retten.

„Es ist besser, wenn wir nach Hause fahren“, flüsterte sie.

Die Hand immer noch auf ihrer Stirn, ließ Devon ihre Worte auf sich wirken. Er wirkte sehr angespannt.

Als es an der Tür klopfte, stand er auf. „Das wird das Essen sein. Du bleibst einfach hier. Ich werde den Servierwagen ins Schlafzimmer rollen und es dir bequem machen, damit du im Bett essen kannst.“

Als er das Zimmer verließ, spürte sie, wie sie etwas ruhiger wurde. Schließlich setzte sie sich im Schneidersitz aufs Bett und stopfte sich die Kissen hinter den Rücken.

Devon kam mit dem Servierwagen zurück, den er am Fußende des Bettes abstellte. Als er die Servierhaube anhob, strömte ein appetitlicher Duft durchs Zimmer, der ihr das Wasser im Mund zusammenlaufen ließ. Trotzdem begann ihr Magen zu rebellieren, und der Schweiß brach ihr auf der Stirn aus.

„Alles in Ordnung?“, fragte Devon, während er das Tablett vor ihr aufstellte.

Besorgt blickte er sie an. Ashley nickte und griff mit zitternden Händen nach der Serviette und dem Besteck.

Als sie vorsichtig versuchte, den Suppenteller zu nehmen, hielt Devon sanft ihre Hand fest. „Vielleicht wäre es besser, sie in einen Becher umzufüllen. Dann könntest du daran nippen und läufst nicht Gefahr, sie zu verschütten.“

Sie nickte und sah ihm dabei zu, wie er die Suppe in eine Kaffeetasse schüttete.

„Hier. Aber Vorsicht, sie ist noch sehr heiß.“

Ashley führte die Tasse an die Lippen, sog den köstlichen Duft ein und nahm mit geschlossenen Augen einen kleinen Schluck.

Es war himmlisch. Sie spürte, wie gut ihr die warme Suppe tat.

„Gut?“, fragte er und setzte sich neben sie auf die Bettkante.

„Wundervoll.“

Er sah ihr dabei zu, wie sie die Tasse leerte, und griff dann zu dem Röhrchen mit den Tabletten, aus dem er eine herausnahm.

„Hier. Danach wirst du hoffentlich durchschlafen. Morgen früh wecke ich dich rechtzeitig, damit wir unseren Flieger erreichen. Keine Sorge, ich werde dir passende Kleidung herauslegen und alles andere zusammenpacken.“

Obwohl sie immer noch wütend und durcheinander war, musste sie ihm doch zugestehen, dass er sich rührend um sie kümmerte.

Die Hände um die Tasse geschlungen, lehnte sie sich zurück und sah ihn an.

„Danke“, sagte sie schlicht.

Ein schmerzvoller Ausdruck trat in seine Augen. „Ich weiß, du glaubst immer noch nicht daran, dass das hier richtig ist. Aber mit der Zeit wirst du es hoffentlich. Ash, ich hatte nie vor, dich zu verletzen. Und ich habe nie gewollt, dass das hier passiert."

Sie schluckte und führte die Tasse zum Mund. Was hätte sie schon sagen können? Natürlich war er kein böser Mensch. Wenn sie nicht durch Zufall die Wahrheit herausgefunden hätte, hätte er ihr vermutlich nie etwas gesagt. Vielleicht hatte er sogar geglaubt, ihr einen Gefallen zu tun, indem er schwieg.

Er nahm ihr die Tasse aus den Händen, umfasste ihr Kinn und sah sie sanft an.

„Du wirst sehen, Ash. Wir kriegen das hin."

Sie nickte.

„Ich werde es versuchen, Devon. Das werde ich."

Er beugte sich vor und drückte ihr einen Kuss auf die Stirn. „Schlaf jetzt. Morgen früh wecke ich dich."

12. KAPITEL

Am nächsten Morgen nahm Ashley die Welt um sich herum wie durch dichten Nebel wahr. Nachdem Devon sie zärtlich geweckt und festgestellt hatte, dass ihre Kopfschmerzen immer noch nicht verflogen waren, bestellte er nur ein leichtes Frühstück. Er blieb an ihrer Seite, während sie aß, half ihr dabei, sich anzukleiden, und führte sie zu einem Wagen, der sie zum Flughafen fuhr.

Während des Fluges nach New York City fiel Ashley glücklicherweise in einen anhaltenden Dämmerschlaf.

Nach der Landung führte Devon sie wieder zu einem Wagen und achtete darauf, dass sie es bequem hatte. Den Kopf an seine Schulter gelegt, schlummerte sie, bis er sie vor seinem Apartment sanft wachrüttelte.

„Wir sind da, Ash."

Zu Hause. Blinzelnd warf sie einen verschlafenen Blick auf das Haus. Ein kalter Lufthauch ergriff sie, als Devon die Tür öffnete und ausstieg. Er sprach kurz mit dem Portier und kam dann zurück, um ihr aus dem Wagen zu helfen.

Er legte einen Arm um sie und führte sie durch die Tür, die der Portier ihnen aufhielt. Den ganzen Weg vom Aufzug bis in sein Apartment hielt er sie fest und sicher. *Ihr* Apartment. Es war nicht einfach, sich immer wieder daran zu erinnern.

In der Wohnung waren bereits viele Dinge von Ashley. Devon hatte ihr vorgeschlagen, eine Haushälterin zu engagieren, damit das kleine Chaos, das sie hinterlassen hatte, nicht noch größer wurde. Ashley seufzte. Ihre Unordnung war auch etwas, woran sie arbeiten musste.

Als sie das Schlafzimmer betraten, nahm Devon eines seiner ausgewaschenen T Shirts und legte es aufs Bett. „Du ziehst dir am besten einfach etwas Bequemeres an und legst dich hin. Ich wecke dich dann, wenn das Dinner fertig ist, damit du etwas in den Magen bekommst."

„Ich würde mich lieber auf die Couch legen", sagte sie und nahm das T-Shirt.

Als sein Blick sich verfinsterte, fragte sie sich, ob sie etwas Falsches gesagt hatte. Dann fiel ihr ein, dass er vermutlich glaubte, sie wolle nicht in seinem – ihrem – Bett schlafen.

Dabei war ihr dieser Gedanke gar nicht gekommen. Da sie sich vorgenommen hatte, eine zufriedene Ehe zu führen, würde sie natürlich auch das Bett mit ihm teilen.

Sie sank auf die Matratze, immer noch ganz benommen. Sie rieb sich die Augen und sah ihn an.

„Ich wollte nur sagen, dass es angenehmer ist, mit Kopfschmerzen auf dem Sofa zu liegen als im Bett. Allerdings bringt es mich auf einen bestimmten Gedanken. Ich dachte eigentlich, wir …", sie schluckte und fühlte sich plötzlich unsicher, „… wir schlafen weiterhin miteinander in einem Bett. Ich weiß nur nicht, ob du das auch möchtest."

Devon ging zu ihr, kniete sich vor sie hin und legte ihr die Hände auf die Oberschenkel, sodass er mit ihr auf Augenhöhe war.

„Jede Nacht wirst du neben mir liegen. Und ganz egal, ob wir Sex miteinander haben oder nicht, du wirst in meinen Armen liegen."

„Na, dann ist ja alles gut", murmelte sie.

Er stand auf und trat einen Schritt zurück. „Also, wenn es bequemer für dich ist, dann werde ich die Couch vorbereiten."

Ashley nickte und sah ihm nach, als er ging. Dann schaute sie sich im Schlafzimmer um – sah all ihre Habseligkeiten, die überall verstreut lagen – und seufzte. Waren diese Kopfschmerzen erst einmal weg, dann würde sie hier gründlich aufräumen. Außerdem vermisste sie die Tiere im Tierheim. Doch ihre Lieblinge waren in guten Händen. Sie konnte also ruhigen Gewissens ihr Leben in Ordnung bringen.

Wenn Devon tagsüber seiner Arbeit nachging, würde sie genügend Zeit haben, um in Ruhe alles zu durchdenken. Der Gedanke, allein zu sein, gefiel ihr überhaupt nicht, denn normalerweise war sie immer unter Leuten. In ihrer großen Familie und ihrem Freundeskreis gab es immer jemanden, mit dem sie Zeit verbringen konnte.

Aber worüber sollte sie mit ihnen reden? Über ihre wunderbare Hochzeit? Ihren Ehemann? Die misslungenen Flitterwochen?

Ihr war zu schwindelig, um über all diese Fragen nachzudenken. Sie zog ihre Reisekleidung aus und streifte sich Devons T-Shirt über.

Wie gewöhnlich ließ sie ihre Kleider einfach auf den Boden fallen, doch dann hob sie sie rasch auf und stopfte sie in den Wäschekorb im Badezimmer.

Danach ging sie ins Wohnzimmer, wo Devon die Couch für sie vorbereitet hatte. Als sie den Raum betrat, kam er gerade aus der Küche zurück. Sie legte sich auf die Couch und versank förmlich in einem Meer aus Kissen. Devon legte ihr eine Decke um die Schultern.

„Fühlst du dich besser?"

Sie nickte. „Der Kopf tut schon nicht mehr so weh. In ein paar Stunden sollte eigentlich alles wieder okay sein."

„Ruh dich aus. Ich werde nach dir sehen, und wenn du magst, kümmere ich mich ums Dinner. Ich denke, wir sollten heute hier essen. Ich kann etwas bestellen oder koche eine Kleinigkeit."

Wieder nickte sie.

„Erst muss ich aber noch ein paar Anrufe erledigen. Außerdem werde ich deine Familie informieren, dass wir wieder hier sind und warum."

Entsetzt starrte sie ihn an. „Was um Himmels willen wirst du ihnen erzahlen?"

„Nur, dass du grauenhafte Kopfschmerzen bekommen hast und dachtest, du würdest dich hier besser fühlen."

Erleichtert legte sie sich zurück. „Sie wollen bestimmt sofort vorbeikommen. Zumindest Mom. Bitte sag ihr, dass ich noch meine Ruhe brauche. Ich werde sie später anrufen."

„Natürlich. Aber jetzt ruh dich aus."

Er drückte ihr einen Kuss auf die Stirn, zog ihr die Decke bis zum Kinn und löschte im Gehen das Licht. Ashley hörte, wie sich die Tür seines Arbeitszimmers schloss, und blieb in der Dunkelheit allein zurück.

Wie sie so dalag, ließ der Schwindel allmählich nach, und der Schmerz wurde dumpfer. Das war wirklich mit Abstand der schlimmste Migräneanfall, den sie je gehabt hatte.

Aus dem Grund hatte sie in den letzten Monaten auch auf die Schmerzmittel verzichtet, die ihr verschrieben worden waren. Sie hatte sie nicht gebraucht. Ihr Arzt hatte ihr mitgeteilt, dass emotionaler Stress der größte Auslöser für ihre Kopfschmerzen war. Das letzte Mal hatte sich ihre Migräne gemeldet, als ihre Eltern eine Ehekrise durchmachten und Ashley befürchtet hatte, sie könnten sich trennen. Ihr Vater war sogar eine Zeit lang ausgezogen.

Das war wirklich eine schreckliche Zeit für sie gewesen. Doch was immer zwischen ihren Eltern vorgefallen war, sie hatten es geschafft, sich zusammenzuraufen, und waren seitdem wieder das glückliche Paar, das Ashley immer in ihnen gesehen hatte.

Während dieser schwierigen Phase hatte Ashley ständig unter Migräne gelitten. Den Vorschlag ihres Arztes, Methoden zur Stressbewältigung zu erlernen, hatte sie nicht ernst genommen. Jetzt wurde ihr klar, dass es besser gewesen wäre, auf seinen Rat zu hören. Devon hatte mit seiner Anschuldigung recht: Sie war viel zu weich und ließ die Welt um sich herum viel zu nahe an sich heran. Aber war das etwas, was sie würde ändern können?

Sie seufzte. Ich muss endlich damit beginnen, mich abzuhärten, dachte sie. Sie durfte nicht länger alles um sich herum wie ein Schwamm aufnehmen und dann zusammenbrechen.

Ihr Ehemann liebte sie nicht? Na und? Dann würde sie eben einen anderen Weg finden, glücklich zu werden. Wie hatte ihre Großmutter immer gesagt? Du selbst baust dir das Nest, in dem du liegst.

Als die Wirkung des Medikaments nachließ, wälzte Ashley sich schlaflos hin und her. In ihrem Kopf ratterte es, weil sie immer wieder die Liste mit den Dingen durchging, die sie tun oder ändern wollte.

Sie musste kochen lernen. Bloß wie? Devon war wenigstens in der Lage, ein paar einfache Gerichte zuzubereiten, während sie sich nicht einmal sicher war, ob sie Wasser zum Kochen bringen konnte.

Okay, dafür gab es eine Lösung: Pippa war eine sehr gute Hobbyköchin und würde sicherlich nicht misstrauisch werden, wenn Ashley sie bat, ihr beizubringen, wie man ein romantisches Essen für seinen neuen Ehemann zubereitete.

Außerdem gab es da auch noch die Kochsendungen im Fernsehen.

Punkt zwei: Aufräumen. Ja, theoretisch wusste sie, wie man es tat. Ihr fiel es einfach nur schwer, Ordnung zu halten. Aber mit der notwendigen Disziplin würde sie es schon schaffen.

Vor allem aber musste sie besser auf ihre Worte und ihr Verhalten achtgeben. Aber so schwer war das bestimmt nicht. Statt wild zu gestikulieren, würde sie einfach nur lächeln – so wie ihre Mutter, die reinste Expertin, was kultiviertes Benehmen betraf. Und sie musste lernen, sich souverän in dem geschäftlichen Umfeld ihres Ehemanns zu bewegen.

Sicherlich konnte sie sich viel bei ihrer Familie abgucken. Obwohl sie eigentlich nie das Bedürfnis gehabt hatte, so zu werden wie sie, hatte sie auch nie darüber nachgedacht, dass sie völlig anders war. Warum auch? Ab jetzt würde sie sie allerdings genauer unter die Lupe nehmen. Hauptsache, ihre Familie wurde nicht misstrauisch.

Die Tür zum Arbeitszimmer ging auf, und kurz darauf trat Devon ins Wohnzimmer und sah Ashley an.

„Kannst du nicht schlafen?“, fragte er. „Brauchst du irgendetwas?“

Kopfschüttelnd zog sie sich die Decke bis unters Kinn. „Alles in Ordnung. Ich mache es mir nur etwas bequem.“

Er setzte sich in einen Sessel gegenüber der Couch. Als ihre Blicke sich trafen, hielt sie seinem tapfer stand, obwohl sie am liebsten weggeschaut hätte. Aber sie konnte ihm ja schließlich nicht aus dem Weg gehen.

Dennoch fiel es ihr unglaublich schwer, weil sie sich schämte und sich gedemütigt fühlte. Aber entweder ging es vorüber, oder sie würde so an sich arbeiten, dass es ihr nichts mehr ausmachte. Zumindest hoffe sie, dass ihr das gelang.

„Ich habe mit deinen Eltern gesprochen. Deine Mutter macht sich natürlich Sorgen. Du sollst sie sofort anrufen, wenn es dir besser geht. Und dein Vater möchte mich morgen früh gerne sehen. Wenn das also okay für dich ist, würde ich am Vormittag ein paar Stunden weg sein."

„Natürlich", sagte sie leise. „Die Kopfschmerzen sind so gut wie weg. Es gibt also keinen Grund, warum du hierbleiben solltest."

„Solltest du irgendetwas benötigen oder dich wieder schlechter fühlen, dann ruf mich sofort an."

Eher würde die Hölle zufrieren, als dass sie ihn noch einmal während der Arbeit anrief! Doch sie nickte bloß und seufzte. Das also war ihre Ehe: eine verkrampfte Konversation zwischen zwei Menschen, die sich in der Gegenwart des anderen ganz offensichtlich unwohl fühlten.

„Hast du Hunger?", durchbrach Devon die Stille. „Hast du auf etwas Bestimmtes Lust?"

Bereit, das Friedensangebot anzunehmen, setzte sie sich auf und ließ sich gegen die Rückenlehne der Couch sinken.

„Du könntest etwas kochen, falls es dir nichts ausmacht. Und ich setze mich an den Küchentresen und schaue dir zu."

Ihr Vorschlag schien ihn zu überraschen, doch dann sah er plötzlich sehr erleichtert aus.

„Das wäre nett. Sicher, dass dir der Lärm und das Licht nichts ausmachen werden?"

Sie nickte stumm. Seit sie ein Kleinkind gewesen war, hatte sie nicht mehr so wenig gesprochen.

Er stand auf und streckte ihr eine Hand entgegen. „Na los. Nimm einfach die Decke mit. Falls es dir zu kalt werden sollte, kannst du sie dir um die Schultern legen."

Sie zögerte zunächst, nahm dann aber seine Hand und genoss die Wärme dieser Berührung. Er schloss die Finger um ihr Handgelenk und half ihr aufzustehen.

Als sie neben ihm stand, wartete er einen Moment.

„Okay?", fragte er. „Oder ist dir immer noch schwindelig?"

„Mir geht's gut."

Als sie zur Küche gingen, ließ er sie nicht los. Er führte sie zu einem der Stühle und ging sicher, dass sie bequem saß. Dann legte er ihr die Decke um die Schultern.

„Wonach ist dir heute Abend?"

Er ging zum Kühlschrank, öffnete ihn, blickte hinein und dann wieder zu ihr.

Vermutlich war es eines ihrer Mankos, dass sie nicht wusste, was im Kühlschrank war. Sie wurde rot und senkte den Blick. Morgen würde sie sofort damit beginnen, sich den Inhalt der Küchenschränke einzuprägen. Und zwar nachdem sie die Wohnung aufgeräumt hatte.

„Ash?"

Sie zwang sich, ihn anzusehen. „Hm, ist mir eigentlich egal. Ehrlich, ich esse, was da ist."

„Sehr gut. Ich bin völlig wild darauf, endlich diese Rinderzunge zuzubereiten, bevor sie schlecht wird."

Sie blinzelte, bevor sie begriff, dass er sie nur neckte. Sofort tauchten wieder die Bilder ihrer allerersten Nacht vor ihrem geistigen Auge auf. Während des Dinners hatte er sie gefragt, ob sie Vegetarierin sei.

Sie musste lächeln. Erleichtert lächelte er zurück.

Sie schüttelte den Kopf. „Keine Rinderzunge, bitte. Filet sehr gerne. Sogar die Hüfte."

„Aha. Dann isst du also den Allerwertesten des Rinds, aber nicht seine Zunge", sagte Devon gespielt empört.

Ihr Lächeln wurde etwas breiter, als sie die Ellbogen auf die Tischplatte stützte und das Kinn auf die Hände legte. Diese ganze Sache mit dem So-tun-als-ob war eigentlich ganz nett. Wer sagte denn, es dürfe keinen Spaß machen?

Wenn sie es schaffte, das Drama der Flitterwochen zu vergessen und ihre Schwächen auszugleichen, vielleicht wurde dann aus dem So-tun-als-ob ja irgendwann Wirklichkeit. Er hatte sich für diese Ehe entschieden. Und jetzt war er ihr gegenüber fürsorglich und bemüht, alles zu tun, damit sie nicht litt. So würde sich kein Mann einer Frau gegenüber verhalten, die er verabscheute. Wenn er sie also nicht abstoßend fand und wenigstens ein bisschen Zuneigung für sie übrighatte, dann – vielleicht und unter Umständen – könnte er sie auch lieben.

An diese Hoffnung klammerte sie sich. Denn an die andere Möglichkeit wollte sie erst gar nicht denken. Er wollte zwar keine Scheidung, doch sie wollte keinen Ehemann, der sie nicht liebte. Wenn sie diese Hoffnung verlöre und er ihr signalisierte, dass er ihre Gefühle niemals erwidern würde, dann wäre es das Ende ihrer Ehe. Ganz egal, ob er das wollte oder nicht.

Devon legte ein Päckchen auf die Tischplatte und ging wieder zum Kühlschrank, um eine Zwiebel und eine Schale Pilze herauszunehmen.

„Wie wär's mit einem leichten Pfannengericht? Es geht schnell und schmeckt verdammt gut, wenn ich das mal so sagen darf."

„Klingt gut."

Schweigend sah sie ihm beim Kochen zu. Appetitlicher Bratgeruch erfüllte die Küche. Und während das Fleisch in der Pfanne brutzelte, schnitt Devon das Gemüse klein.

Ashley fand, dass er einen attraktiven Koch abgab. Er wirkte sehr souverän, und sie fragte sich, ob es überhaupt etwas gab, was er nicht konnte. Gehörte er zu den Menschen, denen alles, was sie anfassten, gelang?

„Gibt es etwas, was du nicht beherrschst?", platzte es aus ihr heraus.

Innerlich aufstöhnend rügte sie sich für ihr dummes Verhalten. Denn genau das wollte sie in Zukunft vermeiden. Sie musste mehr … Selbstbeherrschung an den Tag legen. Zumindest sollte sie damit aufhören, wie ein Wasserfall zu reden.

Er sah hoch und schaute sie an, als hätte er ihre Frage nicht richtig verstanden. „Wie bitte?"

Sie schüttelte den Kopf. Auf gar keinen Fall. „Das war dumm, vergiss es."

Er legte das Messer beiseite. „Wieso willst du wissen, ob ich etwas nicht kann?"

Sie schloss die Augen und wünschte sich, im Erdboden zu versinken. So viel also zu ihrem Vorhaben, nie wieder zu reden, ohne vorher nachzudenken.

„Komm schon, Ash. Lass mich nicht hängen."

Sie seufzte. „Ach, das war wirklich eine blöde Frage. Es ist nur, irgendwie scheinst du jemand zu sein, der alles kann. Deshalb hat es mich interessiert, ob es wohl etwas gibt, was du nicht kannst. Damit wir Sterblichen hoffen können."

Er zuckte die Schultern. „Da gibt es eine ganze Menge. Und alles, was ich kann, musste ich mir hart erarbeiten."

Es wurde immer schlimmer. „Ich habe das gar nicht so gemeint, Dev. Okay? Das sollte wirklich keine Anspielung auf dein schwieriges Leben sein. Es tut mir leid."

Nervös strich sie sich mit der Hand durchs Haar und starrte auf die Oberfläche des Küchentresens. Am liebsten wäre sie jetzt aus dem Raum gerannt, aber das wäre vielleicht doch etwas zu dramatisch gewesen.

„Was meinst du denn dann?"

In seiner Stimme lag weder Zorn noch Erstaunen, sondern einfach nur Neugier. Verstohlen sah sie ihn aus den Augenwinkeln an.

„Na ja. Kochen zum Beispiel. Du scheinst es wirklich gut zu können. Und auf mich wirkst du, alles ginge es dir mit allen anderen Dingen genauso. Nehmen wir Sport. Bestimmt warst du eins von diesen Kids, die einfach nur einen Basketball in die Hände nehmen und sofort einen Korb werfen, stimmt's?"

Er stöhnte auf. „Oh Mann. Du hast noch nie gesehen, wie ich versucht habe, Basketball zu spielen. Und ich sage *versucht*, obwohl dieses Wort es nicht annähernd trifft. Es ist die reinste

Folter für mich, wenn Rafael, Ryan und Cam mich mindestens einmal im Jahr zu einem ‚Freundschaftsspiel' nötigen."

„Willst du damit sagen, du bist nicht besonders gut in Basketball?"

„Genau das will ich damit sagen."

Sie lächelte. „Oh. Darin bin ich auch ziemlich mies."

Er lächelte zurück und gab das Gemüse in die Pfanne. „Dann können wir ja gemeinsam mies sein."

„Ja", sagte sie ruhig.

Er widmete sich wieder dem Essen, und fünf Minuten später stellte er ihr einen Teller vor die Nase, während er auf der anderen Seite des Tresens blieb und sich mit seinem Teller in der Hand an die Spüle lehnte.

Stirnrunzelnd blickte sie auf. „Setzt du dich nicht hin?"

„Ich sehe dir gerne zu", sagte er und sah sie unumwunden an.

Schnell senkte sie den Blick auf ihren Teller. Sie wusste nicht, was sie darauf antworten sollte, sie war viel zu verblüfft.

Vielleicht gab er sich auch bloß Mühe. So wie sie sich Mühe gab.

Bestimmt würde sich nicht über Nacht etwas entwickeln, aber vielleicht doch … eines Tages.

13. KAPITEL

Als Ashley erwachte, fühlte sie sich immer noch benommen. Aber wer würde das nicht nach einem zwei Tage langen Tablettenkoma?

Heute war der erste Tag ihres neuen Ichs, ab heute würde alles anders werden. Ihre beiden neuen Begleiter hießen *Zurückhaltung* und *Achtsamkeit*.

Ab sofort würde es keine Lebenslügen und kein Selbstmitleid mehr geben.

Devon hatte das Apartment bereits früh verlassen. Er hatte sie auf die Stirn geküsst und ihr zugeflüstert, sie solle weiterschlafen. Dann war er gegangen.

„Herzlich willkommen in deiner neuen Wirklichkeit", murmelte sie, während sie aufstand.

Sie verbrachte viel Zeit unter der Dusche, in der sie noch einmal alles durchging, was sie zu tun hatte, um die Situation zu retten.

Als sie sich im Spiegel betrachtete, zuckte sie zusammen. Sie sah wirklich mitgenommen aus. Unter den Augen waren dunkle Schatten, und die Mundpartie war verspannt. Jedermann konnte ihr ansehen, wie unglücklich und traurig sie sich fühlte. Schon immer war es ihr schwergefallen, ihre Gefühle zu verbergen.

Gott sei Dank gab es Carly und deren Make-up-Tipps für Notfälle. Hier war jedenfalls das volle Programm erforderlich, so viel war klar.

Als Ashley mit ihrer Frisur und dem Make-up fertig war, musterte sie ihr Spiegelbild zufrieden. Wenigstens sah sie jetzt nicht mehr aus wie ein Huhn in der Mauser. Noch etwas müde, na gut, schließlich hatte sie eine furchtbare Migräne hinter sich.

Zuerst würde sie ihre Mutter besuchen. Um Gloria Copeland davon zu überzeugen, dass es ihrer Tochter gut ging, hatte Ashley beschlossen, kurz zu ihr nach Manhattan zu fahren. Danach würde sie sich an die Arbeit machen. Denn es gab jede Menge zu tun.

Sie nahm sich ein Taxi und fuhr zu dem Gebäude, in dem sie bis vor Kurzem gewohnt hatte.

„Ashley, Darling!", rief ihre Mutter und eilte auf sie zu, um sie zu begrüßen. „Oh du armer, armer Schatz. Komm zu mir. Geht es deinem Kopf wieder gut? Ich wusste doch, dass die Hochzeit viel zu aufregend sein würde. Wir hätten uns viel mehr Zeit mit der Planung lassen sollen."

Ihre Mom nahm sie in die Arme und ließ sie lange nicht los. Ashley genoss die Geborgenheit, die nur eine Mutter in der Lage zu geben war, wenn die Welt um einen herum zerbrach.

„Ashley?", fragte ihre Mutter besorgt und sah sie prüfend an. „Ist alles in Ordnung? Komm, setz dich doch. Irgendwie wirkst du heute so abwesend."

Ashley ließ sich auf das bequeme Ledersofa fallen. Der Geruch gab ihr das tröstliche Gefühl, zu Hause zu sein.

„Mir geht's gut, Mom, wirklich. Du hast recht. Die ganze Aufregung war einfach ein bisschen viel für mich. Deshalb habe ich auf St. Angelo auch direkt einen Migräneanfall bekommen. Der arme Devon musste sich die ganze Zeit über um mich kümmern, während ich mit Tabletten vollgepumpt war."

„Das sollte er auch. Geht es dir denn jetzt wieder besser? Du bist so blass und hast ganz dunkle Ringe unter den Augen."

Okay, so viel also zu Carlys „unfehlbaren" Make-up-Tipps.

„Mir geht's schon viel besser. Ich wollte nur kurz vorbeischauen, damit du dir keine Sorgen machst. Dann muss ich auch gleich weiter. Weißt du, es gibt eine Menge zu tun in unserem Apartment."

Ihre Mom tätschelte ihr den Arm. „Natürlich. Aber erst trinkst du noch eine schöne Tasse Tee."

„Gewürztee?", fragte Ashley freudig.

„Mit einem Pfefferminzbonbon."

Wohlig seufzend versank Ashley im Sofa, dankbar für die Fürsorge ihrer Mutter, die sie Kraft tanken ließ, bevor sie sich wieder der rauen Wirklichkeit stellen musste.

Einige Minuten später kam ihre Mom mit einem Tablett zurück, das sie auf dem Tischchen vor dem Sofa abstellte. Sie reichte Ashley eine Tasse Tee und ein Bonbon.

Als sie sich mit ihrer Tasse zu ihrer Tochter aufs Sofa gesetzt hatte, sah Ashley sie ernst an. „Mom? Was ist damals zwischen dir und Dad passiert?"

Überrascht und fragend schaute ihre Mutter sie an und stellte die Tasse ab. „Was meinst du, Darling?"

„Als ihr euch eine Zeit lang aus dem Weg gegangen seid. Ich wünschte, ich hätte es längst vergessen. Aber jetzt, da ich selbst verheiratet bin ... interessiert es mich. Ihr zwei habt euch doch immer geliebt."

Liebevoll sah die Mutter sie an und nahm sie dann bei den Händen.

„Das ist ganz normal, dass du dir Sorgen um diese Dinge machst. Aber, Darling, zerbrich dir darüber nicht den Kopf."

„Ich weiß, aber das, was dir und Daddy passiert ist, könnte auch jedem anderen Paar geschehen. Hatte er eine Affäre?"

„Großer Gott, nein!" Seufzend schüttelte sie den Kopf. „Ich weiß, es war eine schwere Zeit für dich und Eric. Vor allem für dich. Dabei habe ich euch Kinder aus der ganzen Sache herausgehalten, weil ich dachte, es wäre besser für euch. Erst im Nachhinein habe ich erkannt, dass das falsch war."

„Also, was ist passiert?", fragte Ashley.

„Oh, rückblickend klingt es vermutlich ziemlich albern. Aber damals habe ich gedacht, unsere Ehe sei am Ende. Dein Vater hat sich verhalten wie immer. Nur hat mir das nicht mehr gereicht. Ich habe angefangen, an unserer Liebe zu zweifeln. Wahrscheinlich ist es völlig normal, an einem bestimmten Punkt die Beziehung zu hinterfragen. Dein Vater hat stundenlang gearbeitet und ist andauernd durch die Weltgeschichte gereist. Du und Eric, ihr seid schon erwachsen gewesen und eure eigenen Wege gegangen. Ich habe mich sehr einsam und nutzlos gefühlt."

„Oh Mama", sagte Ashley bekümmert, „das tut mir so leid. Es klingt schrecklich."

Die Mutter lächelte. „Das war es zu der Zeit auch. Aber es ist ja nicht allein die Schuld deines Vaters gewesen. Als er eines Tages nach Hause gekommen ist und sah, dass ich seine Sachen gepackt hatte und ihn vor die Tür setzen wollte, hat er mich auf Knien angefleht, ihm zu sagen, was er falsch gemacht hätte. Die Wahrheit ist, ich wusste es selbst nicht. Ich wusste nur, dass ich unglücklich war. Und wenn ich es schon nicht wusste, woher sollte er es dann wissen?"

„Was hast du getan?"

„Ich habe eine Woche lang nicht mit ihm gesprochen. Nicht dass ich wütend auf ihn war. Ich wusste nur nicht, was ich ihm sagen sollte. Ich brauchte einfach Zeit, um es herauszufinden. Und währenddessen begriff ich allmählich, dass ich diejenige war, die sich ändern musste. Nicht er. Ich musste herausfinden, was mich glücklich macht. Als ich schließlich bereit war, mit ihm zu reden, hat der arme Mann ausgesehen wie der Tod. Ich hatte ein schlechtes Gewissen, weil er meinetwegen litt. Gleichzeitig wusste ich aber, dass ich den nächsten Schritt tun musste, damit wir noch eine Chance hatten. Also bat ich ihn um eine vorübergehende Trennung. Er sah das natürlich ganz anders."

Ashley runzelte die Stirn. „Ich habe immer angenommen ... es sei Daddys Entscheidung gewesen auszuziehen. Ich habe mich immer gefragt, ob vielleicht eine andere Frau im Spiel gewesen ist."

Bekümmert verzog ihre Mom den Mund. „Ja, das hatte Eric auch gedacht, leider. Er war so wütend auf deinen Vater, dass ich ihm alles in Ruhe erklären musste. Danach war er natürlich auf mich böse, weil ich deinen Dad mehr oder weniger vor die Tür gesetzt hatte. Du weißt ja so gut wie ich, für Eric ist die Welt entweder schwarz oder weiß."

Ashley nahm einen Schluck Tee und sah ihre Mutter an. „Und was ist dann passiert? Wieso hast du ihn wieder einziehen lassen?"

Ihre Mom seufzte mit entrücktem Blick. „Wir waren sechs Monate voneinander getrennt. Und irgendwie waren das die besten sechs Monate meines Lebens."

Vor Überraschung riss Ashely die Augen weit auf. „Mom!"

„Ich weiß, ich weiß. Aber hör mir erst einmal zu. Ich habe ja nicht behauptet, es sei leicht gewesen. Das war es weiß Gott nicht. Aber in diesen sechs Monaten ist mir endlich klar geworden, was ich vom Leben wollte. Und mit wem ich es verbringen wollte. Gelegenheiten und Verehrer gab es jedenfalls genug."

Als Ashley sie mit offenem Mund ansah, lächelte ihre Mutter. „Darling, du glaubst doch nicht etwa, dass du nach dreißig kein Sexleben mehr hast?"

„Ach du meine Güte", murmelte Ashley bloß.

„Wie gesagt, ich hätte einen Mann nach dem anderen haben können, aber ich habe es einfach nicht über mich gebracht", sagte ihre Mutter.

„Weil du Dad geliebt hast?"

„Weil es unanständig gewesen wäre. Dein Vater hätte es einfach nicht verdient. Und um ehrlich zu sein, eigentlich wollte ich nur ihn. Außerdem habe ich begriffen, dass ich ihn für meine Unzufriedenheit verantwortlich gemacht habe. Natürlich war es viel einfacher, ihm einen Vorwurf zu machen, weil er immer so lange gearbeitet hat. Aber in Wirklichkeit war ich unausgelastet und wusste nicht, was ich tun sollte, nachdem ihr flügge geworden wart."

„Wow, ich habe ja nie bemerkt …"

Lächelnd streichelte ihr ihre Mom über die Wange. „Was? Dass ich ein Mensch wie jeder andere bin? Dass deine Mom nicht perfekt ist?"

„Vermutlich", sagte Ashley zögernd. „Hey, das ist eine wirklich schockierende Erkenntnis. Sie könnte das Denkmal der glorreichen Mutter zum Einsturz bringen."

Lachend zwickte ihre Mutter sie in die Nase. „Genauso ein kleiner Schlaumeier wie dein Vater. Du bist ganz wie er."

„Was? Ich bin nicht wie Daddy, auch wenn er das vermutlich nicht gerne hört. Seinen Geschäftssinn habe ich jedenfalls nicht geerbt."

Ihre Mutter lächelte geduldig. „Aber du hast ein ebenso großes Herz wie dein Vater. Und wenn du jemanden liebst, dann tust du das mit ganzer Seele.“

Ashley stellte die Tasse ab und umarmte spontan ihre Mutter. „Ich liebe dich, Mama. Vielen Dank, dass du mit mir geredet hast. Genau das habe ich heute gebraucht.“

Ihre Mutter streichelte ihr über den Kopf und drückte sie ebenfalls. „Jederzeit, Darling. Ich liebe dich auch. Und du weißt, dass ich immer für dich da bin, wenn du mich brauchst.“

Devon saß William Copeland gegenüber, der bei der Kellnerin gerade seine Bestellung aufgab. Die zwei hatten sich in Williams Lieblingsrestaurant zum Lunch getroffen, obwohl Devon keinen Hunger hatte.

„Isst du nichts, mein Sohn?“, fragte William, während die Kellnerin Devon erwartungsvoll anblickte.

„Für mich bitte nur ein Glas Wasser“, sagte Devon.

Nachdem die Kellnerin gegangen war, lehnte sich William zurück.

„Ich möchte mit dir über einige Veränderungen im Unternehmen sprechen.“

In Devons Kopf schrillte eine Alarmglocke. Die letzten anstrengenden Tage und schlaflosen Nächte waren kräftezehrend gewesen. Das Letzte, was er jetzt gebrauchen konnte, war, dass der alte Herr sein Versprechen brach.

Vermutlich ahnte William, was in Devon vorging, denn er redete sofort weiter.

„Es ist nicht, was du denkst. Ich möchte, dass du meine Position bei *Copeland* übernimmst. Mir ist klar, dass wir eigentlich vereinbart hatten, dass *Tricorp* als stiller Teilhaber fungieren und der Name *Copeland* bestehen bleiben würde. Trotzdem hätte ich dich gerne auf dem Posten des Geschäftsführers.“

Irritiert schüttelte Devon den Kopf. „Das verstehe ich nicht.“

William seufzte leicht. „Ich bin krank, mein Sohn. Die Gesundheit, du verstehst. Ich habe alles getan, damit meine Familie abgesichert ist. Natürlich wäre mein Sohn Eric mein rechtmäßiger Nachfolger, doch er ist noch lange nicht so weit. Außerdem bin ich mir gar nicht sicher, ob er seine Zukunft im Familienunternehmen sieht. Er macht immer häufiger Andeutungen, er habe andere Interessen. Und Ashley … Das ist der Grund, warum ich auf eine rasche Hochzeit bestanden habe. Ich wünsche mir einen Mann an ihrer Seite, dem ich vertrauen kann. Wenn die Öffentlichkeit erfährt, dass es gesundheitlich mit mir bergab geht, würden sie sich wie die Geier auf sie stürzen, denn sie wäre eine leichte Beute."

„Krank?", brachte Devon hervor. „Wie sehr?"

„Genau kann ich das noch nicht sagen. Ich habe es ja noch nicht einmal mit Gloria besprochen. Aber ganz sicher wird sie auf die Barrikaden gehen, wenn sie es erfährt. Eigentlich habe ich auch noch gar keine Lust, mich von dieser Welt zu verabschieden. Ich hätte gerne noch ein paar Jahre mit meinen Kindern. Vielleicht sogar mit meinen Enkelkindern. Deshalb will ich mich zur Ruhe setzen und die restliche Zeit mit meiner Familie verbringen. Aber dafür muss mein Unternehmen in guten Händen sein. Ich will nicht, dass *Copeland* untergeht, deshalb wollte ich diese Fusion auch unbedingt. Ich war gar nicht hinter *Tricorp* her. Ganz ehrlich? Es gab genügend Firmen, von denen ich eine hätte aussuchen können. Der Grund, weshalb ich mich für *Tricorp* entschieden habe, bist du. Ich will dich für meine Tochter und für mein Unternehmen."

„Ich bin sprachlos", murmelte Devon.

„Ich weiß, du hast gedacht, ich sei ein verrückter alter Mann, der Ashley verkauft. Aber ich wusste, dass du diesen Deal wolltest. Du wolltest unbedingt den Namen *Copeland* für deine Hotelresorts. Und ich wusste ebenfalls, was ich wollte. Es passte alles. Und ich weiß, für meine Familie ist gesorgt."

„Außer für Ashley", sagte Devon leise.

William sah ihn scharf an. „Wie meinst du das?"

„Sie wollte einen Mann, der sie verehrt und liebt. Der all das ist, wovon sie jemals geträumt hat."

„Und? Was spricht dagegen, dass du dieser Mann bist?“

Das war eine gute Frage, die er nicht beantworten konnte. Devon fuhr sich durchs Haar. „Wie schnell soll alles über die Bühne gehen?“

„So schnell wie möglich. Ich will kein Geheimnis daraus machen, dass du mein Nachfolger wirst. Du bist schließlich die einzige Person, die dafür infrage kommt. Der Vorstand wird das genauso sehen, wenn ich mit ihm rede. Danach werde ich mir einen Termin bei meinem Arzt geben lassen und mit meiner Frau reden. Und dann wird sie sowieso das Regiment übernehmen.“

Zwar sprach er mit trockenem Humor über seine Frau, doch die Wärme in Williams Augen war ein Zeichen dafür, wie sehr er sie liebte.

Der alte Herr schien höchst zufrieden zu sein. Devon fragte sich, ob er seinem Schwiegervater überhaupt einen Vorwurf machen konnte. Hätte er das Gleiche für seinen Sohn oder seine Tochter getan?

Das Bild von Ashley, die sein Kind unter dem Herzen trug, tauchte vor seinem inneren Auge auf. Eigenartigerweise berührte es ihn sehr. Im Nu wurde ihm klar, dass er alles tun würde, um seine Kinder zu beschützen.

„Pass bloß gut auf dich auf“, ermahnte er seinen Schwiegervater. Der Gedanke, dass dem Mann, der ihm väterliche Gefühle entgegenbrachte, etwas zustoßen könnte, behagte ihm nicht. „Ich erwarte von dir, dass du unsere Kinder nach Strich und Faden verwöhnst.“

Auf Williams Gesicht machte sich ein Lächeln breit. „Habt ihr eine Überraschung für uns?“

Devon zuckte die Schultern. „Vielleicht. Das hängt von Ash ab. Ich will bloß, dass sie glücklich ist.“

William nickte. „So wie ich, mein Sohn.“

Ihr Gespräch wurde kurz unterbrochen, als die Kellnerin die Bestellungen brachte. Einen Moment lang starrte William auf seinen Teller und sah schließlich Devon an. „Ich würde gerne eine Cocktailparty geben. Damit Ashley die Möglichkeit bekommt, als Gastgeberin aufzutreten. Irgendwann im Laufe der nächsten Wochen. Bei der Gelegenheit werde ich bekannt geben, dass ich in den Ruhestand treten und dich zu meinem Nachfolger machen werde."

„Kein Problem", erwiderte Devon. Zumindest hoffte er das. Vielleicht hatte sich Ashley bis dahin auch wieder etwas beruhigt. Im Moment wäre es sicherlich nicht gut, sie zu bitten, vor einem Haufen Gäste die glückliche Ehefrau zu mimen.

„Gut. Wir besprechen dann alles später. Ich werde dir eine Gästeliste geben, und natürlich musst auch du all deine Kollegen und Freunde einladen. Ich möchte noch einmal betonen, wie glücklich ich bin, dich als Schwiegersohn zu haben. Vom ersten Moment an wusste ich, du bist der richtige Mann. Vor allem für Ashley."

14. KAPITEL

Als Devon das Apartment betrat, bemerkte er sofort, dass etwas anders war. Kein Durcheinander und keine verstreuten Zeitschriften mehr, keine Schuhe auf dem Boden und keine Handtaschen an den Türklinken. Alles war blitzblank, und es roch frisch und sauber.

Als er weiterging, wurde ihm ganz seltsam zumute, denn nichts wies darauf hin, dass Ashley ebenfalls hier wohnte. Alle persönlichen Gegenstände von ihr waren fort.

Das Apartment sah exakt so aus wie vor ihrem Einzug.

Hatte sie ihre Koffer gepackt und war gegangen? Wollte sie ihrer Ehe doch keine Chance geben?

Eine merkwürdige Leere machte sich in ihm breit, und er wurde unruhig.

Plötzlich hörte er ein Geräusch in der Küche. Es war der Fernseher, der dort lief.

Als Devon im Türrahmen der Küche stehen blieb, holte er tief Luft.

Dann kam die Erleichterung.

Ashley war hier.

Sie war nicht gegangen.

Sie saß am Küchentresen und verfolgte konzentriert eine TV-Kochshow. Zwischendurch machte sie sich Notizen.

Als Devon sich in der Küche umsah, dämmerte es ihm, dass sie offenbar den Tag mit Putzen und Aufräumen verbracht hatte. Die Oberflächen blitzten, der Boden glänzte, und frischer Zitronenduft lag in der Luft.

Ashley trug ausgewaschene Jeans und ein schlichtes T-Shirt. Ihr Haar war zu einem Zopf gebunden, ihr Gesicht ungeschminkt.

Sie sah wunderschön aus.

Allerdings auch ein bisschen müde. Unter ihren Augen waren dunkle Schatten, und sie wirkte so blass, dass er sie am liebsten in den Arm genommen hätte, um sie zu beschützen.

Von ihrer Zartheit und Verletzlichkeit angezogen, trat er auf sie zu, legte ihr die Hände auf die Arme und drückte ihr sanft einen Kuss auf den Nacken.

Erschrocken wirbelte sie herum. „Hi", begrüßte sie ihn zögernd. „So früh habe ich gar nicht mit dir gerechnet."

„Theoretisch habe ich ja noch die ganze Woche frei", sagte er und ließ sie los. „Ich habe mich mit deinem Vater zum Lunch getroffen, um ein paar geschäftliche Dinge zu besprechen. Aber jetzt habe ich alles erledigt."

Sie verzog das Gesicht, erwiderte aber nichts darauf, wofür er ihr sehr dankbar war. Denn immer wenn es ums Geschäft und ihren Vater ging, wurde es kompliziert.

„Was ist mit deinen ganzen Sachen passiert?", fragte er, während er zum Kühlschrank ging. Er nahm eine Flasche Wasser heraus und stieß die Tür wieder zu.

„Oh, ich habe nur ein bisschen aufgeräumt", sagte sie. „Vor der Hochzeit hatte ich ja keine Zeit dafür. Zu hektisch."

„Hm", murmelte er. „Und wer hat hier klar Schiff gemacht? Etwa du? Du hast gerade erst eine schlimme Migräne überstanden. Die scharfen Reinigungsmittel tun deiner Gesundheit bestimmt nicht gut!"

„Ach was. Meine Kopfschmerzen sind längst weg. Mir ist nur noch ein bisschen flau."

Er runzelte die Stirn. „Wieso ruhst du dich nicht einfach aus? Ich werde uns etwas zum Dinner zubereiten, dann können wir ein bisschen fernsehen oder uns im Wohnzimmer entspannen, falls es dir zu laut sein sollte."

Sie stand auf. „Nein, nein. Ich habe bereits alles fürs Dinner vorbereitet."

Erstaunt uber ihren plötzlichen Schaffensdrang nahm er sich augenblicklich zurück. Offenbar bemühte sie sich um etwas Normalität, und darüber war er erleichtert. Jetzt, da der erste Sturm sich gelegt hatte, hatte sie ja vielleicht erkannt, dass sich nichts zwischen ihnen geändert hatte.

Nach dem heutigen Gespräch mit William Copeland sah es so aus, als stünde Devon kurz vor der Verwirklichung seines

Lebenstraums. Fünf Jahre hatte er daran gearbeitet. Und bald würde ihm *Copeland Hotels* gehören. Sein Traum, Luxusresorts unter dem Namen des ältesten und renommiertesten Unternehmens der Branche zu eröffnen, würde wahr werden! Er hatte eine Ehefrau und würde bald auch Kinder haben. Eine eigene Familie!

Diese Gewissheit ließ ihm fast schwindelig vor Glück werden.

„Keine Eile“, sagte er ruhig. „Vielleicht sollten wir uns erst einmal hinsetzen und etwas trinken. Was kochst du?“

Sie wurde rot. „Eigentlich nichts. Jedenfalls nicht heute Abend. Ich dachte eher daran, etwas liefern zu lassen.“

„Klingt prima. Ein ruhiges Dinner zu Hause tut uns nach der Woche, die wir hinter uns haben, sicherlich gut.“

Schmerz trat in ihre Augen, doch sie schwieg. Als versuchte sie, die bösen Ereignisse der letzten Zeit allein zu verarbeiten. Für Devon war das ein abstoßender Gedanke. Am liebsten hätte er diese schlimmen Erinnerungen aus ihrem Kopf und ihrem Herzen gelöscht. Doch ihm war klar, dass er die Zeit für sich arbeiten lassen musste. Vielleicht gelang es ihm ja, ihr das Gefühl zu vermitteln, dass sie sehr wohl in der Lage waren, eine vernünftige Ehe miteinander zu führen.

Sie straffte die Schultern und sah ihn bestimmt an. „Du gehst ins Wohnzimmer und machst es dir bequem. Möchtest du etwas Wein?“

Er öffnete den Mund, weil er ihr sagen wollte, dass er sich um sie kümmern würde, doch ihr Gesichtsausdruck sagte ihm, es sei besser zu schweigen.

„Wein wäre hervorragend“, sagte er stattdessen. „Das Weinregal ist voll. Such dir einfach einen aus.“

Mit einem merkwürdigen Gefühl verließ er die Küche. Die nächsten Wochen würden nicht einfach werden, jetzt, da allmählich der Alltag in ihre Beziehung einkehrte. Er war sicher, dass sich alles einrenken würde. Er musste einfach nur Geduld haben.

Einige Augenblicke später trat Ashley mit zwei Weingläsern und einer ungeöffneten Flasche Wein ins Wohnzimmer.

„Könntest du sie bitte öffnen?“, bat sie Devon zögernd. „Ich hatte Probleme mit dem Korkenzieher.“

Er nahm die Flasche und strich dabei vorsichtig über ihre Finger. „Entspann dich, Ash. Setz dich einfach hin, während ich die Flasche öffne und uns einschenke."

Zögernd setzte sie sich auf die Couch.

Sie sah wirklich müde aus. Vielleicht würde ihr ein Glas Wein guttun und sie entspannen.

Nachdem er die Flasche geöffnet hatte, goss er ihr zuerst ein. Dann schenkte er sich selbst ein, stellte die Flasche ab und setzte sich in einen Sessel gegenüber der Couch.

„Dein Vater möchte, dass wir in ein paar Wochen eine Cocktailparty geben", sagte er.

„Wir?", brachte sie hervor. „Wieso überlässt er das nicht Mom? Sie ist eine hervorragende Gastgeberin."

„Er will die Gelegenheit nutzen, um ein paar Veränderungen bei *Copeland* bekannt zu geben. Dein Vater will ein bisschen kürzertreten, um sich auf seinen Ruhestand und seine Familie zu konzentrieren."

Ashley sah bekümmert aus.

„Ash, das ist doch keine große Sache. Die meisten Leute, die kommen werden, kennen wir bereits. Wir suchen uns einen netten Veranstaltungsort aus, engagieren einen erstklassigen Partyservice und eine Band."

Sie hielt eine Hand hoch. „Kein Problem. Ich werde mich um alles kümmern. Ich muss einfach nur wissen, wann genau die Party stattfinden soll. Ich schätze, Daddy und du, ihr seid sehr beschäftigt mit … na ja, womit auch immer. Bis jetzt hat Mom immer die Cocktailpartys für Daddy organisiert. Also gibt es keinen Grund, warum ich es jetzt nicht auch für dich tun sollte."

Für Devon klang ihre Stimme eher danach, als müsse sie eine Beerdigung organisieren. Dennoch wollte er sie auch nicht bremsen. Dass sie versuchte, ihr Bestes zu geben, obwohl sie eigentlich keinen Grund dazu hatte, rechnete er ihr hoch an.

„Ich bin sicher, dass deine Vorschläge großartig sein werden", sagte er.

Sie nahm einen großen Schluck Wein.

„Sollen wir uns einen Film ansehen?"

Sie nickte, als sie ihr Glas wieder abstellte. „Klar. Such du einen aus."

Er nahm die Fernbedienung, setzte sich aber nicht wieder in den Sessel, sondern neben Ashley aufs Sofa und legte den Arm auf die Rückenlehne.

Einen Moment lang saß sie stocksteif da, unschlüssig, was sie jetzt tun sollte. Insgeheim verfluchte Devon die neue Unsicherheit zwischen ihnen. Vor den dramatischen Ereignissen hätte sie keine Sekunde lang gezögert und sich an ihn gekuschelt.

Jetzt hatte er das Gefühl, eine Steinfigur säße neben ihm.

„Komm her", murmelte er und zog sie an sich. „Schon viel besser", sagte er, nachdem sie sich schließlich entspannt und an ihn geschmiegt hatte.

Auf den Film konzentrierte er sich kaum. Stattdessen sog er ihren Duft ein. Ihr Haar roch so gut nach Milch und Honig. Ashley selbst trug einen zarten Blumenduft, der hervorragend zu ihr passte.

Und er liebte das Gefühl, sie an seiner Seite zu haben. Erst in diesem Moment wurde ihm klar, wie sehr er ihre Nähe in den letzten Tagen vermisst hatte.

Er berührte ihr Haar und strich ganz sanft mit den Fingern hindurch. Es fühlte sich wie Seide an.

Als der Film zu Ende war, hätte er nicht einmal sagen können, worum es in der Geschichte gegangen war. Es war ihm egal.

„Ash, bist du sicher, dass ich mich nicht ums Dinner kümmern soll?" Er wartete einen Moment. „Ash?"

Er sah nach unten und bemerkte, dass sie an seiner Brust eingeschlafen war. Selbst im Schlaf wirkte sie so, als würde sie nachdenken.

Sanft drückte er ihr einen Kuss auf die Stirn und sah sie lange an. Irgendwann und irgendwie würde er ihr Vertrauen zurückgewinnen. Er war auf dem Höhepunkt des Lebens angekommen. Und er wollte verdammt noch mal gemeinsam mit ihr auf dem Dach der Welt stehen und hinuntersehen!

15. KAPITEL

„Ich bin einfach ein hoffnungsloser Fall“, seufzte Ashley betrübt.

Tröstend legte Pippa einen Arm um sie. „Bist du nicht. Sei nicht so streng mit dir.“

„Du findest es also okay, wenn man nach drei Wochen immer noch nicht in der Lage ist, die simpelsten Gerichte zu kochen?“, sagte Ashley frustriert. „Gib es ruhig zu, ich bin eine katastrophale Köchin.“

„Süße, was ist denn los mit dir? Irgendetwas stimmt doch nicht, oder?“

Ashley lächelte tapfer und fasste sich wieder. „Alles in Ordnung, wirklich. Es ist nur, eine Ehe ist wirklich anstrengend. Dabei versuche ich bloß, meinen Alltag zu organisieren. Ich gehe so früh wie möglich ins Tierheim, damit ich rechtzeitig wieder zu Hause bin, wenn Devon von der Arbeit kommt. Und ich gebe die Hoffnung einfach nicht auf, dass das, was ich koche, irgendwann genießbar sein wird.“

Pippa lächelte. „Du bist wirklich unglaublich.“

Ashley biss sich auf die Lippe, um nicht in Tränen auszubrechen. Die Wahrheit war, sie war unglaublich nervös. Denn die Organisation dieser verflixten Cocktailparty machte ihr schwer zu schaffen. Sie war sogar kurz davor, ihre Mutter um Hilfe zu bitten, verbot es sich aber, weil sie viel zu stolz war.

Die alte Ashley hätte einen Witz daraus gemacht, sich die Haare gerauft und über ihre chaotische Art gelacht. Doch die neue Ashley schluckte ihre Anspannung hinunter und erledigte die Aufgabe elegant und ohne Murren.

„Kommst du auch zu meiner Party?“, fragte sie, weil sie plötzlich Angst bekam, nur in unbekannte Gesichter zu schauen.

„Natürlich, das habe ich dir doch versprochen. Ich weiß ja, dass du nervös bist, aber du wirst es hervorragend meistern. Ash, bis jetzt warst du immer der strahlende Mittelpunkt jeder Party! Die Leute lieben dich, weil du Charme und Herz besitzt.“

„Was hältst du davon, wenn wir uns am Nachmittag vor der Party bei Tabitha treffen? Um uns gegenseitig zu frisieren. Ich hätte gerne eine elegante Frisur. Weißt du, eine, die mehr Reife und Weiblichkeit demonstriert, nicht Jugend und Übermut."

Pippa machte einen unwilligen Laut. „Übermut?"

„Außerdem brauche ich Carlys Make-up-Künste."

„Süße, du veranstaltest doch kein Teekränzchen für die Queen. Du gibst eine Cocktailparty für Freunde und Geschäftspartner. Jeder liebt dich, also hör auf, dir selbst das Leben zur Hölle zu machen."

„Ich will mich einfach nicht blamieren", beharrte Ashley.

Pippa schüttelte den Kopf. „Was ist bloß in dich gefahren? Du bist wunderbar, und jeder, der das anders sieht, kann mich mal."

„Ich liebe dich", sagte Ashley und hatte einen Kloß im Hals.

Pippa nahm sie in den Arm. „Sag mal, bist du schwanger oder so? Du bist doch sonst nicht so sentimental."

„Mal bloß den Teufel nicht an die Wand. Möglich wäre es natürlich schon, auf meine Periode habe ich in der letzten Zeit nicht wirklich geachtet. Ich war einfach nur froh, dass ich sie nicht während der Flitterwochen hatte."

„Na, dann mach doch einfach einen Schwangerschaftstest. In letzter Zeit bist du wirklich ein Nervenwrack, Ash. Vielleicht liegt's ja an den Hormonen."

Ashley schloss die Augen. Nein, sie konnte nicht schwanger sein. Natürlich lag eine Schwangerschaft im Bereich des Möglichen, aber sie wünschte es sich nicht mehr. Wann hatten sie und Devon das letzte Mal miteinander geschlafen? Das musste noch vor der Hochzeit gewesen sein. Allerdings war das auch noch nicht so lange her.

„Ich warte noch ein bisschen", sagte sie knapp. „Diese blöde Party macht mir einfach zu schaffen. Ich habe das Gefühl, mich zum ersten Mal als Mrs Devon Carter beweisen zu müssen. Aber ich will weder ihn noch mich vor einem Haufen Gäste blamieren."

„Stopp!", sagte Pippa entschieden. „Du wirst alles wunderbar machen. Also, was ist jetzt, willst du noch mal diese Soße probieren?"

Ashley seufzte. „Lass uns lieber etwas kochen, was leichter ist."

„Meinetwegen. Was isst du denn am liebsten?"

Ashley dachte kurz nach. „Lasagne. Das wäre im Moment genau das Richtige."

„Super Idee! Ich werde dir die leichteste Variante zeigen, und später kannst du dir dann immer noch überlegen, ob du sie raffiniert oder kinderfreundlich abwandeln willst."

„Kinderfreundlich passt doch zu mir", seufzte Ashley.

Pippa schlug liebevoll mit dem Handtuch in ihre Richtung. „Du nimmst jetzt sofort das Hackfleisch aus dem Kühlschrank, und zwar dalli!"

Eine halbe Stunde später machte Ashley eine triumphale Geste, nachdem sie und Pippa eine Lasagne in den Ofen geschoben hatten. „Das war ja wirklich einfach", sagte sie, während ihre Freundin sich die Hände abwischte. „Vielleicht bin doch kein so hoffnungsloser Fall."

Pippa schüttelte den Kopf. „Alles eine Frage von Zeit und Geduld. Du wirst sehen, schon bald wirst du ein Küchengenie sein."

Überschwänglich nahm Ashley die Freundin in den Arm und drückte sie fest. „Danke, Pip. Du bist wirklich die Beste!"

Pippa grinste. „Ich liebe dich auch, Süße. Und jetzt gehst du schön nach Hause und machst deine Lasagne, bevor dein Ehemann da ist. Morgen rufst du mich an und sagst mir, wie es gelaufen ist. Und mach diesen verdammten Schwangerschaftstest. Ich will schließlich wissen, ob ich eine schrullige Tante werde!"

Ashley verdrehte die Augen. Auf dem Weg hinaus hörte sie, dass eine SMS einging. Sie kramte ihr Handy hervor und las stirnrunzelnd die Nachricht.

„Was ist denn, Ash?", fragte Pippa.

„Es gibt Probleme im Tierheim. Molly ist ziemlich aufgeregt, schreibt aber nicht, warum. Ich werde kurz vorbeifahren, es liegt sowieso auf dem Weg. Dann also bis Freitag bei Tabitha."

„Okay. Und ruf mich an, wenn du zu Hause bist, damit ich weiß, dass alles gut gegangen ist."

„Ja, Mama", nörgelte Ashley. „Bis später."

Sie winkte Pippa noch einmal zu, verließ das Apartment und nahm sich ein Taxi zum Tierheim.

Als Devon ins Apartment zurückkehrte, lag ein langer und anstrengender Arbeitstag hinter ihm.

Der einzige Mensch, den er sehen wollte, war Ashley. Er war schon neugierig darauf, welches Küchendesaster ihn heute erwartete. Mittlerweile freute er sich sogar darauf herauszufinden, was sie hatte kochen *wollen*.

Übers ganze Gesicht grinsend lockerte er den Krawattenknoten und ging in Richtung Küche.

Als er im Türrahmen der Küche stand, blieb er stehen und schnupperte. Es roch unerwartet köstlich, gar nicht verbrannt. Nach geschmolzenem Käse, Tomate und Kräutern.

Sein Magen begann zu knurren, und Devon sah sich suchend nach Ashley um. Als er sie nirgends entdeckte, stutzte er. Sicherheitshalber warf er einen Blick in den Ofen.

Darin simmerte eine appetitlich aussehende und fertige Lasagne vor sich hin. Er schnappte sich einen Topflappen, nahm die Auflaufform aus dem Ofen heraus und stellte sie ab.

Dann machte er sich auf die Suche nach Ashley. Als er am Schlafzimmer vorbeiging, hörte er ihre gedämpfte Stimme.

Das Telefon am Ohr, stand sie am Fenster und blickte auf die Stadt hinab. Dann vernahm er ihr Schluchzen und sah von der Seite, dass Ashley eine Träne über die Wange lief.

Was zum Teufel hatte das zu bedeuten?

Es kostete ihn Kraft, nicht zu ihr zu gehen, ihr das Telefon aus der Hand zu nehmen und sie zu fragen, was geschehen war.

„Ich sehe, was ich tun kann, Molly. Wir dürfen das nicht zulassen", sagte sie.

Mit der freien Hand wischte sie sich die Tränen von der Wange, dann beendete sie das Gespräch. Als sie sich umdrehte und Devon sah, erschrak sie. Panik stand ihr ins Gesicht geschrieben.

„Oh Gott, die Lasagne!"

Sie eilte zur Tür und war aus dem Zimmer, noch bevor er sie aufklären konnte, dass er sich bereits darum gekümmert hatte. Ihn beschäftigte vielmehr, warum sie so besorgt war.

„Ash!", rief er, während er hinter ihr herlief.

Als er in die Küche trat, starrte sie, eine Hand auf die Stirn gelegt, auf die Lasagne.

„Entschuldige bitte", sagte sie. „Die hatte ich total vergessen."

„Hey, alles in Ordnung", sagte er. Er ging zu ihr und legte ihr eine Hand auf die Schulter. „Sie muss sowieso noch etwas abkühlen. Ich werde erst mal Teller holen, damit wir den Tisch decken können. Und dann erzählst du mir, warum du so aufgeregt warst. Mit wem hast du denn gerade telefoniert?"

Sanft schob er sie zum Tisch, setzte sie auf einen Stuhl und holte Teller und Besteck. Danach brachte er die Lasagne und stellte die immer noch dampfende Auflaufform ab.

Er setzte sich, schnitt die Lasagne an und wartete auf Ashleys Antwort. Zu seinem Entsetzen rollten ihr wieder dicke Tränen übers Gesicht. Sie verbarg das Gesicht in den Händen.

Er legte das Messer nieder und rutschte mit dem Stuhl neben Ashleys.

„Was ist los?", fragte er.

Devon war kein besonders geduldiger Mensch. Er war eher der lösungsorientierte Typ, der die Dinge sofort in Angriff nahm. Das konnte er aber nur, wenn er wusste, worum es ging.

„Heute war der schlimmste Tag meines Lebens", schluchzte sie. „Dabei wollte ich doch, dass alles perfekt ist. Immerhin habe ich endlich gelernt, wie man diese blöde Lasagne zubereitet. Dann hat Molly angerufen. Ich bin zum Tierheim gefahren und musste mir schreckliche Neuigkeiten anhören. Und jetzt weiß ich nicht, was ich tun soll."

Vorsichtig nahm er ihr die Hände vom tränenüberströmten Gesicht.

„Wer ist denn Molly?"

Stirnrunzelnd blickte sie ihn an. „Na, Molly vom Tierheim."

Fragend blickte er sie an. Vermutlich sollte er diese Person kennen, doch er hatte keinen blassen Schimmer.

„Sie ist meine Chefin im Tierheim."

„Moment mal, ich dachte, du leitest das Heim."

Ungeduldig schüttelte sie den Kopf. „Tue ich ja meistens auch, aber sie kümmert sich um das Alltagsgeschäft, während ich versuche, die Spenden zu organisieren, und ihr zuarbeite. Sie sagt, ich hätte die besseren Kontakte und sei eine geborene Spendensammlerin."

„Und was sagt Molly?", fragte Devon freundlich.

„Dem Heim soll die finanzielle Unterstützung gestrichen werden. Aber dann müssen wir schließen. Denn damit finanzieren wir alles, was notwendig ist. Das Futter für die Tiere, den Tierarzt und so weiter. Mit den Spenden können wir diese Summe nicht ausgleichen."

Wieder begann sie zu weinen. „Für die Tiere heißt das, sie müssen in ein staatliches Tierheim verlegt werden. Aber wenn die Leiter dort sich weigern, sie aufzunehmen, werden sie eingeschläfert."

Seufzend nahm Devon Ashley in den Arm. „Mit Sicherheit gibt es eine Lösung. Hast du schon mit deinem Vater gesprochen, ob er bereit wäre, das Heim zu unterstützen?"

Kopfschüttelnd löste sie sich aus der Umarmung. „Du verstehst nicht. Daddy beurteilt diese Dinge sehr nüchtern. Ihn interessieren nur Gewinne und Verluste. Außerdem ist er nicht gerade ein Tierfreund."

Offenbar schätzte Ashley ihren Vater falsch ein, denn William Copeland hatte durchaus auch aus emotionalen Gründen Entscheidungen getroffen. Schließlich hatte er für die Fusion mit *Tricorp* grünes Licht gegeben, weil er in Devon den perfekten Schwiegersohn gesehen hatte.

„Wie lange könnt ihr denn noch weitermachen?"

Sie schniefte. „Zwei, vielleicht drei Wochen. Jedenfalls haben wir so gut wie keine Kapazitäten mehr. Gerade haben wir einen Hund bekommen. Das arme Geschöpf wurde furchtbar gequält und dann ausgesetzt. Ich verstehe einfach nicht, wie Menschen so etwas übers Herz bringen. Welche Eltern werfen ihre Kinder einfach auf die Straße?“

Bedauerlicherweise gab es Menschen, die keinerlei Interesse an ihrem Kind hatten, aber dieses Thema würde Ashley viel zu sehr aufregen.

Mit dem Handrücken strich er ihr sanft über die Wange. Dann beugte er sich vor und küsste ihr die Stirn. „Lass uns essen. Die Lasagne duftet wirklich köstlich. Heute kannst du sowieso nichts mehr tun, aber vielleicht findest du morgen schon die Lösung.“

Sie nickte traurig, während er seinen Stuhl wieder zum alten Platz zurückzog und die Lasagne auf die Teller verteilte.

„Sieht erstaunlich wunderbar aus“, sagte er im neckenden Ton, um sie wieder zum Lachen zu bringen. Seit ihrer Rückkehr war sie viel stiller und ernsthafter geworden. Er vermisste ihre sonnige Art.

Er reichte ihr einen Teller und nahm sich dann seinen. Als er einen Bissen nahm, ließ er sich den cremigen Käse und die auf den Punkt gegarten Nudeln auf der Zunge zergehen.

„Das schmeckt großartig, Ash“, stöhnte er genießerisch.

Sie lächelte schwach. Beim Anblick ihrer traurigen blauen Augen brach es ihm fast das Herz.

So gut das Essen auch war, viel lieber hätte er Ashley tröstend in die Arme geschlossen und ihr den Schmerz genommen.

Als er sah, dass sie lustlos auf dem Teller herumstocherte, aß er schnell auf und räumte den Tisch ab. „Komm her“, sagte er und streckte eine Hand nach ihr aus.

Sie umschloss seine Finger, und er zog sie hoch und trug sie ins Schlafzimmer. Dann setzte er sie aufs Bett und zog ihr die Schuhe aus.

Wie er so zwischen ihren Beinen kniete, strich er Ashley mit den Händen über die Schenkel bis zu den Hüften hinauf, wo er sie ruhen ließ. Er sah ihr tief in die Augen.

„Hör zu“, sagte er. „Ich werde sehen, was ich für euch tun kann, okay? Warte noch ein paar Wochen ab, vielleicht kann ich ja helfen.“

Zu seiner Überraschung schlang sie ihm die Arme um den Hals und drückte ihn dankbar. „Oh, Devon, vielen Dank!“, flüsterte sie. „Du hast keine Ahnung, wie viel mir dein Angebot bedeutet.“

Dann küsste sie ihn überschwänglich auf den Mund.

Es war, als hätte man einen hungrigen Löwen geweckt. Devon zögerte keine Sekunde. Er wollte nicht, dass sie es sich anders überlegte. Drei qualvolle Wochen hatte er sich nach diesem Moment gesehnt. Mit jeder Faser seines Körpers.

Er umfasste ihr Gesicht und küsste hungrig ihre Lippen. Als Antwort schlang sie ihm die Hände um den Nacken und gab dem Kuss leise seufzend nach.

Er musste sich beherrschen, Ashley nicht die Kleider vom Leib zu reißen und sie bis zur Besinnungslosigkeit zu lieben.

„Du hast viel zu viel an“, sagte er atemlos, während er sich an den Knöpfen ihrer Bluse zu schaffen machte.

Der Stoff riss, die Knöpfe flogen auf den Boden, und Devons Erregung wuchs. Ungeduldig versuchte er, den Verschluss ihrer Hose zu öffnen und sie ihr auszuziehen. Um es ihm leichter zu machen, hob Ashley die Hüften an. Nachdem er ihr die Hose von den Beinen gestreift hatte, saß sie da: zart, wunderschön und nur mit rosafarbenen Dessous bekleidet.

Sie war das hübscheste Wesen, das er jemals gesehen hatte. Ihr leicht zerzaustes Haar war sexy, ihre von seinen Küssen geschwollenen Lippen glänzten. Statt Traurigkeit lag nun Verlangen in ihrem Blick, und ihre Haut war so weich, so schimmernd. Und erst die Brüste, die Hüften und der Po: Alles war perfekt und sanft gerundet.

Hastig stand er auf und zog sich aus. Dabei fühlte er sich plötzlich wieder wie ein fünfzehnjähriger Teenager, der zum ersten Mal in seinem Leben eine nackte Frau sieht.

Als Ashley sich schüchtern erhob, hätte er beinahe aufgestöhnt. „Baby, sieh mich bloß nicht mit diesem unschuldigen Blick an. Ich halte es kaum noch aus.“

Sie lächelte. Es war ein wunderbares, süßes, atemberaubendes Lächeln, das die männlichsten Instinkte in ihm weckte.

Er umarmte sie und sank mit ihr aufs Bett. Dann küsste er sie, heiß und gierig.

„Deine Dessous sind fantastisch", raunte er. „Aber noch besser gefällst du mir ohne."

Ashley wand sich unter ihm – offenbar versuchte sie, BH und Slip auszuziehen.

„Oh nein, lass mich das tun", flüsterte er atemlos.

Er richtete sich auf, die Knie an ihren Hüften.

Ashley warf einen Blick auf seine Männlichkeit und streckte zögernd eine Hand danach aus. Errötend blickte sie Devon an, fast so, als würde sie ihn um Erlaubnis bitten.

Himmel, er würde ihr alles geben, was sie wollte, wenn sie ihn berühren würde. Er würde ihr zwanzig verdammte Tierheime schenken, wenn es sie glücklich machte. Er wollte einfach nur ihre zarten Finger spüren …

Stöhnend schloss er die Augen, als sie genau das tat, wonach er sich sehnte. Ihre Berührung war sanft und vorsichtig. Es war wie die Berührung eines Schmetterlingsflügels.

Dann wurden ihre Bewegungen bestimmter, fordernder, und es hätte nicht viel gefehlt, um ihn zum Höhepunkt zu bringen. Doch er rang um Selbstbeherrschung, um das Liebesspiel nicht vorschnell beenden zu müssen.

Er beugte sich vor und küsste sie zwischen die Brüste. Dann strich er ihr langsam die Träger des BHs von den Schultern.

Als ein Körbchen verrutschte und eine Brust freigab, liebkoste er sie begierig und lustvoll mit den Lippen. Er genoss das Gefühl, das seine Streicheleinheiten auf seiner Zunge hinterließen. Ashley wand sich unter ihm, ihr Atem ging schneller.

Mit einer Hand öffnete er den BH-Verschluss. Im Nu hatte er sie davon befreit und den BH auf den Boden geworfen.

Sie hatte wunderschöne Brüste. Klein, fest und rund. Das Rosa der Spitzen lud ihn förmlich ein, sie mit Küssen zu bedecken und ihren Geschmack zu kosten.

Doch heute Nacht wollte er alles von ihr. Wollte sie auf seiner Zunge, auf seinem ganzen Körper spüren und sich seine Sinne von ihr verwirren lassen.

Er umfasste mit beiden Händen ihre Brüste und umkreiste mit den Daumen die Spitzen, bis er schließlich die rechte mit den Lippen umschloss. Dann zog er eine Spur aus Küssen bis zum Bauchnabel hinab und liebkoste dort die zarte Haut mit der Zunge.

Lust breitete sich in Ashley aus und durchströmte ihren Körper. Sich windend raunte sie ihm zu, er solle nicht aufhören.

Er ließ die Hand unter den Stoff ihres Slips gleiten und zog ihn Ashley über die Hüften. Endlich lag sie nackt vor ihm – so sinnlich, so schön.

Devon beugte sich über sie und senkte den Kopf zwischen ihre Oberschenkel. Sanft schob er ihre Beine weiter auseinander und presste die Lippen auf ihre intimste Stelle.

Mit Zunge und Lippen erkundete und reizte er sie, bis sie sich ihm hungrig entgegenbog. „Devon“, flüsterte sie.

Es war schon eine Weile her, seit sie mit vor Erregung heiserer Stimme seinen Namen gerufen hatte. Es steigerte seine Lust, und er hörte nicht auf, sie zu verwöhnen, bis sie den Gipfel der Lust erreicht hatte.

Er nahm sich etwas zurück und genoss die kleinen Beben, die ihren Körper erschütterten.

Ein letztes Mal bedeckte er ihren Schoss mit Küssen, dann legte er sich zwischen ihre Schenkel und drang in sie ein. Stöhnend warf sie den Kopf nach hinten.

Er küsste das Grübchen an ihrem Kinn und strich dann mit den Lippen ihren Hals hinab. Ihr Puls raste, er konnte es spüren.

Sie schlang ihm die schlanken Arme um den Körper und hielt sich mit einer erstaunlichen Bestimmtheit an den Schultern fest.

„Leg deine Beine um mich, Baby“, sagte er. „Genau so.“

Sie kreuzte die Fesseln und folgte seinen Bewegungen, während sie ihm gleichzeitig, mal zart, mal wild, mit den Händen über den Rücken fuhr. Dann strich sie ihm mit einer Hand durchs Haar und zog fordernd seinen Kopf zu sich herunter, damit er sie küsste.

Er gewährte ihr den Wunsch und presste ihr den Mund auf die Lippen.

Es war süß, heiß. Atemberaubend. Beide ließen sich auf einen Tanz der Zungen ein, bei dem es offenbar darum ging, den Stärkeren zu bestimmen. Sie war es. Sie war diejenige, die ihn forderte, und er konnte nichts weiter tun, als sich zu fügen.

Sie umschlang ihn, presste ihn an sich und fand einen Rhythmus, der beide miteinander verschmelzen ließ.

Sex war noch nie so … vollkommen gewesen.

„Wie weit bist du?", keuchte er.

„Hör ja nicht auf!", brachte sie hervor.

„Einen Teufel werde ich tun."

Er schloss die Augen. Ihre Bewegungen wurden immer schneller und ungeduldiger, bis Ashley einen ekstatischen Schrei ausstieß.

„Devon!"

Sie wurde von den Wellen der Lust fortgetragen, schien plötzlich überall zu sein, um ihn, unter ihm. Er schien in ein Meer aus Lust und Hitze einzutauchen, und noch nie in seinem Leben hatte er sich so gut gefühlt.

„Ashley", raunte er ihr zu. „Meine Ashley."

Dann kam er. Sein Orgasmus war gewaltig, wild, atemberaubend … und schön – beängstigend schön. Einige Male stieß er noch in sie, während die Wogen des Orgasmus langsam verebbten, dann ließ er sich erschöpft auf Ashley sinken.

Irgendwann spürte er, wie sie ihm zärtlich den Rücken streichelte. Vermutlich war er gerade dabei, sie zu erdrücken, doch er war einfach nicht in der Lage, sich zu bewegen. Noch immer war er in ihr. Auf ihr. Bedeckte sie. Sie gehörte zu ihm.

Er begriff, dass dies ein wichtiger Moment war. Denn etwas war anders. Doch er war zu erschöpft, um sagen zu können, was. Noch nie in seinem Leben hatte er sich so gefühlt, nachdem er mit einer Frau geschlafen hatte.

Es war wundervoll. Und gleichzeitig verdammt Furcht einflößend.

16. KAPITEL

Angespannt beobachtete Ashley ihre Gäste, die in das Nobelrestaurant strömten, das sie für diesen Abend gemietet hatte. Sie war furchtbar nervös. Und zwar so nervös, dass sie das Gefühl hatte, sich übergeben zu müssen. Dieser Abend musste einfach ein Erfolg werden!

Den ganzen Nachmittag hatte sie bei Tabitha verbracht, um sich herrichten zu lassen. Ihre Freundinnen hatten zwar, was ihren Frisurwunsch betraf, leichte Bedenken gehabt. Letztlich hatten sie aber nachgegeben und ihr bestätigt, wie großartig sie aussehe.

Ashley wollte … reif und elegant wirken. Nicht süß, nett oder romantisch. Das hier war der Abend, an dem sie Devon beweisen konnte, dass sie als Frau an seiner Seite bestehen würde.

Sie hatte sich für ein kleines Schwarzes entschieden. Obwohl sie eigentlich hellere und fröhlichere Farben bevorzugte.

Tabitha hatte es geschafft, ihr Haar zu einem eleganten Knoten aufzustecken, aus dem kein einziges Härchen herausfiel. Laut Pippa sah sie damit aus wie vierzig und nicht wie eine junge Frau von Anfang zwanzig.

Carly hatte ihr nur ein leichtes Make-up und etwas Lipgloss aufgetragen. Doch das i-Tüpfelchen waren die Perlenohrringe ihrer Großmutter, die diese ihr vor zwei Jahren kurz vor ihrem Tod geschenkt hatte.

Ashley fand, sie sah perfekt aus. Sie hoffte nur, dass die anderen das genauso sahen.

Auf der anderen Seite des Saals spielte eine Jazzband. Kellner mit Tabletts gingen umher und boten den Gästen Horsd'œuvres und Wein an. Entlang einer Wand war ein exklusives Büfett aufgebaut.

Die Sträucher in den großen Pflanzkübeln waren mit kleinen Lichterketten geschmückt, und auf jedem der Tische flackerte in der Mitte ein Windlicht, um das frische Blumen dekoriert worden waren.

Ashley hatte von der Deko bis hin zum Essen alles peinlichst genau kontrolliert. Jedes Häppchen und jeden Drink hatte sie probiert und sich von Pippa dabei helfen lassen.

Jetzt war der große Moment gekommen. Alles war perfekt, doch sie hatte panische Angst davor, Fehler zu machen und sich und ihren Ehemann zu blamieren.

„Ashley, da bist du ja", sagte Pippa und kam auf sie zu.

„Oh mein Gott, bin ich froh, dass du hier bist", rief Ashley. „Danke, dass du gekommen bist. Ich bin ein einziges Nervenbündel."

Pippa runzelte die Stirn. „Ashley, es gibt keinen Grund, nervös zu sein. Es ist eine Party. Entspann dich. Amüsiere dich. Und mach endlich diesen altmodischen Haarknoten auf."

Ashley lachte verkrampft. „Du hast gut reden. Du musst ja auch nicht mit den ganzen Geschäftspartnern von Devon reden."

Pippa verdrehte die Augen. „Na los, lass uns etwas trinken."

Ashley ließ sich von ihr zur Bar führen, bestellte aber nur ein Glas Wasser. Als Pippa sie mit hochgezogener Braue ansah, seufzte Ashley.

„Ich habe morgen einen Arzttermin", flüsterte sie ihrer Freundin zu. „Aber wehe, du sagst es jemandem, okay? Ich habe einen von diesen blöden Tests gemacht, doch der hat kein wirklich genaues Ergebnis angezeigt. Vermutlich bin ich einfach nur ein paar Tage drüber. Aber solange ich es nicht weiß, trinke ich auch keinen Alkohol."

„Um wie viel Uhr hast du den Termin?", fragte Pippa.

„Um zehn Uhr."

„Okay. Also hör zu. Carly, Tabitha und ich werden im *Oscar's* auf dich warten. Direkt nach deinem Termin treffen wir uns dort alle zum Lunch."

Ashley nickte. „Gut. Unterstützung werde ich gebrauchen können, egal wie das Ergebnis ausfällt. Ich bin immer noch sehr unsicher, was diese ganze Sache angeht."

Pippa sah sie überrascht an. „Du meinst, du weißt nicht genau, ob du schwanger werden willst?"

„Doch, nein. Vielleicht. Ich weiß nicht“, antwortete Ashley unwirsch.

„Ash, was zum Teufel ist eigentlich los mit dir? Du hast dir doch immer Kinder gewünscht.“

Ashley biss sich auf die Unterlippe, als sie sah, dass Devon auf sie zusteuerte. „Hör mal, im Moment kann ich nicht reden. Wir sehen uns dann morgen nach meinem Termin. Und kein Wort! Nicht einmal zu Dev.“

Pippa sah sie verständnislos an und schwieg, als Devon bei ihnen war.

„Da bist du ja“, sagte Devon. Er begrüßte Pippa mit einem Wangenkuss und nahm dann Ashleys Hand. „Ich hoffe, es macht dir nichts aus, Pippa. Darf ich kurz meine Frau entführen? Da sind ein paar Leute, die ich ihr gerne vorstellen würde.“

Pippa umarmte Ashley und gab ihr einen Kuss auf die Wange. „Dann bis morgen“, flüsterte sie ihr ins Ohr. „Pass auf dich auf.“

Ashley lächelte sie dankbar an und ließ sich von Devon wegführen. In der darauffolgenden Stunde lächelte sie und hörte schweigend zu, während Devon sie einer ganzen Reihe Menschen vorstellte und über Dinge sprach, von denen sie nichts verstand. Doch sie gab sich interessiert, verfolgte jedes Wort und nickte, wenn sie glaubte, es sei angemessen.

Der Kopf tat ihr weh, ihre Wangen waren vom andauernden Lächeln ganz verspannt, und ihre Füße schmerzten.

Die alte Ashley hätte sich jetzt die Schuhe ausgezogen, das Haar gelöst und sich irgendjemanden geschnappt, um über Dinge zu plaudern, von denen sie Ahnung hatte.

Aber die neue Ashley würde diese Nacht um jeden Preis durchstehen!

Devon jedenfalls schien ihre Anstrengungen zu begrüßen. An diesem Abend hatte er ihr mehrfach gesagt, wie schön sie sei, und ihr sein charmantestes Lächeln geschenkt.

„Rühr dich nicht von der Stelle“, sagte er, als er mit ihr am Rand der Tanzfläche ankam. „Ich muss deinen Vater finden. Er will heute Abend seinen Ausstieg aus der Firma verkünden.“

Ashley nickte pflichtbewusst und rührte sich nicht. Obwohl ihre Füße brannten und ihr Kopf vor Schmerz zu platzen drohte.

Sie lächelte tapfer, damit niemand merkte, dass es ihr nicht gut ging. Stattdessen konzentrierte sie sich auf den Gedanken, schwanger zu sein.

In den letzten Wochen hatte sie diese Vorstellung eher abgeschreckt. Denn sie zwang sie, sich mit ihrer Ehe zu beschäftigen und mit der Frage, ob es gut wäre, in dieser Situation ein Kind auf die Welt zu bringen.

Die letzte Nacht mit Devon war … Sie lächelte und fühlte sich augenblicklich besser. Es war sensationell gewesen. Aber warum? War es nur Sex gewesen? Reine Lust? Denn mit Liebe konnte es nicht viel zu tun gehabt haben. Schließlich liebte er sie ja nicht. Aber er war unglaublich zärtlich gewesen.

Als sie an diesem Morgen aufgewacht war, hatte er sich bereits auf den Weg zum Büro gemacht. Sie hatte verschlafen – noch so ein Grund, warum sie glaubte, schwanger zu sein. In der letzten Zeit wurde sie häufig von einer bleiernen Müdigkeit befallen.

Devon hatte sich ihr gegenüber tadellos und freundlich verhalten. Genau das, was sie nicht wollte: seine Freundlichkeit. Sie wollte nicht, dass er sich um sie sorgte, bloß weil er ihr das Herz gebrochen hatte. Sie wollte seine Liebe.

Vielleicht war es doch besser, den Gedanken an eine mögliche Schwangerschaft ruhen zu lassen. Schließlich war sie schon durcheinander genug.

Gemeinsam mit Devon stieg ihr Vater auf ein niedriges Podest. Ihre Mom stand – so wie immer – an der Seite ihres Mannes. Devon hatte Ashley nicht gebeten, sich neben ihn zu stellen. Sie sollte dort bleiben, wo sie gerade stand. Weit weg von ihm. Ashley war sich nicht sicher, ob das etwas zu bedeuten hatte. Ihr Ego war mittlerweile so angeschlagen, dass jede kleinste Vermutung ihr Selbstmitleid ankurbelte.

Ihr Vater sprach etwa eine halbe Stunde, gab Erinnerungen zum Besten, dankte seiner Familie und seinen Mitarbeitern. Als er ihren Namen erwähnte und sie väterlich anlächelte, lächelte

Ashley ebenfalls bescheiden. Dann verkündete er, dass er zurücktreten werde und Devon die Leitung seines Unternehmens übergäbe.

Überraschtes Gemurmel erklang hier und da. Andere wiederum nickten wohlwollend. Dann bemerkte Ashley, dass die meisten Gäste in ihre Richtung blickten und sie wissend anlächelten.

Ihr Lächeln verschwand allmählich. Die Welt um sie herum schien einen Aha-Moment zu erleben und sagen zu wollen: „Jetzt haben wir verstanden." Anders als sie selbst.

Hilflos blickte sie sich um, suchte nach einem Fluchtweg, doch sie war umringt von Gästen, die sie anstarrten. Oder zwischen ihr und Devon hin- und hersahen. Mit so verdammt wissenden Gesichtern. Einige Frauen schmunzelten sogar verstohlen.

Es war der schlimmste Abend ihres Lebens. Er war sogar noch schlimmer als ihre Hochzeitsnacht.

Devon fand sich plötzlich von Menschen umringt, die ihm gratulierten. Familienmitglieder, Firmenkollegen. Einigen von ihnen war die Irritation deutlich anzusehen. Aber das war zu erwarten gewesen. Jede Veränderung ging auch immer mit Furcht davor einher.

Doch an diesem Abend würde Devon seinen Erfolg gebührend feiern. Vor der Party hatte er sich William geschnappt, um ihm mitzuteilen, dass *Copeland* Ashleys Tierheim unterstützen wollte.

William war zuerst dagegen gewesen, doch als Devon ihm versichert hatte, dass er ansonsten nicht die Unternehmensleitung übernehmen würde, hatte er keine andere Wahl gehabt und zugestimmt. Devon würde die Zukunft des Heims mit einer jährlichen Spende sichern, denn er wollte nicht, dass Ashley vor Gram weitere Tränen vergoss.

Jetzt musste Devon die guten Neuigkeiten nur noch Ashley mitteilen. Vermutlich war es am besten, es direkt nach der Party zu tun. Und danach würden sie sich bis zur Besinnungslosigkeit lieben.

Der Gedanke beflügelte ihn. Dann sah er, dass Cameron auf ihn zukam. Als sein Freund neben ihn trat, schlug Devon ihm freundschaftlich auf die Schulter und grinste. „Wir haben's geschafft, Kumpel. *Copeland* ist unser!"

Cameron teilte seine Freude nicht. Er wirkte wütend und schaute über Devons Schulter hinweg quer durch den Raum. „Was hast du ihr angetan, Devon?"

Devon sah sich suchend um. „Entschuldige bitte?" Er blickte in die Richtung, in die Cameron starrte. Doch da war nur Ashley, die immer noch am Rand der Tanzfläche stand, wo er sie zurückgelassen hatte.

Kopfschüttelnd funkelte Cameron seinen Freund an. „Du bemerkst es nicht einmal, oder?"

Devon kniff die Augen zusammen. „Worüber zum Teufel redest du?"

Cameron gab einen empörten Laut von sich. „Sieh sie dir doch nur einmal an, Dev."

Wieder sah Devon zu Ashley hinüber.

„Sieh hin, Dev. Sieh einfach lang genug hin."

Devon kämpfte gegen eine leichte Unsicherheit an. Gerade wollte er Cameron sagen, er solle sich zum Teufel scheren, als Ashley sich die Stirn rieb. Schlagartig begriff er, was Cameron meinte.

Sie war leichenblass und sah unglücklich aus. Müde, verletzlich. Sie wirkte … verändert. Gar nicht mehr wie die quirlige und strahlende Frau, die er geheiratet hatte.

Er stutzte. „Vermutlich hat sie wieder Kopfschmerzen."

„Du bist so ein Idiot", fauchte Cameron wütend.

Bevor Devon antworten konnte, drehte Cameron sich auf dem Absatz um und ließ ihn zu seiner Verwunderung einfach stehen.

Doch er hatte keine Zeit, sich zu fragen, warum sein Freund so aufgebracht war. Denn Ashley sah in der Tat besorgniserregend aus. Mit schmerzverzogenem Gesicht rieb sie sich den Nacken.

Er ging an ein paar Gästen vorbei auf sie zu. Als er an William und dessen Sohn Eric vorbeikam, sagte er: „Ich werde Ashley nach Hause bringen. Bitte entschuldigt uns bei den Gästen."

William sah ihn beunruhigt an, während Eric sich augenblicklich nach Ashley umdrehte.

„Stimmt etwas nicht?", fragte William.

„Alles in Ordnung", sagte Devon, um ihn zu beruhigen. „Ich glaube, sie hat schlimme Kopfschmerzen."

Eric blickte finster drein und musterte Devon anklagend. „In letzter Zeit scheint sie recht häufig unter Kopfschmerzen zu leiden."

Devon hatte nicht vor, einen Streit vom Zaun zu brechen. Er nickte bloß zum Abschied und ging weiter zu Ashley.

Sie war mit zwei Mitarbeitern von *Tricorp* in ein Gespräch vertieft. Oder besser gesagt, die beiden redeten unaufhörlich auf sie ein.

„Entschuldigen Sie bitte, meine Herren", unterbrach Devon höflich. „Ich würde Ihnen gerne meine Frau entführen, falls Sie nichts dagegen haben."

Als sie ihn überaus erleichtert ansah, zuckte er besorgt zusammen. Offenbar litt sie sehr.

Seine Pläne für den weiteren Abend verflüchtigten sich augenblicklich. Er hatte einfach nur noch das Bedürfnis, sich um sie zu kümmern. Die Neuigkeiten konnten bis morgen warten. Dann würde er ihr mitteilen, dass die Zukunft ihrer Tiere gesichert war.

Als er sie an sich zog, bemerkte er, wie müde sie war. Viel schlimmer aber war, ihr Strahlen war aus ihren Augen verschwunden.

Ein kleiner Stich ging ihm durch die Brust, doch er verdrängte dieses Gefühl sofort und konzentrierte sich auf Ashley.

„Wir gehen."

Überrascht sah sie ihn an. „Aber warum? Die Party hat doch gerade erst angefangen."

„Dir geht's nicht gut", sagte er leise. „Kopfschmerzen?"

Sie verzog das Gesicht. „Es ist alles in Ordnung, wirklich. Du musst nicht extra wegen mir gehen. Ich kann Pippa fragen, ob sie mich nach Hause fährt."

„Einen Teufel wirst du tun", sagte er. „Meine Aufgabe hier ist erledigt. Der Rest ist Williams Angelegenheit. Du wirst hier nicht die ganze Nacht herumstehen und leiden, wenn du im Bett besser aufgehoben bist."

Sie nickte kraftlos. Als er ihr die Hand auf den Rücken legte, spürte er, wie zerbrechlich sie war. Nanu, wie war es möglich, dass ein Mensch spürte, wie verletzlich ein anderer war?

An den Gästen vorbei, führte er sie zügig zur Tür.

Auf dem Heimweg sprach sie kein Wort und saß mit geschlossenen Augen im Dunkeln des Wagens.

Im Apartment half er ihr dabei, sich auszuziehen und ins Bett zu legen. Er beugte sich nach vorne, drückte ihr einen Kuss auf die Braue und hüllte sie bis zum Kinn in die Decke ein.

„Ich hole dir deine Tabletten und etwas Wasser."

Zu seiner Überraschung schüttelte sie den Kopf. „Nein", sagte sie leise. „Ich will sie nicht. Ich möchte einfach nur schlafen. Morgen früh geht's mir wieder besser."

Er stutzte, widersprach ihr aber nicht. Eigentlich sollte sie diese verdammte Medizin nehmen, wenn sie unter starken Schmerzen litt. Doch sie hatte schon die Augen geschlossen, und ihr Atem ging regelmäßig.

„Also gut", sagte er schließlich. „Aber wenn es dir morgen früh nicht besser geht, nimmst du sie."

Sie nickte, ohne die Augen zu öffnen. „Versprochen."

17. KAPITEL

Devon weckte Ashley am nächsten Morgen und wollte unbedingt als Erstes wissen, wie es ihr ging. Sie versicherte ihm, dass alles in Ordnung sei. Tatsächlich wünschte sie sich, er würde endlich gehen und sie allein lassen.

Nachdem er sich verabschiedet hatte, schleppte sie sich ins Badezimmer und nahm eine heiße Dusche. Danach föhnte sie sich die Haare und band sie zu einem Pferdeschwanz zusammen. Sie war zu schwach, um sich Gedanken über Make-up und Parfum zu machen.

Außerdem hatte sie eine Heidenangst bei dem Gedanken daran, schwanger zu sein. Obwohl sie sich manchmal nichts sehnlicher gewünscht und gehofft hatte, eine Schwangerschaft würde ... ja, was eigentlich? Hilflos lachte sie auf angesichts der Erkenntnis, wie naiv sie doch war. Auch wenn ihr längst klar war, dass ein Kind eine Beziehung nicht retten konnte, fragte sie sich, ob Devons Liebe zur Mutter dieses Kindes wachsen würde.

Es ärgerte sie, dass sie diesen Gedanken überhaupt zuließ. Warum, in Gottes Namen, glaubte sie, ein Mann würde seine Liebe für sie entdecken, bloß weil sie ihm ein Kind schenkte? Wenn er sie vorher nicht geliebt hatte, warum sollte er es hinterher tun?

Weil unerwiderte Liebe wehtat.

Im Taxi zur Klinik wuchs ihre Nervosität. Pippa war der einzige Mensch, der eingeweiht war. Na gut, Tabitha und Carly wussten es vermutlich auch schon. Sie zählte darauf, dass ihre Freundinnen ihr beistanden. Ob sie nun schwanger war oder nicht.

In der Klinik wartete sie ungeduldig auf das Testergebnis. Nachdem sie unzählige Fragen beantwortet, man ihr Blut abgenommen und sie eine Urinprobe abgegeben hatte, war sie in den Wartebereich zurückgegangen.

Es waren die längsten zwanzig Minuten ihres Lebens.

Sie wippte nervös mit dem Fuß, blätterte gedankenverloren in einer Zeitschrift und betrachtete aus den Augenwinkeln die anderen Patientinnen, von denen einige bereits hochschwanger waren.

Dann, endlich, wurde sie von einer Schwester aufgerufen. Ashley eilte durch die Tür und wurde in ein Sprechzimmer geführt.

„Und?“, platzte es aus ihr heraus.

Die Schwester lächelte. „Sie sind schwanger, Mrs Carter. Sie dürften jetzt ungefähr in der sechsten Woche sein. Genau sagen können wir das aber erst nach der Ultraschalluntersuchung.“

Ashleys Magen drehte und drehte sich. Ihr brach kalter Schweiß aus, und in ihrem Kopf begann es zu hämmern.

„Alles in Ordnung?“, fragte die Schwester freundlich.

Ashley schluckte und nickte schließlich. „Ja. Ich bin nur ein bisschen geschockt. Ich meine, geahnt hatte ich es ja schon. Aber glauben wollte ich es nicht.“

Die Schwester sah sie verständnisvoll an. „Das ist ganz normal. Wichtig ist jetzt, dass Sie sich ausruhen und die Neuigkeit verdauen. An der Rezeption können Sie einen Termin für die erste Ultraschalluntersuchung vereinbaren.“

Ashley verließ die Klinik mit leicht – na schön – mit stark zitternden Beinen. Von vorneherein hatten sie und Devon keinerlei besondere Verhütungsmaßnahmen getroffen. Jetzt fragte sie sich, ob er das nicht doch bereuen würde.

Im Taxi legte sie erschöpft den Kopf an die Lehne ihres Sitzes.

Das Taxi hielt vor dem Restaurant, in dem sie sich mit ihren Freundinnen treffen wollte. Sie stieg aus, zog sich den Mantel enger um den Körper und eilte hinein, wo sie nach den Mädels Ausschau hielt.

In einer Ecke stand Pippa auf und winkte sie zu sich. Tabitha und Carly winkten ebenfalls wild.

Aufgeregt eilte Ashley zu den dreien, froh darüber, Trost bei ihren besten Freundinnen zu finden.

„Und?“, rief Pippa, noch bevor Ashley den Mantel ausziehen konnte. „Sag's!“

„Bist du schwanger?“, fragte Tabitha aufgeregt.

Ashley ließ sich auf einen Stuhl fallen, völlig fertig von den letzten Wochen, die ihr in den Knochen steckten. Zu ihrem Entsetzen merkte sie, wie ihr Tränen in die Augen schossen.

Schockiert sahen ihre Freundinnen sie an.

„Oh Gott, Ashley. Was ist passiert? Süße, es ist alles okay, du hast doch noch so viel Zeit, um schwanger zu werden“, versuchte Carly, sie zu trösten.

Tabitha und Pippa umarmten sie von beiden Seiten und drückten sie fest an sich.

„Ich *bin* schwanger“, schluchzte Ashley.

Die Blicke, die sie daraufhin erntete, wirkten ziemlich verstört. Pippa nahm eine Serviette und tupfte Ashley die Tränen vom Gesicht. Dann warteten ihre Freundinnen geduldig und liebevoll, bis sie wieder sprechen konnte.

„Was ist denn eigentlich los?“, fragte Pippa geradeheraus. „Du siehst schrecklich aus und ähnelst dir schon seit einiger Zeit nicht mehr. Was sollte denn nur diese schreckliche Frisur gestern und dieses Kleid, das du sonst niemals anziehen würdest?“

Tabitha seufzte. „Ich glaube, was Pippa gerade versucht, dir so feinfühlig wie möglich mitzuteilen, ist, dass du nicht besonders glücklich aussiehst, Ash. Wir machen uns Sorgen um dich.“

„Alles ist so furchtbar durcheinander“, sagte Ashley mit tränenerstickter Stimme.

„Wir haben den ganzen Tag Zeit“, sagte Pippa knapp. „Also erzähl uns endlich, was los ist.“

Und dann sprudelte die Geschichte aus ihr heraus. Ashley erzählte jedes Detail bis hin zu der demütigenden Hochzeitsnacht. Und von ihrem Plan, Devon in sie verliebt zu machen.

Den drei Frauen schien es die Sprache verschlagen zu haben. Dann flackerte Zorn in Pippas Augen auf. „Dieser Mistkerl! Ich hasse ihn!“

„Und ich erst“, stimmte Tabitha ein.

„Am liebsten würde ich ihm einen Tritt zwischen die Beine verpassen“, war Carlys Kommentar dazu.

„Du wirst da doch hoffentlich nicht mehr mitspielen, oder?", fragte Pippa.

„Ich weiß nicht, was ich tun soll", sagte Ashley unsicher.

Carly nahm Ashleys Hand. „Sieh mich an, Süße. Du bist eine schöne, liebenswerte und großzügige Frau. Der Einzige, der sich hier ändern muss, ist dieser Kretin. Es gibt nichts, aber auch wirklich gar nichts an dir, was du ändern solltest. Dieser Typ hat dich einfach nicht verdient."

„Amen", sagte Pippa wütend. „Sag ihm, dass er sich auf was gefasst machen kann."

Tabitha umarmte Ashley und drückte sie fest an sich. Dann wischte sie ihr eine Träne vom Gesicht.

„Ich liebe euch so sehr", sagte Ashley mit gebrochener Stimme. „Ihr wisst ja gar nicht, wie sehr ich euch brauche."

„Ich wünschte, du hättest uns früher eingeweiht", sagte Pippa. „Kein Mensch sollte das erdulden, was du die ganze Zeit über allein mit dir ausgemacht hast. Dafür sind Freunde doch da. Und hätten wir das alles früher gewusst, hätten wir ihm einen Tritt in seinen bemitleidenswerten Hintern gegeben."

Ashley brachte ein kleines Lächeln zustande.

„Was wirst du denn jetzt als Nächstes tun, Liebes?", fragte Tabitha mitfühlend.

Ashley holte tief Luft, denn genau das wusste sie nicht. Oder vielleicht hatte sie es gewusst, es aber verdrängt, weil ihr die Entscheidung, die ihr Herz getroffen hatte, nicht gefiel.

„Ich werde ihm sagen, dass es nicht geht", sagte sie leise.

„Dann verlässt du ihn?", fragte Carly.

Ashley seufzte. „Ich kann nicht bei ihm bleiben. Ich verdiene einen Mann, der mich liebt und mich nicht verändern will. Ich habe es so satt, jemand zu sein, der ich nicht bin. Ich habe mich immer gemocht. Aber die Person, zu der ich geworden bin, mag ich nicht."

„So ist's richtig!", sagte Tabitha. „Und mach dir bloß keine Sorgen wegen des Babys. Du hast ja uns. Und deine Eltern. Wir werden immer für dich da sein und aufs Kind aufpassen. Wir werden dich zum Arzt begleiten und, wenn's sein muss, auch in den Kreißsaal."

„Aufhören, bitte, sonst fange ich gleich wieder an zu heulen", sagte Ashley.

„Möchtest du, dass eine von uns dich zu Devon begleitet?", fragte Carly zögernd. „Ich fände es besser, wenn du Unterstützung hättest. Pippa wäre ganz gut. Sie kann Leuten richtig Angst einjagen, wenn's drauf ankommt."

Pippa grinste.

„Nein", sagte Ashley. „Da muss ich alleine durch. Es ist längst an der Zeit, mein Leben und meine Zukunft in eigene Hände zu nehmen."

„Ich bin so stolz auf dich, Ash", sagte Tabitha.

„Wir alle sind das", stimmte Pippa ihr zu. „Wenn du eine Bleibe brauchst, dann sag es. Jede von uns nimmt dich liebend gerne bei sich auf."

Als Ashley ihre Freundinnen ansah, schien ihr das Herz überzugehen. Die tiefe Zuneigung der drei Frauen gab ihr wieder Hoffnung. Es brauchte nur etwas Zeit. Sie hatte eine Familie und Freunde – und zwar die allerbesten – und ein Kind, für das sie ihre Kraft brauchte.

In dem Moment, als die Schwester ihr mitgeteilt hatte, dass ein neues Leben in ihr heranwuchs, hatte sich Ashleys Welt schlagartig verändert. Von nun an musste sie alles tun, was für sie und ihr Kind am besten war.

Plötzlich wurde sie ruhiger. Natürlich war sie immer noch aufgewühlt – und hatte ein gebrochenes Herz, das nicht über Nacht zusammenwachsen würde. Aber jetzt wusste sie, was sie zu tun hatte. Ihre Aufgabe war es, den Weg, den *sie* eingeschlagen hatte, selbstständig weiterzugehen. Die Zeiten, in denen sie sich hatte führen lassen, waren endgültig vorbei.

18. KAPITEL

Devon konnte sich kaum auf seine Arbeit konzentrieren. Er hatte bereits drei Telefonate verpasst und bei einer E-Mail den Namen des Empfängers falsch eingegeben. Dabei wusste er nicht einmal, warum er so zerstreut war.

Garantiert machte er sich Sorgen um Ashley. Nur ungern hatte er sie an diesem Morgen allein gelassen. Doch sie hatte darauf bestanden, dass er ins Büro ging, und ihm versichert, alles sei in Ordnung. Trotzdem nagte ein ungutes Gefühl an ihm.

Irgendetwas stimmte nicht.

Als er gerade zu seinem Handy greifen wollte, um Ashley anzurufen, ging die Tür auf. Stirnrunzelnd sah er hoch. Seine Sekretärin wusste doch, dass er im Moment niemanden sprechen wollte.

Zu seiner Überraschung betrat Eric Copeland das Büro. Sehr freundlich sah er nicht gerade aus. Er trat vor den Schreibtisch und stützte entschlossen die Hände darauf.

„Was hast du mit meiner Schwester gemacht?"

Augenblicklich erhob sich Devon aus dem Sessel. „Wovon sprichst du überhaupt? Ich habe es allmählich satt, mich vor allen möglichen Leuten rechtfertigen zu müssen, weil sie glauben, ich hätte ihr etwas angetan. Falls du die Party meinst: Wir sind so früh gegangen, weil sie furchtbare Kopfschmerzen hatte und ich ihr das Ganze nicht antun wollte."

Eric schnaubte abfällig. „Vielleicht weißt du es ja nicht, aber zufälligerweise bekommt Ashley diese Kopfschmerzen immer dann, wenn sie unglücklich ist oder großen Stress hat."

Für Devon war es wie ein Faustschlag ins Gesicht. Er sank zurück in den Sessel, während Eric vor ihm stehen blieb.

„Meine Schwester scheint verdammt unglücklich zu sein", fuhr Eric fort. „Ich weiß nicht, was passiert ist, aber ich habe Augen im Kopf. Sie hat sich völlig verändert, und irgendetwas sagt mir, dass du damit zu tun hast."

„Vielleicht ist sie ja erwachsen geworden", sagte Devon kühl. „Ihre Familie scheint ihr keinen großen Gefallen damit getan zu haben, sie ihr Leben lang in Watte zu packen."

Angewidert sah Eric ihn an. Der Blick ging Devon durch Mark und Bein. Dass ein Außenstehender sich in seine Ehe einmischte, machte ihn ungemein wütend. Gleichzeitig flüsterte ihm eine Stimme zu, dass er sich die Vorwürfe anhören sollte.

„Ashley wird von ihrer Familie so geliebt, wie sie ist", sagte Eric kalt. „Sie ist ein warmherziger, schöner und liebenswerter Mensch. Und keiner von uns würde jemals versuchen, sie zu ändern. Jeder, der das tut, *verdient* sie nicht."

Er drehte sich um und ging, doch an der Tür hielt er an und wandte sich noch einmal um. „Ich habe keine Ahnung, was für einen Teufelspakt du mit meinem Vater geschlossen hast. Aber ich weiß, dass es verdammt falsch war. Du bist nicht der richtige Mann für meine Schwester. Denn der würde Ashley zu schätzen wissen. Pass bloß auf! Ich beobachte dich, und sollte Ashleys Zustand sich nicht bald bessern, werde ich eingreifen. Ich hatte eigentlich nicht vor, das Geschäft meines Vaters zu übernehmen. Aber wenn es zum Wohl meiner Schwester ist, das du offenbar gefährdest, werde ich es tun."

Devon presste die Lippen zusammen, nickte aber als Zeichen dafür, dass er verstanden hatte.

Finsteren Blickes verließ Eric das Büro.

Nach Erics grußlosem Abgang sah Devon schweigend aus dem Fenster. In ihm brodelte es. Dann starrte er auf das Telefon und fürchtete sich plötzlich vor dem Anruf, den er vor wenigen Minuten hatte tätigen wollen.

Plötzlich fiel ihm auf, dass Ashley ihn seit Wochen nicht mehr während der Arbeit angerufen hatte. Kein alberner Harfenklang, über den sich seine Kollegen immer köstlich amüsiert hatten. Nicht einmal mehr eine gefühlige SMS hatte sie ihm geschickt.

Allerdings musste er zugeben, dass er sich keine großen Gedanken darüber gemacht hatte. Denn nach der Hochzeit hatten sich die Ereignisse überschlagen: die geplatzten Flitterwochen, Williams Rücktritt, die Fusion, die Zukunftspläne.

Er war davon ausgegangen, dass Ashley sich wieder beruhigen würde. Doch ein ungutes Gefühl ließ ihn erkennen – wirklich erkennen –, dass er sich offenbar geirrt hatte. Und dass sie sich verändert hatte.

Das Knacken der Sprechanlage riss ihn aus den Gedanken.

„Mr Carter, Ihre Frau ist hier und möchte Sie gerne sprechen."

Adrenalin schoss ihm durch die Venen.

„Bitten Sie sie herein", sagte Devon und erhob sich.

Noch nie zuvor hatte Ashley einen Fuß in sein Büro gesetzt. Nicht einmal in der Zeit vor der Hochzeit.

Er ging gerade zur Tür, als Ashley zögernd ins Büro trat. Als er ihren Gesichtsausdruck sah, blieb er abrupt stehen. Sie war blass und sah sehr mitgenommen aus. Ihre Augen wirkten trüb, ihr Blick war müde.

Als sie ihn ansah, fühlte er sich plötzlich sehr beklommen. Er mochte dieses Gefühl nicht.

„Bist du beschäftigt?", fragte sie leise. „Störe ich?"

„Natürlich nicht. Komm, setz dich doch. Möchtest du etwas trinken?"

Sie schüttelte den Kopf und setzte sich auf das Sofa in der kleinen Sitzecke für Gäste. „Ich muss mit dir reden, Devon."

„Okay", erwiderte er ruhig. Er setzte sich ihr gegenüber und versuchte, in ihren Augen zu lesen. Diesen Augen, aus denen sonst Lebendigkeit und Fröhlichkeit sprühten, aus denen nun aber alles Strahlen verschwunden war. Sie sah … niedergeschlagen aus. Ausgerechnet Ashley, die sonst der Optimismus in Person war. Hatte er daran nicht auch immer etwas auszusetzen gehabt? Er schämte sich, sich eingestehen zu müssen, dass es so war. Jetzt wünschte er sich die alte Ashley zurück.

„Ich bin schwanger", sagte sie unumwunden. Ganz emotionslos, unaufgeregt und ohne jede Spur von Freude.

„Das ist wunderbar", sagte er mit heiserer Stimme.

Doch im Gesicht stand ihr etwas anderes geschrieben. Sie schien mit den Tränen zu kämpfen.

„Ich kann nicht mehr", sagte sie mit brüchiger Stimme.

Jetzt war er alarmiert. „Wie meinst du das?"

Als sie aufstand, hatte er Mühe, sich zu beherrschen, um sie nicht gewaltsam zurückzuziehen und dafür zu sorgen, dass sie blieb. Denn er hatte das Gefühl, dass sie ihm entglitt.

Obwohl ihre Hände zitterten, blieb sie bemerkenswert beherrscht.

„Diese Ehe. Du hast danach gefragt, wie lange es wohl dauern wird, bis sie funktioniert. Die Wahrheit ist, sie hat es nie, und sie wird es nie. Es hat eine Weile gedauert, bis ich das begriffen habe. Ich verdiene mehr. Wir beide verdienen mehr. Du verdienst eine Frau, die du lieben kannst, ohne dass man dich zu einer Heirat zwingen muss. Und ich verdiene einen Mann, der verrückt nach mir ist und mich wirklich heiraten will. Jemanden, der mich, meine Fehler und Schwächen akzeptiert. Der die lebendige Ashley mag und sich nicht für sie schämt."

Tränen rollten ihr über die Wangen. „Ich dachte … ich könnte dich dazu bringen, mich zu lieben, Dev. Das war ein großer Fehler. Es war schwer für mich, das einzusehen, aber ich kann keine andere Person sein als die, die ich bin. Selbst wenn du eine andere Seite an mir liebst. Aber dann würdest du nicht die wahre Ashley lieben, sondern nur eine künstliche und seelenlose Version von ihr. Und das darf ich mir nicht antun. Genauso wenig, wie ich es meinem Kind antun darf. Ich möchte eine Frau und Mutter sein, auf die ich stolz sein kann. Man muss sich selbst lieben und annehmen können. Und soll ich dir was sagen? Das habe ich getan. Ich mochte mich so, wie ich war. War ich perfekt? Nein, aber ich war zufrieden mit mir, und meine Freunde und Familie waren es auch. Eines Tages werde ich einem Mann begegnen, der es ebenfalls sein wird. Bis dahin bleibe ich lieber allein, anstatt mit jemandem zusammenzuleben, der Bedingungen stellt, damit er mich akzeptiert."

Erschüttert stand er wie angewurzelt da, während sie zur Tür ging. Als er begriff, dass sie ihn verließ, wirbelte er herum und rief mit brüchiger Stimme ihren Namen.

Doch die Tür war bereits wieder zu, und er stand bloß völlig betäubt da … und gebrochen.

Grauen packte ihn. Oh Gott, was hatte er nur getan?

Seine Beine fühlten sich plötzlich schwach an. Er ging zurück zum Sofa, setzte sich und vergrub das Gesicht in den Händen.

Sie hatte recht. Und gleichzeitig auch wieder nicht. Die Erkenntnis traf ihn, als hätte ihm jemand einen Schlag versetzt.

Er hatte etwas sehr Kostbares zerstört, und das würde er sich nie verzeihen. Er verdiente kein Mitleid.

Lieber Gott, was hatte er ihr nur angetan, dass sie in sein Büro kam und ihm von der Schwangerschaft erzählte, als würde sie über einen Zahnarzttermin sprechen?

Er war derjenige, der das zu verantworten hatte. Niemand sonst. Samt seiner arroganten Meinung über ihr Verhalten.

Er hat die Sonne in ihr gelöscht und jeden Funken Fröhlichkeit im Keim erstickt.

Cameron hatte recht. Eric hatte recht. Ashley hatte recht. Er hatte sie nicht verdient. In seiner maßlosen Arroganz war er sicher gewesen zu wissen, was für Ashley das Beste sei.

Er hatte versucht, einen anderen Menschen aus ihr zu machen. Dabei war sie doch schon vollkommen. Er hatte ja nicht einmal bemerkt, wie sehr er die Eigenschaften vermisste, die er an ihr kritisiert hatte. Die unpassenden Anrufe während seiner Arbeit, nur um ihm zu sagen, wie sehr sie ihn liebte. Ihre spontanen Liebesbekundungen und plötzlichen Umarmungen. Ihre Ausgelassenheit in der Gesellschaft anderer Menschen.

Sie hatte das Apartment nicht aufgeräumt und sauber gemacht, weil sie es wollte. Sie hatte jede Spur von sich verschwinden lassen, weil sie glaubte, ihm damit einen Gefallen zu tun. Sie hatte versucht, ihm eine perfekte Ehefrau zu sein. Und er hatte gedacht, er wollte sie so.

Sie hatte ihr Strahlen verloren, weil er der größte Idiot auf Erden war.

Er schluckte gegen die Tränen an. Er hatte etwas Wunderbares bekommen und es achtlos weggeworfen. Hatte ihre Liebe einfach nicht angenommen. Sie aber stattdessen spüren lassen, dass sie nicht gut genug für ihn war.

Devon stöhnte auf. Nicht gut genug für *ihn*? *Er* war doch der reinste Abschaum!

Klar und deutlich erinnerte er sich an die Zeit, in der er ein Auge auf Ashley geworfen hatte. Ihm wurde klar, dass er bereits damals gegen seine Gefühle angekämpft hatte. Denn er liebte sie. Doch das, was er am meisten an ihr geliebt hatte, hatte er bekämpft.

Wie konnte er von ihr erwarten, ihm zu vergeben, wenn er selbst nicht in der Lage dazu war?

Er verdiente sie nicht. Wahrscheinlich wäre es tatsächlich besser, er ließe sie gehen, damit sie jemanden fand, der sie verehrte und sie niemals so behandelte, wie er es getan hatte.

Doch das brachte er nicht fertig. So selbstlos war er nicht. *Er* verehrte sie. Und wenn er ein ganzes Leben dafür brauchte, er würde das, was er ihr angetan hatte, wiedergutmachen!

Deshalb musste er schleunigst dafür sorgen, dass sie nicht für immer aus seinem Leben spazierte.

19. KAPITEL

Ashley zog sich den Mantel enger um den Körper, nachdem sie vor dem Haus ihrer Eltern aus dem Taxi gestiegen war. Große Lust auf dieses Gespräch hatte sie zwar nicht, doch sie wollte es so schnell wie möglich hinter sich bringen. Außerdem sehnte sie sich nach der liebevollen Umarmung ihrer Mutter.

Devon hatte mehrmals versucht, sie telefonisch zu erreichen, doch sie hatte ihr Handy kurzerhand ausgeschaltet, um Ruhe vor ihm zu haben.

Dass er mit ihr reden wollte, überraschte sie nicht. Vermutlich wollte er ihr eine seiner Lektionen in Selbstbeherrschung erteilen. Und ihr dann erklären, dass sie eine zufriedene und vernünftige Ehe führen könnten, bla, bla.

Sie wollte aber verdammt noch mal mehr als nur eine Vernunftehe! Sie wollte … ein aufregendes Leben zu zweit. Sie wollte einen Mann, der sie so liebte, wie sie war. Gut möglich, dass sie den vielleicht niemals finden würde. Aber mit einem Kerl, den ihr Vater ausgesucht hatte, würde sie auf keinen Fall zusammenleben.

Und genau das würde sie ihrem Vater klipp und klar sagen, um sich dann von ihrer Mutter trösten zu lassen.

Sie ging in das Apartment und zog den Mantel aus. „Mom?", rief sie. „Daddy?"

Gloria Copeland eilte ihr freudig lächelnd aus der Küche entgegen. „Hi, Darling. Was führt dich denn hierher? Hättest du angerufen, hätte ich schon einen Tee aufsetzen können."

„Wo ist Daddy?", fragte Ashley ruhig. „Ich muss mit ihm reden. Eigentlich mit euch beiden."

Gloria stutzte. „Ich hole ihn. Stimmt was nicht?"

„Kann man so sagen."

Ihre Mutter sah plötzlich alarmiert aus. „Setz dich doch ins Wohnzimmer. Wir sind gleich bei dir."

Während ihre Mom verschwand, ging Ashley ins Wohnzimmer und stellte sich vor den Kamin. Sie fühlte sich innerlich so kalt, dass sie etwas Wärme gebrauchen konnte.

Kurz darauf hörte sie, wie ihre Eltern ins Wohnzimmer traten, und drehte sich um.

„Ashley, Kleines, was stimmt denn nicht?“, fragte ihr Vater ungeduldig.

Beide sahen sehr irritiert und besorgt aus. Ashley atmete einmal tief ein und aus. „Ich habe Devon verlassen, und ich bin schwanger.“

Nach Luft schnappend schlug sich Gloria die Hand vor den Mund, während William fragend die Augen zusammenkniff. „Was zum Teufel ist passiert?“

„*Du* bist uns passiert“, erwiderte sie bitter. „Wie konntest du nur, Daddy? Wie konntest du uns beide nur auf diese Art und Weise manipulieren?“

Verzweifelt fluchend hob ihr Vater die Arme. „Verdammt noch mal! Ich habe ihm doch gesagt, er soll den Mund halten.“

„Das hat er auch. Ich hab’s selbst herausgefunden. Kannst du dir eigentlich vorstellen, wie furchtbar das ist, in der Hochzeitsnacht zu erfahren, dass dein eigener Vater dir einen Ehemann *gekauft* hat?“

„William, worum um alles in der Welt geht es hier?“, fragte Gloria bestürzt.

Ashley war erleichtert, dass ihre Mutter nichts gewusst hatte.

„Er hat mich zum Teil des *Tricorp*-Vertrags gemacht“, sagte Ashley erstaunlich ruhig. „Er hat Devon gezwungen, mich zu heiraten. Andernfalls wäre der Vertrag nicht zustande gekommen.“

„Verdammt noch mal, so war es nicht“, stieß ihr Vater hervor. „Bei dir hört es sich so an, als …“ Er fuhr sich mit einer Hand durchs Haar. „Ich wollte doch nur das Beste für dich. Devon schien perfekt für dich zu sein.“

„Ich kann allein auf mich aufpassen. Ich brauche keinen Mann, den mein Vater mit einem attraktiven Vertrag anlocken muss. Ich brauche jemanden, der mich *liebt*.“

„Oh, Darling", sagte Gloria, als sie endlich ihre Stimme wiedergefunden hatte. Sie trat vor und schloss Ashley fest in die Arme. „Ich hatte ja keine Ahnung."

Ashley schloss die Augen und sog die Liebe ihrer Mutter wie ein Schwamm auf.

Ihre Mom löste sich wieder von ihr und strich Ashley übers Haar. „Und was ist mit der Schwangerschaft? Seit wann weißt du es?"

„Ich war heute beim Arzt. Danach bin ich gleich zu Devon gefahren."

„Ashley, willst du es dir nicht noch einmal überlegen?", fragte William. „Ich kann mir nicht vorstellen, dass Devon dich vernachlässigt hat. Denk darüber nach, was du tust, Liebes. Ich verstehe deine Wut, und ich nehme alles auf meine Kappe. Devon hatte niemals vor, dich zu täuschen. Es war ganz allein meine Idee."

Einen Augenblick lang kämpfte Ashley mit den Tränen. „Aber er mag mich nicht so, wie ich bin. Er glaubt, ich sei flatterhaft, impulsiv und gutgläubig. Er will eine andere Frau aus mir machen. Wie kannst du nur annehmen, dass ich mit diesem Mann zusammen sein will? Wie soll ich es denn zum Beispiel meiner Tochter erklären, dass ich mit einem Mann verheiratet bin, der mich nicht schätzt? Woher soll sie ihre Selbstachtung bekommen, wenn ihre Mutter keine besitzt?"

Ashleys Mutter legte den Arm um sie und funkelte ihren Ehemann zornig an. „Ich bin fassungslos, William. Was zum Teufel hast du dir nur dabei gedacht? Das übertrifft wirklich alles!"

William seufzte. „Ashley, bitte sei mir nicht böse. Ich habe es wirklich nur zu deinem Besten getan. Du bist meine einzige Tochter, und ich wollte, dass deine Zukunft gesichert ist. Ich habe einen Fehler gemacht, und es tut mir unendlich leid."

„Ich möchte nicht, dass du Devon einen Vorwurf machst, weil er mich nicht lieben kann", sagte Ashley leise. „Wenn du glaubst, er sei die beste Wahl für dein Unternehmen, gut. Aber halte mich bitte da raus. Ich ziehe es vor, in Zukunft meine eigenen Entscheidungen zu treffen und nicht benutzt zu werden."

„Ich liebe dich, Kleines. Das musst du mir glauben. Und ich hatte niemals vor, dir wehzutun. Devon hat versucht, es mir auszureden, aber ich habe nicht auf ihn gehört. Er hatte mich gebeten, es dir zu sagen, doch ich habe ihn unter Druck gesetzt. Und das bereue ich zutiefst."

Tränen traten Ashley in die Augen.

Zögernd nahm William sie in den Arm und drückte sie fest an sich. „Du weißt, dass du immer auf mich und deine Mutter zählen kannst, wenn du Hilfe brauchst. Wir werden für dich und das Kind da sein."

„Ich weiß", flüsterte sie. „Und ich liebe dich doch auch, Daddy. Doch von jetzt an möchte ich gerne meine eigenen Fehler machen. Bestimmt hast du deine Entscheidungen vom Herzen her getroffen. Aber ich habe mich in einen Mann verliebt, der mich niemals um meiner selbst willen lieben kann."

Langsam ließ William sie los, woraufhin ihre Mutter sie wieder an sich drückte. „Soll ich jemanden schicken, der deine Sachen aus dem Apartment abholt? Du weißt, du kannst hier so lange bleiben, wie du möchtest."

Ashley schüttelte den Kopf. „Ich wohne bei Pippa, bis ich herausgefunden habe, was ich tun werde. Ich werde mich nach einem besseren Job umsehen, der mich und mein Kind ernährt. In einem Punkt hatte Devon recht: Es ist an der Zeit, dass ich die rosarote Brille abnehme und mich der Wirklichkeit stelle."

Wie lange würde sie ihm wohl aus dem Weg gehen? Unruhig tigerte Devon durch sein Büro. Seit Ashley gegangen war, hatte er weder vernünftig gearbeitet noch geschlafen. Er hatte versucht, sie anzurufen. Er hatte ihre Freunde angerufen. Er hatte ihre Eltern und jedes einzelne Familienmitglied angerufen.

Weitergekommen war er allerdings nicht, was verständlich war.

Doch es war ihm egal. Es war ihm vollkommen gleichgültig, dass er sich wie ein liebeskranker Idiot aufführte und seine Würde aufs Spiel setzte. Denn es ging hier um Ashley. Er wollte sie zurückhaben. Er wollte ihren Duft in der Nase haben, sobald er ein Zimmer betrat. Wollte ihre Unordnung. Er wollte, dass sie wieder glücklich war. Er wollte ihr Lächeln sehen.

Wenn er nicht im Büro war, blieb er im Apartment, um auf sie zu warten. Doch sie kehrte nicht zurück. Nicht einmal, um ihre Kleider zusammenzupacken, die immer noch im Schrank hingen. Ihre Schuhe – und davon gab es jede Menge – lagerten in Kartons auf dem Kleiderschrank. Eigentlich waren die Schuhe Ashleys Heiligtum. Deshalb begann er sich auch Sorgen zu machen, dass sie nicht zurückkam.

Wenn sie wenigstens ans Telefon gehen oder eine seiner unzähligen SMS beantworten würde. Er wollte doch bloß wissen, ob es ihr gut ging. Er machte sich grauenhafte Sorgen um sie. Noch dazu war sie schwanger. Was, wenn sie wieder einen ihrer schlimmen Migräneanfälle bekam? Wer kümmerte sich dann um sie?

Wenn sie doch nur mit ihm reden würde. Ihm die Möglichkeit geben würde, ihr zu sagen, wie sehr er sie liebte.

Als sein Handy klingelte und er danach griff, hätte er es vor lauter Aufregung fast fallen gelassen, denn er hoffte, dass es Ashley war. Als er sah, dass der Anruf von seinem Freund Rafael kam, war er ein wenig enttäuscht. Seufzend ging er ran und murmelte ein düsteres Hallo ins Telefon.

„Es ist ein Mädchen!“, jubelte Rafael. „Ein wunderschönes, viertausend Gramm schweres Mädchen. Vor einer Stunde ist sie zur Welt gekommen.“

Devon schloss die Augen und schluckte seine Verbitterung hinunter. In diesem Moment beneidete er seinen Freund so sehr, dass er das Telefon am liebsten in die Ecke geschleudert hätte.

„Mann, das ist großartig. Wie geht’s Bryony?“

„Oh, wunderbar. Was für eine Kämpferin! Ich bin so verdammt stolz auf sie. Sie hat viel mehr Nerven bewiesen als ich.

Als das Köpfchen der Kleinen endlich zu sehen war, wäre ich beinahe umgekippt. Aber, Junge, sie ist so bezaubernd. Sie sieht aus wie ihre Mama."

„Grüße Bryony bitte von mir", sagte Devon. „Ich freue mich für euch beide."

„Alles in Ordnung, Dev? Du klingst nicht gerade, als wärst du in Hochstimmung, wenn ich das mal so sagen darf."

Devon zögerte. Er wollte Rafael an seinem Freudentag nicht mit seinem Kummer belästigen. Doch er war mit den Nerven so am Ende, dass er einen Rat gut gebrauchen konnte.

„Nein, ist es nicht", sagte er. „Ashley ist schwanger und hat mich verlassen."

„Aua. Ach du meine Güte. Ich dachte, sie sei völlig verliebt in dich. Was um Himmels willen ist denn passiert? Gott, in welcher Woche ist sie denn?"

„Ich habe keine Ahnung", sagte Devon düster. „Ich weiß überhaupt nichts mehr. Vor drei Tagen war sie in meinem Büro, um mir zu sagen, dass sie schwanger ist und mich verlassen wird."

„Das tut mir echt leid. Kann ich irgendetwas für dich tun?"

Devon setzte sich in den Schreibtischsessel, drehte sich zum Fenster und sah dem Schneegestöber zu, das draußen tobte. „Ja, du könntest mir einen Rat geben. Ich muss sie zurückerobern, Rafe."

Eine lange Stille folgte. Dann atmete Rafael hörbar ein und aus. „Okay, erste Frage. Liebst du sie? Oder ist es mehr so eine Sache von ‚du bist schwanger und deshalb sollten wir verheiratet bleiben'?"

Devon meinte es absolut ernst. „Ich liebe sie. Ich hab's vermasselt, aber ich liebe sie. Natürlich wird sie mir nicht glauben, denn ich habe wirklich viele Fehler gemacht, Rafe. Dagegen seid ihr, du und Ryan, die reinsten Chorknaben."

„Junge, das klingt aber gar nicht gut."

„Also, was soll ich jetzt tun?"

„Na ja, ich habe mich einmal der Frage stellen müssen, wie ich Bryony dazu bringen könnte, mir zu vergeben. Ein weiser

Mann hat mir daraufhin geraten, alles zu geben. Oder einzupacken und zu gehen."

„Und was, bitte schön, soll das heißen?"

„Das heißt, du musst die ganz großen Geschütze auffahren. Mach etwas Unglaubliches. Zeige ihr mit einer Geste, die sie nicht missverstehen kann, wie ernst du es meinst. Und dann sinkst du vor ihr auf die Knie. Glaub mir, das eine Mal auf den Knien tut's noch weh. Aber wenn sie dich zurücknimmt, dann verbringst du den Rest deines Lebens sowieso damit, auf Knien herumzurutschen."

„Vielen Dank für den Tipp", murmelte Devon trocken. „Sag mal, hast du keine Tochter, um die du dich gerade kümmern musst?"

„Sie schläft. Trotzdem werde ich mal wieder zu meiner Familie zurückgehen. Das ist wirklich das beste Gefühl der Welt, Dev. Krieg deinen Hintern hoch und hol deine Familie dahin zurück, wo sie hingehört."

„Das werde ich. Und danke, Rafe."

„Kein Problem, Mann. Jederzeit."

Devon ließ das Handy zurück in die Tasche gleiten und den Rat seines Freundes auf sich wirken. Gib alles oder pack ein und geh. Klang plausibel. Jetzt musste er nur noch herausfinden, wie groß sein Liebesbeweis sein sollte. Es gab absolut nichts, was er nicht tun würde, damit Ashley ihm noch eine Chance gab.

20. KAPITEL

Eingehüllt in eine Decke saß Ashley auf Pippas Couch, nippte an einem Kräutertee und sah nach draußen. Seit zwei Tagen fiel Schnee, der die Stadt mit einer feinen weißen Schicht bedeckte. Sie sehnte sich nach ihrem eigenen Apartment ... besser gesagt nach Devons. Traurig dachte sie daran, dass es ja nie wirklich ihr Zuhause gewesen war. Trotzdem vermisste sie es. An Abenden wie diesem hätten Devon und sie es sich vor dem Kamin gemütlich gemacht und sich einen Film angesehen.

„Hey, Süße", sagte Pippa und setzte sich neben sie. „Wie fühlst du dich? Ist dir immer noch schlecht?"

Vermutlich lag es an den Hormonen – die Ashley sowieso für alles verantwortlich machte –, aber bei dem Gedanken daran, wie liebevoll sich Pippa um sie kümmerte, seit sie eingezogen war, kamen ihr vor lauter Rührung die Tränen. Eingezogen war eigentlich nicht das richtige Wort, denn Ashleys Kleidung und sonstige Dinge waren immer noch in Devons Apartment. Im Moment trug sie Sachen von Pippa, doch gleich morgen würde sie ihre eigene Garderobe holen.

„Ich weiß auch nicht, warum ich so aufgewühlt bin. Ich fühle mich gereizt und habe nicht einmal mehr Lust auf mein Lieblingsessen."

„Da hilft wohl nichts mehr", sagte Pippa trocken. Dann zögerte sie einen Moment lang, sprach schließlich aber doch weiter. „Hast du eigentlich schon mit Devon geredet, Ash?"

Seufzend stellte Ashley die Tasse ab. „Nein, dafür bin ich viel zu feige."

„Das bist du nicht", widersprach Pippa. „Es gehört eine Menge Mumm dazu, einfach in sein Büro zu spazieren und ihm zu sagen, was Sache ist. Ich bin sehr stolz auf dich. Wenn ich mal groß bin, möchte ich so sein wie du."

Erneut war Ashley zu Tränen gerührt. „Oh mein Gott. Ich muss wirklich damit aufhören", schniefte sie und nahm sich wieder zusammen. „Du bist der mutigste und verantwortungsvollste Mensch, den ich kenne, Pippa. Du bist klug und die allerbeste Freundin, die man sich wünschen kann."

„Und trotzdem bin ich Single", maulte Pippa.

Ashley kicherte. „Weil du verdammt wählerisch bist. Von dir könnte ich mir eine Scheibe abschneiden."

Plötzlich wurde Pippa ernst. „Ashley, du hast ja keine Ahnung, was für ein besonderer Mensch du bist. Während wir alle damit beschäftigt waren, uns selbst zu finden und mit verschiedenen Kerlen ins Bett zu gehen, hast du immer schon gewusst, wer du bist und was du willst. Du besitzt Selbstachtung und lässt dich auf nichts ein, was du nicht möchtest. Nur weil Devon sich als Mistkerl entpuppt hat, der dich verbiegen wollte, heißt das nicht, dass du einen Fehler gemacht hast. Mag sein, dass du einen Moment lang die Orientierung verloren hast. Aber du hast nicht zugelassen, dass er einen anderen Menschen aus dir macht."

Ashley lächelte zwar, fragte sich insgeheim aber, ob Pippa sich da nicht irrte. Denn durch Devon hatte sie sich verändert. Auch wenn sie sich noch weigerte, das zu akzeptieren. Sie würde nie wieder die Person sein, die sie gewesen war, bevor sie ihm begegnet war.

Aber so war das Leben nun einmal. Menschen und Ereignisse veränderten einen. Wichtig war, wie man damit umging.

Als es an der Tür klingelte, verzog Pippa genervt das Gesicht.

„Erwartest du jemanden?", fragte Ashley.

Pippa stand auf. „Nein, ich schau mal nach, wer's ist."

„Du bleibst schön sitzen", sagte Ashley und legte die Decke beiseite. „Schließlich bist du schon den ganzen Tag auf den Beinen, während ich selbstmitleidig herumliege."

Pippa verdrehte zwar die Augen, ließ sich aber dankbar auf die Couch fallen, als ihre Freundin zur Tür ging.

Als Ashley die Tür öffnete, verschlug es ihr die Sprache. Vor ihr stand Devon. Auf dem Mantel und dem Haar waren Schneeflocken. Er trug weder Mütze noch Schal und sah ziemlich mitgenommen aus.

„Hallo, Ash", sagte er.

Sie umklammerte den Türgriff so fest, dass die Finger fast taub wurden. „Hm, hi. Was machst du hier?"

Er lachte freudlos auf. „Seit einer Woche habe ich meine Frau nicht mehr gesehen. Sie antwortet weder auf meine SMS noch auf meine Anrufe. Ich habe keinen Schimmer, ob es ihr gut geht. Und jetzt, da ich sie endlich gefunden habe, fragt sie mich, was ich hier tue."

Ashley schluckte nervös, blieb aber gefasst. Obwohl es gemein war, ihn in der Kälte stehen zu lassen, wollte sie ihn nicht hereinbitten.

„Ich wollte morgen vorbeikommen, um meine Sachen abzuholen", sagte sie leise und mit zittriger Stimme. „Wenn das für dich in Ordnung ist."

„Nein. Das ist überhaupt nicht in Ordnung für mich", brachte er hervor.

Sie riss die Augen auf und wich leicht zurück.

„Können wir irgendwo miteinander reden, Ash?"

Automatisch schüttelte sie den Kopf. „Ich glaube, das ist keine gute Idee."

Er presste die Lippen zusammen. „So, das glaubst du also. Du trägst mein Kind in dir. Wir sind verheiratet. Aber du glaubst, dass es nichts zu besprechen gibt?"

Sie schloss die Augen und legte sich eine Hand an die Stirn.

„Ash, ist alles in Ordnung?", rief Pippa. Kurz darauf tauchte sie hinter ihr auf. „Wer ist es denn?"

Ashley drehte sich um. „Schon okay, Pip. Es ist Devon."

Schlagartig verdüsterten sich Pippas Gesichtszüge, doch Ashley hob eine Hand, um ihrer Freundin Einhalt zu gebieten. Zögernd ging Pippa wieder ins Wohnzimmer zurück. „Ruf mich, wenn du mich brauchst."

Dann wandte Ashley sich wieder Devon zu. „Ich weiß, dass wir miteinander reden müssen. Ich bin mir aber nicht sicher, ob ich das jetzt schon kann. Glaub mir, Dev, es ist wirklich nicht leicht für mich."

Seine Züge entspannten sich wieder. Als er einen Schritt vortrat, fiel etwas Schnee von seinem Haar. „Das weiß ich doch, Baby. Bitte, es gibt so viel, was ich dir sagen muss. So viele Dinge, die ich dir zeigen will. Aber das kann ich erst, wenn wir miteinander reden. Bitte schenk mir nur diesen Nachmittag. Wenn du dann immer noch nichts mit mir zu tun haben willst, dann fahre ich gemeinsam mit dir zum Apartment und helfe dir beim Packen."

Sie starrte ihn an, der flehende Ton seiner Stimme verwirrte sie. Und seine Augen … sie sahen so traurig aus.

„Ich – ich hole meinen Mantel", sagte sie langsam.

Plötzlich wirkte er sehr erleichtert, und seine Augen begannen hoffnungsvoll zu leuchten.

„Und ich dir deine Schuhe", sagte er. „Ich habe dir welche aus dem Apartment mitgebracht. Ich wusste nicht, welche du wolltest. Deshalb habe ich einfach sechs Paar genommen, in denen du bei diesem Wetter keine kalten Füße bekommst. Sie sind im Kofferraum."

Fassungslos sah sie ihn an. Dann wurde ihr ganz langsam warm ums Herz.

„Das ist wunderbar", sagte sie sanft. „Ein Paar Stiefel vielleicht."

„Ich bin sofort zurück. Warte hier. Ich will schließlich nicht, dass du auf der glatten Straße ausrutschst."

Er drehte sich um und eilte zu seinem Wagen. Ashley stand da und beobachtete leicht amüsiert, wie er im Kofferraum zwischen Kartons wühlte.

Als sie merkte, dass sie noch immer im Türrahmen stand und der kalte Wind ihr um die Nase blies, schloss sie wieder die Tür und huschte ins Apartment zurück.

Sie lief ins Wohnzimmer, schnappte sich eine Bürste, die auf dem Tisch lag, und fuhr sich hastig durchs Haar.

„Ash? Was passiert hier gerade?", fragte Pippa.

Stirnrunzelnd hielt Ashley inne. „Ich weiß nicht so genau. Devon will mit mir reden. Er bittet mich, den Nachmittag mit ihm zu verbringen. Sagt, er würde mit mir ins Apartment fahren. Mir beim Packen helfen. Irgendwie verhält er sich ... seltsam."

Pippa gab einen verächtlichen Laut von sich. „Natürlich tut er das."

„Ich denke, ich werde ... mit ihm reden", sagte Ashley und legte die Bürste beiseite.

„Ruf mich später bloß an", sagte Pippa.

Ashley warf Pippa einen Luftkuss zu und holte sich ihren Mantel und einen Schal aus dem Schrank. Dann setzte sie sich eine Mütze auf und eilte zur Tür.

Als sie sie öffnete, stand Devon mit Winterstiefeln vor ihr. Als Ashley ihm diese abnehmen wollte, beugte er sich nach vorne. „Lass mich das machen."

Mit einer Hand stützte sie sich auf seine Schulter und hob ihm ein Bein entgegen. Nachdem er ihr einen Stiefel übergestreift hatte, hielt sie ihm das andere Bein hin.

Dann nahm er ihre Hand, geleitete sie sicher die Stufen zur Straße hinunter und half ihr, in den Wagen zu steigen.

„Wohin fahren wir?", fragte sie, während er sich in den Verkehr einreihte.

„Das wirst du dann sehen."

Mit einem leichten Seufzer kräuselte Ashley die Nase. Dann legte Devon die rechte Hand auf ihre und verschränkte ihre Finger miteinander.

„Vertrau mir, Ash. Ich weiß, ich habe kein Recht, dich um diesen Gefallen zu bitten, aber bitte vertrau mir. Nur dieses eine Mal."

Seine Aufrichtigkeit ließ sie fast dahinschmelzen. Er sah genauso mitgenommen aus, wie sie sich fühlte. Fast so, als würde er noch mehr leiden als sie.

Als sie vor dem Tierheim hielten, war Ashley ziemlich verblüfft. „Wieso sind wir hier, Dev?"

Devon stieg aus, ging um den Wagen herum und reichte ihr die Hand. „Na komm. Es gibt da etwas, das ich dir gerne zeigen möchte."

Sie ließ sich beim Aussteigen helfen, und dann gingen sie gemeinsam zum Eingang des alten Gebäudes. Sowie sie im Inneren waren, stieg ihr der vertraute Geruch der Tiere in die Nase. Als sie Harry, den Kater, sah, der eingerollt auf dem Empfangstisch schlief, ging ihr das Herz über. Harry war das inoffizielle Maskottchen, das vor allem von den Kindern geliebt wurde, die hierherkamen.

Zu Ashleys großer Überraschung führte Devon sie am Empfang vorbei in den Gang, der zu beiden Seiten von Käfigen gesäumt wurde. Er war doch noch nie zuvor hier gewesen. Wieso wusste er also, wohin er gehen musste?

Devon blieb vor einer Tür stehen. Dahinter befand sich der große Raum, in den die Tiere gebracht wurden, kurz bevor sie ein neues Zuhause bekamen. Hier konnten sie sich in aller Ruhe an die neue Bewegungsfreiheit außerhalb der Käfige gewöhnen.

Devon lächelte Ashley nervös an und stieß schließlich die Tür auf. Drinnen standen Molly und die ehrenamtlichen Mitarbeiter des Tierheims nebeneinander aufgereiht und begrüßten sie fröhlich.

„Was ist denn hier los?“, fragte Ashley verdutzt.

„Sag Hallo zu deinen neuen Mitarbeitern“, sagte Devon. „Von nun an bist du die geschäftsführende Direktorin des *Copeland Heims für vernachlässigte Tiere*.“

Aus großen Augen starrte Ashley zu Molly und den anderen fröhlich grinsenden Kollegen hinüber. Dann sah sie wieder zu Devon. „Das verstehe ich nicht. Schließen wir doch nicht?“

Molly trat zu ihr und umarmte Ashley herzlich. „Nein, tun wir nicht! Dank deines Ehemanns, der uns finanziell unter die Arme greift, damit der Betrieb weitergehen kann. Jetzt haben wir sogar so viel Geld, dass wir Werbung machen und uns noch besser um die Tiere kümmern können.“

Ashley befreite sich aus Mollys herzlicher Umarmung und wandte sich an Devon. „Du hast das für mich getan?“

„Bevor du mich verlassen hast“, erwiderte er leicht verdrießlich. „Am Abend der Party habe ich mit deinem Vater darüber gesprochen und ihm mitgeteilt, dass ich seine Stellung nur übernehme, wenn er das Tierheim unterstützt."

Ashley sah ihn fassungslos an. Wie gerne wäre sie ihm jetzt in die Arme gefallen, doch das mochte er ja nicht. Dabei machte er einen ungewohnt nervösen Eindruck. Als befürchte er, dass sie über seine Tat zornig sein würde. Aber wie hätte sie ihm böse sein können?

„Ich weiß, wie viel die Tiere dir bedeuten, Ash."

Tränen stiegen ihr in die Augen. Sie liebte ihn ja so sehr! „Danke schön", flüsterte sie. „Ich kann dir gar nicht genug dafür danken. Es bedeutet mir alles."

„Du bedeutest mir alles", entgegnete er sanft.

Ihr Herz begann plötzlich so wild zu klopfen, dass sie sich eine Hand auf die Brust legen musste, um sich zu beruhigen.

Bevor sie ihn fragen konnte, wie er das meinte, drehte er sich zu den anderen um und verkündete: „So gerne wir auch bleiben würden, um mit Ihnen zu feiern, so schnell muss ich mit Ashley noch woandershin."

Nachdem sie sich von den Mitarbeitern verabschiedet hatten, führte Devon Ashley wieder zum Wagen. Als sie Platz genommen hatte, war sie ebenso irritiert wie hoffnungsvoll. Irgendetwas war anders an Devon.

„Wie hast du das gemeint, Dev?", fragte sie vorsichtig, während sie losfuhren. „Vorhin, als du sagtest, ich bedeute dir alles?"

Er umklammerte das Lenkrad fester.

„Genau so, wie ich es gesagt habe, Ash. Es gibt so viel, was ich dir sagen möchte, aber ich bitte dich, hab Geduld. Dieses Gespräch hier möchte ich nicht führen, während ich im Auto sitze und mich konzentrieren muss, ohne dich ansehen und berühren zu können. Aber es gibt einen Ort, wo wir über alles reden können und du mir in Ruhe zuhören kannst."

Ashley spürte, wie ihr der Mund ganz trocken wurde und die Ernsthaftigkeit seiner Worte sie berührte.

„Also gut, Dev. Ich werde dir zuhören."

21. KAPITEL

Devon musste achtgeben, nicht zu schnell zu fahren, denn allmählich wurde es dunkel und die Zeit knapp. Doch die Straßen waren rutschig, und um keinen Preis wollte er das Leben seiner Frau und seines Kindes gefährden.

Seine Frau. Sein Kind.

Allein die Worte besaßen eine ungeheure Kraft. *Seine* Frau und *sein* Kind. Die Frau, die er so liebte und der er gleichzeitig so viel Leid zugefügt hatte. Und die sein Kind unter ihrem Herzen trug.

Was sollte er nur tun, wenn sie ihm keine zweite Chance gab?

Diesem Gedanken konnte – nein wollte – er sich nicht stellen. Denn sonst würde er noch verrückt werden. Nun lag es an ihm, dass Ashley ihm verzieh oder zumindest eine zweite Chance gewährte, damit er dieses Mal alles richtig machte.

Sie war so schön, aber gleichzeitig wirkte sie auch so traurig.

Er sehnte sich danach, dass sie endlich wieder lachte und glücklich war. Aber mehr noch wünschte er sich, dass sie mit *ihm* glücklich werden würde.

Der Trip nach Greenwich, Connecticut, dauerte ihm viel zu lange. Während der Fahrt sagten beide kaum etwas und wirkten sehr angespannt. Als sie auf das große Anwesen zufuhren, das Devon Ashley zeigen wollte, wusste er, dass sie nur noch eine Stunde Tageslicht hatten.

Er fuhr eine Auffahrt hinauf und hielt an. Während er ausstieg und um den Wagen lief, sah Ashley fragend drein. Devon half ihr beim Aussteigen und zog ihr Schal und Mütze zurecht, damit sie sich nicht verkühlte.

Schnee fiel, der die Landschaft bedeckte und sie rein und unschuldig aussehen ließ. Wie eine Märchenlandschaft, weiß und romantisch.

Einst hatte Devon zwar versucht, Ashley zu erklären, das Leben sei kein Märchen, doch sie sollte es verflixt noch mal so erleben, wenn sie das wollte.

„Es ist wunderschön hier“, sagte sie fasziniert.

Ihre Augen strahlten vor lauter Entzücken, als sie auf die schneebedeckten Hügel in der Ferne blickte. Bei dem verträumten Lächeln auf ihrem Gesicht wurde ihm ganz warm ums Herz. Ab sofort sollte sie sich jeden Tag so zufrieden fühlen. Sollte glücklich sein, strahlen! Sie war so verdammt schön, dass es ihm fast wehtat.

Er zog sie eng an sich, während sie die Biegung hinauf zum Haus gingen. Sein Herz klopfte wie verrückt. Er drehte sie so, dass sie ihn ansah.

„Ash.“

Er räusperte sich. Er war bereit, mit allen Mitteln für die Frau zu kämpfen, die er liebte.

Sie neigte den Kopf zur Seite und sah ihn prüfend an.

„Ja, Devon?“

Inmitten der Stille klang ihre Stimme klar und hell. Einfach wunderbar.

Er fand es grauenhaft, vor ihr zu stehen und kein Wort herauszubringen. Dabei gab es doch so viel zu sagen. Aber er wusste einfach nicht, wo er anfangen sollte. Dann fasste er sich ein Herz.

„Verdammt noch mal, ich liebe dich. Ich stehe hier und versuche, all das in meinem Hirn zusammenzukratzen, was ich dir sagen will. Aber alles, was mir im Kopf herumgeht, ist, dass ich dich liebe und ich nicht ohne dich leben kann. Bitte, Ash, geh nicht aus meinem Leben.“

Überrumpelt und schockiert starrte sie ihn an. Sie öffnete den Mund, schloss ihn aber wieder und schüttelte verständnislos den Kopf.

Und dann traten ihr der ganze Schmerz und das ganze Leid in die Augen. All die schlimmen Erinnerungen schienen wieder aufzuleben. Am liebsten wäre er vor ihr auf die Knie gefallen und hätte sie um Verzeihung gebeten.

„Warum?“, fragte sie leise. „Wenn du mich liebst, wirklich *mich* liebst, warum willst du mich dann verändern? Du liebst nicht die, die ich wirklich bin, Dev. Sondern das Bild einer perfekten Ehefrau, das du von mir im Kopf hast. Ich verrate dir was. Die bin ich nicht. Und die werde ich auch niemals sein."

Sie sprühte förmlich vor Wut. Ihre Augen funkelten, ihre Wangen waren rot, als sie ihn anblitzte.

„Dich zu verändern, war der größte Fehler, den ich jemals gemacht habe. Gott, Ash, als ich endlich begriffen hatte, wie idiotisch ich gewesen war, hätte ich am liebsten alles kurz und klein geschlagen."

Er legte ihr die Hände auf die Schultern und sah ihr tief in die Augen. „Du bist das schönste und anmutigste Wesen, dem ich jemals begegnet bin. Nur habe ich das nicht gesehen, weil ich es nicht sehen wollte. Als dein Vater mir vorgeschlagen hatte, dich zu heiraten, habe ich ihm das furchtbar übel genommen."

„Dann sind wir ja schon zwei", murmelte Ashley.

„Ich habe mich so kindisch aufgeführt, weil mir diese Ehe aufgezwungen wurde und ich das Gefühl hatte, noch nicht so weit zu sein. Deshalb habe ich mich ja auch aus Prinzip so mies verhalten. Natürlich war das idiotisch. Unsere Hochzeitsreise, bei der du es herausgefunden hast, hat mir den Rest gegeben. Denn um keinen Preis wollte ich, dass du verletzt wirst. Ich steckte in der Klemme. Und dann hast du mich nach meinen Gefühlen gefragt, die ich mir selbst nicht eingestehen konnte. Deshalb habe ich ja diesen ganzen Unsinn über eine Vernunftehe von mir gegeben. Denn vom Verstand her wollte ich, dass alles so war wie vorher. Aber ohne dieses Ohnmachtsgefühl, das ich immer dann bekam, wenn das Thema Liebe angesprochen wurde."

Seufzend ließ er ihre Schultern los, trat einen Schritt zurück und starrte ins Nichts. „Deine ganze Familie hat mich vollkommen aus der Fassung gebracht, Ash. Ich weiß immer noch nicht, wie ich sie nehmen soll. Ich bin es einfach nicht gewohnt, eine große liebevolle Familie zu haben, die funktioniert und nicht kaputt ist. Dein Dad hat immer ‚Sohn' zu mir gesagt und sich gewünscht, dass ich dich heirate. Aber alles, was ich dachte, war, dass ich nicht zu euch passe. Dass ich nicht gut genug bin. Und dass ich es nicht wert bin. Aber genau das hat mich so wütend gemacht, denn seit ich mein Zuhause verlassen habe, wollte ich dieses Gefühl nie wieder erleben."

Unschlüssig starrte sie ihn an.

„Du hast mir Angst gemacht, Ash. Du bist in mein Leben gestürmt und hast es völlig auf den Kopf gestellt mit deiner spontanen Art. Ich konnte dich nicht kontrollieren und dich formen, damit du in mein überschaubares Leben passt. Obwohl ich es wirklich versucht habe. Und wie. Ich bin davon ausgegangen, dass du keinen großen Einfluss auf mich haben wirst. Ich mochte es nicht, wenn ich weiche Knie bekommen habe, jedes Mal, wenn du einen Raum betreten hast. Ich dachte, wenn ich dich kleinhalte und ich dich daran hindern könnte, immer so strahlend durch die Welt zu gehen, dann könnte ich meine Reaktionen besser kontrollieren. Oder zumindest das Gefühl, dass mir bei jedem Lächeln von dir das Herz aus dem Leib gerissen wird."

„Wow", flüsterte sie. „Ich habe keine Ahnung, was ich sagen soll, Devon. Ich habe ja nicht geahnt, dass ich eine so schlimme Wirkung auf dich hatte."

Er schüttelte den Kopf. „Gott, nein, Ash! Begreifst du denn nicht? Du bist das Allerbeste, was mir passieren konnte!"

Unfähig, sich noch länger zurückzuhalten, nahm er sie in die Arme und zog sie so dicht an sich heran, dass ihre Nasenspitzen sich beinahe berührten und er ihren warmen Atem spürte.

„Du bist meine Welt. Mein Leben. Ich kann mir nicht vorstellen, ohne dich zu sein. Und das will ich auch gar nicht. Was ich getan habe, ist unentschuldbar. Es war einfach nur dumm, idiotisch und lächerlich. Ich verspreche dir, dass ich mich niemals wieder so benehmen werde, wenn du mich zurücknimmst. Und ich werde dir jeden Tag beweisen, dass du – und nur du – der Mittelpunkt meines Lebens bist! Bitte, Ash."

Mit riesengroßen Augen sah Ashley ihn an. Mit diesen strahlenden blauen Augen! Ihre Wangen waren gerötet, und sie schluckte aufgeregt. In ihren Augen schimmerten Tränen. Doch sie weinte nicht. Und er würde auch nicht zulassen, dass sie noch einmal seinetwegen weinte.

Als sie den Mund öffnete, um etwas zu sagen, drückte er einfach die Lippen darauf und gab ihr einen langen Kuss. Dann drückte er sie zitternd an sich.

„Sag jetzt nichts“, flüsterte er. „Erst möchte ich dir noch etwas zeigen.“

Er nahm ihre Hand und ging mit ihr einen Pfad entlang. Sie folgte ihm mit traumwandlerischer Sicherheit. Hinter einer Biegung tauchte vor ihnen ein Hügel auf, auf dem ein herrliches Haus stand. Ashley stockte der Atem.

In der Ferne erklang Hundegebell. Verwundert sah Ashley Devon an. Dann rannten zwei Hunde auf sie zu und sprangen aufgeregt an ihr hoch.

„Mac! Paulina!“

Sie kniete nieder, um die beiden, die ihr freudig bellend das Gesicht leckten, zu begrüßen und zu umarmen.

„Du lieber Gott, wo kommt ihr denn plötzlich her?“, flüsterte Ashley verblüfft.

Devon blickte zum Hügel hinüber, wo Cameron stand. Er winkte seinem Freund dankbar zu und widmete sich dann wieder Ashley, der pure Freude ins Gesicht geschrieben stand.

Als einer der beiden Hunde sie umstieß, fiel Ashley lachend hintenüber in den Schnee.

Behutsam half Devon ihr wieder auf und versuchte, die beiden Hunde von ihr abzuhalten, die sie sonst sicherlich nicht mehr in Ruhe gelassen hätten.

„Die beiden gehören zum Haus“, sagte er bedeutsam.

Sie klopfte sich den Schnee vom Mantel und starrte auf den Hügel. „Ist das … gehört es dir?“, fragte sie zögernd.

„Nein, es ist deins.“

Erstaunt sah sie ihn an. In ihren Augen flackerte es vor lauter Aufregung. „Meinst du das ernst? Wirklich? Wie? Warum? Wann?“

Er lächelte und konnte gar nicht anders, als sie an sich zu ziehen. So betrachteten sie schweigend das Haus, und Ashleys Herz schlug ihm wild gegen die Brust.

„Du hast dir ein Haus gewünscht, vor dem Kinder spielen und Tiere herumtoben. Ich bin einfach über diesen Wunsch hinweggegangen, weil ich nicht wollte, dass sich mein Leben verändert. Ich dachte, das Apartment sei vollkommen ausreichend. Doch die Wahrheit ist, ich möchte nur da leben, wo du bist, und dich glücklich sehen, Ash. Ich würde verdammt noch mal alles tun, um dich wieder zurückzugewinnen."

„Ach du meine Güte", flüsterte sie. „Ich weiß gar nicht, was ich sagen soll, Dev. Du stehst hier und erzählst mir genau das, wovon ich immer geträumt habe. Wie gerne würde ich dir glauben. Aber genau davor habe ich solche Angst."

Er zog sie dichter an sich heran und legte die Stirn an ihre. „Ich liebe dich, Ash, und daran wird sich nichts ändern. Ich war ein Vollidiot. Deshalb wollte ich die Chance haben, dir zu beweisen, dass ich einen Fehler gemacht habe und dass ich dich jeden Tag meines Lebens lieben werde. Dich und unsere Kinder."

„Dann bist du einverstanden mit dem Baby?"

„Mehr als das. Ich kann mir nichts Schöneres vorstellen, als dass viele Kinder, du und ich Freude in dieses Haus bringen."

„Diese Vorstellung gefällt mir", sagte sie mit strahlenden Augen.

Er schob ihr eine Strähne aus dem Gesicht und küsste sie sanft und mit geschlossenen Augen auf den Mund.

„Ich liebe dich", sagte er. „Ich liebe dich mehr, als ich mir jemals hätte vorstellen können. Natürlich fürchte ich mich auch, aber der Gedanke, ohne dich zu sein, jagt mir noch mehr Angst ein. Gib uns eine Chance, Ash."

Sie schlang ihm die Arme um die Schultern und vergrub den Kopf in seiner Halsbeuge. „Ich liebe dich auch, Dev. Du hast zwar die Macht, mich furchtbar zu verletzen, aber du hast auch die Macht, mich zum glücklichsten Menschen auf dieser Welt zu machen."

Er sog den angenehmen Duft ihres Haares ein und drückte sie fest an sich. „Ich will, dass du glücklich und dass du wieder fröhlich bist. Und dafür werde ich alles tun."

Sie trat einen Schritt zurück und grinste ihn auffordernd an, während die beiden Hunde um sie herumtollten. „Warum zeigst du mir dann nicht einfach das Haus?“

Eine große, unendliche Erleichterung erfasste ihn. Oh Gott, er wusste nicht einmal, ob er in der Lage war, die passenden Worte zu finden. Denn er befürchtete, dass er, wenn er sprach, die Fassung verlieren würde.

Es dauerte einen Moment, bis er endlich so weit war.

„Ist mir ein Vergnügen, dir alles zu zeigen.“

Sie hakte sich bei ihm ein, und gemeinsam gingen sie den Weg hinauf, der zum Haus führte.

„Kannst du dir vorstellen, dass unsere Kinder mit den Hunden hier spielen werden?“, sagte sie andächtig.

Er löste den Arm, legte ihn ihr um die Schultern und küsste sie sanft und liebevoll auf die Schläfe.

„Ja. Und weißt du, was das Beste ist?“

Neugierig sah sie ihn an.

„Dass sie jeden Tag das strahlende Lächeln ihrer Mutter sehen, das die Welt ihres Vaters täglich aufs Neue erleuchtet.“

– ENDE –

Maya Banks

Nur eine Nacht mit dem Tycoon?

Roman

Aus dem Amerikanischen von
Ute Augstein

1. KAPITEL

Eigentlich bestand gar kein Grund zur Panik, nur weil sie das Catering für ein paar VIPs organisierte, aber Pippa Laingley wollte, dass die Einweihungsparty ihrer Freundin Ashley Carter perfekt über die Bühne ging.

Weshalb sollte sie auch nervös sein? Nur weil das Eigenkapital der geladenen Gäste vermutlich höher war als die Staatsverschuldung, gab es noch lange keinen Grund, in Angstschweiß auszubrechen. Und da Pippa bald ein eigenes Café mit Cateringservice eröffnen wollte, war sie darauf angewiesen, dass diese Veranstaltung reibungslos verlief. Schließlich konnte sie gute Mundpropaganda sowie ein paar Empfehlungen sehr gut gebrauchen.

Sie wirbelte in Ashleys großer Küche umher und legte in Gedanken eine Bestandsliste von den Dingen an, die theoretisch schon nach draußen hätten getragen werden können. Wo blieben bloß diese verdammten Kellner, die sie für den heutigen Abend über eine Agentur engagiert hatte?

Wie aufs Stichwort schwang die Küchentür auf, und ein Typ, der nicht älter als zwanzig sein konnte, kam herein. Bereits nach einem flüchtigen Blick auf den jungen Mann stöhnte Pippa auf.

„Und wo ist Ihre Kellneruniform?"

Verständnislos schaute er sie an.

Sie seufzte und schloss ergeben die Augen. „Weißes Hemd? Schwarze Hose? Elegante saubere Schuhe? Ordentlich frisiertes Haar?"

Einen Augenblick lang starrte er sie mit offenem Mund an, bevor er die Sprache wiederfand. „Tut mir leid, Ma'am. Ich bin lediglich die Aushilfskraft. Und ich bin davon ausgegangen, dass ich alles hier bekomme, was ich brauche."

Pippa stieß die Luft aus. „Erster Tag im Job?"

„Ja", gab er verlegen zu. „Ein Freund von mir hat mir von den gut bezahlten Teilzeitjobs erzählt. Ich vertrete ihn sozusagen."

Na toll, dachte sie. Hier stand noch nicht einmal ein offizieller Mitarbeiter vor ihr. Irgend so ein Schwachkopf wollte sich vor der Arbeit drücken und hatte mit seinem Kumpel einen Deal gemacht – der andere sollte am Abend für ihn einspringen, und sie würden sich dann den Lohn teilen. Es bestand keine Chance, dass dieser junge Kerl mit so vielen Gästen zurechtkommen würde. Was wiederum bedeutete, dass sie selbst aushelfen musste.

Sie fasste den Jungen am Arm und zog ihn Richtung Treppe. „Jetzt kommen Sie schon. Sie müssen sich was Ordentliches anziehen."

Bereitwillig, wenn auch ein wenig verwirrt, ließ er sich von ihr in Ashleys und Devons Schlafzimmer führen. Pippa durchsuchte Devons Kleiderschrank, bis sie etwas Passendes gefunden hatte.

„Ziehen Sie sich aus!", befahl sie.

Der junge Mann wurde rot.

Ein Räuspern erklang und signalisierte Pippa, dass sie nicht allein mit dem Jungen im Zimmer war.

„Vielleicht sollte ich später wiederkommen", schlug ein Mann mit gedehntem Tonfall vor.

Beschämt schloss Pippa die Augen und war sicher, dass nicht nur der junge Kellner rot geworden war. Als sie sich umwandte, erblickte sie Cameron „Cam" Hollingsworth, der gelassen am Türrahmen lehnte und sie amüsiert betrachtete.

„Also, Pippa, der ist selbst für Sie ein bisschen zu jung, finden Sie nicht?"

Sie würde niemals verstehen, warum dieser Mann sie ausgerechnet immer in den peinlichsten Situationen ertappte. Sie war eine intelligente, selbstbewusste Karrierefrau, die nicht auf den Mund gefallen war. Darüber hinaus besaß sie ihr eigenes Geschäft, ließ sich so schnell nicht aus der Ruhe bringen und auch nicht so leicht einschüchtern. Trotzdem machte sie sich jedes Mal zum Narren, wenn ihr Weg den von Devons Freund kreuzte.

Doch sie würde sich nicht noch weiter bloßstellen lassen. Deswegen sah sie Cam herausfordernd an, als sie ihm im Vorbeigehen Hose und Hemd zuwarf. „Sorgen Sie dafür, dass er das hier anzieht. In zwei Minuten brauche ich ihn unten."

Zu ihrer großen Zufriedenheit bemerkte sie an seinem verwirrten Blinzeln, dass sie Cam offensichtlich völlig überrumpelt hatte. Kurz darauf runzelte er die Stirn und schaute zu dem Jungen, der sich nicht vom Fleck gerührt hatte. „Was verdammt noch mal hat das zu bedeuten? Sind das nicht Devons Sachen?"

„Ich brauche einen Kellner – sonst bekommt heute Abend niemand etwas zu essen oder zu trinken", stieß sie hervor. „Er ist alles, was ich habe, und ich werde Ashley bestimmt nicht im Stich lassen. Das gilt doch wohl hoffentlich auch für Sie, oder? Also setzen Sie Ihren Allerwertesten in Bewegung."

Entschlossen lief sie an ihm vorbei, ohne Cams Reaktion auf ihre Anweisungen abzuwarten.

Wieder in der Küche angelangt, bereitete sie die Tabletts und die Gläser für Champagner und Wein vor, während sie leise vor sich hin fluchte.

Mit drei Kellnern hatte sie gerechnet – und einen unerfahrenen Collegeschüler bekommen, der sich ein bisschen Trinkgeld dazuverdienen wollte. Ganz große Klasse! Einen Moment später kam der Junge in die Küche und sah überraschenderweise ganz passabel aus. Zwar waren Hose und Hemd ihm ein bisschen zu weit, trotzdem wirkte er ordentlich und adrett. Sein Haar war so sorgfältig zurückgekämmt, dass es beinahe glänzte.

Sie winkte ihn zu sich herüber, bevor sie ihm ein Tablett mit Hummerpasteten in die Hände drückte und ihn durch die Tür ins Wohnzimmer bugsierte, in dem Ashley und Devon sich mit ihren Gästen unterhielten.

Danach kehrte sie zur Kücheninsel zurück, um die Gläser mit Wein und Champagner zu füllen.

„Brauchen Sie vielleicht Hilfe?", fragte Cam hinter ihr.

Überrascht wirbelte sie herum und hätte beinahe den Inhalt der Flasche auf den Boden geschüttet.

„Hilfe?"

Cam nickte. „Unterstützung? Sie sehen so aus, als könnten Sie welche gebrauchen. Wie kommen Sie bloß auf den Gedanken, dass Sie das alles allein bewerkstelligen können? Ashley muss verrückt gewesen sein, als sie Ihnen das Okay für das Catering gegeben hat."

Pippa war entsetzt und verwirrt zugleich, als ihr die Bedeutung seines Hilfeangebotes bewusst wurde.

„Täte mir sehr leid, wenn Sie sich Ihre hübschen Hände schmutzig machen würden", erwiderte sie zynisch. „Und nur zu Ihrer Information: Ich habe alles unter Kontrolle. Die Aushilfen sind nicht gekommen – das ist nicht meine Schuld. Das Essen hingegen ist tadellos, wenn ich das so sagen darf. Ich muss nur einen Weg finden, es zu den geschätzten Gästen zu befördern."

„Wenn ich das richtig verstehe, habe ich Ihnen eben meine Hilfe angeboten, und Sie haben mich daraufhin beleidigt", konterte Cam.

Stirnrunzelnd schaute sie ihn an. Verdammt, warum sah dieser Mann einfach zum Anbeißen aus? Und nicht wie eine Kröte – oder wenigstens kahlköpfig? Obwohl eine Glatze am richtigen Mann auch ziemlich sexy sein konnte. Und warum war sie nicht in der Lage, die einfachsten Aufgaben zu verrichten, sobald er in ihrer Nähe war?

„Sie sind Ashleys Gast", erklärte sie. „Mal ganz davon abgesehen, dass es nichts für Sie wäre. Sie sind daran gewöhnt, bedient zu werden, und nicht daran, andere zu bedienen."

„Und woher wollen Sie wissen, dass es nichts für mich ist?", hakte er nach und griff nach einem der Tabletts.

Darauf wusste sie nichts zu antworten und beobachtete fassungslos, wie er mit dem Tablett aus der Küche ging. Mit rasendem Puls lehnte sie sich Halt suchend an die Spüle hinter sich.

Cam war schlichtweg das, was man als atemberaubend attraktiv bezeichnen konnte, und in vielerlei Hinsicht der absolut falsche Mann für sie. Aber etwas an ihm zog sie immer wieder wie magisch in seinen Bann.

Seitdem Ashley und Devon ein Paar waren, hatte sie ihn öfter gesehen. Cam und Devon waren nicht nur gute Freunde, sondern auch Geschäftspartner und besaßen eine Kette luxuriöser Hotels und Resorts. Und als Ashleys beste Freundin hatte Pippa

Devons Freund auf zahlreichen Festivitäten getroffen. Auf der Hochzeit der beiden war er sogar ihr Tischnachbar gewesen, was sie Höllenqualen hatte erleiden lassen. Obwohl sie ihm so nah gewesen war, dass sie seinen männlichen Duft wahrnehmen konnte, lagen unbestreitbar Welten zwischen ihnen.

Sie seufzte. Vermutlich irritierte sie das am meisten. Er war so ein herrliches Prachtexemplar von Mann und leider kein bisschen an ihr interessiert.

Möglicherweise war sie einfach nicht sein Typ. Und sie hatte überhaupt keine Ahnung, auf was für einen Typ von Frau er stand, denn sie hatte ihn bisher noch nie mit einer Frau gesehen. Entweder hielt er sich gern bedeckt, was sein Privatleben betraf, oder er hatte keins.

Ihr schien es ein verlockender Gedanke, seine Welt ein bisschen ins Wanken zu bringen.

Als ihr klar wurde, dass sie viel zu viel Zeit damit verbrachte, sich sehnsüchtigen Träumereien über Cam hinzugeben, griff sie nach einem anderen Tablett, holte tief Luft, um sich zu sammeln und danach ins Wohnzimmer zu gehen.

Pippa lächelte über das ganze Gesicht und hoffte insgeheim, dass man immer noch etwas von ihrem Lippenstift sah. Der Rest ihres Make-ups war nämlich wahrscheinlich schon im Eifer der Vorbereitungen dahingeschmolzen. Als sie den Raum durchquerte, stellte sie zu ihrer Erleichterung fest, dass die meisten Gäste bereits Weingläser in den Händen hielten. Es sah ganz danach aus, als hätte Cameron die Drinks und Snacks bereits unter die Leute gebracht.

„Pippa, was machst du da?“, fragte Ashley leise.

Als Pippa sich umdrehte, bemerkte sie, dass ihre Freundin sie entgeistert anstarrte.

„Hi, Ashley, wie läuft es denn so? Sind mittlerweile alle Gäste eingetroffen?“

„Hör auf, dich wie eine Angestellte aufzuführen“, erwiderte Ashley. „Warum bedienen du und Cam unsere Gäste? Und wer ist dieser Junge dort in Devons Klamotten?“

„Nicht aufregen, Ashley, das ist nicht gut fürs Baby", entgegnete Pippa ausweichend.

Ashley verschränkte die Arme über dem mittlerweile gut sichtbaren Babybauch und sah ihre Freundin grimmig an. „Pippa, ich habe dich gefragt, ob du das Catering für mich machst, weil ich dir helfen wollte – und nicht, damit du dich auf meiner Willkommensfeier abrackerst. Ich brauche meine beste Freundin an meiner Seite und nicht als Kellnerin."

Seufzend reichte Pippa ihr einen der köstlichen Snacks von dem Tablett. „Die Kellner sind nicht gekommen. Und somit bin ich alles, was du heute Abend hast – dazu haben wir noch den Jungen in den Sachen deines Mannes und den appetitlichen Mr Wunderbar dort hinten."

Erstaunt sah Ashley sie an. „Meinst du etwa Cam?"

„Ganz bestimmt nicht das Kind in Devons Klamotten!", konterte Pippa.

„Wow", stieß Ashley hervor. „Ich hatte ja keine Ahnung. Natürlich ist Cam schon irgendwie ein ziemlich heißer Typ, aber ich habe nicht geahnt, dass du auf ihn stehst."

Pippa konnte noch nicht einmal in seine Richtung blicken, ohne ein verräterisches Flattern in der Magengegend zu verspüren. „Zu gerne würde ich diese sinnlichen Lippen lecken", flüsterte sie.

Ashley kicherte und schlug daraufhin erschreckt die Hände vor den Mund. In ihren Augen war ein verdächtiges Funkeln zu sehen.

„Hör auf, ihn so anzustarren", stieß Pippa leise hervor. „Wir könnten ebenso gut ein Schild hochhalten, auf dem steht, dass wir über ihn reden."

„Wie um alles in der Welt hast du ihn dazu bekommen, dir zu helfen?", wollte Ashley nun wissen.

„Ehrlich gesagt, ich weiß es nicht", gestand Pippa verwirrt. „Er hat es von sich aus angeboten. Ich bin sogar ziemlich unhöflich zu ihm gewesen."

„Unhöflich? Du?", fragte Ashley in gespielter Ungläubigkeit.

„Ach, sei doch still", sagte Pippa.

Ashley legte die Hand auf den Arm ihrer Freundin und stellte sich auf die Zehenspitzen, um ihr über die Schulter sehen zu können. „Ich fürchte, mein Typ wird verlangt. Doch mal im Ernst, Pippa. Das Essen bedeutet mir längst nicht so viel, als dass meine beste Freundin hier einen auf Kellnerin macht. Komm schon, stell das Tablett ab und leiste uns bei einem Drink Gesellschaft."

Während Pippa den Blick durch das Zimmer schweifen ließ, spielte sie nervös mit dem Tablett herum. Es waren viel zu viele mögliche zahlungskräftige Kunden anwesend, als dass sie die Chance einfach so vertun konnte.

„Ich komme später raus, Ashley. Deine Gäste sehen ziemlich hungrig aus."

Bevor Ashley etwas erwidern konnte, war Pippa bereits auf dem Weg zu den Gästen.

„Hast du etwa den Verstand verloren?"

Als Cam sich umdrehte, erblickte er Devon, der ihn ungläubig ansah. Cam setzte das leere Tablett auf einem Tisch ab und lächelte seinen verwirrten Freund strahlend an. „Ist nicht das erste Mal, dass man mich das fragt."

„Spielst du etwa heute Abend Kellner?"

Cam zuckte mit den Schultern. „Pippa hat Hilfe gebraucht. Sie war ziemlich verzweifelt, und ich bin überzeugt, dass Ashley darüber nicht sehr erfreut gewesen wäre."

Einen Moment musterte Devon seinen Freund schweigend. „Du führst doch irgendetwas im Schilde", sagte er schließlich misstrauisch.

Doch Cam ignorierte ihn, weil sein Blick gerade wie magisch von Pippa angezogen wurde, nachdem er sie inmitten der Gäste entdeckt hatte. Sie bewegte sich mit einer bezaubernden Anmut, und er konnte sich einfach nicht von ihrem Anblick losreißen. Also beobachtete er sie dabei, wie sie mit dem Tablett umherging und herzlich lächelnd die Gäste begrüßte.

Schon seit Monaten hatte er Pippa im Visier. Seitdem er sie zum ersten Mal gesehen hatte, war sie ihm nicht mehr aus dem Sinn gegangen. Dabei waren sie sich streng genommen niemals richtig begegnet, und erst bei ihrer dritten Begegnung waren sie sich offiziell vorgestellt worden, als sich ihre Wege wieder einmal auf einer Veranstaltung gekreuzt hatten. Selbst dann hatte er sie so behandelt wie die meisten anderen Menschen auch – mit aufrichtiger Höflichkeit und einer gesunden Portion Desinteresse. Dabei war er alles andere als desinteressiert gewesen.

Ihr war es bestimmt nicht aufgefallen, dass er sie bereits seit ihrer ersten Begegnung anvisierte, so wie ein Jäger seine Beute. Er hatte sie beobachtet und auf den perfekten Moment gewartet, um sie in sein Bett zu bekommen, ihre zarte Haut zu berühren und ihr über das glänzende dunkle Haar zu streichen.

Er konnte sich förmlich vorstellen, wie er die Strähnen durch seine Finger gleiten ließ. Dabei saß sie rittlings auf ihm und warf lustvoll den Kopf in den Nacken, während er sie immer wieder auf sich zog, um tiefer in ihr sein zu können.

Als sein Körper auf diese erotische Fantasie zu reagieren begann, stieß Cam einen leisen Fluch aus. Verdammt noch mal, er befand sich auf einer Einweihungsfeier und sollte sich eigentlich eher auf Babys, ein glückliches Heim, Hundewelpen und Regenbögen konzentrieren – und nicht daran denken, wie er Pippa am schnellsten in sein Bett befördern konnte, um eine Nacht voller leidenschaftlichem Sex mit ihr zu verbringen.

Er zweifelte nicht daran, dass auch sie sich von ihm angezogen fühlte. Immer wenn sie sich unbeobachtet wähnte, bedachte sie ihn mit begierigen Blicken. Und er genoss diese heimlichen Momente.

Ansonsten versteckte sie sich hinter dieser unnahbaren Fassade. Doch wie sah es in ihr aus? Er war ziemlich sicher, dass sich dahinter eine äußerst sinnliche und leidenschaftliche Frau verbarg. Er konnte es kaum erwarten, ihren Körper zu berühren und sie in Ekstase zu versetzen.

„Cam? Was zur Hölle ist bloß los? Hallo? Irgendwer zu Hause?“

Er blinzelte und sah, dass Devon immer noch vor ihm stand.

„Hast du denn keine Ehefrau, um die du dich kümmern kannst?“, versetzte er ungehalten.

Devon schüttelte den Kopf. „Es ist ja so erbärmlich, wie du sie aus der Ferne anschmachtest.“

„Keine Ahnung, wovon du sprichst“, erwiderte Cam verärgert.

„Wie du willst“, entgegnete Devon ungehalten. „Geh doch einfach zu ihr hin und bring die Sache hinter dich. Und dann geh auf ein Zimmer, um Himmels willen.“

„Oh, das werde ich“, antwortete er. „Und zwar mit ihr – die ganze Nacht in meinem Schlafzimmer.“

Devon stieß einen verächtlichen Laut aus und gab vor, nicht schnell genug das Weite suchen zu können. Allerdings war Cam viel zu sehr damit beschäftigt, Pippa zu beobachten, als dass ihn das Verhalten seines Freundes irgendwie interessierte. Er bekam mit, dass Pippas Tablett leer war, als sie sich mit einem leichten Stirnrunzeln umsah. Offensichtlich suchte sie den Jungen und wirkte alles andere als glücklich.

Als sie verärgert in Richtung Küche ging, nahm Cam das Tablett, das er gerade erst abgestellt hatte, und folgte ihr eilig. Sie stand in der Küche und murmelte Flüche vor sich hin, die einem Seemann die Schamesröte ins Gesicht getrieben hätten. Unwillkürlich musste er lächeln, als sie gelobte, in den Allerwertesten eines jeden Kellners zu treten, der ihr heute Abend in die Quere kam.

„Wo ist der Junge?“, fragte Cam.

Erschrocken zuckte sie zusammen und hätte beinahe das Tablett fallen lassen. Wütend wirbelte sie zu ihm herum. „Würden Sie endlich damit aufhören?“

Beschwichtigend streckte er die Hände aus und machte einen Schritt zurück.

„Er hat sich aus dem Staub gemacht!“, erklärte sie verärgert. „Er hat noch nicht mal Devons Sachen zurückgegeben. Wie soll ich die jemals ersetzen? Allein das Hemd kostet mehr, als ein einziger Auftrag einbringt."

Cam legte ihr die Hand auf den Arm, und plötzlich erstarrte sie. Er spürte, wie sich ihre Muskeln unter seiner Berührung bewegten, und hörte, dass ihr Atem sich beschleunigte. Er hatte recht gehabt. Sie war zugleich zart und trotzdem kräftig. Entweder trainierte sie regelmäßig, oder sie war einfach mit einem wundervollen Körperbau gesegnet. Er würde jede Wette eingehen, dass sie ins Fitnessstudio ging.

„Ich bin ziemlich sicher, dass Devon weder ein weißes Hemd noch eine schwarze Hose vermissen wird", erwiderte er. „Wahrscheinlich hat er mindestens zwei Dutzend solcher Outfits. Er hat immer alles gerne im Griff und verschwendet nicht viel Zeit auf die Auswahl, wenn Sie verstehen, was ich meine."

„Das stimmt nicht", widersprach sie. „Seine Sachen sind sehr geschmackvoll und trotzdem sportlich."

„Ich kann nicht behaupten, jemals in seinen Kleiderschrank geschaut zu haben", versicherte er.

Plötzlich lachte sie leise, beherrschte sich jedoch gleich wieder. Trotzdem wirkte sie belustigt.

„Freut mich, dass Sie mich so amüsant finden."

„Eigentlich vielmehr die Vorstellung, wie Sie in Devons Kleiderschrank herumstöbern. Sie müssen zugeben, das ist schon ziemlich witzig."

Als er begann, ihr mit dem Daumen langsam über den Ellbogen zu streicheln, verstummte sie.

„Möchten Sie, dass ich jetzt Essen serviere, oder soll ich noch mal mit Wein und Champagner herumgehen? Verdammt, Dev bezahlt alles. Wir sollten ein paar Flaschen herausstellen und jeden sich selbst einschenken lassen. Dann können wir beide mit dem Essen herumgehen und zusehen, wie sich alle die Kante geben."

Einen Moment betrachtete sie ihn und legte dabei den Kopf schief. „Mir ist nie aufgefallen, dass Sie tatsächlich ein bisschen Humor haben."

Ihre Offenheit verwirrte ihn, und er hob fragend eine Augenbraue, woraufhin Pippa rot wurde und die Augen schloss. Gerade als er glaubte, sie würde sich entschuldigen, sah sie ihn wieder völlig unbekümmert an.

Und er begann zu lachen, und dieses Mal war sie es, die ihn fragend ansah.

Er trat so dicht an sie heran, bis ihre Körper sich beinahe berührten – so dicht, dass ihr verführerischer Duft und ihre sinnliche Ausstrahlung ihn in ihren Bann schlugen. Mit einer Hand streichelte er ihre Wange und strich ihr das seidige Haar nach hinten. Es fühlte sich genauso weich an, wie er es sich vorgestellt hatte. Versuchsweise wickelte er sich eine Strähne um den Finger. „Hier kommt mein Vorschlag", sagte er. „Wir gehen noch mal herum und versorgen alle mit Essen. Danach stellen wir die Tabletts so hin, dass alle sich bedienen können, und dann fahren wir zu mir."

Sie öffnete den Mund, und der Blick ihrer hellgrünen Augen verschleierte sich. „Ist das etwa eine Anmache?"

„Darauf können Sie Ihren süßen kleinen Hintern verwetten."

„Das können Sie doch aber bestimmt noch besser."

Überrascht runzelte er die Stirn.

„Entweder machen Sie es besser, oder ich nehme meinen süßen kleinen Hintern mit nach Hause – allein."

Oh, er liebte es, wenn sie so frech war. Deswegen beugte er sich vor, um ihre Lippen mit seinen zu berühren und ihren Nacken zu umfassen. Er zog sie noch näher an sich, bis ihre Körper sich eng aneinanderschmiegten. Dann eroberte er ihren verführerischen Mund. Dabei wurde ihm so heiß, als würde flüssige Lava durch seinen Körper fließen. Er begehrte diese Frau – um jeden Preis.

Als er sich schließlich von ihr zurückzog, atmeten sie beide heftig, und Pippas Blick wirkte leicht verklärt.

„Wie wäre es, wenn ich dich mit zu mir nach Hause nehme, und wir lieben uns die ganze Nacht?", schlug er vor.

Mit der Zunge fuhr sie sich über die Lippen. „Das klingt schon besser."

Ihre heisere sexy Stimme ging ihm durch und durch, und ihm wurde bewusst, dass er kurz davor war, sie gleich hier in der Küche seiner Freunde zu vernaschen, und es ihm vollkommen gleichgültig war, ob man sie dabei ertappte.

„Du holst das Essen", bestimmte er, „und ich den Wein."

2. *KAPITEL*

Cam zog Pippa zur Hintertür hinaus. Sie spürte sofort die kühle Winterluft und knöpfte schnell den Mantel zu. Cam ergriff ihre Hand, und sie gingen Richtung Parkplatz.

Vor einem schwarzen Cadillac Escalade blieb er stehen. Stirnrunzelnd drehte er sich zu ihr um. „Wie bist du hierhergekommen? Bist du gefahren?"

Gefahren? Sie besaß noch nicht einmal ein Auto, geschweige denn einen Führerschein. Letzteres war ein wenig problematisch, denn im Grunde brauchte sie für ihren Cateringdienst einen Lieferwagen.

Sie schüttelte den Kopf. „Ashley hat mir einen Wagen geschickt."

„Und wie hast du den ganzen Kram von New York hierhertransportiert?", hakte er misstrauisch nach.

Es schien, als würden sie und ihre Fähigkeiten auf dem Prüfstand stehen, und sie wurde rot. „Ich habe hier eingekauft und den Wein liefern lassen. Ashley hat ja eine bestens ausgestattete Küche." Das wusste niemand besser als Pippa, schließlich hatte sie die Küche eigenhändig ausgestattet. Ashley war völlig hilflos, wenn es ums Kochen ging, aber Pippa arbeitete daran, diesen Missstand zu beheben.

Cam öffnete die Beifahrertür und schob Pippa förmlich in den Wagen. „Wunderbar, das passt bestens. Und ich sorge dafür, dass du morgen früh von meinem Chauffeur zurück in die Stadt gefahren wirst."

Damit schloss er die Tür, und Pippa war etwas verstimmt, dass er sich offensichtlich schon Gedanken darüber machte, wie er sie wieder loswerden konnte, bevor sie überhaupt Sex gehabt hatten.

Als er dann den Motor bereits gestartet hatte, noch bevor er richtig auf dem Sitz Platz genommen hatte – da fühlte Pippa sich wieder ein wenig geschmeichelt. Ihm schien es gar nicht schnell genug gehen zu können, sie in sein Haus zu befördern, damit sie endlich miteinander Sex haben konnten.

Sie wusste, dass er nicht weit entfernt wohnte. Ashley hatte einmal erwähnt, dass sie jetzt Nachbarn seien, seitdem Devon das neue Haus gekauft hatte.

Cam raste die Auffahrt hinunter und hielt das Lenkrad fest umklammert, während er den Wagen auf die asphaltierte Straße steuerte. Danach fuhren sie etwa eine Viertelmeile, bevor er in die Einfahrt zu seinem Grundstück einbog und wartete, bis das Tor aufschwang. Anschließend fuhr er zügig die kurvenreiche Zufahrt zu seinem Haus hinauf.

In der Dunkelheit konnte Pippa nicht viel erkennen, denn es war keine Außenbeleuchtung an, sodass das Haus nur als undeutlicher Schatten auszumachen war. Es wirkte wenig anheimelnd, und sie fragte sich, ob es möglicherweise ein monströser Steinbau war, dessen Architektur ans Mittelalter angelehnt war. Sie hatte gehört, wie Devon seinen Freund einmal wegen seiner *Festung* aufgezogen hatte, und jetzt war ihre Neugierde geweckt.

Kurz bevor sie das Haus erreichten, gingen die Lichter an. Cam hatte sie per Fernsteuerung vom Auto aus aktiviert. Pippa beugte sich vor, um einen genaueren Blick auf das Gebäude zu erhaschen, doch in diesem Moment fuhr Cam in die Garage.

Fest entschlossen, sich nicht von der Aufregung übermannen oder aber in einer unvorteilhaften Position erwischen zu lassen, stieg Pippa schnell aus, ohne Cams Hilfe abzuwarten. Sie ging zur Tür, um dort auf ihn zu warten. Als er sie eingeholt hatte, legte er ihr eine Hand auf den Rücken und drängte sie ins Haus.

Als sie die geräumige Küche durchquerten, wurde Pippa ganz neidisch, denn sie kam ihr wie ein Paradies für jemanden vor, der sein Geld mit Kochen verdiente. Sie wirkte wie ein Ausstellungsraum und war so sauber, dass Pippa sich fragte, ob sie überhaupt jemals benutzt worden war.

Cam zog sie regelrecht durch den Wohnbereich bis zur Holztreppe im Foyer, wo sich auch der Haupteingang befand. Auf der Treppe nach oben hatte Pippa Mühe, mit ihm Schritt zu halten.

Als sie das Schlafzimmer erreichten, war sie bereits ein wenig außer Atem. Doch bevor sie sich erholen konnte, zog er sie ungestüm in die Arme, und seine Lippen eroberten die ihren mit einem leidenschaftlichen Kuss.

„Du bist verdammt schön", flüsterte er und strich mit den Lippen von ihrem Mund bis zum Ohr. „Ich bin völlig verrückt nach dir, allein schon wenn du mit mir im selben Raum bist."

Sie lächelte zufrieden. Welche Frau hörte so etwas nicht gern?

Schließlich schob er sie ein Stück von sich, legte ihr die Hände auf die Schultern und schaute sie voller Begehren an. „Wir müssen vorab ein paar Dinge klarstellen, bevor wir uns hinreißen lassen", sagte er mit ruhiger Stimme, die im krassen Gegensatz zu der Begierde in seinem Blick stand, die Pippa erschauern ließ.

Es bestand kein Zweifel – er wollte sie. Noch nie hatte sie in dem Blick eines Mannes eine derartig überwältigende Begierde gesehen.

„Ein paar Dinge musst du unbedingt wissen, denn ich möchte nicht, dass es zu Missverständnissen kommt."

Neugierig schaute sie ihn an und schob sacht seine Hände beiseite, bevor sie sich auf die Bettkante setzte. „Sprich nur weiter. Ich bin ganz Ohr."

Missbilligend runzelte er die Stirn, als wüsste er nicht recht, ob sie ihn aufziehen wollte. Okay, das tat sie natürlich, aber was konnte schon so wichtig sein, um ein heißes Vorspiel einfach so abzubrechen? Zwar waren sie noch nicht besonders weit gekommen, aber schon wie sie sich küssten, das fühlte sich beinahe so gut wie Sex an.

Er umfasste ihr Kinn und schien sie mit seinen begehrlichen Blicken regelrecht auszuziehen. „Ich bin auf meine Ungebundenheit bedacht. Deswegen sollst du wissen, dass es ein One-Night-Stand ist, wenn wir jetzt ins Bett gehen. Ich werde dich nicht anrufen – weder in ein paar Tagen oder sonst irgendwann. Nur, damit das klar ist. Ich erwarte von dir, dass du morgen früh wieder fährst. Wie vorhin bereits erwähnt, bringt dich mein Chauffeur dann morgen früh nach Hause."

Überrascht blinzelte sie, bevor sie zu lachen begann. Offensichtlich hatte er mit dieser Reaktion nicht gerechnet. Hatte er gedacht, sie würde verärgert aus dem Haus stürmen?

Sie stand auf und ging auf ihn zu, bis sie ihn berühren konnte und ihm mit den Fingern über den Hals und das Kinn strich.

„Du nimmst alles viel zu ernst, Cam", meinte sie mit verführerischer Stimme. „Ich habe bestimmt keinen Heiratsantrag erwartet. Falls du annimmst, dass ich mich an dich hefte und um mehr bettele, wenn diese Nacht vorbei ist, dann muss ich dich leider enttäuschen. Ich will einfach nur heißen Sex. Und kannst du mir den geben?"

Erleichterung blitzte in seinen wundervollen blauen Augen auf, und sein Atem beschleunigte sich. Als er nach ihr greifen wollte, legte sie ihm die Hand auf die Brust. „Nicht so schnell. Ich möchte nämlich auch noch ein paar Dinge klarstellen."

Damit hatte er offensichtlich überhaupt nicht gerechnet, denn er sah sie verblüfft an.

„Ich gehe davon aus, dass du Kondome hast? Falls nicht, dann hast du leider Pech: keine Kondome, kein Sex. Punkt. Daran habe ich mich immer gehalten, und so auch heute Nacht. Des Weiteren werde ich nicht mit dir darüber sprechen, mit wem oder wann ich das letzte Mal Sex gehabt habe."

„Ich habe welche", stieß er hervor. „Und mir ist völlig egal, mit wem oder wann du das letzte Mal geschlafen hast. Bei mir ist es jedenfalls eine Weile her – und ohne Schutz läuft bei mir auch nichts."

Sie krallte ihre Hand in sein Hemd und zog ihn zu sich. „Dann müssen wir ja nichts mehr besprechen", sagte sie, bevor sie ihre Lippen auf seine presste.

Cameron wurde vom Verlangen überwältigt. Pippa war all das, was er sich erträumt hatte – und noch eine ganze Menge mehr. Sie war süß und temperamentvoll. Und das Beste war: Sie vernaschte ihn in seinem Schlafzimmer.

Er liebte ihre Ungeduld, mit der sie ihm das Hemd aus der Hose riss, obwohl er es normalerweise gewohnt war, im Bett den Ton anzugeben. Doch es machte ihn unheimlich an, wie Pippa sich zielstrebig das holte, was sie wollte.

Als sie unter den Bund seiner Hose griff und begann, sie zu öffnen, hätte Cameron beinahe die Beherrschung verloren. Er atmete tief ein und versuchte, sich wieder zu beruhigen, denn es kam ihm so vor, als würde das Blut in seinem Körper kochen.

Nachdem sie den Reißverschluss geöffnet hatte, griff sie in seine Hose und umfasste ihn.

Ihm schwanden fast die Sinne.

Pippa stellte sich auf die Zehenspitzen, um ihn zu küssen, während sie ihn dabei unentwegt mit ihren zarten Fingern liebkoste. „Ich würde jetzt wahnsinnig gerne vor dir auf die Knie gehen und dir die beste Erfahrung deines Lebens verschaffen, aber nicht beim ersten Mal. Da bin ich immer etwas anspruchsvoller und wünsche mir von dem Mann, dass er meine Welt zuerst zum Beben bringt."

Wenn das keine Herausforderung war, dann wusste er auch nicht weiter. Mühsam löste er sich gerade lange genug von ihr, um mit ihr zum Bett zu gehen. Dabei zog er genauso ungeduldig wie sie an ihren Sachen, bis sie nicht mehr als das verführerischste Dessous trug, das er jemals gesehen hatte.

Sie war die personifizierte Versuchung in Schwarz. Schwarzes Haar und teuflisch heiße schwarze Spitzenhöschen und ein BH, der kaum ihre Brustspitzen bedeckte. Ihr Haar war sexy zerzaust. Sie war nicht nur schön, sie war atemberaubend hinreißend.

Er drückte sie auf das Bett und schwelgte in dem erregenden Gefühl, das ihr Anblick in ihm hervorrief, als sie die Beine für ihn spreizte. Alle seine Sinne waren von ihrer verführerischen

Ausstrahlung angesprochen, und er wollte alles in vollen Zügen auskosten, was Pippa ihm zu geben versprach. Er wollte sie berühren … wollte hören, wie sie seinen Namen flüsterte und heiser stöhnte. Doch am meisten von allem wollte er jeden Zentimeter ihrer Haut schmecken.

Da er wusste, dass er sich jetzt umgehend um Kondome kümmern musste, griff er in den Nachttisch und warf dann eine Schachtel aufs Bett. Dann legte er sich auf Pippa und eroberte ihren Mund mit seinen Lippen. Ihm kam es vor, als hätte ihn ein Blitz getroffen, der sich in ihm entlud und jeden seiner Muskeln bis aufs Äußerste anspannte. Sie erwiderte seinen Kuss voller Verlangen, während sie begierig seinen Körper mit den Händen erkundete.

Cam drehte sich auf den Rücken, sodass Pippa rittlings auf ihm saß. Dies hatte er sich bereits in seiner Fantasie Stunden zuvor ausgemalt. Doch die Wirklichkeit übertraf diese erotische Vorstellung bei Weitem. Ein unvergleichliches Gefühl, Pippa in den Armen zu halten, während sie ihn mit ihren Oberschenkeln umschlungen hielt.

„Zieh dich aus", stieß er heiser hervor. „So, dass ich dir dabei zusehen kann."

Ein verführerisches Lächeln umspielte ihre vollen Lippen, bevor sie langsam den BH öffnete. Doch anstatt ihn einfach fallen zu lassen, hielt sie das winzige Kleidungsstück an ihre Brust gepresst, sodass die schwarzen Träger scheinbar unendlich langsam an ihren Armen nach unten glitten.

Ihm stockte bei diesem Anblick beinahe der Atem, und er hatte das Gefühl, dass die Vorfreude ihn um den Verstand brachte. Schließlich hatte sie sich den BH abgestreift und bot ihre nackten Brüste seinen begierigen Blicken dar.

Und sie waren perfekt. Prall und fest und mit verlockenden Spitzen, die darum zu betteln schienen, von ihm in den Mund genommen zu werden.

„Ich brauche deine Hilfe bei dem Slip", raunte sie ihm verschwörerisch zu.

Sprachlos vor Erregung nickte er nur – vermutlich hätte er in seinem jetzigen Zustand allem zugestimmt, was sie von ihm verlangt hätte.

Sie beugte sich vor, sodass ihre vollen Brüste nur wenige Zentimeter von seinem Mund entfernt waren, und zog ein Bein auf die andere Seite, bis sie neben ihm saß. Ganz langsam begann sie, sich den Slip über den Po zu streifen, und Cameron war nicht ganz sicher, wobei er ihr helfen sollte, ging jedoch bereitwillig auf ihr Spiel ein. Er stützte sich auf den Ellbogen und umfasste mit der freien Hand ihre Taille, um Pippa zu stützen und gleichzeitig ihre zarte Haut zu streicheln.

Nachdem sie den Spitzenslip über die Knie gestreift hatte, legte sie sich auf den Rücken und streckte die Beine über seiner Brust aus. Überaus glücklich, ihr endlich zur Hand gehen zu können, zog er den Slip ganz herunter und warf ihn achtlos auf den Boden. Dann wandte er sich mit heißem Begehren seiner süßen Beute zu.

Er legte sich über sie, und als er ihre nackte Haut überall an seinem Körper spürte, wurde er von einer wilden Begierde erfasst. Mit Küssen und zärtlichen Bissen verwöhnte er ihren Hals und arbeitete sich weiter nach unten vor, berauscht von dem Verlangen, endlich ihre Brustspitzen mit den Lippen zu umschließen.

Diese Frau war vollkommen in jeder Beziehung. Kurvig und verführerisch, nicht zu schlank, nicht zu üppig – einfach perfekt.

Unwillkürlich seufzte er beglückt auf, als er endlich eine ihrer hart aufgerichteten Brustwarzen in den Mund nahm. Die Mischung aus Festigkeit und samtiger Weichheit wirkte wie eine Droge auf ihn. Er gab sich dem köstlichen Gefühl hin, das ihn erfüllte, als er zärtlich an der Knospe saugte. Immer und immer wieder umspielte er sie mit der Zunge, woraufhin sie noch härter wurde. Als er auch ihre andere Brust verwöhnte, begann Pippa sich vor Erregung unter ihm zu winden.

„Du bist so verdammt perfekt“, flüsterte er. „Ich kann einfach nicht genug von dir bekommen. Du schmeckst besser als alles, was du wahrscheinlich kochen kannst.“

Als er aufsah, bemerkte er, dass sie einen Schmollmund zog. „Du hast doch noch gar nichts probiert, was ich gekocht habe“, konterte sie. „Ich bin eine fantastische Köchin.“

Er lachte. „Das sollte eigentlich ein Kompliment sein.“

„Ich finde, du verzichtest besser auf Komplimente“, stieß sie atemlos hervor.

Als er ihre Brüste umfasste, beobachtete er fasziniert, wie ihre Brustspitzen immer härter wurden. „Das gefällt dir anscheinend. Was magst du sonst noch, Pippa? Sag mir, wie ich dir Vergnügen bereiten kann.“

„Du machst das schon ganz gut. Bis jetzt kann ich mich nicht beschweren. Mir gefällt es, wenn ein Mann sich Zeit nimmt und nicht gleich auf sein eigenes Vergnügen aus ist.“

„Aber das hier macht mir Spaß“, widersprach er leise. „Ich liebe es, dich zu berühren und zu beobachten, wie es dir gefällt. Zu sehen, wie deine Augen dunkel werden, wenn du so richtig erregt bist. Und dieses sexy Lächeln, das mir verrät, dass wir eine verdammt gute Zeit miteinander haben.“

„Mach ruhig weiter mit den Komplimenten. Das gefällt mir nämlich ziemlich gut“, forderte sie ihn auf.

„Wo lässt du dich am liebsten berühren?“, fragte er.

Sie nahm seine Hand und schob sie zwischen ihre Oberschenkel. Sie führte seine Finger an ihre empfindlichste Stelle und bewegte seine Fingerspitzen sacht darüber. Als Cameron ihrer Aufforderung bereitwillig nachkam, stöhnte sie lustvoll auf, und es bestand kein Zweifel daran, dass es ihr wirklich gefiel. Sehr sogar.

Doch er konnte genauso durchtrieben sein wie sie. Während er unablässig die samtige Weiche ihrer erregbarsten Stelle streichelte, senkte er den Kopf, um eine ihrer Brustspitzen mit den Lippen zu umschließen und daran zu saugen.

Erregt schrie Pippa auf und drängte sich ihm verlangend entgegen. Ihre Finger hatte sie in sein Haar geschoben. Er bemerkte, dass sie kein bisschen zurückhaltend war, sondern genau wusste, was sie wollte – und es auch einforderte. Gerade das gefiel ihm so außerordentlich gut an ihr.

Mit dem Daumen streichelte er ihren empfindlichsten Punkt, bevor er hastig nach einem Kondom griff und es sich überstreifte. Auch er hätte das Vorspiel gerne noch länger genossen. Aber ihm war klar, dass dies heute Nacht nicht das letzte Mal zwischen ihnen gewesen war. Denn es würde nicht möglich sein, in einer einzigen Nacht alle seine Bedürfnisse zu befriedigen, die Pippa in ihm zu wecken verstanden hatte. Und er wollte jeden einzigen Moment mit ihr in vollen Zügen auskosten und genießen. Zärtlich knabberte er an ihren Lippen. „Bist du bereit für mich?"

Als Antwort schlang sie ihm die Beine um die Taille und bog sich ihm entgegen. Angesichts ihrer Ungeduld musste er unwillkürlich lächeln. „Komm, Pippa. Zeig mir, wie du es haben willst."

Ihre Augenlider flatterten, und sie griff nach unten, um seine Erregung mit den Fingern zu umschließen und zwischen ihre Oberschenkel zu führen. Dann kam sie ihm so weit entgegen, dass er nur ein winziges Stück in sie hineinglitt. Erregt schrien sie beide zur selben Zeit auf, und dann konnte Cameron sich nicht länger zurückhalten. Er schob die Hüfte vor und drang tief in sie ein. Zuerst dachte er, er hätte ihr wehgetan, doch dann krallte sie ihm die Fingernägel in die Schulter und wies ihn mit heiserer Stimme energisch an, nur nicht aufzuhören.

Er lächelte und küsste ihre Lippen, bevor er sich wild vor Begierde in ihr zu bewegen begann. Das war weder sanft noch zärtlich, es war hemmungslos. Pippa nahm alles, wie sie auch alles gab. Sie trieb ihn bis an seine Grenzen und sogar noch darüber hinaus. Nie hatte er mit einer Frau entfesselteren Sex gehabt als mit ihr, und er genoss jede Sekunde davon.

Sie presste ihre Lippen auf seine, bevor sie ihn schließlich zärtlich in den Hals biss, was ihn genüsslich aufstöhnen ließ. Der Gedanke, dass man diesen Beweis ihres überwältigenden Verlangens auch noch Tage später sehen würde, schmeichelte seinem männlichen Stolz.

Doch auch sie sollte spüren, wie sehr er sie begehrte.

„Kommst du, Pippa?", stieß er erregt hervor. „Oh, ich bin so kurz davor."

„Ich auch“, flüsterte sie heiser. „Mach weiter, Cam, bitte hör nicht auf. Hör ja nicht auf.“

Als ob er das könnte.

Begierig beschleunigte er den Rhythmus seiner lustvollen Bewegungen, und alles um ihn herum verlor plötzlich an Bedeutung. Es gab nur noch Pippa, wie sie sich unter ihm wand und mit ihrer süßen Wärme umschloss. Er nahm ihren Duft wahr, hörte sie und schmeckte sie noch auf seiner Zunge. Ihm kam es so vor, als spürte er sie mit allen Fasern seines Körpers.

„Cam!“, stöhnte sie inbrünstig auf und krallte die Finger noch tiefer in seine Schulter, als sie heftig unter ihm erschauerte.

Er zog sie in die Arme, dann schrie er ebenfalls auf und glaubte, sein Körper würde in tausend Stücke zerspringen.

Er lag auf ihr und drückte sie mit seinem Gewicht auf die Matratze. Das fühlte sich so verdammt gut an, auch wenn er bestimmt etwas zu schwer für sie sein mochte. Doch sie beklagte sich nicht. Sie hatte ihn so fest umschlungen, dass er sich gar nicht hätte bewegen können, selbst wenn er es gewollt hätte.

Als er endlich wieder ruhiger atmen konnte, drehte er sich auf die Seite. Pippa lag in einer äußerst aufreizenden Pose neben ihm auf dem Rücken, und ihr Blick war ziemlich verklärt.

„Bin ich tot oder lebe ich noch?“, murmelte sie. „Und wollen wir gleich weitermachen?“

3. KAPITEL

Mühsam öffnete Pippa die Augen und wusste nicht, wo sie war. Ihr Körper fühlte sich an, als hätte sie stundenlang im Fitnessstudio trainiert. Aber das war dennoch ein tolles Gefühl.

Sie brauchte einen Moment, bis ihr klar wurde, dass sie in Cams Bett lag. Doch das Bett war leer. Von Cam keine Spur. Nur am Fußende lagen ihre Kleider, fein säuberlich zusammengefaltet, und dienten wohl als diskreter Hinweis darauf, dass sie gehen sollte, sobald sie aufgewacht war. Sie rümpfte die Nase. Es sah nicht danach aus, als ob Cam in der Nähe war. Sie wusste noch nicht einmal zu sagen, ob er überhaupt neben ihr im Bett gelegen hatte. Das Kissen schien unberührt. Auch kein Zeichen darauf, dass sie die ganze Nacht damit zugebracht hatten, diese herrlich weiche Bettwäsche im wilden Liebesspiel in Unordnung zu bringen.

Seufzend richtete sie sich weiter auf und zog sich die Decke über die Brüste, bis ihr bewusst wurde, dass ihre Sittsamkeit völlig unnötig war. Schließlich hatte Cam ihr am Abend zuvor unmissverständlich klargemacht, dass er keinen Wert darauf legte, ihr am Morgen zu begegnen. Sie brauchte sich also keine Sorgen zu machen, dass er unangekündigt ins Zimmer platzte. Und selbst wenn, schließlich hatte er ihre Brüste schon gesehen. Und nicht nur das, sondern sie auch mit der Zunge verwöhnt und geküsst.

Ein Schauer überlief sie, und ihre Haut begann zu prickeln. Ihre Brustspitzen wurden allein schon bei der Erinnerung an die vergangene Nacht und daran, wie oft sie sich geliebt hatten, wieder hart. Dabei würde sie von Glück sagen können, wenn sie es schaffte, sich anzuziehen und die verdammte Treppe hinunterzugehen.

Die Versuchung war groß, sich eine ausgiebige heiße Dusche zu gönnen. Ihr letzter Versuch, sich zu duschen, war unterbrochen worden und hatte damit geendet, dass sie sich wieder geliebt hatten – und das viele Male in der Dusche und im Badezimmer. Doch jetzt wollte er sie loswerden, und sie würde die Sache ganz bestimmt nicht herauszögern.

Als sie auf ihre Uhr schaute, stöhnte sie auf. Es war bereits nach neun. Sie hätte schon vor einer ganzen Weile aufstehen müssen, denn es bestand kein Grund, Cams Gastfreundschaft noch länger zu beanspruchen. Sie kletterte aus dem Bett und seufzte, als ihre Muskeln schmerzvoll protestierten. Verdammt, sie taten sogar an Stellen weh, von denen sie noch nicht mal geahnt hatte, dass sie dort Muskeln hatte.

Nachdem sie sich angezogen hatte, ging sie ins Bad. Auf Make-up verzichtete sie ausnahmsweise. Sie musste ja niemanden beeindrucken, und der Chauffeur würde sie bis vor ihr Apartment fahren. Sie setzte die Sonnenbrille auf und war recht zufrieden damit, dass sie nicht mehr ganz so mitgenommen aussah.

Dann ging sie leise zur Treppe. Sie hatte keine Ahnung, ob Cam überhaupt noch hier war, aber auf keinen Fall wollte sie seine Aufmerksamkeit erregen.

Unten an der Treppe wurde sie von einem großen traurig dreinschauenden Mann begrüßt, der irgendwas zwischen vierzig und siebzig Jahre alt sein mochte.

„Ms Laingley, der Wagen steht vorn für Sie bereit, um Sie in die Stadt zu bringen."

Sie zuckte zusammen. „Verzeihung. Wartet der Chauffeur schon lange? Ich habe leider verschlafen."

Der Mann lächelte sie freundlich an. „Keineswegs. Kein Grund zur Sorge. Kommen Sie, ich bringe Sie hinaus."

Er bot ihr den Arm an. Da ihr das jedoch peinlich war, gab sie vor, es nicht mitbekommen zu haben, und ging vor ihm zur Eingangstür. Doch plötzlich fiel ihr auf, dass sie ihren Mantel vergessen hatte. Stirnrunzelnd wandte sie sich zu dem Mann um und bemerkte, dass er ihren Mantel in den Händen hielt und ihr reichte.

„Vielen Dank", sagte sie.

Eindeutig war sie nicht die erste Frau, die Cam nach einer heißen Nacht nach Hause chauffieren ließ. Sein Butler – oder welches Amt er auch immer innehaben mochte – wirkte so, als würde er so etwas öfter machen.

Sie schlüpfte in den Mantel, während der Mann ihr die Tür öffnete. Kalte Luft drang herein, und Pippa blinzelte überrascht, als sie sah, dass draußen alles weiß war. „Es hat geschneit!", stellte sie überrascht fest und lächelte.

„Ja, das hat es. Laut Wetterbericht liegen fünfzehn Zentimeter Schnee."

Als er ihr dieses Mal den Arm anbot, willigte Pippa ein, sich auf der Treppe helfen zu lassen. Schließlich trug sie immer noch die High Heels vom Abend zuvor, und obwohl sie am Fuß sexy aussahen, waren sie für Winterwetter ziemlich ungeeignet.

Beflissen half er ihr in die schwarze Limousine und wartete, bis sie hinten Platz genommen hatte. „Gute Fahrt, Miss", wünschte er ihr.

„Vielen Dank", sagte sie.

Nachdem er die Tür geschlossen hatte, fuhr der Chauffeur los. Die Einfahrt war bereits vom Schnee geräumt worden. Pippa machte es sich im Sitz bequem und warf einen neugierigen Blick auf das Haus, das sie gestern Abend in der Dunkelheit nicht hatte sehen können.

Obwohl es ein sehr großes Gebäude war, wirkte es längst nicht so einschüchternd, wie sie vermutet hatte. Eigentlich sah es völlig normal aus, wenn man es mit den anderen Häusern in der Gegend hier verglich. Es lag sehr abgeschieden und war von zahlreichen Bäumen umgeben. Die Größe des Grundstücks ließ sich schwer einschätzen, aber Pippa vermutete, dass es sehr groß war.

Cam legte tatsächlich sehr viel Wert auf Abgeschiedenheit, genau wie Devon es behauptet hatte. Da sie jetzt eine Ahnung von seiner dunklen, hitzigen Leidenschaft bekommen hatte, fragte sie sich unwillkürlich, wie häufig Cam auf Beutezug ging, um eine Frau in seine Festung zu locken.

Beinahe hätte sie laut aufgelacht. Das klang ja fast so, als wäre er ein Ungeheuer, das in seinem Versteck auf seine Beute lauerte.

Aber Cam war kein Ungeheuer, sondern ein ungeheuer attraktiver Mann. Er war gut aussehend und rundum perfekt. Und sein Liebesspiel war einfach traumhaft. Sie würde bestimmt noch für eine Woche die Nachwirkungen ihrer gemeinsamen Nacht spüren. Ihre Haut kribbelte vor Erregung, als sie nur daran dachte, wie sie sich geliebt hatten, und plötzlich verspürte sie wieder pulsierendes Verlangen in sich erwachen.

Als der Wagen die letzte Kurve der langen Auffahrt hinter sich ließ, warf sie einen wehmütigen Blick auf das imposante Gebäude. Sie seufzte auf und schloss die Augen.

Cam schaute durch die Lamellen der Jalousien seines Büros im Obergeschoss des Hauses dem Wagen hinterher, der Pippa zurück in die Stadt brachte.

Er stand einen langen Moment einfach so da, die Hände in den Hosentaschen. Ihn verärgerte und verwirrte es gleichermaßen, dass er keine Ahnung hatte, was er als Nächstes tun sollte. Irgendetwas musste er unternehmen, allerdings hatte er nicht die leiseste Ahnung, was das sein sollte. Er wusste lediglich, dass es ihm mit einem Mal unerträglich vorkam, allein in diesem viel zu ruhigen Haus zu sein.

Das liegt an dieser verdammten Frau, schoss es ihm durch den Kopf. Sie hatte ihn entgegen seiner Gewohnheit völlig überrumpelt – und das in jeder Beziehung. Vielleicht lag es auch daran, dass er mehr jemanden wie Ashley erwartet hatte – süß, schüchtern, unschuldig, unerfahren, ein wenig verletzlich und schutzbedürftig. Möglicherweise hatte es seinem Ego gutgetan, Pippa eine Nacht in seinem Bett anzubieten. Er hatte angenommen, ihr einen Gefallen zu tun, wobei er gleichzeitig das bekommen hatte, was er von ihr gewollt hatte, seitdem er ihr zum ersten Mal begegnet war.

Doch sie hatte seine Welt durcheinandergebracht. Sie war selbstbewusst und hatte keine Scheu davor, sich das zu nehmen, wonach ihr der Sinn stand – und gestern Nacht hatte sie *ihn* gewollt. Eigentlich hätte er deswegen jetzt erleichtert sein können, doch er war missmutig, weil … die verdammten Rollen einfach umgedreht worden waren.

Es war ja beinahe so, als hätte sie gesagt: Hey, ich will dich, aber ich will keine Verpflichtungen eingehen. Sie hatte die Zügel in die Hand genommen. Er hingegen hatte sich eher wie ein unbeherrschter, verzweifelter Sexfanatiker aufgeführt und weniger wie der selbstbeherrschte und tonangebende Mann, der er normalerweise war.

Und das … ärgerte ihn. Ziemlich sogar.

Kopfschüttelnd ging er den Flur entlang ins Schlafzimmer zurück, das er nur zögernd betrat. Das war ja völlig lächerlich. Schließlich hatte er sie fortgeschickt. Immer noch spürte er Pippas Gegenwart, selbst ihren Duft konnte er noch wahrnehmen.

Er sah zu den zerwühlten Laken und Kissen. Es wäre besser gewesen, wenn er sie in eins der Gästeschlafzimmer gebracht hätte, denn er ließ normalerweise keine Frau in sein Schlafzimmer. Niemals! Wäre er gestern Abend noch zu einem klaren Gedanken fähig gewesen, dann hätte er sie gar nicht erst mit in die obere Etage genommen. Und seine Privatsphäre wäre unangetastet geblieben. Aber er war ganz und gar von dem Verlangen getrieben gewesen, sie in sein Bett zu bekommen, und das so schnell wie möglich.

Verlangen konnte einem auch zum Verhängnis werden und glich einer launischen Geliebten, die alles an sich riss und vor der es kein Entrinnen gab. Zumindest nicht dann, wenn es sich um Pippa handelte. Vielleicht würde sie ihm jetzt aus dem Sinn gehen, da er sie letzte Nacht auf alle erdenklichen Weisen geliebt hatte. Möglicherweise würde er nun nicht jedes Mal den Verstand verlieren, wenn sie in seiner Nähe war.

Tief in seinem Inneren wusste er jedoch, dass es natürlich nicht stimmte, aber um seines Seelenfriedens willen ging er versuchsweise davon aus. Als er ins Bad kam, zuckte er zusammen angesichts des Chaos, das er seiner Putzfrau zumutete. Die Tür zur Dusche stand immer noch offen, und Handtücher lagen überall auf dem Boden herum. Auf dem Waschtisch herrschte ein furchtbares Durcheinander. Und das nur, weil Cam so ungeduldig gewesen war und die Gegenstände einfach beiseite gefegt hatte, bevor er Pippa daraufgepresst und sie ein weiteres Mal stürmisch geliebt hatte. Auf dem Fußboden entdeckte er auf den ersten Blick wenigstens zwei gebrauchte Kondome. Er hob das eine neben dem Waschbecken auf und beförderte es in den Mülleimer. Als er gerade das andere Kondom neben der Duschkabine in den Mülleimer werfen wollte, fiel ihm etwas auf, was ihm förmlich das Blut in den Adern gefrieren ließ.

Sprachlos starrte er eine Weile auf das Beweisstück in seiner Hand, bevor er lauthals zu fluchen begann. Ihm wurde plötzlich ganz flau im Magen, Schweißperlen traten ihm auf die Stirn, und sein Mund fühlte sich mit einem Mal völlig ausgetrocknet an. Er schloss die Augen und flehte inständig, er möge sich getäuscht haben, doch als er sie wieder öffnete, sah er den unwiderlegbaren Beweis immer noch in seiner zitternden Hand.

Das Präservativ war gerissen.

4. KAPITEL

Pippa geriet in Versuchung, ihr Mobiltelefon auf die Straße zu schleudern, und lediglich der Gedanke, dass sie es danach würde ersetzen müssen, hielt sie davon ab. Was konnte heute wohl sonst noch schiefgehen?

Sie hatte den perfekten Ort für ihr Geschäft gefunden – in einer netten Gegend. Die Bedingungen waren annehmbar und zufriedenstellend, und die Räume waren mit den notwendigen Einrichtungen ausgestattet. Sie musste nur noch ein paar Verschönerungsarbeiten an der Ladenfront vornehmen, um sie für Passanten einladender zu gestalten, und damit wäre alles erledigt gewesen.

Ihre bisherigen Aufträge hatte sie durch Mundpropaganda erhalten, doch jetzt fühlte sie sich bereit, etwas Richtiges auf die Beine zu stellen. Sie wollte endlich ein regelmäßiges Einkommen und nicht mehr darum bangen müssen, wann sie den nächsten Job an Land ziehen konnte. Ihre mageren Ersparnisse hatten zwar bisher ihre Wohnung zu finanzieren vermocht, doch wenn sie nicht endlich regelmäßig Geld verdiente, dann würden sie in einem Jahr aufgebraucht sein.

Bestimmt konnte sie ein kleines Darlehen für Existenzgründung beantragen, doch um die Mittel zu bekommen, musste sie einen Pachtvertrag vorweisen – was sie eigentlich auch konnte, wie sie geglaubt hatte. Dann hatte sie jedoch ihr Immobilienmakler angerufen und ihr mitgeteilt, dass es ein Problem gab.

Plötzlich löste sich ihr Traum von leckeren Cupcakes, köstlichem Gebäck, verführerisch aussehenden Bonbons sowie aromatisch duftendem Brot in Luft auf.

Sie atmete tief aus, während sie die Treppen zu ihrem Apartment hochstieg und nach dem Schlüssel suchte. Sie war gerade damit beschäftigt aufzuschließen, als ihr Mobiltelefon abermals klingelte und Pippa erneut den Wunsch verspürte, es einfach wegzuwerfen.

In ihrem Apartment angekommen, schaute sie auf das Display ihres Handys. Zwar handelte es sich nicht um eine ihr bekannte Nummer, da sie jedoch ihre Kontaktdaten an mögliche zukünftige Kunden weitergereicht hatte, konnte sie es sich nicht leisten, den Anruf nicht zu erwidern.

Seufzend wählte sie die angegebene Nummer und presste das Telefon ans Ohr. „Pippa Laingley."

Sie quälte sich gerade umständlich aus ihrem Mantel, als sie Cams Stimme am anderen Ende der Leitung vernahm. „Pippa, ich bin's, Cam."

Nachdem sie sich gefasst hatte, lachte sie leise und ließ ihren Mantel halb ausgezogen über dem Arm hängen, mit dem sie gerade das Handy hielt. „Oh, hallo, Cam. Was für eine Überraschung! Hast du nicht behauptet, du rufst niemals an? Was verschafft mir also die Ehre?"

„Eins der Kondome ist geplatzt", entgegnete er unumwunden.

Schnell nahm sie das Telefon in die andere Hand, um den Mantel richtig auszuziehen. Sie ließ ihn da liegen, wo er auf den Boden gefallen war, und ging in das Wohnzimmer. Sicher hatte sie sich eben verhört.

„Was hast du gerade gesagt?", fragte sie mit zittriger Stimme und setzte sich auf das Sofa.

Cam seufzte laut, bevor er antwortete: „Das Kondom, das wir in der Dusche verwendet haben. Es ist geplatzt. Ich habe es erst entdeckt, nachdem du weggefahren bist. Vorher habe ich nichts gemerkt, weil wir ja … unter der Dusche gewesen sind."

Das Herz schlug ihr bis zum Halse, und sie schloss die Augen. Nein, unter diesen Umständen hatte sie auch nichts gemerkt. Er war unersättlich gewesen – genauso wie sie. Und ihre Aufmerksamkeit hatte ganz bestimmt auf anderen Dingen gelegen und nicht darauf, ob das Kondom zuverlässig seinen Dienst tat. An einer anderen Stelle hätten sie sicherlich etwas bemerkt, aber unter der Dusche?

„Pippa? Bist du noch da?" Cams Stimme riss sie aus ihren Gedanken.

„Ja", sagte sie schwach.

„Wir müssen reden."

„Und warum rufst du jetzt erst an?", fragte sie verärgert. „Wann hast du es gemerkt?"

Cam schwieg einen Moment, bevor er erwiderte: „Ich habe es gefunden, nachdem du gefahren bist."

„Und dann erzählst du es mir erst jetzt?" Sie war aufgebracht. „Hätte ich es gestern schon gewusst, dann hätte ich vielleicht noch etwas machen können."

Allerdings wusste sie ehrlich gesagt nicht wirklich, was sie hätte tun können. Eine Pille danach? Dafür wäre es schon etwas spät gewesen. Aber was wusste sie schon über solche Dinge? Wenigstens hätte sie ein paar Recherchen anstellen und dann eine Entscheidung treffen können.

„Beruhige dich, Pippa."

Sein herablassender Tonfall brachte sie nur noch mehr auf die Palme. „Sag mir nicht, dass ich mich beruhigen soll", stieß sie wütend hervor. „Du musst ja nicht mit den Folgen eines defekten Kondoms leben."

„Ach, wirklich nicht?", konterte er scharf. „Denkst du tatsächlich, dass eine ungewollte Schwangerschaft mich nicht genauso betrifft wie dich? Und jetzt hör bitte auf, mich anzubrüllen, damit wir uns wie Erwachsene unterhalten können."

Sie biss sich auf die Lippe, um die spitze Bemerkung zu unterdrücken, die ihr auf der Zunge lag.

„Aus deiner Reaktion entnehme ich, dass du weiter nicht verhütest", fuhr Cam fort.

„Tja, und dich trifft natürlich keine Schuld", versetzte sie patzig.

„Jetzt mach mal halblang, Pippa. Ich verstehe ja, dass ich dich damit aus heiterem Himmel überfalle. Aber glaub mir, für mich ist das auch nicht gerade ein Spaziergang. Und wenn du mir die Schuld in die Schuhe schieben willst, hilft uns das auch nicht weiter."

Da ihr bewusst wurde, dass sie genau das vorgehabt hatte, verstummte sie und hielt das Telefon weiterhin fest umklammert. Sie hätte es doch besser wegwerfen sollen, als ihr vorhin danach gewesen war. Dann würde sie jetzt nicht dieses Gespräch führen müssen.

„Ich finde, du solltest bei mir einziehen, wenigstens so lange, bis wir wissen, ob du schwanger bist."

„Was?", fragte sie ungläubig.

„Vielleicht sollten wir dieses Gespräch nicht am Telefon führen. Ich kann dich in einer Stunde abholen."

„Nein!", rief sie heiser, als sie wieder einen klaren Gedanken fassen konnte.

„Was wäre dir denn lieber?"

Mit den Fingern massierte sie ihre Schläfen, um den pulsierenden Schmerz in ihrem Kopf zu vertreiben.

„Ich ziehe nicht bei dir ein, Cam. Das ist der lächerlichste Vorschlag, den ich je gehört habe. Wir brauchen auch nicht persönlich miteinander zu sprechen. Im Augenblick verspüre ich nicht das geringste Verlangen, dich zu sehen. Ich bin noch völlig geschockt und brauche Zeit, um nachzudenken. Dabei kann ich dich nicht gebrauchen. Falls sich herausstellen sollte, dass ich schwanger bin, weiß ich ja, wo ich dich finde. Bis dahin würde ich es allerdings vorziehen, nichts von dir zu sehen oder zu hören."

„Verdammt, das will ich aber nicht. Sieh mal, Pippa, ich muss wissen, dass du und das Baby in Sicherheit sind – natürlich nur, falls es überhaupt eins gibt. Und das kann ich am besten, wenn du in meiner Nähe bist."

Er klang irgendwie verzweifelt, und in Pippa kam der Verdacht auf, dass er mit den Gedanken nicht ganz bei der Sache war, was sie nur noch wütender machte.

Er machte sich also Gedanken über ihre Sicherheit und die eines möglichen Babys, während sie sich im Augenblick allein darum sorgte, ob sie überhaupt schwanger war.

„Mir ist egal, was du willst“, erklärte sie ruhig, bevor sie die Verbindung unterbrach. Unmittelbar darauf fiel ihr ein, dass Cam bestimmt zu den hartnäckigen Typen gehörte, weswegen sie das Gerät ganz ausschaltete.

Einige Minuten lang saß sie einfach nur da und starrte Löcher in die Luft, während sie die Nachricht von dem gerissenen Kondom zu verarbeiten versuchte. Ganz sicher nahm sie es nicht auf die leichte Schulter und dachte, dass man nicht gleich beim ersten Mal sicher schwanger werden konnte. Eine Menge anderer Frauen hatten das Gegenteil bewiesen, und sie wollte nicht zu denen gehören.

Abrupt stand sie auf und wusste, dass sie etwas tun musste. Sie brauchte Informationen und musste die Möglichkeiten einschätzen. Also eilte sie ins Schlafzimmer, um sich im Kalender ihre Zyklusdaten anzuschauen. Rasch rechnete sie im Kopf nach und stöhnte schließlich entsetzt auf. Die Chancen standen nicht schlecht, dass sie sich ausgerechnet am vergangenen Wochenende in ihrer fruchtbaren Phase befunden hatte.

Okay, es war also nicht ganz auszuschließen. Als Nächstes musste sie ihre Möglichkeiten durchgehen – falls ihr welche blieben.

Sie stellte das Telefon wieder an und ignorierte die Signale, die ihr mitteilten, dass sie Anrufe und Textnachrichten verpasst hatte – alle vermutlich von Cam. Es war anzunehmen, dass der Mann sich bereits auf dem Weg zu ihr befand.

Hastig tippte sie Carlys Nummer ein und hoffte inständig, ihre Freundin zu erreichen. Als sie kurz darauf Carlys Stimme hörte, atmete Pippa erleichtert auf.

„Pip! Wie geht es dir? Hast du deinen Pachtvertrag inzwischen unterschrieben? Ich freue mich ja so sehr für dich. Wie war denn Ashleys Einweihungsparty? Tut mir leid, dass ich nicht kommen konnte. Hoffentlich ist sie nicht sauer auf mich.“

Pippa zuckte wegen des Wortschwalls zurück und wartete auf die passende Gelegenheit, selbst etwas sagen zu dürfen. „Carly ‚hast du Zeit? Ich brauche die Mädels. Das ist ein Notfall.“

„Pip, ist alles in Ordnung bei dir? Was ist passiert?“, wollte Carly wissen.

„Erzähle ich, wenn wir uns treffen“, antwortete Pippa heiser. „Kannst du die anderen anrufen?“

„Darauf kannst du dich verlassen. Treffen bei Oscar's?“

„Ja“, erwiderte Pippa zögernd. „Aber sieh zu, dass wir einen abgeschiedenen Tisch bekommen.“

„Soll ich auch Ashley anrufen?“, fragte Carly. „Ist sie immer noch in Greenwich?“

Auch wenn Pippa ihre Freundin sehr gerne um sich gehabt hätte, wusste sie nicht, ob es in Anbetracht ihrer Schwangerschaft eine gute Idee war. „Frag nach, ob sie es schafft“, bat sie leise. „Aber sag ihr, sie soll vorsichtig sein.“

„Wenn sie weiß, dass du ihre Hilfe brauchst, dann kommt sie bestimmt“, beruhigte Carly sie. „Wir alle werden da sein, das weißt du doch.“

„Ja, das weiß ich, und dafür liebe ich euch.“

„Gib mir ein bisschen Zeit, alle zu benachrichtigen. Ich schicke dir dann eine SMS. Inzwischen kannst du ja zu mir kommen. Heute Nachmittag habe ich nur einen Termin. Du kannst hier im Salon warten. Ich mache dir sogar die Nägel.“

Pippa lächelte. „Danke, Carly, aber ich sehe euch später. Vorher muss ich noch etwas klären.“ Sie konnte förmlich das Stirnrunzeln ihrer Freundin vor sich sehen.

„Ich mache mir Sorgen um dich, Pip. Sei vorsichtig, okay? Wir sehen uns so schnell wie möglich.“

Erleichtert unterbrach Pippa die Verbindung. Sie hatte die besten Freundinnen auf der ganzen Welt. Sie waren allesamt clever und würden ihr dabei helfen, aus der Sache wieder herauszukommen.

In der Zwischenzeit wollte sie allerdings nicht in ihrem Apartment warten, denn es war sehr wahrscheinlich, dass Mr Hollingsworth ihr bald seine Aufwartung machen würde. Und das Letzte, was sie im Augenblick gebrauchen konnte, war der Anblick des möglichen Vaters ihres möglichen Kindes.

Pippa beschleunigte ihren Schritt, als sie sich dem Oscar's näherte. Ein Mix aus Schneeflocken und winzigen Eiskristallen wirbelte durch die Luft und ließ ihre Wangen vor Kälte prickeln.

Sie hatte gehofft, in der Kälte wieder einen klaren Gedanken fassen zu können, denn sie hatte den Schock immer noch nicht verarbeitet. Was sie jetzt brauchte, war eine Notfallsitzung mit ihren besten Freundinnen.

Nachdem sie das Oscar's betreten hatte, nahm sie hastig den Schal ab und sah sich suchend um. Erleichtert stellte sie fest, dass ihre Freundinnen bereits an einem Ecktisch im hinteren Teil des Raumes saßen. Einfach perfekt.

Als Pippa sich einen Weg an den Tischen vorbei bahnte, sah Tabitha auf und winkte ihr eifrig zu. Sylvia, Ashley und Carly drehten sich daraufhin zu ihr um.

Alle umarmten sie, und schließlich setzte sie sich neben Ashley auf die Sitzbank.

„Was ist denn los, Pip?“, fragte Ashley besorgt. „Carly hat uns nicht verraten, worum es geht.“

„Weil ich es ihr bisher noch nicht erzählt habe“, gestand Pippa. „Vielleicht ist es ja nur falscher Alarm, aber ich brauche einfach eure Hilfe, um einen vernünftigen Gedanken zu fassen.“

„Oh, mein Gott! Was ist denn passiert?“, rief Tabitha aus.

Sylvia runzelte die Stirn. Von den Freundinnen war sie die Älteste und Ernsthafteste und darüber hinaus sehr praktisch und pragmatisch. Von ihr würde sie sicher einen guten Rat bekommen, darauf hätte Pippa alles gewettet.

Sie atmete tief ein. „Es kann sein … also, es besteht eine geringe Möglichkeit, dass ich schwanger bin.“

„Was?“

Pippa zuckte zusammen, als ihre vier Freundinnen gleichzeitig erschreckt aufschrien.

Fragend starrte Ashley Pippa an. „Oh, Pip, wie sicher bist du dir denn?“

„Ich hatte neulich einen One-Night-Stand.“ Sie sah zu Ashley und verzog das Gesicht. „Mit Cam. Wir haben Ashleys Party zusammen verlassen. Dann hat er mich zu sich nach Hause mitgenommen, und wir hatten Sex. Eine Menge Sex."

Ashley schien es die Sprache verschlagen zu haben, und Sylvia runzelte weiterhin in mütterlicher Besorgnis die Stirn. Na ja, vermutlich würde Pippas Mutter nicht so dreinschauen, sondern ihrer Tochter dazu gratulieren, sich einen wohlhabenden Erzeuger ihres Kindes an Land gezogen zu haben – bevor sie ihr den Ratschlag erteilen würde, ihn nach Strich und Faden auszunehmen. Sie hatte nicht unbedingt das Zeug zur Mutter des Jahres, wenn man es genau betrachtete.

Dabei war Miranda kein böser Mensch oder gar eine schlechte Mutter. Sie war lediglich oberflächlich und geldgierig. Vermutlich hätte Pippa ihre Mutter für ihre Durchtriebenheit in Bezug auf Beziehungen bewundern müssen. Miranda Laingley sah keine Veranlassung, sich jemals bei irgendwem für irgendwas, was sie tat, zu entschuldigen – und erst recht nicht für ihr flatterhaftes Verhalten, was Männer anging.

„Ich komme nicht ganz mit", sagte Tabitha bedächtig. „Vielleicht bin ich ja ein bisschen begriffsstutzig. Wenn du nur Sex mit ihm hattest, warum machst du dir dann Sorgen, schwanger zu sein? Ich habt euch doch sicher geschützt."

„Weil eins der Kondome nicht dicht gewesen und es ausgerechnet in meiner fruchtbaren Phase gewesen ist", erwiderte Pippa.

„Aber mit Cam?", stieß Ashley mit schriller Stimme aus. „Okay, ich habe ja gewusst, dass du auf ihn stehst, aber du und er? Wirklich?"

„Kein Grund, so entgeistert auszusehen", sagte Pippa zu ihr. „Die Anziehungskraft hat beiderseitig gewirkt, das kann ich euch versichern."

Zerknirscht nahm Ashley Pippa in die Arme und drückte sie an sich. „Natürlich, Süße. Oh, du liebe Güte, du Ärmste!"

„Es hat mich so unvorbereitet getroffen. Das Timing könnte schlechter nicht sein. Ach, ihr wisst es ja noch gar nicht. Wegen des Schwangerschaftstrubels hätte ich es beinahe vergessen, aber der Pachtvertrag für das Gebäude ist geplatzt. Jetzt habe ich keine Räume für mein Geschäft. Und noch dazu das hier, während ich gerade versuche, mein Unternehmen aufzubauen. Ich habe keine Krankenversicherung, und ich bin kein bisschen darauf vorbereitet, Mutter zu werden. Am liebsten würde ich weinen, aber ich weiß, dass sich dadurch auch nichts ändert."

„Wein du nur, Süße", forderte Carly sie wild entschlossen auf. „Wir kümmern uns um das Problem."

„Du weißt, dass wir alles für dich tun würden", stimmte Ashley zu. „Ihr habt mir alle so sehr geholfen, als ich diese schlechte Phase mit Dev hatte. Das kann ich nie wiedergutmachen."

Pippa versuchte, die Tränen zurückzuhalten, die ihr in den Augen brannten. „Du musst nichts wiedergutmachen, Ash. Ich liebe dich. Wir alle lieben dich. Und ich liebe euch alle."

„Wann genau hattet ihr denn Sex?", wollte die praktisch veranlagte Sylvia wissen.

„Samstagnacht. Die ganze Nacht. Na ja, und Sonntagmorgen."

Sylvia griff nach Pippas Hand. „Du solltest zum Arzt gehen und dich über die Alternativen aufklären lassen."

„Ich gebe dir das Geld für den Arzt", bot Ashley an. „Und ich gehe auch mit dir hin."

Plötzlich verspürte Pippa ein unbehagliches Gefühl, als sie sich vorstellte, etwas gegen eine Schwangerschaft zu unternehmen, die möglicherweise schon begonnen hatte.

„Pippa?", fragte Sylvia leise.

„Oh Gott, ich fühle mich so dumm", flüsterte Pippa. „Ich kann diese Entscheidung nicht einfach so treffen. Wer könnte das schon?"

„Okay, aber was sagt dir deine innere Stimme?", wollte Carly wissen. „Wovor hast du Angst? Vor der Schwangerschaft an sich? Oder vor der Vorstellung, eine unverheiratete Mutter zu sein und nicht für dich und das Kind sorgen zu können?"

„So, wie du es darstellst, klingt es nicht besonders verlockend“, erwiderte Pippa.

„Du musst ja nicht sofort eine Entscheidung treffen“, warf Tabitha ein. „Die Pille danach oder eine Spritze sind schließlich nicht deine einzigen Optionen. Du kannst ja auch erst mal abwarten, ob du wirklich schwanger bist, und dann überlegen, was du machst. Heutzutage haben Frauen viele Möglichkeiten.“

Ashley drückte sacht Pippas Hand und sah ihre Freundin eindringlich an. „Wenn du dieses Baby willst, falls es überhaupt ein Baby gibt, dann musst du wissen, dass wir dir helfen – wir alle. Du bist nicht allein. Ich will nur sichergehen, dass du dich für das entscheidest, was das Beste für dich ist. Und ganz egal, wie deine Entscheidung ausfällt, du kannst auf uns zählen.“

Jetzt konnte Pippa ihre Tränen nicht länger zurückhalten, als sie ihre besten Freundinnen ansah, die man auf der Welt haben konnte. „Ich weiß nicht, was ich ohne euch machen würde.“

„Du übersiehst dabei einen wichtigen Bestandteil der Gleichung“, gab Sylvia zu bedenken.

Alle sahen sie an.

„Den Vater. Natürlich kannst du auf uns zählen, aber ist er auch bereit, Verantwortung zu übernehmen?“

Pippa nickte. „Das würde er, daran besteht kein Zweifel. Ich habe ihm mitgeteilt, dass ich ihm sagen würde, wenn ich schwanger bin. Aber bis dahin halte ich mich von ihm fern. Ich muss das erst mal mit mir allein ausmachen, versteht ihr?“

„Ja, Süße, das verstehen wir“, entgegnete Carly mitfühlend.

„Wahrscheinlich klingt das verrückt für euch, aber als ich begriffen habe, dass die Möglichkeit einer Schwangerschaft besteht, hat sich alles geändert. Ich habe angefangen, mir vorzustellen, dass da ein kleines Leben in mir heranwächst, und selbst wenn ich eine Pille nehmen könnte, und alles wäre wieder so wie vorher …“ Sie holte tief Luft. „Ich weiß nicht, ob ich das tatsächlich will.“

Als sie ihre Freundinnen betrachtete, konnte sie keinerlei Vorwürfe in ihren Blicken ausmachen. Alles, was sie sah, waren Zuneigung und Unterstützung, Entschlossenheit und Loyalität.

„Falls es ein Baby gibt, möchte ich es behalten, glaube ich." Sie schluckte schwer, bevor sie entschlossener hinzufügte: „Ich weiß, dass ich es will."

„Nimm dir etwas Zeit, um dich an den Gedanken zu gewöhnen", schlug Sylvia vor. „Es gibt keinen Grund zur Eile. Du musst dich ja nicht heute oder morgen entscheiden."

Aber Pippa spürte, wie mit Nachlassen des Schocks ihre Entschlossenheit wuchs, das Kind zu behalten. Ihr Kind. Sie begann schon, einen Beschützerinstinkt dafür zu entwickeln.

Jetzt wurde ihr bewusst, dass sie trotz der großen Überraschung nie etwas unternehmen würde, um die Schwangerschaft zu beenden. Auch würde nie für sie infrage kommen, ein Kind wegzugeben, das sie auf die Welt gebracht hatte. Sie war geschockt angesichts des starken Beschützerinstinkts und der innigen Liebe, die sie verspürte, obwohl sie noch nicht einmal wusste, ob sie schwanger war.

Falls sie es sein sollte, würde sie das Kind auf jeden Fall behalten. Sie würde zu Cam gehen und mit ihm gemeinsam eine einvernehmliche Lösung treffen.

Vielleicht war sie ja etwas blauäugig, aber bevor er ihr nicht das Gegenteil bewies, ging sie mit ganzem Herzen davon aus, dass er sich nicht vor seiner Verantwortung drücken würde.

Mit zitternden Händen hob sie das Wasserglas an die Lippen. Nachdem sie einen kräftigen Schluck genommen hatte, stellte sie das Glas auf den Tisch zurück und sah ihre Freundinnen an.

„Okay, Mädels. Wie lange muss ich warten, bevor ich einen Schwangerschaftstest machen kann?"

5. KAPITEL

Pippa lief in ihrem Wohnzimmer ungeduldig auf und ab und versuchte, nicht ständig auf das Teststäbchen zu starren, das nur wenige Schritte von ihr entfernt auf dem Beistelltisch lag.

„Es ist noch nicht so weit", sagte Ashley, als Pippa zögernd stehen blieb.

„Warum muss das nur so lange dauern?", platzte es aus ihr heraus.

Sie hielt diese Unwissenheit nicht eine Minute länger aus. Die vergangenen Wochen waren der reinste Stress gewesen. Cam war ihr nicht von den Fersen gewichen und hatte alle paar Tage nachgefragt, ob sie schon etwas wusste. Das letzte Mal, als er sie das gefragt hatte, hatte sie ihn entnervt angebrüllt, er solle sie in Ruhe lassen. Vielleicht hatte er den dezenten Hinweis ja verstanden, oder aber sie hatte so verzweifelt geklungen, jedenfalls hatte er sich in den letzten Tagen nicht mehr gemeldet.

Das Schlimmste daran war, dass er aufrichtig besorgt zu sein schien. Ihr kam es beinahe so vor, als sei er bereits davon überzeugt, dass sie schwanger war, und dass er sich deshalb ständig nach ihrem Wohlbefinden erkundigen musste.

Er trieb sie noch in den Wahnsinn.

„Es sind erst zwei Minuten um", versuchte Ashley, sie zu beruhigen. „Es bringt nichts, davorzusitzen und den Test anzustarren. Das Ergebnis lässt sich nun mal nicht früher ablesen."

Pippa nahm auf dem Sofa Platz. „Du hast ja recht. Trotzdem werde ich noch wahnsinnig. Ich spüre es einfach, dass ich schwanger bin. Und jetzt komm mir nicht damit, dass das nur an dem psychischen Stress liegt und ich mir die Symptome einbilde. Ich fühle mich anders. Meine Brüste schmerzen. Ich bin gereizt. Mir wird schon übel, wenn ich einen Cupcake rieche. Wem zur Hölle wird schon vom Geruch eines Cupcakes schlecht, frage ich dich!"

Ashley lächelte. „Ich meine ja gar nicht, dass du dir was einbildest, Süße. Lass uns einfach auf das Ergebnis warten, und dann überlegen wir gemeinsam weiter. Okay?"

Stöhnend schloss Pippa die Augen. Die vergangenen drei Wochen waren die reinste Tortur gewesen, und sie hoffte, so eine Zeit nicht noch einmal durchmachen zu müssen. An einigen Tagen dachte sie, dass es großartig sein würde, ein Baby zu haben. An anderen beschlich sie der Verdacht, völlig den Verstand verloren zu haben, und allein der Gedanke an ein Kind erschreckte sie beinahe zu Tode.

Und ja, sie kam sich auch ein bisschen dumm vor. Eine ungewollte Schwangerschaft in ihrem Alter? Schließlich war sie kein unerfahrener Teenager, der sich auf leichtsinnige Sexabenteuer einließ und das Verhüten vergaß. Sie war immer so schrecklich vorsichtig gewesen. Immer!

Eigentlich hatte sie sich nie für altmodisch gehalten, aber sie hätte es vorgezogen, Kinder in einer intakten und glücklichen Partnerschaft großzuziehen.

„Okay, jetzt kannst du nachschauen."

Sie starrten beide auf das Teststäbchen, als sei es ein widerliches Insekt, an das sich keine von ihnen nah genug herantraute.

„Du siehst nach", bat Pippa nervös.

Ashley griff nach Pippas Hand und drückte sie. „Denk daran, egal, was dabei herauskommt, es ist in Ordnung, das verspreche ich dir."

Pippa nickte und schloss die Augen, als Ashley nach dem Teststäbchen griff. Sie hatte selbst Angst davor, die Reaktion ihrer Freundin zu sehen, und es kam ihr so vor, als schlüge ihr Herz bis zum Hals.

„Pippa", forderte Ashley sie leise auf, „mach die Augen auf."

Als sie der Aufforderung nachkam, bemerkte sie Ashleys feierlichen Gesichtsausdruck, als sie das Teststäbchen zurück auf den Tisch legte und Pippa unverwandt ansah.

„Was ist denn jetzt?", wollte Pippa ungeduldig wissen, denn sie wurde aus Ashleys Blick nicht schlau. „Bin ich schwanger?"

„Wenn der Test recht hat, dann ja“, erwiderte Ashley.

Überwältigt griff Pippa nach dem Teststäbchen, um sich selbst davon zu überzeugen. Sie betrachtete es genau, und da war es tatsächlich – ein großes Pluszeichen, das bewies: Ja, du bist schwanger.

„Oh, mein Gott“, flüsterte sie.

Ihre Freundin warf ihr einen ängstlichen Blick zu. „Du fällst doch jetzt nicht etwa in Ohnmacht, oder?“

Pippa fühlte sich wie betäubt, und sie hörte Ashley wie aus weiter Ferne sprechen.

Schwanger. Mit Cams Baby. Ausgerechnet mit dem Typen, der keinen Wert auf Beziehungen legte und gleich als Erstes klargemacht hatte, dass er nie anrufen würde. Das habe ich wirklich großartig hinbekommen, dachte sie ironisch und stöhnte. „Was soll ich bloß tun, Ash? Cam wird ausrasten. Er hat mir einen langen Vortrag darüber gehalten, dass es nur um Sex geht und er keinerlei Verpflichtungen eingehen will und so weiter und so fort. Ein Baby ist aber definitiv eine Verpflichtung.“

„Nimm dir ein paar Tage Zeit und erhol dich erst mal von dem Schock, bevor du mit Cam sprichst“, riet Ashley ihr.

„Ich muss jetzt mit ihm reden.“

„Pip, du bist aufgeregt“, widersprach Ashley besorgt. „Du kannst im Augenblick keinen klaren Gedanken fassen. Das Letzte, was du gebrauchen kannst, ist Streit mit Cam. Er kann ziemlich … rigoros sein, verstehst du? Er wird dich überrumpeln.“

„Niemand überrumpelt mich. Ich muss jetzt mit ihm sprechen. Es betrifft ihn schließlich auch, und er muss es wissen, um dementsprechend planen zu können. Auch wenn ich es ihm erst in einer Woche erzähle, ist das Ergebnis dasselbe. Warum also warten? Außerdem nervt er mich schon seit Wochen am Telefon. Es hat also keinen Sinn, ihn noch länger hinzuhalten.“

Ashley seufzte. „Ich will doch nur vermeiden, dass du eine überstürzte Entscheidung triffst. Er kann sehr rigoros sein – und das ist noch eine nette Umschreibung für rücksichtslos.“

„Ich komme schon mit ihm klar. Es ist ebenso sein Problem wie meins, und ich habe keine Angst. Ich werde den Teufel tun und mir die nächste Woche allein um meine Zukunft Sorgen machen. Wenn ich leiden muss, dann soll er es auch."

Belustigt lachte Ashley auf. „Okay, du hast mich überzeugt, dass er dich nicht in Stücke reißen wird."

„Das wird er ganz bestimmt nicht", erwiderte Pippa. „Und falls er das versuchen sollte, wird er sich nie mehr Gedanken darüber machen müssen, jemals wieder ein Kind zeugen zu können."

Wieder lachte Ashley auf und umarmte Pippa. „Weißt du, alles wird gut, Pip. Zumindest sind wir eine kleine Weile gemeinsam schwanger. Devon und ich tun alles, um dir zu helfen, und außerdem hast du Tabitha, Carly und Sylvia. Oh, und meine Mutter. Sie sieht dich sowieso als ihre Tochter an, und wenn sie herausfindet, dass du schwanger bist, dann nimm dich in acht. Sie packt dich so dick in Watte ein, dass du keine Luft mehr bekommst."

Pippa lächelte. „Ich liebe deine Mom."

„Und sie liebt dich."

Seufzend stand Pippa auf. „Nichts für ungut, Ash, aber ich muss das hinter mich bringen, bevor ich wieder den Mut verliere."

„Dann hol deinen Mantel, wir fahren zusammen zu Cams Büro. Der Fahrer kann mich ja danach nach Hause bringen."

„Danke, Ash. Für alles. Dafür, dass du meine Hand hältst und mich jetzt nicht alleine lässt."

Ihre Freundin umarmte sie ein weiteres Mal. „Ich erinnere mich an Zeiten, da bist du auch immer für mich da gewesen."

„Okay, lass es hinter uns bringen", sagte Pippa und holte ihren Mantel.

Cam saß in seinem Büro und schaute aus dem Fenster. Das Wetter war ein Mix aus Regen und Schnee, und bald würde es kalt genug sein, dass es nur noch schneite. Um seine Laune war es genauso bestellt wie um das Wetter.

Obwohl er ständig im Büro war, hatte er sich nicht auf die Arbeit konzentrieren können. Er saß in Meetings mit Devon und seinen zwei anderen Freunden und Geschäftspartnern Rafael de Luca und Ryan Beardsley. Ihr neues Hotel, das luxuriöse Vorzeigeresort, das aus der Fusion der Hotelketten Tricorp und Copeland hervorgegangen war, nahm rasch Gestalt an. Die Dinge entwickelten sich sehr erfreulich für ihn, weswegen er sich im Grunde fantastisch fühlen müsste.

Doch die vergangenen Wochen waren die Hölle für ihn gewesen, da ihn der Gedanke an Pippas mögliche Schwangerschaft quälte. Er befürchtete, dass sie nicht auf sich achtgab oder ihr etwas passierte.

Er war besorgt und ängstlich. Und die Sorgen verfolgten ihn sogar bis in seine Träume. An seiner Lage trug er ganz allein die Schuld, denn er hätte dieser Versuchung nie nachgeben dürfen und sich mehr um die Verhütung kümmern müssen. Außerdem hätte er Pippa nicht allein lassen dürfen.

Dann würde er jetzt nicht hier sitzen und sich darüber sorgen, zum zweiten Mal in seinem Leben etwas zu verlieren, was ihm sehr viel bedeutete.

Eigentlich hätte er beruhigt sein müssen, da er nichts von ihr hörte. Wäre sie schwanger, hätte sie sich bestimmt schon bei ihm gemeldet. Das hatte sie ihm versprochen, und er vertraute ihr. Bisher hatte sie ihm keine Veranlassung gegeben, an ihr zu zweifeln.

Doch je länger er nichts von ihr hörte, desto verrückter machte er sich.

Seit ihrer gemeinsamen Nacht war es zu seiner Gewohnheit geworden, in seine Schreibtischschublade zu greifen – die einzige, die er stets verschlossen hielt – und einen kleinen klappbaren Fotorahmen mit den zwei Fotos herauszuziehen. Eins von Elise, das andere von Colton.

Im Augenblick betrachtete er sie wieder und zog mit den Fingern die Linie von Elises lächelndem Gesicht nach. Colton war auf dem Bild gerade einmal einen Tag alt gewesen und noch so klein und faltig, und doch hatte Cam nie etwas Schöneres in seinem Leben gesehen.

Selbst nach all den Jahren schnürte es ihm beim Anblick dieser beiden Menschen, die er so sehr geliebt und dann verloren hatte, die Kehle zu.

Er würde es nicht noch ein weiteres Mal durchstehen, diesen Schmerz und diese Trauer auszuhalten. Nie hatte er sich etwas mehr gewünscht, als dass Pippa nicht schwanger war.

Sie war nicht schwanger, redete er sich immer wieder gut zu, um sich zu beruhigen.

Als seine Sekretärin sich über die Gegensprechanlage meldete, wurde er aus seinen Gedanken gerissen. „Mr Hollingsworth, hier ist eine junge Dame, die Sie gerne sprechen möchte. Sie hat aber keinen Termin."

„Wer ist es denn?", fragte Cam ungeduldig. Warum hatte sie das nicht schon längst in Erfahrung bringen können? Er war gerade im Begriff, ihr mitzuteilen, dass er nicht gestört werden wollte, als seine Sekretärin ihm mitteilte: „Pippa Laingley. Sie scheint ziemlich sicher zu sein, dass Sie sich mit ihr treffen wollen."

Der missbilligende Tonfall in Mrs Miltons Stimme verriet Cam, dass sie vermutlich vergeblich versucht hatte, Pippa abzuwimmeln.

„Ist schon in Ordnung. Schicken Sie sie bitte herein."

Aufgeregt erhob Cam sich und sah zur Tür. Einen Moment später betrat Pippa sein Büro, blieb einen Augenblick auf der Schwelle stehen und schaute sich suchend um.

Aufmerksam betrachtete er sie, suchte nach einem Anzeichen, dass etwas an ihr anders war als normalerweise. Er ballte die Hände zu Fäusten, die er hinter dem Schreibtisch vor ihren Blicken verbarg, denn er wollte nicht, dass sie wusste, wie angespannt er war. Am liebsten wäre er einfach zu ihr gegangen, um sie in die Arme zu nehmen und ihr zu versprechen, dass alles gut werden würde. Doch vor langer Zeit hatte er lernen müssen, dass niemand solche Versprechen halten konnte.

Wenn er diese Begegnung unbeschadet überstehen wollte, dann musste er sich ganz gelassen geben.

„Pippa", bat er. „Setz dich doch bitte. Möchtest du etwas trinken?"

Als sie näherkam, bemerkte er, wie blass sie war und dass sie Schatten unter den Augen hatte. Außerdem schien es, als hätte sie abgenommen. Und ihm wurde plötzlich klar, dass die vergangenen Wochen vermutlich stressiger für sie gewesen waren als für ihn.

„Ich hoffe, ich störe dich nicht bei etwas Wichtigem", sagte sie leise. „Aber ich musste dich gleich sehen."

Eine böse Vorahnung beschlich ihn, und er schluckte schwer. „Du störst überhaupt nicht. Ich bin ganz Ohr. Worüber wollen wir reden?", fragte er betont gleichgültig, obwohl das lächerlich war, denn über was sollte sie schon mit ihm reden wollen? Es half nichts, wenn er so tat, als wüsste er nicht, worum es ging.

„Ich bin schwanger", verkündete sie.

Seine Hoffnung erlosch, und plötzlich fühlte er sich so, als laste ihm ein schweres Gewicht auf den Schultern. Er spürte, wie Trauer ihn überkam, und bewegungslos verharrte er, um ja die Fassung nicht vor Pippa zu verlieren.

Endlich hatte er sich so weit wieder unter Kontrolle, dass er etwas sagen konnte. „Bist du sicher?", brachte er hervor, obwohl er wusste, dass sie es war, denn er konnte die Wahrheit in ihrem Blick erkennen.

Sie nickte ernst, bevor sie zögernd zugab: „Ich bin aber noch nicht beim Arzt gewesen, habe nur einen Schwangerschaftstest aus der Apotheke gemacht. Und die sind neunundneunzig Prozent sicher, wie man sagt."

Er räusperte sich. „Es wird schon stimmen. Wir haben beide gewusst, dass es möglich sein könnte."

Offensichtlich fühlte sie sich unbehaglich, denn sie hatte die Hände in die Manteltaschen gesteckt und stand reglos da.

„Ist es dir gut ergangen?", fragte er und hasste sich dafür, dass er so distanziert klang. Dabei war er dankbar dafür, auf Abstand gehen zu können, denn auf jeden Fall wollte er die Nähe und Freude vermeiden, die zwei Menschen empfanden, wenn sie ein Kind erwarteten. Er ärgerte sich darüber, dass sie sich so hartnäckig dagegen gesträubt hatte, bei ihm einzuziehen. Dabei konnte er ihr keinen Vorwurf machen, denn er musste ihr ja wie ein unberechenbarer Freak vorkommen, der sie erst von sich wies, um sie gleich darauf wieder an sich zu ziehen.

Auch wenn er auf keinen Fall Nähe zwischen ihnen beiden zulassen wollte, musste er sicher sein, dass für sie gesorgt wurde. Sie sollte alles haben, was sie benötigte, die beste medizinische Versorgung und seelische Unterstützung. Er durfte auf gar keinen Fall zulassen, dass ihr oder dem Kind etwas zustieß.

Vielleicht war es seine Distanziertheit gewesen, mit der er den Vorschlag unterbreitet hatte, die sie abgeschreckt hatte. Möglicherweise wollte sie ja mehr, vielleicht sogar heiraten. Der Gedanke erschreckte ihn zutiefst, doch eigentlich war es gar keine so schlechte Idee und sogar sehr praktisch. Es würde für sie gesorgt sein, und er würde endlich seinen Seelenfrieden wiederfinden.

„Ich bin müde. Und ich mache mir Sorgen", gestand sie. „Trotzdem ist es jetzt besser. Ich bin froh, nun endlich Gewissheit zu haben. Dann können wir besser Entscheidungen treffen."

„Entscheidungen treffen?", hakte er alarmiert nach. „Was für Entscheidungen denn?"

Sie zuckte mit den Schultern, und er wünschte, sie würde endlich diesen verdammten Mantel ausziehen, dabei wollte er eigentlich nicht, dass sie blieb – dass sie ging, wollte er aber auch nicht. Was für ein schreckliches Durcheinander!

Da es an der Zeit war, dass er das Kommando übernahm, kam er hinter dem Schreibtisch hervor. „Wir haben viel zu besprechen. Ich werde einen Anwalt beauftragen, Verträge aufzusetzen. Wir sollten uns Gedanken darüber machen, wie wir miteinander leben wollen."

Abwehrend hob sie eine Hand, um ihn zu unterbrechen. Mit der anderen rieb sie sich die Schläfe. „Ich weigere mich, über meine Zukunft oder die Zukunft des Kindes in diesem verdammten Büro zu sprechen, wo die Wände Ohren haben. Ich muss selbst erst einmal mit den Neuigkeiten zurechtkommen. Ich habe nur gedacht, du solltest es so schnell wie möglich erfahren, damit du dich auch an den Gedanken gewöhnen kannst. Ich finde, wir sollten später darüber sprechen, nachdem wir beide Zeit gehabt haben, darüber nachzudenken."

„Ich glaube nicht …"

Wütend sah sie ihn an. „Mir ist es egal, was du glaubst. Ich gehe jetzt. Wenn du später darüber sprechen willst, kannst du in mein Apartment kommen. Jetzt fahre ich zum Lunch – und zwar allein. Gegen sechs bin ich wieder zu Hause."

Er spürte, dass sie versuchte, die Kontrolle wiederzuerlangen, denn sie war genauso erschüttert wie er. Deswegen war er ihr nicht böse, dass sie ihn so angeherrscht hatte. Er würde sie zu nichts drängen, auch wenn ihm der Gedanke ganz und gar nicht behagte, dass sie ging, ohne dass sie vorher irgendetwas geklärt hatten.

„In Ordnung", erwiderte er. „Ich bin um sechs in deinem Apartment. Ums Abendessen brauchst du dich nicht zu kümmern, ich bringe etwas mit."

6. KAPITEL

Pippa hätte eigentlich nicht überrascht sein dürfen, als sie Cam auf der Treppe vor ihrem Apartment sitzen sah. Dennoch starrte sie ihn entsetzt an. Dann warf sie einen Blick auf die Uhr und fragte sich, ob sie vielleicht für den Heimweg länger gebraucht hatte als angenommen, aber nein, er war einfach nur sehr zeitig da.

Er trug einen langen Mantel, und sein Haar war feucht von dem Niederschlag, der sich nicht recht entscheiden konnte, ob er nun Schnee oder Regen sein wollte. Die Lippen hatte er fest zusammengekniffen, doch als er Pippa sah, wurde sein Ausdruck weicher. Sie hätte fast schwören können, Erleichterung in seinem Blick zu erkennen.

Schnell suchte sie in ihrer Tasche nach den Schlüsseln, während sie die Treppenstufen nach oben stieg. Cam stand auf und trat zur Seite, als sie versuchte, das Schloss zu öffnen.

„Bist du etwa den ganzen Weg gelaufen?"

Sie stieß die Tür auf und genoss die Wärme, die ihr entgegenschlug. Cam trat hinter ihr ein und half ihr aus dem Mantel, bevor er seinen ablegte. Als sie ihm die Kleidungsstücke abnehmen wollte, schüttelte er den Kopf. „Wohin soll ich sie hängen?", fragte er.

Sie deutete auf die Tür des Wandschranks. „Dorthin."

Nachdem er die Mäntel verstaut hatte, führte sie Cam ins Wohnzimmer.

„Du hast meine Frage nicht beantwortet", sagte er. „Bist du etwa den ganzen Weg nach Hause im Regen gelaufen? Es ist eiskalt draußen."

„Nur die letzten zehn Blocks. Ich bin mit Ashley zu deinem Büro gefahren und dann mit einem Taxi ins Restaurant. Und noch eins für den kurzen Weg nach Hause zu nehmen, hat keinen Sinn gemacht."

Ihre Antwort schien ihn, seinem Stirnrunzeln nach zu urteilen, nicht sonderlich zufriedenzustellen, aber er erwiderte nichts und setzte sich auf einen ihrer viel zu kleinen Stühle. Er wirkte riesig in ihrem kleinen Wohnzimmer. Seine Gegenwart ließ alles andere unbedeutend und klein erscheinen, und Pippa hatte mit einem Mal das Gefühl, keine Luft mehr zu bekommen.

Ihr kam er nervös und angespannt vor, und plötzlich plagten sie Gewissensbisse wegen ihres uneinsichtigen Verhaltens von vorhin. Es war kein besonders feiner Zug von ihr gewesen, ihm die Neuigkeiten einfach so in seinem Büro an den Kopf zu werfen und ihn dann stehen zu lassen.

Mit einer Hand fuhr er sich durchs Haar und warf ihr einen flüchtigen Blick zu. „Ich weiß, dass ich zu früh bin, aber ich würde einfach furchtbar gerne Ordnung in diese Angelegenheit bringen."

„Ordnung?", wiederholte sie und setzte sich auf das Sofa. Vermutlich hätte sie ihm einen Drink oder etwas anderes anbieten sollen, aber irgendwie kam ihr das lächerlich vor angesichts der Tatsache, dass keiner von ihnen im Augenblick besonderen Wert auf solche Formalitäten zu legen schien. „So eine Angelegenheit kann man doch nicht einfach abschließend in Ordnung bringen."

Angespannt beugte er sich vor und fuhr sich wieder durchs Haar, als suche er nach den richtigen Worten.

„Ich würde gerne wissen, was du vorhast."

Sie lachte ironisch auf und schloss die Augen, als ihr klar wurde, dass sie auf dem besten Wege war, sich wieder unmöglich zu benehmen. „Gib mir Zeit, Cam. Ich habe es schließlich auch erst heute Morgen erfahren."

„Willst du das Baby denn?"

„Ja!", entgegnete sie wütend und wiederholte es noch einmal. „Darüber habe ich in den letzten Wochen immer wieder nachgedacht. Gleichgültig, wie gestresst oder verängstigt ich im Augenblick bin, aber ich will dieses Kind."

Sah sie Erleichterung in seinem Blick? Es war schwer zu sagen.

Sie stand auf, weil sie keinen Moment länger still sitzen konnte, und lief auf und ab. Endlich sah sie ihn wieder an. „Ich habe keinen Plan, Cam. Kann man denn für so etwas überhaupt einen Plan haben? Es ist offensichtlich, dass ich deine Hilfe brauche. Ich habe nämlich keine Krankenversicherung."

„Du wirst die beste haben, die es gibt", versprach er.

Erleichtert atmete sie auf. „Danke. Weißt du, ich versuche gerade, mein eigenes Unternehmen zu gründen, und die Krankenversicherung ist eins von diesen lästigen kleinen Details, mit denen ich mich bisher noch nicht beschäftigt habe."

„Du brauchst dir keine Sorgen zu machen", erwiderte er ernst. „Ich möchte, dass es dir und dem Kind gut geht."

Okay, vielleicht war die ganze Sache doch nicht so schlimm, wie sie befürchtet hatte. Er schien das alles ziemlich gut aufzunehmen und war darüber hinaus ausgesprochen entgegenkommend.

„Ich erwarte nicht, dass du mich finanziell unterstützt", betonte sie. „Die Krankenversicherung ist mehr als genug. Ich habe ein paar Ersparnisse, und die reichen, bis mein Geschäft läuft."

Unruhig ging sie weiter auf und ab und versuchte, ihre Gedanken zu ordnen. Auf keinen Fall wollte sie den Eindruck erwecken, fürs Nichtstun bezahlt zu werden, nur weil sie ein Kind von ihm bekam. Die Situation war auch so schon schwierig genug.

„Wir finden sicherlich ein Arrangement, das für uns beide okay ist." Als sie aufsah, bemerkte sie, dass er sie anstarrte. „Würdest du gerne daran teilhaben? An der Schwangerschaft, meine ich. Es gibt ja Männer, die das nicht wollen und nicht mit zum Arzt gehen und solche Sachen. Wenn du das auch nicht willst, dann ist das völlig okay."

Seltsamerweise schien er mit jedem Wort, das sie sagte, wütender zu werden.

„Jetzt warte doch mal!", rief er schließlich. „Ich möchte doch daran teilhaben, nein, ich habe sogar das Recht, bei dieser Schwangerschaft dabei sein zu dürfen."

Überrascht blinzelte sie. „Also okay. Ich habe ja nicht gesagt, dass du das nicht darfst. Ich dachte nur, du willst vielleicht gar nicht."

„Dann hast du eben falsch gedacht", entgegnete er wütend.

„Cam, sieh mal, ich weiß gar nicht, was ich hier mache. Ich versuche ja, ruhig und vernünftig zu sein, aber du musst mir dabei helfen. Stattdessen sitzt du da und starrst mich an, und ich habe das Gefühl, gleich den Verstand zu verlieren", stieß sie mit zittriger Stimme hervor.

Leise fluchend erhob Cam sich und stellte sich vor sie. „Setz dich wieder hin! Bitte."

Sie zögerte einen Moment, bevor sie zuließ, dass er sie zum Sofa zurückführte. Dann nahm er ihre Hand und drückte sie sacht.

„Hier kommt mein Vorschlag. Zunächst gehen wir zum Arzt, um sicherzugehen, dass es dir gut geht und alles mit der Schwangerschaft in Ordnung ist."

Sie nickte. So weit konnte sie sich damit einverstanden erklären. Ein Arztbesuch war ein logischer erster Schritt. Zumindest einer von ihnen war noch in der Lage, einen klaren Gedanken zu fassen.

„Und dann finde ich, dass wir heiraten sollten."

So viel zum Thema klare Gedanken.

Bevor sie ihn allerdings fragen konnte, ob er den Verstand verloren hatte, legte er ihr den Finger auf die Lippen. Er atmete tief aus, und es klang beinahe so, als müsse er sich selbst genauso überzeugen wie sie. „Hör mir zu. Wir können heiraten und trotzdem getrennt leben – zumindest im selben Haus. Meins ist groß genug, dass wir zusammen dort wohnen können, ohne uns ständig über den Weg zu laufen. Du hättest deinen Freiraum, und es wäre für dich gesorgt. Und ich wüsste, dass es dir und dem Baby gut geht."

Ungläubig schaute sie ihn an. „Hast du den Verstand verloren?"

Sein Blick verfinsterte sich.

Sie entzog ihm ihre Hand und sprang auf. Das Zimmer kam ihr auf einmal noch viel kleiner vor, und sie fühlte sich wie ein Tier im Käfig.

„So sei doch vernünftig, Pippa."

„Vernünftig?“, herrschte sie ihn an. „Cam, vor drei Wochen noch hast du mir unmissverständlich klargemacht, dass du mich noch nicht einmal anrufen würdest. Du hast gesagt, dass es nur um Sex geht und nicht um Verpflichtungen. Also, falls du es noch nicht weißt, aber eine Ehe ist eine verdammt große Verpflichtung.“

„Ich habe ja nicht vorgeschlagen, dass wir eine Beziehung haben“, entgegnete er.

Oh, das wurde ja immer besser.

„Und was schlägst du dann vor?“

„Eine Partnerschaft zum gegenseitigen Nutzen. Dir und unserem Kind wird es an nichts mangeln, und ich habe meinen Seelenfrieden.“

„Seelenfrieden? Da habe ich wohl etwas nicht ganz verstanden. Die ganze Zeit erzählst du mir, dass du um meine Sicherheit und die des Babys besorgt bist und dich um uns kümmern willst. Das finde ich sehr ehrenwert und weiß es auch zu schätzen, dass du nicht einfach das Weite suchst. Aber ich verstehe nicht ganz, warum du so verbissen bist. Wovor hast du solche Angst?“

Einen kurzen Moment sah Cam sehr verletzt aus, dann schien es, als habe jemand einen Schalter umgelegt, und sein Gesichtsausdruck war wieder völlig neutral.

„Reicht das denn nicht?“, fragte er schließlich. „Dass ich bereit bin, dir so entgegenzukommen? Dass ich dir und dem Kind den Schutz meines Namens anbiete – und alles andere, was damit zusammenhängt?“

Bedächtig schüttelte sie den Kopf. „Nein. Das ist nicht genug.“

„Vor drei Wochen hat es dir aber sehr wohl gereicht“, stieß er wütend hervor. „Da hast du auch nur einen One-Night-Stand gewollt, also tu jetzt nicht so, als wäre ich der Schuldige.“

„Es geht hier gar nicht um dich!“, schrie sie und presste frustriert beide Hände an den Kopf. Einen Moment lang schloss sie die Augen und versuchte, sich zu beruhigen. Als sie die Augen wieder öffnete, bemerkte sie, wie Cam sie besorgt ansah.

„Pippa …“, begann er.

„Nein, hör mir bitte mal kurz zu“, bat sie. „Du hast deine Absichten deutlich gemacht, bevor wir ins Bett sind, bist ehrlich gewesen, ich auch. Aber in der Zwischenzeit haben die Dinge sich mächtig geändert. Was ich damals gewollt habe, ist nicht das, was ich jetzt will. Und nein, ich bitte dich um nichts. Ich möchte nur, dass du das verstehst. Ich habe mich verändert. Meine Prioritäten haben sich geändert. Du hast recht, damals habe ich nur Sex gewollt – und zwar mit dir. Ich habe dich wahnsinnig anziehend gefunden und bin nicht auf eine Beziehung aus gewesen. Aber jetzt bin ich schwanger. Und ich werde ganz bestimmt nicht aus Bequemlichkeit mir und meinem Kind zumuten, in einem lieblosen Elternhaus aufzuwachsen. Wenn ich jemals heiraten sollte, dann nur den Mann, der mich liebt und bereit ist, meinem Kind ein richtiger Vater zu sein. Das brauche ich – und ganz besonders jetzt.“

„Das kann ich dir nicht bieten“, erwiderte Cam.

„Und ich werde mich niemals mit weniger zufriedengeben“, beharrte sie.

Er sprang auf und begann, hin und her zu laufen, die Hände zu Fäusten geballt. „Ich sehe ganz bestimmt nicht dabei zu, wie du einen anderen Mann heiratest, wenn du mit meinem Kind schwanger bist“, sagte er zornig. „Ich habe ein Recht auf die Vaterschaft, Pippa, und das kannst du mir nicht nehmen. Das erlaube ich nicht. Ich würde dich bekämpfen mit allem, was in meiner Macht steht.“

Etwas von ihrem Zorn verrauchte, und sie machte einen Schritt auf ihn zu, um ihm die Hand auf den Arm zu legen. Er zuckte unter ihrer Berührung zusammen, aber sie wich nicht zurück, denn in seinem Blick entdeckte sie eine furchtbare Verletzlichkeit. Sie wollte alles tun, um ihn zu beruhigen und den Schmerz zu lindern.

„Ich würde dir nie die Vaterschaft nehmen wollen“, versicherte sie. „Ich habe dir nur erklären wollen, warum ich mich nicht auf eine Beziehung einlasse, wie du sie mir vorgeschlagen hast.“

„Ich will, dass mein Kind in Sicherheit ist", stieß er hervor.

„Das will ich auch. Ich liebe dieses Baby jetzt schon und liege nachts wach, während ich mir seine Zukunft ausmale. Ich würde nie etwas tun, was ihm schaden würde."

„Dann lass mich für euch beide sorgen. Ich will nicht, dass euch etwas passiert. Zieh zu mir. Selbst wenn du mich nicht heiraten willst, dann wohn wenigstens bei mir, damit ich mich um euch beide kümmern kann."

Pippa fragte sich, ob er wusste, wie flehentlich er sich anhörte. Obwohl er vehement klargemacht hatte, dass er ihr niemals die Beziehung bieten können würde, die sie gern gehabt hätte, schien er fest entschlossen, sie trotzdem an sich zu binden.

Sie strich ihm mit den Fingern über den Arm und verschränkte dann ihre Finger mit seinen. „Wenn ich mich dazu bereit erklären würde, dann würde ich jeglichen Respekt vor mir selbst verlieren. Falls ich eine Tochter bekomme, möchte ich ihr beibringen, dass sie sich nie mit dem Zweitbesten zufriedengeben soll. Wie soll ich sie lehren, stark und selbstsicher zu sein, wenn ich noch nicht einmal mit meinem Leben klarkomme?"

Als sie seine Anspannung spürte und bemerkte, dass er ihr widersprechen wollte, drückte sie seine Hand. „Nein, Cam, hör mir bitte zu. Keiner von uns hat das gewollt und ganz bestimmt nicht geplant. Im Augenblick sind wir beide aufgeregt, können nicht klar denken. Lass uns nichts tun, was wir später bereuen. Was du mir vor drei Wochen gesagt hast, hast du aus vollem Herzen so gemeint. Daher kommt eine Ehe für uns auch nicht infrage. Früher oder später würde ich dir die Schuld dafür geben, dass du mir nicht geben kannst, was ich will. Das würde an mir nagen, bis ich dich dafür hassen würde. Was für ein Umfeld wäre das denn für ein Kind?"

Er kniff die Lippen zusammen, und es hatte den Anschein, als wäre der Streit noch längst nicht beendet. Trotzdem schwieg er und sah ihr in die Augen, während sie seine Hand hielt.

„Für den Augenblick ist es in Ordnung", stimmte er schließlich widerwillig zu. „Trotzdem will ich ein paar Dinge regeln, um deine Sicherheit zu gewährleisten, und damit hast du dich abzufinden."

Fragend schaute sie ihn an. „Warum bist du nur so besessen von Sicherheit? Wie soll das gehen? Willst du die nächsten acht Monate rund um die Uhr wie eine Glucke um mich sein?"

„Zum Teufel noch mal, das werde ich!"

„Wovor hast du denn solche Angst?"

Zum zweiten Mal stellte sie diese Frage, und für einen Moment dachte sie, dass er tatsächlich darauf antworten würde. Doch er schwieg und sah sie erbost an.

„Gestattest du mir wenigstens, dass ich dir ein Apartment besorge, das sicherer ist?", fragte er nach einer Weile.

Ungläubig sah sie ihn an. „Was ist denn verkehrt an meiner Wohnung?"

„Sie liegt zur Straße, und es gibt keinen Sicherheitsdienst. Außerdem sind die Treppenstufen gefährlich, besonders im Winter."

Frustriert schüttelte sie den Kopf. „Mit diesem Apartment ist alles in Ordnung. Und wenn ich erst einmal einen Babybauch habe, dann ist der Winter längst vorbei. Ich mag meine Wohnung und den Stadtteil. Ich will hier mein Café eröffnen. Außerdem kann ich mir im Augenblick auch nichts anderes leisten."

„Es interessiert mich nicht, was du dir leisten kannst."

„Also, mich schon. Ich kann ja wohl schlecht mein Leben nach deinen Vorstellungen umkrempeln, bis das Baby geboren ist. Und was soll ich denn nach der Geburt machen?"

„Als ob ich dich danach nicht mehr unterstützen würde", sagte er aufgebracht.

„Hör auf, bitte", flehte sie. „So kommen wir nicht weiter. Ich bin völlig erledigt. Am liebsten würde ich jetzt ins Bett gehen und heulen."

Diese Aussicht versetzte ihn offensichtlich in Angst und Schrecken. Augenblicklich sah sie Bedauern in seinem Blick aufflackern, und sie wusste, dass sie beide sich eigentlich nicht feindlich gesinnt waren. Die Situation hatte sie lediglich bis an ihre Grenzen gebracht. Die vergangenen Wochen waren für sie und Cam eine enorme Belastung gewesen, und sie benötigten Zeit – und Abstand. Eine bessere Perspektive. Alles, nur nicht noch einen weiteren Streit hier in ihrem Apartment.

„Ich denke, du solltest jetzt besser gehen", erklärte sie freundlich. „Wir müssen eine Menge verarbeiten und sind beide zu aufgewühlt, um ein vernünftiges Gespräch zu führen. Wir haben noch acht Monate zusammen. Lass sie uns nicht über Kleinigkeiten streiten."

„Tut mir leid", gab er widerstrebend zu und zog sie zu ihrer Überraschung in die Arme.

Sie lehnte die Stirn an seinen Hals und schloss die Augen.

„Ich wollte nicht, dass das passiert", versicherte er. „Ich hätte alles dafür gegeben, es zu verhindern. Jetzt ist es aber nun einmal passiert, und wir müssen uns damit arrangieren. Auch ich will dieses Kind, und ich muss wissen, dass es euch gut geht. Wenigstens das musst du mir zugestehen."

Sie nickte, bevor sie sich von ihm löste.

Nachdenklich sah er auf seine Uhr. „Leider habe ich in der Aufregung vergessen, wie versprochen etwas zum Dinner mitzubringen. Ich weiß, dass du müde und aufgeregt bist, aber vielleicht können wir etwas bestellen und zusammen eine Kleinigkeit essen?"

„Wärst du mir böse, wenn ich einfach ins Bett gehe und schlafe? Ich bin todmüde."

Widerstrebend nickte er und strich ihr zum Abschied zärtlich über die Wange.

7. KAPITEL

Und wann hattest du vor, mir davon zu erzählen?", fragte Devon.

Als Cam sich umdrehte, erblickte er seinen Freund, der auf der Schwelle zu seinem Büro stand.

Obwohl sie die Büros gemeinsam nutzten, hatte Cam seinen Freund kaum gesehen und war ihm auch aus dem Weg gegangen, seitdem er mit Pippa die Einweihungsparty verlassen hatte. Pippa war sehr eng mit Ashley befreundet, die ihrer Freundin überaus verbunden war. Vermutlich hatte sie Devon bereits davon überzeugt, was für ein mieser Kerl Cam doch sei.

Seufzend bedeutete Cam ihm mit einer Handbewegung hereinzukommen. Devon folgte der Aufforderung und ließ sich auf einem der Stühle vor dem Schreibtisch nieder.

„Also?"

Cam stieß einen lautlosen Fluch aus, bevor er wieder im ledernen Chefsessel Platz nahm. „Also was? Du kennst doch mittlerweile bestimmt die ganze verdammte Geschichte. Wenn man bedenkt, wie sehr Pippa mich meidet, dann weißt du wahrscheinlich zurzeit sogar mehr als ich."

Überrascht hob Devon eine Augenbraue. „Sie meidet dich? Willst du mir etwa weismachen, dass dein umwerfender Charme bei ihr nichts bringt?"

„Charme hat damit gar nichts zu tun", gab Cam zurück.

„Offensichtlich."

„Bist du gekommen, um mich zu nerven, oder wolltest du wirklich etwas von mir?", fragte Cam genervt.

„Eigentlich habe ich mich nur gewundert, warum mein bester Freund es nicht für nötig hält, mir zu erzählen, dass die beste Freundin meiner Frau von ihm schwanger ist."

„Oh, Mann", erwiderte Cam entgeistert. „Glaubst du etwa, das hätte ich absichtlich getan? Du solltest doch von allen am besten wissen, dass es das Letzte ist, was ich mir wünsche."

„Ja, das weiß ich. Deswegen finde ich es ja so seltsam."

„Sollte nur ein One-Night-Stand sein. Ich bin auf sie abgefahren und sie auf mich. Dann ist auf eurer Party eins zum anderen gekommen, und wir sind zu mir nach Hause gefahren."

„Du hast eine Frau mit in deine Festung genommen? Ich hätte nie gedacht, dass es dir mit ihr so ernst gewesen ist und du sie mit nach Hause nimmst", entgegnete Devon ungläubig, was Cam wiederum ärgerte.

Es war ja nicht so, als sei das eine weltbewegende Entscheidung gewesen. „Es hätte ja wohl kaum Sinn gemacht, in die Stadt zu fahren und ein Hotelzimmer zu nehmen, wenn mein Haus ganz in der Nähe ist."

„Natürlich nicht", spottete Devon.

„Wie auch immer", erwiderte Cam. „Tatsache ist, dass es keinesfalls geplant war. Wir haben sogar alles getan, um so etwas zu verhindern. Leider ist das verdammte Kondom geplatzt, und jetzt haben wir den Salat und werden bald Eltern. Pippa ist genauso wenig begeistert davon wie ich. Ich meine davon, wie es passiert ist. Verdammt, das klingt ja beinahe so, als wollten wir das Kind nicht. Aber das wollen wir. Wir sind uns nur nicht einig … also, eigentlich haben wir uns bisher auf nichts einigen können."

„Das tut mir leid", sagte Devon ernst.

Cam machte eine wegwerfende Handbewegung. Mitleid brachte ihn jetzt auch nicht weiter. „Hast du sie gesehen? Hat Ashley etwas von ihr erzählt? Sie geht mir aus dem Weg, und das bringt mich auf die Palme."

Devon räusperte sich. „Pippa war neulich bei uns. Sie ist ziemlich aufgeregt."

„Wegen der Schwangerschaft?", hakte Cam besorgt nach. „Hat sie etwa ihre Meinung geändert und will das Kind nun doch nicht mehr?"

„Hey, beruhige dich", beschwichtigte Devon seinen Freund. „Nichts in der Art. Soviel ich weiß, bekommt ihr die Schwangerschaft gut. Aber um ihre Geschäftsgründung steht es schlecht. Es sieht so aus, als wäre der Pachtvertrag für das Geschäft geplatzt, und bisher hat sie keinen passenden Ersatz gefunden. Sie hat nur ein kleines Startkapital und macht sich allmählich richtig Sorgen."

„Diese verdammt starrsinnige Frau!", fluchte Cam. „Sie hätte nur zustimmen müssen, mich zu heiraten. Oder zu mir zu ziehen. Sie hatte Möglichkeiten, eine Menge sogar."

Devon starrte ihn an, als hätte Cam den Verstand verloren. „Dich heiraten? Bei dir einziehen?"

„Ich weiß, was du denkst, und ja, es sieht so aus, als wäre ich durchgedreht. Verdammt, Dev, was, wenn ihr was passiert? Etwas, was ich verhindern könnte? Ich muss nur …"

„Ich weiß", unterbrach Devon ihn sanft. „Was hast du also vor?"

„Wenn ich das nur wüsste", antwortete Cam. „Sie will offenbar nichts mit mir zu tun haben – bis jetzt jedenfalls nicht. Und ich habe wirklich versucht, ihr den Freiraum zu geben, den sie braucht, aber langsam verliere ich die Geduld. Ich wollte sie zum Dinner einladen, aber sie hat immer etwas anderes vor. Sie sollte mir sagen, wann ihr nächster Arzttermin ist, aber bisher habe ich nichts von ihr gehört. Ich muss wissen, dass es ihr und dem Baby gut geht – aber wie soll ich das, wenn sie mich nicht sehen will?"

„Lass die Vergangenheit hinter dir, ansonsten wird sie deine Gedanken und Entscheidungen immer wieder überschatten. Die Vergangenheit kannst du nicht mehr ändern, aber deine Zukunft kannst du sehr wohl noch in den Sand setzen."

Blanke Wut stieg in Cam auf. Er ballte die Hände zu Fäusten und vermied es, seinen Freund anzusehen. Zwar wusste er, dass Devon es nur gut meinte, aber trotzdem musste er sich vorsehen, nicht etwas zu tun oder zu sagen, was er hinterher bereute.

Wie sollte Devon ihn auch nur annähernd verstehen? Am liebsten hätte er ihm gesagt, dass er vermutlich nicht so leichtfertig Ratschläge erteilen würde, wenn Ashley oder dem Kind etwas Schreckliches widerfahren würde, aber er brachte es nicht übers Herz, seinem Freund gegenüber so etwas auch nur anzudeuten. So eine Erfahrung wünschte er nicht einmal seinem ärgsten Feind.

„Tut mir leid", entschuldigte Devon sich. „Niemand erwartet von dir, dass du das jemals vergisst. Ich finde nur, dass du endlich nach vorne schauen und deine Chance ergreifen solltest."

Cam nickte, wich Devons Blick jedoch immer noch aus.

„Falls es dich irgendwie tröstet: Pippa widmet den größten Teil ihrer Zeit ihrer Geschäftsgründung, und Ashley unterstützt sie dabei. Ich glaube nicht, dass sie dich aus persönlichen Gründen meidet. Sie ist angespannt wegen ihrer Schwangerschaft und weil sie ihr Unternehmen aufbauen will, um dem Kind eine gesicherte Zukunft zu ermöglichen."

„Sie müsste sich keinen Stress machen, wenn sie meine Hilfe annehmen würde", erklärte Cam verdrießlich.

„Hast du ihr das angeboten? Ich meine, ohne sie unter Druck zu setzen?"

„Vielleicht ist es ein Fehler gewesen, sie überhaupt zu fragen. Ich glaube allmählich, dass Frauen immer Nein sagen, nur um dagegen zu sein." Seine Laune besserte sich allmählich, als er sich mit dem Gedanken anzufreunden begann, der ihm gerade eben gekommen war. „Der Trick besteht darin, nicht zu fragen, sondern einfach zu machen. Meinst du nicht auch, Dev?"

Sein Freund musterte ihn misstrauisch. „Das mach mal lieber allein und lass mich aus der Sache raus. Ich werde dir bestimmt nicht dabei helfen, deinen eigenen Untergang vorzubereiten."

„Feigling", sagte Cam.

„Dann bin ich eben ein Feigling. Ich weiß, was Sache ist, und habe sehr schnell gelernt, dass Ashleys Gemütszustand einen direkten Einfluss auf mein Glück oder Unglück hat."

Einen Moment lang verspürte Cam einen wahnsinnigen Schmerz in der Brust, als er Devon plötzlich um sein Glück beneidete. Er war glücklich verheiratet und liebte seine Frau. Er freute sich auf sein Kind mit der Unschuld eines Mannes, der nicht ahnte, wie vergänglich Glück war. In einem Moment war man noch ganz oben, im nächsten fand man sich dann unvermittelt in der Hölle wieder.

Cam hingegen wusste, wie das war, und würde alles daransetzen, diese Erfahrung nicht noch einmal erleben zu müssen.

„Aber ich wünsche dir viel Glück", sagte Devon heiter. „Wenn schon sonst nichts dabei rauskommt, dann habe ich wenigstens noch meinen Spaß daran, dir dabei zuzusehen."

„Du unterschätzt mich", erwiderte Cam.

Einen Augenblick musterte Devon ihn, bevor er sich zu ihm beugte. „Was zum Teufel willst du eigentlich? Du sagst selbst, dass du keine Beziehung willst. Und trotzdem lässt du Pippa nicht in Ruhe und bist frustriert, weil sie dir genau das gibt, was du willst."

Das war eine verdammt gute Frage, auf die ihm keine Antwort einfiel. Auch wollte er sich nicht mit den Gründen dafür befassen, warum er einen Heiratsantrag aus seinem Zylinder gezaubert hatte. „Ich will einfach alles tun, was in meiner Macht steht, um sicherzugehen, dass es ihr und dem Kind gut geht."

Devon seufzte. „Du kannst sie nicht vor allem beschützen. Furchtbare Dinge geschehen manchmal. Und du kannst nicht dein ganzes Leben immer nur das Schlimmste erwarten."

Für Cam war das Gespräch beendet. Er ging nicht weiter auf Devons Bemerkung ein, sondern begann über Geschäftliches zu reden. Doch Pippa ging ihm nicht aus dem Sinn.

Je eher er wusste, dass sie in Sicherheit war, desto schneller konnte er wieder ein normales Leben führen. Das sagte er sich immer wieder, bis er es selbst zu glauben begann.

8. KAPITEL

Pippa steckte die Hände tiefer in die Manteltaschen, während sie zu ihrem Apartment eilte. Der eisige Wind wirbelte die Schneeflocken durch die Luft, und Pippa war völlig durchgefroren.

Ein trübsinniger Tag lag hinter ihr – einer von vielen in der vergangenen Zeit. Seit Neuestem wurde sie von Morgenübelkeit und Schwächeanfällen geplagt. Es war unglaublich, wie viel Schlaf sie in ihrer Schwangerschaft zu benötigen schien, um sich wenigstens annähernd fit zu fühlen.

Als sie um die Ecke bog, atmete sie erleichtert auf, denn jetzt waren es nur noch zwei Blocks bis nach Hause. Sobald sie in ihrer Wohnung war, würde sie es sich mit einer Tasse heiße Schokolade auf dem Sofa gemütlich machen, um danach wenigstens zwölf Stunden lang zu schlafen.

Tief in Gedanken versunken, bekam sie nicht sofort mit, dass ein Wagen neben ihr am Straßenrand hielt. Als sie ihn bemerkte, erschrak sie und trat hastig einen Schritt zurück, als sie eine Hand an ihrem Ellbogen spürte.

Erschreckt schrie sie auf und beruhigte sich erst, als sie mitbekam, wer sie festhielt.

„Cam, du hast mich zu Tode erschreckt!“

„Steig ein“, forderte er sie auf. „Es ist furchtbar kalt.“

„Ich bin aber gleich zu Hause.“

Doch er ignorierte ihren Einwand und schob sie auf die geöffnete Tür zu. Aus dem Wageninneren schlug ihr behagliche Wärme entgegen. Sie beschloss, dass eine Fahrt im Warmen keine Bedrohung darstellte, und setzte sich. Cam folgte ihr und gab dem Fahrer ein Zeichen weiterzufahren.

„Du hast nicht auf meine Anrufe reagiert“, stellte er knapp fest. „Außerdem hast du ein verblüffendes Talent dafür, nie zu Hause zu sein, wenn ich vorbeikomme. Und deine Freunde wissen erstaunlicherweise nie, wo du gerade bist.“

Sein Sarkasmus traf ins Schwarze, und schuldbewusst zuckte

sie zusammen. Als die Limousine jedoch an ihrem Apartment vorbeifuhr, beugte sie sich vor und rief: „Halt! Ich wohne hier!"

„Wir fahren aber nicht zu deinem Apartment."

Erschöpft lehnte sie sich zurück. „Ich weiß ja, dass ich dir aus dem Weg gegangen bin", gab sie zerknirscht zu. „Und dafür gibt es keine Entschuldigungen. Aber Cam, bitte, heute Abend steht mir überhaupt nicht der Sinn nach deiner Gesellschaft. Ich bin müde und furchtbar schlecht drauf. Und ich würde dich nur nerven."

Zu ihrer Überraschung lächelte er. „Zumindest bist du ehrlich."

Sein plötzlich verändertes Verhalten verunsicherte sie. Er war so verdammt attraktiv, wenn er lächelte. „Und wohin fahren wir?", fragte sie gereizt.

„An einen Ort, von dem ich glaube, dass er deine Laune verbessert."

„Na toll", murmelte sie.

Zu ihrer Verärgerung lächelte er nur noch mehr, bevor er wieder einen ernsten Gesichtsausdruck aufsetzte. Er schien nicht wütend, lediglich fest entschlossen.

„Was ist los, Pippa? Warum gehst du nie ans Telefon, wenn ich anrufe? Ich habe gedacht, dass wir eine Vereinbarung getroffen hätten. Aber ich weiß noch nicht einmal, wann du deinen Arzttermin hast. Oder bist du schon da gewesen?"

„Natürlich nicht", erwiderte sie. „Ich habe doch gesagt, dass ich dir Bescheid sage, damit du mitkommen kannst."

„Du hast schon viel gesagt", sagte er ironisch.

„Ich bin halt beschäftigt gewesen", entgegnete sie. „Mir geht viel durch den Kopf, unter anderem, wie ich es hinbekommen soll, ein Kind zu ernähren – von mir ganz zu schweigen. Ich stehe völlig unter Druck. Das musst du doch verstehen, Cam. Dein Leben ändert sich nicht wirklich, meines hingegen völlig."

Als sie den wütenden Ausdruck in seinem Gesicht bemerkte, wusste sie, dass sie mit ihren unbedachten Worten zu weit gegangen war. Sie war ziemlich genervt, und zu seinem Unglück war er ihr eben über den Weg gelaufen. Er musste sie ja unbedingt kidnappen und mit tausend Fragen löchern, deshalb hatte er es eigentlich auch nicht anders verdient.

Allerdings stimmte das nicht, und das wusste sie auch. Er war bemüht, das Richtige zu sagen und zu tun – versuchte es zumindest. Doch Pippa hatte zu sehr mit den Begleiterscheinungen ihrer Schwangerschaft zu kämpfen, um gnädig gestimmt zu sein.

„Du meinst also, dass du die Einzige bist, die damit zu kämpfen hat? Soll ich dir mal was sagen? Es ist ein echt bescheuertes Gefühl, nicht zu wissen, ob es dir und dem Baby gut geht – falls es überhaupt noch ein Baby gibt. Würdest du gerne so im Trüben fischen und nicht wissen, was Sache ist?“

Schuldbewusst dachte Pippa über seine Worte nach. Vielleicht wäre einiges wirklich auch leichter für sie, wenn sie ihn in ihre Überlegungen mit einbeziehen würde, denn dann müsste sie nicht alles alleine bewältigen.

„Es tut mir leid, Cam.“

Sie beugte sich vor und schlang ihm die Arme um den Hals. Zunächst versteifte er sich, als würde ihn ihre impulsive Geste völlig überraschen. Dann jedoch entspannte er sich allmählich und erwiderte ihre Umarmung.

Erleichtert presste sie ihr Gesicht an seinen Hals. Es fühlte sich wahnsinnig gut an, jemanden zu halten, der stärker war als sie selbst. „Es tut mir leid“, wiederholte sie. „Ich bin in so etwas nicht gut. Du hast es nicht verdient, so von mir behandelt zu werden. Es tut mir ja so leid.“

Sanft entzog er sich ihr und legte einen Finger auf ihre Lippen. Er sah sie so zärtlich an, dass sie erschauerte. „Wie war's, wenn wir einen Pakt schließen?“, schlug er vor. „Du hörst einfach auf, mich auszuschließen und zu ignorieren.“

Sie nickte und kuschelte sich wieder in seine Arme.

Beruhigend streichelte er ihre Schulter und flüsterte dicht an ihrem Ohr: „Ich habe eine Überraschung für dich, die dir ein bisschen von deinem selbst auferlegten Stress nimmt. Das hoffe ich wenigstens.“

Überrascht, wenn auch nur widerwillig, lehnte sie sich zurück. Wovon sprach er eigentlich? Er schüttelte nur den Kopf, als er ihren fragenden Blick bemerkte.

„Wir sind gleich da. Es ist nicht weit entfernt von deinem Apartment."

Mehr verriet er ihr nicht. Er zog sie wieder an sich und schaute interessiert aus dem Fenster.

Ein paar Blocks weiter hielt der Wagen schließlich in einem eleganten Geschäftsviertel. Cam stieg aus und half Pippa aus dem Wagen.

Sofort wurde Pippas Blick wie magisch von dem Geschäft an der Ecke einer belebten Kreuzung angezogen. Als sie das schicke Fassadenschild sah, öffnete sie verblüfft den Mund. *Pippa's Place. Catering auf Ihre Weise.*

Es war perfekt, in knallrosa Buchstaben – ganz genauso hatte sie es sich vorgestellt!

Sie ließ Cams Hand los und ging auf das Geschäft zu, um durch die Schaufensterscheibe zu spähen. Auch das Ladeninnere sah makellos aus, bereits eingerichtet mit einem Sitzbereich auf der linken Seite und einer großen Theke, in der sie alle ihre Köstlichkeiten präsentieren konnte. An jedem Ende des Tresens befand sich eine Registrierkasse.

„Cam, was hast du getan?" Sie wirbelte herum und bemerkte, wie er zufrieden lächelte.

„Möchtest du nicht reingehen und nachsehen, ob der Rest dir auch gefällt?", fragte er und hielt ihr lockend die Schlüssel entgegen.

„Oh, mein Gott, natürlich!" Sie schnappte nach den Schlüsseln und beeilte sich, die Tür aufzuschließen. Beinahe hätte sie vor Freude aufgeschrien, als eine Glocke bei ihrem Eintreten läutete.

Auch das Innere des Ladens war wunderschön. An den Wänden hingen Bilder von Cupcakes – so weit das Auge reichte nur Cupcakes. Woher wusste er bloß, dass sie ausgerechnet Cupcakes so sehr mochte?

„Ashley hat mir geholfen", gestand Cam, als hätte er ihre Gedanken gelesen.

„Ich kann nicht glauben, dass du das getan hast", flüsterte sie.

Er deutete auf die Tür im hinteren Bereich. „Schau besser mal in die Küche und sag mir, ob sie deinen Anforderungen entspricht."

Mit einer Hand strich sie über den Tresen, während sie ihn umrundete. Sie konnte sich bereits hinter ihm stehen sehen und die köstlichen Delikatessen förmlich riechen, die sie zubereitete. Dann stürmte sie neugierig in die Küche und blieb abrupt stehen, als sie die hochmoderne Kücheneinrichtung mit mehreren Öfen, zwei großen Kühlschränken und einer großen Tiefkühltruhe erblickte. Alles, was sie brauchte, war vorhanden in ihrer Küche – in ihrem Geschäft.

Plötzlich hatte sie das Gefühl, ihre Knie würden nachgeben, und sie wusste, dass sie das nicht annehmen sollte, denn nichts davon hätte sie sich leisten können. Ihr wurde schon schwindelig, als sie sich vorstellte, wie hoch allein die Pacht sein mochte. Bei ihrer Suche nach einem geeigneten Laden hatte sie sich dieses exklusive Geschäftsviertel gleich aus dem Kopf geschlagen.

Doch andererseits hatte Cam sich große Mühe mit diesem Geschenk für sie gegeben, und sie würde ihn vor den Kopf stoßen, wenn sie es zurückwies.

„Gefällt es dir?", fragte er unsicher. Ihr war augenblicklich klar, dass sie auf keinen Fall seine großzügige Geste ablehnen konnte. Wenn er sich so sehr anstrengte, dann würde sie auch dasselbe für ihn tun.

„Es mögen?", stieß sie hervor. „Oh, mein Gott, Cam, ich liebe es!"

Sie warf sich ihm in die Arme und drückte ihn so fest an sich, wie sie nur konnte. Er musste einen Schritt zurück machen, um nicht den Halt zu verlieren, und lachte.

Erleichterung durchströmte sie, denn hier wartete die Antwort auf alle ihre Probleme. Sie konnte beinahe sofort mit der Arbeit beginnen, sobald sie die nötigen Lizenzen hatte.

„Ich werde das hier zu einem Erfolg machen", versprach sie. „Deine Investition soll sich lohnen."

Behutsam befreite er sich aus ihrer Umarmung, legte ihr die Hände auf die Schultern und sah ihr in die Augen. „Das hier ist keine Investition, sondern ein Geschenk. Ich habe die Pacht für die kommenden zwei Jahre im Voraus bezahlt. Das sollte dir genug Zeit verschaffen, dein Geschäft zum Laufen zu bringen und Gewinne einzufahren."

„Ich kann nicht glauben, dass du das für mich tust", entgegnete sie leise. „Vor allem, nachdem ich mich so unmöglich benommen habe. Ich weiß nicht, wie ich dir danken soll. Du hast ja keine Ahnung, wie viel Stress du mir dadurch abgenommen hast."

Mahnend schaute er sie an. „Du musst mir zwei Dinge versprechen. Zum einen musst du aufhören, mir aus dem Weg zu gehen. Wir wollen doch die Schwangerschaft gemeinsam durchstehen. Und zweitens musst du genügend Personal einstellen, damit du nicht so viel arbeiten musst."

Er sah wirklich zu süß aus, wenn er besorgt um sie war, und sie lächelte hilflos. „Ich verspreche es dir." Wenn sie keine Pacht zahlen musste, konnte sie sich tatsächlich Personal leisten.

Einen Moment lang zögerte er und streichelte dann zärtlich ihre Arme. „Ich kann dir vielleicht nicht geben, was du willst oder verdienst, Pippa, aber *was* ich dir geben kann, das gehört dir ohne Vorbehalte. Du bringst unser Kind zur Welt, und ich tue alles, damit ihr beide sicher und glücklich seid."

Wie leicht würde es ihr fallen, diesen Mann zu lieben, der immer wieder beteuerte, keine Liebe geben zu können. Auf der einen Seite schien er fest entschlossen, sie nicht an sich heranzulassen, auf der anderen tat er alles, um für sie zu sorgen.

Unfähig, sich der Versuchung zu widersetzen, schmiegte sie sich an ihn und presste ihre Lippen auf seine. Sie spürte, wie sehr ihn ihre Berührung erregte. Gleichgültig, was er sagte, es war offensichtlich, dass er sie begehrte. Doch sie weigerte sich, diese Anziehungskraft zu ihrem Vorteil auszunutzen.

„Danke“, sagte sie und zog sich zurück.

Er griff nach ihrer Hand und erwischte lediglich ihre Fingerspitzen. „Lass uns zusammen zu Abend essen. Wir müssen eine Menge nachholen, und ich würde gerne von deinen Plänen für das Geschäft erfahren.“

Dieses freundschaftliche Angebot erwärmte ihr Herz, und bedauernd dachte sie, dass sie so viel mehr gemeinsam haben könnten – wonach sie sich sehr sehnte. Doch zumindest war das hier besser als gar nichts. Vielleicht war es sogar alles, was sie je von ihm bekommen würde.

Lächelnd drückte sie seine Hand und verschränkte ihre Finger mit seinen. „Sehr gerne.“

9. KAPITEL

Als Pippa am nächsten Morgen ihr Apartment verließ, bemerkte sie einen Wagen, der direkt vor dem Bürgersteig parkte, und einen Chauffeur, der gegen die Beifahrertür lehnte. Sobald er sie sah, stellte er sich aufrecht hin und öffnete die hintere Tür.

„Ms Laingley?“, fragte er. „Mr Hollingsworth hat mich beauftragt, Sie heute zum Geschäft und überall dahin zu fahren, wohin Sie möchten.“

Pippa seufzte leise. Okay, das hier ging ein bisschen zu weit für ihren Geschmack. Sie hatte ihm gestattet, ihr das Geschäft zu schenken, da sie nicht undankbar erscheinen wollte. Aber ihr einen Fahrer mit Wagen zur Verfügung zu stellen, obwohl sie nur ein paar Blocks zu gehen hatte?

Allerdings hatte sie ihm gestern Abend ihr Wort gegeben, ihn in ihr Leben einzubeziehen. Deshalb stieg sie schließlich doch in den Wagen und murmelte dabei etwas von starrsinnigen Männern.

Nachdem der Fahrer ebenfalls eingestiegen war, reichte er ihr seine Visitenkarte. „Hier steht meine Handynummer drauf“, sagte er. „Rufen Sie mich an, wenn Sie mich brauchen. Mr Hollingsworth besteht darauf, dass Sie nicht zu Fuß gehen. Das Wetter soll heute sehr ungemütlich werden.“

Nach einem flüchtigen Blick auf die Karte wusste sie, dass der Name ihres Chauffeurs John war. „Okay, John“, erwiderte sie kopfschüttelnd. „Ich verspreche, ein gutes Mädchen zu sein.“

Während der Fahrt setzte tatsächlich ein Schneeregen ein, und Pippa war ziemlich froh, nicht zu Fuß unterwegs sein zu müssen. Ein paar Minuten später hielten sie vor ihrem Geschäft. Pippa winkte John zum Abschied zu und ging zur Eingangstür, die zu ihrer Überraschung nicht abgeschlossen war. Hatte sie es etwa gestern Abend leichtsinnigerweise vergessen? Verärgert über sich selbst, stieß sie die Tür auf und betätigte den Lichtschalter, bevor sie überrascht zusammenschreckte. Alle ihre Freundinnen sprangen hinter dem Tresen hervor und schrien einstimmig: „Überraschung!“

Sie stieß einen Schrei aus und ließ die Schlüssel fallen. „Oh, mein Gott! Habt ihr mich vielleicht erschreckt!“

Ashley, Tabitha, Carly und Sylvia umringten sie besorgt.

Carly nahm sie fest in den Arm. „Das tut uns leid. Wir wollten dir nur dabei helfen, dein neues Geschäft zu feiern.“

„Woher wisst ihr denn davon?“, fragte Pippa überrascht. „Und wie seid ihr hier reingekommen?“

Ashley lächelte. „Cam hat mich angerufen. Er meinte, dass du dich darüber freuen würdest. Und heute Morgen hat er mir den Schlüssel vorbeigebracht.“

Ihr Gespräch wurde von einem jungen Mann unterbrochen, der heftig winkend vor dem Geschäft stand. Erstaunt gingen die Frauen zu ihm hinaus. Der Mann lächelte und deutete auf die Straße. „Hier sind die Schlüssel“, sagte er zu Pippa, die mit Tränen in den Augen sprachlos auf den neuen weißen Lieferwagen starrte, der mit den gleichen knallrosa Buchstaben versehen war wie die Ladenfront.

„Los, wir machen eine Probefahrt!“, schlug Tabitha aufgeregt vor.

Lachend kletterten die Freundinnen in den Wagen. „Wehe, du verpetzt mich bei Cam, dass ich ohne Führerschein durch die Stadt fahre“, sagte Pippa mit einem mahnenden Blick auf Ashley und startete den Wagen.

Ashley blinzelte betont unschuldig. „Wer ist Cam?“

Kurz darauf fuhren sie gut gelaunt durch die Straßen und sangen lauthals zu den Songs aus dem Autoradio. Pippa hatte seit Langem wieder richtig Spaß und fand, dass die Schwangerschaft eigentlich gar nicht so schlimm war, denn es hatte sich nichts weiter verändert – außer der Tatsache, dass sie Mutter wurde. Aber sie hatte immer noch ihre Freundinnen, und mit ihrer Karriere ging es endlich bergauf. Ein großer Teil ihrer Sorgen war verschwunden, wofür sie Cam dankbar sein musste.

Cam, der geschworen hatte, keine Verpflichtungen eingehen, sondern nur Sex haben zu wollen. Cam, der beteuert hatte, nie anzurufen. Irgendwie wirkte er nicht wie ein Mann, der auf Abstand gehen wollte, dachte sie belustigt.

„Lass uns zu Oscar's zum Lunch fahren", schlug Tabitha vor. „Danach backen wir gemeinsam bei dir im Geschäft Cupcakes."

Pippa lachte glücklich. Das klang nach einem wunderbaren Plan.

Sie liebt ihn, das hast du toll gemacht, Cam.

Als Cam die SMS las, die Ashley ihm geschickt hatte, lächelte er, bevor er das Telefon wieder in die Tasche steckte. Ihn rührte es an, als er sich Pippas Freude beim Anblick des neuen Lieferwagens vorstellte. Er konnte sich ihr wunderbares Lächeln ausmalen und die Aura von Glück, die sie seit ihrer Schwangerschaft umgab.

Er rieb sich mit einer Hand über die Brust, als könne er dieses ungewohnte Gefühl, was er darin verspürte, auf diese Weise loswerden.

Aber das war nichts, was sich einfach so beiseiteschieben ließ – ebenso wenig wie seine Gedanken, die ständig um Pippa kreisten. Jeden Augenblick musste er an sie denken, und es gab rein gar nichts, was er dagegen unternehmen konnte.

10. KAPITEL

Pippa stand gerade auf der Treppe zu ihrem Apartment, als sie Cams Wagen näherkommen sah. Eilig lief sie zum Bürgersteig, um dort auf ihn zu warten.

Sie setzte sich auf den Beifahrersitz und strich ihr Kleid glatt, unter dem sich bereits ein Babybauch wölbte. Der Frühling war in die Stadt eingekehrt, und obwohl es gelegentlich noch windig war und vereinzelt schneite, war der heutige Tag sonnig und warm und wie ein Versprechen auf das, was noch kommen würde.

Die letzten Monate waren ziemlich gut verlaufen. Es war immer noch schwierig für sie, Cams Freundschaft anzunehmen, und es gab Zeiten, da stellte sie sich vor, sie beide würden richtig zusammen sein. Und dann zog Cam sich zurück und schien eine unsichtbare Mauer zwischen ihnen zu errichten, als hätte er ihre Gedanken erraten.

Und wie würde es heute laufen? Der heutige Tag war ein ganz besonderer, und tief in ihrem Herzen hoffte sie, dass ihre Beziehung einen Schritt nach vorn machen würde. Wie sollte es auch anders sein, denn sie würden heute beim Ultraschall zum ersten Mal ihr Baby sehen.

„Bist du aufgeregt?", fragte Cam, während sie zur Klinik fuhren, in der Pippa sich regelmäßig untersuchen ließ.

„Ein bisschen schon", gestand sie.

Nachsichtig lächelnd drückte Cam ihre Hand. „Willst du immer noch wissen, was es wird?"

Sie nickte. „Das muss ich einfach wissen, um einen Namen auszusuchen. Außerdem kann ich dann schon anfangen, Sachen zu kaufen und das Kinderzimmer einzurichten."

„Was wäre dir denn lieber – ein Junge oder ein Mädchen?"

Verlegen lächelte sie. „Kommt drauf an, an welchem Tag du mich das fragst. Gestern habe ich mir noch einen Jungen gewünscht, heute wäre mir ein Mädchen lieber. Und du?"

Einen Moment lang sah er sie ausdruckslos an, bevor er

schluckte und ein gequältes Lächeln zustande brachte. „Ich schätze, eine Tochter."

„Wirklich? Und ich hatte immer geglaubt, Männer hätten lieber einen Sohn."

„Nein", widersprach er. „Eine Tochter wäre ganz toll – eine kleine Pippa mit dunklem Haar und grünen Augen."

Sie fühlte sich geschmeichelt, weil er hoffte, dass ihre Tochter ihr ähnlich sehen würde. Als sie kurz darauf auf den Parkplatz der Klinik einbogen, wurde sie plötzlich ganz nervös.

„Du liebe Güte", stieß sie hervor. „Gleich werden wir es wissen."

Cam lächelte schwach und drückte ihr die Hand. „Na komm, bringen wir es hinter uns."

Möglicherweise bildete sie es sich ja nur ein, weil sie selbst so aufgeregt war, aber Cam wirkte eigentlich eher so, als würde er lieber woanders sein als in dem Zimmer, in dem die Ultraschallaufnahme gemacht wurde. Auf Pippa wirkte er ziemlich mitgenommen. Ständig schaute er zur Tür, als würde er jeden Moment die Flucht ergreifen wollen.

Sie biss sich auf die Lippe und kämpfte gegen den Drang an, seine Hand zu nehmen, da er ihr keine Aufmerksamkeit schenkte.

Als die Ärztin ihr auf dem Ultraschallbild den Herzschlag ihres Kindes zeigte, hätte Pippa vor lauter Rührung am liebsten geweint. Sie sah flüchtig zu Cam, um sich zu vergewissern, ob er ähnlich empfand. Doch statt Freude spiegelte sich in seinem Blick eine tiefe Traurigkeit wider, sodass sie sich fragte, woran er wohl gerade dachte. Einige Minuten später konnte man auf dem Ultraschallbild deutlich erkennen, dass ihr Baby ein Junge war. „Oh, mein Gott!", rief Pippa aufgeregt. „Cam, wir bekommen einen Sohn!"

Doch ihre Aufregung erhielt wieder einen Dämpfer, als sie Cams Gesichtsausdruck bemerkte. Geschockt musste sie mit ansehen, dass er einfach aufstand und den Raum verließ, ohne das Bild ihres Sohnes auf dem Monitor überhaupt eines Blickes zu würdigen.

Cam ging geradewegs aus dem Klinikgebäude. Tränen brannten ihm in den Augen, und er wünschte sich möglichst weit weg von diesem Ort. Seine Kehle war wie zugeschnürt, sodass er das Gefühl hatte, keine Luft mehr zu bekommen. Vor der Tür angekommen, atmete er erst einmal tief durch.

Ein Sohn. Noch ein Sohn.

Warum kein Mädchen? Die würde keine Bedrohung für das Andenken an Colton darstellen. Außerdem hätte er dann nicht das bedrückende Gefühl, den einen Sohn durch einen anderen zu ersetzen. Wie sollte er dieses Kind überhaupt ansehen, wenn er dabei stets an den Sohn denken musste, den er verloren hatte?

Er zog sein Mobiltelefon hervor, wählte die Nummer des Chauffeurs und wies ihn an, Pippa von der Klinik abzuholen. Dabei fühlte er sich schrecklich, denn er ließ Pippa im Stich, wenn sie ihn dringend brauchte. Doch er konnte ihr nichts vorspielen und sich erfreut geben, wenn er innerlich glaubte, sterben zu müssen.

Nach dem Telefonat mit John ging er zu seinem Wagen. Den größten Teil der vergangenen Monate hatte er in der Stadt verbracht, um Pippa nahe zu sein, doch jetzt sehnte er sich nach der beruhigenden Abgeschiedenheit seines Hauses in Greenwich.

„Er ist einfach fortgefahren?“, fragte Pippa fassungslos.

John wirkte, als fühle er sich äußerst unwohl in seiner Haut, während er Pippa zum Wagen begleitete. „Ich glaube, es ist etwas Wichtiges, Ms Laingley“, erwiderte er.

„Was denn?“, wollte sie wissen. „Was könnte wichtiger sein als das hier? Und warum hat er mir nichts gesagt, sondern ist einfach so verschwunden?“

Je mehr sie darüber nachdachte, desto wütender wurde sie, und auf dem Heimweg war sie richtig in Wut geraten. Das hätte ein besonderer Tag werden sollen – sie hätten jetzt in diesem

Augenblick feiern können. Stattdessen fuhr sie allein nach Hause und hatte keine Ahnung, was mit Cam passiert war.

Dabei waren die vergangenen Monate gut für sie beide gewesen. Cam schien in ihrer Gegenwart mehr und mehr zu entspannen, und sie hatten sogar Spaß zusammen gehabt. Zumindest waren sie Freunde geworden, und Pippa war endlich nicht mehr von der Ungewissheit geplagt worden, dass Cam es möglicherweise doch nicht ernst damit meinte, seinen Verpflichtungen nachzukommen. So viel zu dieser Annahme. Was war bloß los mit ihm?

Als John vor ihrem Apartment hielt, dachte Pippa einen langen Moment nach, bevor sie sich nach vorn beugte. „John, wohin ist Cam denn gefahren?“, erkundigte sie sich.

„Ich nehme an, er ist nach Greenwich zurückgekehrt.“

Welcher Notfall hatte ihn um Himmels willen nach Hause fahren lassen? Nein, jetzt hatte sie ein für alle Mal endgültig genug von seinen unberechenbaren Launen. „Fahren Sie mich bitte nach Greenwich, John.“

Verwirrt blickte John in den Rückspiegel. „Wie bitte?“

„Sie haben schon richtig verstanden. Bringen Sie mich in seine verdammte Festung.“

„Vielleicht sollten Sie besser vorher anrufen. Mr Hollingsworth schätzt es nicht besonders, wenn man ihn zu Hause stört.“

„Mich interessiert es nicht das Mindeste, was Mr Hollingsworth schätzt“, entgegnete sie. „Entweder fahren Sie mich, oder ich nehme mir ein Taxi.“

John seufzte ergeben und fädelte sich wieder in den fließenden Verkehr ein.

Als sie etwa eine Stunde später die lange Auffahrt zu Cams Haus hochfuhren, war es um Pippas Laune noch um einiges schlechter bestellt. Noch bevor John ihr die Tür aufhalten konnte, war sie bereits ausgestiegen und lief entschlossen die Stufen hoch. Sie klopfte nicht an, sondern schob die Tür einfach auf.

„Cam?“, rief sie streitlustig. „Wo zur Hölle steckst du?“ Dann wartete sie ab.

Eine Weile später hörte sie Schritte, und kurz darauf sah sie Cam oben an der Treppe stehen. „Was machst du denn hier, Pippa? Stimmt was nicht?"

Der hat vielleicht Nerven, dachte Pippa empört und ballte die Hände wütend zu Fäusten. „Du hast mir den schönsten Moment meines Lebens verdorben und fragst, ob was nicht stimmt?"

Bedächtig kam er die Stufen herunter und betrachtete Pippa gleichgültig.

Sie erschauderte, als sie die Kälte in seinem Blick bemerkte. Von der Freundschaft und Fürsorge, die er in den letzten Wochen an den Tag gelegt hatte, war nichts mehr zu erkennen. „Was ist eigentlich dein Problem?", hakte sie nach.

„Du bist hierhergekommen, um mich das zu fragen?", erkundigte er sich abweisend.

Doch Pippa ließ sich davon nicht abschrecken, sondern machte einen Schritt auf ihn zu und klopfte mit dem Finger gegen seine Brust. „Ich hatte geglaubt, dass wir Freunde sind und dass du dir wenigstens ein bisschen was aus mir und dem Kind machst. Aber Freunde verhalten sich nicht so wie du heute. Was hast du dir bloß dabei gedacht, mich einfach so in der Klinik sitzen zu lassen?"

„Nicht alles dreht sich nur um dich, Pippa."

Die Kälte in seiner Stimme machte sie nur noch wütender, denn sie spürte, dass er etwas vor ihr verheimlichte und ihr nicht anvertrauen wollte. Am meisten ärgerte sie die Tatsache, dass er es auch nicht musste, schließlich waren sie ja nur Freunde und nicht mehr – und es schmerzte ein wenig, daran erinnert zu werden.

„Ich hatte gedacht, dass wir wenigstens Freunde sind", sagte sie mit zittriger Stimme und wandte sich ab, weil ihr klar wurde, wie dumm es gewesen war, überhaupt hierherzukommen. Ihr wurde bewusst, dass sie hier nicht willkommen war – und nie gewesen war seit der einzigen Nacht, die sie hier geschlafen hatte. In den vergangenen Wochen hatten sie sich immer nur in der Stadt gesehen, nie hier.

Daran musste sie unbedingt denken, bevor sie ihre Erwartungen noch höher schraubte und sich möglicherweise eine gemeinsame Zukunft mit diesem Mann erträumte.

„Mach dir keine Umstände wegen unserer nächsten Verabredung", erklärte sie förmlich und ging zur Tür. Cam folgte ihr und ergriff ihre Hand.

„Pippa", sagte er flehentlich.

Sie blieb stehen und ließ ihre zitternde Hand in der seinen.

„Es tut mir leid", gestand er leise. „Bitte geh nicht so."

Wütend drehte sie sich zu ihm um. „Warum denn nicht, Cam? Nenn mir einen vernünftigen Grund. Du willst mich nicht hier haben. Ich weiß gar nicht, warum wir überhaupt so tun, irgendeine Beziehung miteinander zu haben. Lass uns diese Sache ein für alle Mal beenden, und jeder soll für sich selbst weitermachen."

„Ich mag es nicht, wenn überhaupt jemand hierherkommt", erwiderte er. „Es hat nichts mit dir zu tun. Bitte bleib. Es tut mir leid, wie es vorhin gelaufen ist. Ich habe mich wie ein Idiot benommen und dir deinen schönen Augenblick ruiniert."

„Unseren Augenblick", verbesserte sie ihn. „Es hätte für dich und mich ein unvergessliches Erlebnis werden können, aber ich mag überhaupt nicht mehr daran denken." Jetzt konnte sie die Tränen nicht mehr zurückhalten, die ihr in den Augen brannten. Und plötzlich fand sie sich in seinen Armen wieder, und er umarmte sie so fest, dass sie kaum mehr Luft bekam. Sie konnte seinen heftigen Herzschlag spüren.

„Nicht weinen", flüsterte er. „Es tut mir so leid, Pippa. Bitte bleib. Das hast du nicht verdient. Vergib mir, bitte."

Dann küsste er sie, mit spürbarer Verzweiflung. Er rührte sie an mit seinem Verlangen, als ob sie im Augenblick für ihn das Wichtigste auf der Welt sei, und sie bemerkte sein Bedauern und seine Unsicherheit. Nach und nach wurden seine Berührungen zärtlicher, als ob er sie darum bitten wollte, ihn nicht zurückzuweisen und ihn ebenfalls zu berühren – ihm den Trost zu geben, den er so verzweifelt ersehnte.

All das wirkte so verletzlich, dass sie nicht in der Lage war, weiter kühl und distanziert zu bleiben. Also erwiderte sie den Kuss und berührte zärtlich seine Wange, um ihm zu zeigen, dass sie ihm vergab.

Er hob sie hoch, als würde sie so gut wie nichts wiegen, und trug sie in eins der Schlafzimmer in der oberen Etage. Er legte sie behutsam aufs Bett. Ihr stockte der Atem, als sie die Begierde in seinen Augen sah, während seine Lippen sich fordernd auf ihre pressten.

Voller Ungeduld zog er ihr Kleid hoch und streifte ihr den Slip ab, sodass Pippa kurz darauf völlig nackt unter ihm lag.

Dann änderte sich der Ausdruck in seinen Augen. Etwas von der dunklen Begierde, die sie eben noch wahrgenommen hatte, wich einer sanften Verwunderung. Zärtlich streichelte er ihren sich wölbenden Babybauch, umfasste ihn, senkte den Kopf und bedeckte ihn völlig unerwartet mit zarten Küssen.

„Es tut mir leid", wiederholte er.

Sein Bedauern traf sie mitten ins Herz. Ihr war jetzt klar, dass er auch meinte, was er sagte, und in diesem Moment alle Schutzschilde gesenkt hatte und völlig verletzlich war. Zärtlich umschlang sie ihn und zog ihn an sich. „Ist schon verziehen, Cam."

Sie zog ihn noch dichter an sich und presste ihren Mund auf seinen, bevor ihre Zungen einen erotischen Tanz voller Leidenschaft begannen, sich immer inniger erkundeten und an dem Geschmack des anderen berauschten. Besitzergreifend bewegte er sich über ihr, wobei er darauf achtgab, sein Gewicht nicht auf ihren Bauch zu verlagern.

Er küsste ihren Hals abwechselnd zärtlich und dann voller Begierde, sodass Pippa ahnte, dass sie sichtbare Spuren seiner wilden Zärtlichkeiten davontragen würde. Er leckte und knabberte an ihrer Haut, saugte daran, während er sich einen Weg nach unten bahnte. Als er ihre Brüste erreicht hatte, liebkoste er eine der Knospen, bevor er den Kopf hob und Pippa in die Augen schaute.

„Sind sie empfindlicher als sonst?“, erkundigte er sich heiser und strich mit dem Daumen über die vor Erregung aufgerichtete Spitze.

Ein wohliger Schauer überlief sie. „Ja, kann man wohl sagen.“

„Dann bin ich besonders vorsichtig“, versprach er und berührte unglaublich zärtlich mit der Zunge die harte Brustspitze, bevor er sie mit den Lippen umschloss und daran saugte.

Von Verlangen übermannt, wölbte Pippa sich ihm hilflos voller Begierde entgegen, als sie von Wellen der Lust mitgerissen wurde.

Es war viel Zeit vergangen seit jener leidenschaftlichen Nacht, die sie miteinander verbracht hatten, und sie begehrte ihn von ganzem Herzen. Die letzten Wochen waren ihr wie die Hölle vorgekommen. Auf der einen Seite war er so fürsorglich, auf der anderen war eine unüberwindbare Barriere zwischen ihnen gewesen.

Sie war sicher, dass dies hier nichts daran ändern würde, aber sie verzehrte sich förmlich nach körperlichem Kontakt. Wohlig seufzend genoss sie seine verführerischen Berührungen. Doch dann rutschte er etwas weiter nach unten und umfasste ihren Bauch mit beiden Händen, um jeden Zentimeter ihrer Haut mit Küssen zu verwöhnen, was Pippa so sehr rührte, dass ihr Tränen in die Augen traten.

Er bewegte sich noch ein Stück weiter nach unten und spreizte ihre Schenkel. Als sie seinen Mund dort spürte, wo sie es am meisten ersehnte, wäre es beinahe augenblicklich um ihre Beherrschung geschehen gewesen. Dann umfasste er ihren Po und hielt sie fest, während er mit der Zunge die pulsierende Hitze zwischen ihren Oberschenkeln erkundete. Verrückt vor Verlangen schob Pippa die Finger in sein Haar und wiegte sich ekstatisch im Rhythmus seines verführerischen Zungenschlages.

„Cam, bitte“, flehte sie. „Ich brauche dich.“

Er stellte sich vor das Bett, die Hände um ihre Beine geschlungen, sodass er sie ans Ende der Matratze ziehen konnte. „Leg deine Beine um meine Hüfte“, raunte er.

Sobald sie seiner Aufforderung nachgekommen war, glitt er in sie, und die unerwartete Härte seiner Erregung ließ sie erschreckt tief Luft holen. Haut an Haut, nichts Störendes war dieses Mal zwischen ihnen.

Cam stöhnte auf und umklammerte ihre Hüfte, um sie noch dichter an sich zu ziehen. Dann ließ er sie plötzlich los, um unglaublich sanft ihren Bauch zu streicheln, was im Gegensatz zu seiner wilden Begierde von eben stand. „Ich möchte dir nicht wehtun."

Sie umarmte ihn und zog ihn zu sich herab, sodass sein Körper auf ihrem lag und sie sich von seiner Hitze umfangen ließ. „Ich weiß, dass du mir nicht wehtust, Cam", flüsterte sie. „Liebe mich."

Mehr wagte sie nicht von dem preiszugeben, was in ihr vorging. Sie hielt sich zurück, weil sie ahnte, dass er von ihren Gefühlen nicht begeistert sein würde.

Seine Lippen pressten sich auf ihre, und er beschleunigte den Rhythmus seiner leidenschaftlichen Stöße. Pippa kam es so vor, als verberge sich tief in ihm große Verzweiflung. Seine Hände schienen mit einem Mal überall zu sein, um sie zärtlich zu berühren und zu streicheln, als ob er nicht genug von ihr bekommen konnte – als wollte er sie noch dichter an sich ziehen.

Sie schlang Arme und Beine noch fester um ihn und hielt ihn umarmt, während sie ihn noch tiefer in sich spürte. Plötzlich war es ihr gar nicht wichtig, den Gipfel der Lust zu erklimmen – sie genoss vielmehr den Augenblick der Nähe, den sie teilten – eine Verbindung, die zwischen ihnen entstand.

Das war nicht nur Sex, das war mehr. Sie biss sich auf die Unterlippe, um nicht zu sagen, was sie ihm so gerne gesagt hätte. Sie atmete seinen wunderbaren Duft ein und schmiegte sich noch enger an ihn.

Während sie sich unaufhaltsam der Erlösung näherte, kam es ihr so vor, als würde warme, verheißungsvolle Lust ihren Körper durchströmen. Ganz allmählich erklomm sie die Höhen der Leidenschaft und spürte, wie sich jeder Muskel in ihr anzuspannen begann, je näher sie dem Höhepunkt kam.

„Cam!“, schrie sie schließlich heraus, bevor sie sich vom Feuerwerk dieser überwältigenden Empfindung mitreißen ließ.

Er schien sie mit seiner kraftvollen Erregung gänzlich auszufüllen, als er sich ebenfalls dem Rausch der vollkommensten Lust hingab, sodass sie alles von ihm in sich spürte. Er lag nun ganz sacht auf ihr und flüsterte ihren Namen. Pippa empfand seine Berührung wie eine wärmende Decke, als er seine Stirn auf ihre presste und immer und immer wieder ihre Lippen mit leichten Küssen bedeckte.

„Pippa“, flüsterte er.

Für sie bedeutete dieses eine Wort sehr viel.

11. KAPITEL

Nach dem Aufwachen wusste Pippa nicht gleich, wo sie war. Das fiel ihr erst nach einigen Sekunden ein, und sie rollte sich auf die Seite, um auf die Uhr zu sehen. Erleichtert atmete sie auf, denn sie hatte nur eine Stunde geschlafen.

Sie setzte sich auf und schaute sich im Zimmer um. Cam war nirgendwo zu sehen, aber sie hatte den Verdacht, dass er ohnehin nie lange nach dem Sex blieb. Gerade als sie nach ihren Sachen greifen wollte, entdeckte sie einen Morgenmantel auf dem Bett. Sie zog ihn über und ging ins Bad. Okay, sie hätte besser nicht wieder mit Cam schlafen sollen. Der Sex hatte ihr Verhältnis zueinander zwar nicht verbessert, aber es auch nicht verschlechtert. Aber sie würde sich bestimmt keine Vorwürfe deswegen machen, denn sie hatte es von ganzem Herzen so gewollt.

Pippas tatsächliches Problem bestand eher darin, dass sie dumm gewesen war, sich in einen Mann zu verlieben, der diese Liebe nicht erwiderte. Schlimmer noch, sie war mit seinem Kind schwanger, was sie auf ewig irgendwie an ihn binden würde – selbst wenn sie irgendwann einmal jemand anderen heiraten sollte.

Ihr wurde ganz schlecht bei dem Gedanken, und sie wusste, dass sie aufhören musste, sich verrückt machen. Fürs Erste wollte sie ein paar Antworten von Cam. Sie lachte leise auf. Was hatte sie schon zu verlieren?

Nachdem sie sich angezogen hatte, ging sie nach unten in Cams Büro. Er saß mit dem Rücken zur Tür und starrte aus dem Fenster in die Dunkelheit. Einen Augenblick verharrte sie, unschlüssig, ob sie ihn stören sollte, um ihre Antworten zu erhalten.

Er drehte sich zu ihr um, und als sie den traurigen Ausdruck in seinem Blick sah, stockte ihr der Atem.

„Hast du Hunger?“, fragte er.

„Ja, aber ich möchte vorher über etwas anderes mit dir reden", sagte sie.

Er wirkte mit einem Mal so, als ahnte er, was jetzt kommen würde, und fügte sich dem Unvermeidlichen.

„Cam, ich muss wissen, warum du so erschrocken warst, als man uns gesagt hat, dass wir einen Sohn bekommen. Du hast einfach Hals über Kopf die Flucht ergriffen. Über eine Tochter hättest du dich anscheinend viel mehr gefreut."

Er wurde blass, bevor er die Augen schloss und innerlich mit sich zu ringen schien. Ein paar Mal befürchtete Pippa sogar, dass er sie gleich hinauswerfen würde, da er abwechselnd wütend und am Boden zerstört wirkte. Endlich öffnete er die Augen, und sie wusste, dass sie gewonnen hatte. Doch warum fühlte es sich nicht wie ein Sieg an?

„In Ordnung. Wir sprechen nach dem Dinner darüber."

Wortlos signalisierte sie ihr Einverständnis und ließ sich von ihm in die Küche führen.

„Ich fürchte, wir haben keine große Auswahl. Ich esse meistens außerhalb."

„Lass mich mal", bat sie und umrundete die Kücheninsel. „Ich finde schon was, aus dem ich uns was zaubern kann."

„Und ich soll dich glauben lassen, dass ich nicht gastfreundlich bin?"

Sie bedachte ihn mit einem finsteren Blick. „Du bist auch nicht gastfreundlich. Also setz dich, ich mach uns was zu essen. Danach kannst du reden."

Zunächst zögerte er, nahm dann jedoch Platz auf einem Stuhl, während Pippa die Schränke inspizierte. Es sollte eine schnelle Mahlzeit werden, denn sie wollte nicht Ewigkeiten auf das Gespräch mit Cam warten. Also entschied sie sich für Obstsalat, Croissants, gebratenen Speck und Käse. Nachdem sie alles zubereitet und auf Tellern angerichtet hatte, setzte sie sich neben Cam.

„Das ist ja köstlich", meinte er, nachdem er das erste Croissant gegessen hatte. „Ich wäre nie darauf gekommen, so etwas zusammenzustellen."

Sie lächelte. „Ich bin die Königin der Improvisation, wenn es ums Essen geht“, erklärte sie. „Das habe ich in meiner Familie so gelernt.“

„Du sprichst nicht viel über deine Familie“, bemerkte er.

„Da gibt es auch nicht viel zu reden.“

„Und warum glaube ich dir bloß nicht?“

Pippa gab nach. „Meine Mutter ist, wenn man es vorsichtig ausdrückt, schwierig. Mein Vater hat sich scheiden lassen, als ich noch klein war. Man kann ihm keinen Vorwurf machen. Er ist vor ein paar Jahren gestorben und hat mir ein bisschen Geld vererbt, damit ich mein eigenes Geschäft eröffnen kann.“

„Offenbar stehst du deiner Familie nicht besonders nahe“, vermutete Cam.

„Ach, komm schon, das ist auch nicht schwer zu bemerken. Aber eigentlich wollten wir ja über dich reden.“

Er sah sie ernst an. „Das wird aber nichts ändern.“

„Vielleicht ja nicht für dich. Ich hingegen erwarte ein Kind von dir und würde gerne wissen, ob ich öfter mit so unerwarteten Ausbrüchen von dir rechnen muss. Entweder sprechen wir darüber, Cam, oder du siehst mich nie wieder.“

„Soll das eine Drohung sein, Pippa?“

„Keine Drohung, eher ein Versprechen.“

Erbost schob er den Teller beiseite und stand so rasch auf, dass er beinahe den Stuhl umgeworfen hätte. Die Hände in den Hosentaschen, stürmte er aus der Küche ins Wohnzimmer.

Unbeeindruckt folgte Pippa ihm und blieb ein paar Schritte von ihm entfernt stehen, bis er sich ihr wieder zuwandte.

„Ich hatte einen Sohn. Colton. Und eine Frau. Elise“, sagte er schließlich nach einer ganzen Weile.

Damit hatte Pippa nicht gerechnet. Überrascht öffnete sie den Mund und schloss ihn kurz darauf wieder.

„Na, hat es dir die Sprache verschlagen?“, fragte er.

Sie beschloss, nicht darauf einzugehen, da sie wusste, dass er auf diese Weise versuchte, Herr der Lage zu bleiben. Plötzlich wurde ihr einiges klar, und sie beschloss, den verwundeten Löwen nicht noch weiter in die Enge zu treiben.

„Was ist geschehen?“, wollte sie nun wissen.

„Ich habe sie beide bei einem Unfall verloren. Mein Sohn war noch ein Baby. Das schönste Baby auf der ganzen Welt. Elise war einfach wunderbar. So jung und voller Leben. Und eine tolle Mutter“, fügte er hinzu.

Der Schmerz in seiner Stimme und in seinem Blick versetzte Pippas Herz einen Stich.

„Den Gedanken an eine Tochter konnte ich ertragen“, stieß er hervor. „Ich habe mich sogar darauf gefreut. Aber keinen Sohn. Ich will Colton nicht ersetzen.“

Obwohl sie am liebsten widersprochen hätte, dass er mit einem anderen Sohn seinen ersten ersetzen würde, schwieg sie. Sie sah Cam an, dass er völlig überzeugt von dem war, was er sagte, und wollte sich nicht mit ihm deswegen streiten.

Eine Weile überlegte sie schweigend, was sie darauf erwidern sollte. Sie sah auf ihren Babybauch und wurde überwältigt von dem Beschützerinstinkt, den sie für ihr ungeborenes Kind empfand. Cam tat ihr wahnsinnig leid, weil er einen so entsetzlichen Verlust hatte erleiden müssen. Aber sie befürchtete, dass ihr Kind den Preis dafür zu zahlen hatte.

„Du lehnst also dein Kind ab, weil es das Pech hat, ein Junge zu sein?“

„Das habe ich nie behauptet!“, widersprach Cam wütend und kam auf sie zu.

„Aber das Gegenteil hast du auch nicht behauptet.“

Er fuhr sich mit den Händen durchs Haar. „Ich gebe mir wirklich Mühe, Pippa. Ich habe das hier nie gewollt.“

„Das weiß ich! Okay? Glaub mir, das hast du mir bereits sehr deutlich gemacht. Du willst mich nicht. Und du willst unser Kind nicht. Aber weißt du was? Es hat keine Wahl. Es ist schließlich nicht seine Schuld, dass seine Eltern zwei Knalltüten sind, die nicht in der Lage gewesen sind, ordentlich zu verhüten. Weißt du noch was? Es tut mir kein bisschen leid“, sagte sie aufgebracht.

„Ich will dieses Kind. Und wenn du lieber der Vergangenheit nachtrauerst, dann ist das dein Problem. Aber ich unterstütze dich ganz bestimmt nicht dabei."

Mit diesen Worten drehte sie sich um und ging zur Eingangstür. Sie hatte keine Ahnung, ob John noch da war, aber das war ihr egal. Wenn ihr keine Wahl blieb, würde sie eben zu Ashley laufen.

„Pippa!"

Sie riss die Tür auf und schlug sie hinter sich wieder zu. Oh, wie blöd sie gewesen war, wieder mit ihm ins Bett zu gehen, nachdem er sie in der Klinik so im Stich gelassen hatte!

Entschlossen, möglichst schnell möglichst viel Abstand zu gewinnen, ging sie die Auffahrt hinunter.

„Pippa! Verdammt! Was glaubst du eigentlich, was du da machst?", rief Cam ihr von der Tür aus hinterher.

Unbeirrt ging sie weiter und zog dabei ihr Telefon aus der Tasche, in der Hoffnung, Ashley zu Hause anzutreffen. Als sie die Einfahrt erreicht und den Weg in Richtung Ashley eingeschlagen hatte, hörte sie das Aufheulen eines Motors. Kurz danach hielt Cams Wagen neben ihr. „Steig ein, Pippa. Das ist doch idiotisch!", rief er ihr durchs geöffnete Fenster zu.

„Ich wäre eine Idiotin, wenn ich auch nur eine Minute länger bei dir bleiben würde. Ich gehe zu Ashley. Mir geht es gut."

Fluchend fuhr er ein Stück vor, parkte den Wagen, stieg aus und kam ihr entgegen. „Dann lass mich dich wenigstens zu Ashley fahren. Du solltest nicht alleine im Dunkeln hier herumlaufen."

„Versprichst du mir, mich ohne Umwege zu Ashley zu fahren?"

„Steig ein", forderte er sie auf.

Nachdem sie seiner Aufforderung gefolgt war, zog sie lautstark die Beifahrertür ins Schloss. Sie würdigte Cam keines Blickes, während er wieder auf die Straße bog.

Als er etwas sagen wollte, unterbrach sie ihn. „Spar es dir, Cam. Ich will es nicht hören", wiegelte sie ihn ab.

Er schwieg, während sie zur Einfahrt von Devons und Ashleys Haus fuhren. Kaum hatte er gehalten, sprang Pippa auch schon heraus und eilte zum Hauseingang. Ashley öffnete die Tür, noch bevor Pippa geklingelt hatte. Erst jetzt fuhr Cam wieder weg.

„Pippa? Was ist denn los?", fragte Ashley besorgt.

„Kann ich heute Nacht bei dir schlafen, Ash?", fragte Pippa mit tränenerstickter Stimme.

„Ich weiß ja, dass er dein Freund ist, Dev", sagte Pippa. „Aber er macht mich noch verrückt."

Devon reichte ihr ein Glas Saft und sah sie mitleidig an. „Er ist ein sturer Hund, Süße. Schon immer gewesen."

Ashley umarmte Pippa, so gut es ihr mit dem gewaltigen Babybauch gelang.

Schluchzend trank Pippa einen Schluck von dem Saft. „Ich kann einfach nicht glauben, dass er so ausflippt, weil wir einen Sohn bekommen."

Unbehaglich sah Devon von Pippa zu Ashley. Wer hätte ihm dafür einen Vorwurf machen können? Eine schwangere, von Hormonen gebeutelte Frau war schon genug, doch zwei davon?

„Ich habe ja verstanden, dass es furchtbar ist, jemanden zu verlieren, den man liebt. Eigentlich sollte ich ihn bemitleiden und verständnisvoll sein, aber verdammt, das kann ich einfach nicht", klagte Pippa und wischte sich wütend über das Gesicht.

Devon schüttelte den Kopf. „Nein, Pippa, du hast völlig richtig gehandelt. Mitleid kann er überhaupt nicht gebrauchen. Cam ist mein bester Freund, aber ich finde, er muss endlich aufhören, in der Vergangenheit zu leben."

Sie nickte unglücklich. „Dabei bin ich gar nicht so herzlos, wie es aussieht. Mir bricht es das Herz, ihn so traurig zu sehen. Aber was denkt er sich, wie sich unser Kind fühlen wird, wenn es merkt, dass er es zurückweist?"

„Du beschützt nur dein Baby", stimmte Ashley ihr entschieden zu. „Dafür brauchst du dich nicht zu entschuldigen. Cam ist ein Idiot."

„Man ist nicht unbedingt ein Idiot, wenn man um Menschen trauert, die man liebt", widersprach Pippa. „Aber er ist ein Idiot, wenn er die zweite Chance nicht erkennt, die er bekommen hat. Ich habe diese dummen Spielchen zwischen uns satt, wenn wir uns vormachen, dass wir nicht mehr wollen und glücklich mit dieser Beziehung sind. Ich bin nicht glücklich – und ich werde es nie sein mit einem Mann, der mir nicht alles gibt. Ich bin eine selbstsüchtige Ziege, ich will eben alles."

Devon lächelte, und Ashley umarmte sie ein weiteres Mal. Pippa genoss den Trost, den ihre Freunde ihr spendeten.

„Vielleicht ist es dir ja nicht klar, aber du bist das Beste, was Cam in der letzten Zeit passiert ist", versicherte Devon.

Pippa seufzte. „Oh, ich bin ganz deiner Meinung, unbescheiden, wie ich bin."

„Braves Mädchen", lobte Devon sie.

Pippa suchte Zuflucht in Ashleys Umarmung und ließ sich von ihrem Kummer überwältigen. „Und ich muss dir gestehen, Ash, dass ich wieder mit ihm geschlafen habe. Heute Abend. Nachdem er mich in der Klinik sitzen gelassen hat. Trotz dieses großartigen Beweises seiner Unterstützung habe ich mit ihm geschlafen. Jemand sollte mich in meinem Apartment einschließen – zu meinem Schutz."

Devon räusperte sich. „Ich, ähm, lasse euch beide jetzt besser mal allein. Falls ihr was braucht, dann ruft einfach."

Amüsiert beobachtete Pippa, wie Devon förmlich aus dem Zimmer flüchtete. Dann seufzte sie und lehnte den Kopf an Ashleys Schulter. „Ich bin ja so dumm, Ash. Wir sind beide so dumm, und trotzdem liebe ich ihn."

Ashley lachte. „Nicht dumm. Man kann nur manchmal eben nicht ändern, in wen man sich verliebt. Im Grunde ist er kein schlechter Kerl."

„Du hast gut reden", erwiderte Pippa. „Aber ich habe keine Zukunft mit ihm, weil ich immer ein Niemand für ihn sein werde. Allmählich beginne ich zu verstehen, warum einige Frauen den Männern nicht sagen, dass sie schwanger sind."

„Du hast das Richtige getan, Pippa, du wirst schon sehen. Cam beruhigt sich wieder. Sobald er das Kind zum ersten Mal gesehen hat, wird er hin und weg sein."

„Hoffentlich hast du recht", sagte Pippa.

Am nächsten Tag fuhr Pippa mit Devon in die Stadt und ließ sich von ihm an ihrem Café absetzen. Da die Eröffnung kurz bevorstand, wollte sie sichergehen, dass dort alles in Ordnung ging.

Endlich würde sie ihren Traum verwirklichen und ihr eigenes Unternehmen gründen – trotzdem hatte sie noch nie in ihrem Leben so viel Angst gehabt.

Die Zeit verging wie im Flug. Nachdem sie ihre Arbeit erledigt hatte, schloss sie die Ladentür ab und entdeckte John, der draußen neben dem Wagen bereits auf sie wartete. Eigentlich hätte ich es ahnen können, dachte sie kopfschüttelnd.

John winkte ihr zu und deutete auf den Wagen. Seufzend ging sie zu ihm und stieg in die Limousine. Obwohl es ihr nichts ausgemacht hätte zu laufen, taten ihr wegen des wachsenden Babybauches die Füße doch manchmal weh.

John fuhr sie bis zu ihrem Apartment und brachte sie dazu, ihm eine Zeit zu nennen, zu der er sie an den kommenden Tagen abholen würde.

Nachdem Pippa die Treppen zu ihrem Apartment hochgestiegen war, fand sie vor der Tür einen Korb mit einer großen blauen Schleife um den Henkel. Als sie den Korb auf den Couchtisch stellte, entdeckte sie die Karte, die unter der Schleife steckte. *Vergib mir. Cam*, stand darauf.

Im Korb fand sie einen kleinen Strampelanzug mit dem Logo der New York Yankees. Sie lächelte und musste gleichzeitig vor Rührung weinen. Das erste Outfit für ihren Sohn. Außerdem waren noch ein Teddy, ein Baseball und ein winziger Fängerhandschuh sowie zwei Karten für das nächste Heimspiel der Yankees darin.

Wäre Cam jetzt hier gewesen, hätte sie ihn in die Arme geschlossen und beteuert, dass alles vergessen und vergeben sei –

deswegen war sie froh, dass er nicht da war. Sie war viel zu leicht zu besänftigen. Auf keinen Fall wollte sie ihm zeigen, wie sehr sie ihn mochte, solange er so unberechenbar war wie Jekyll und Hyde.

Allerdings schmerzte sie die Vorstellung, Cam zu verletzen. Schließlich blieben ihm noch fünf Monate, um den Tod seines ersten Sohnes zu verwinden und seinen neuen Sohn lieben zu lernen. Das war doch bestimmt genügend Zeit, oder?

„Oh, Cam“, flüsterte sie. „Was soll ich nur mit dir machen? Mit uns?“

Ihr blieb nichts weiter übrig, als nichts zu überstürzen und inständig zu hoffen, dass Cam zur Vernunft kam. Denn falls er das nicht tat – dann würde sie alles tun, um ihrem Sohn zu ersparen, den Vater kennenzulernen, der ihn nicht wollte.

12. KAPITEL

Endlich war der große Tag gekommen, und Pippa hatte das Gefühl, Steine im Magen zu haben. Die ganze Nacht war sie aufgeblieben, um zu backen, sauber zu machen und alles für die Eröffnung herzurichten. Als zuverlässige Freundin hatte Carly es sich nicht nehmen lassen, Pippa bis zum Sonnenaufgang zu helfen. Pippa hatte Ashley schon früher nach Hause scheuchen müssen, denn die Ärmste stand kurz davor, ihr Kind zu bekommen, und war dementsprechend erschöpft.

Doch alle hatten versprochen, um neun Uhr morgens zur Eröffnungsfeier von Pippas Café wieder da zu sein.

„Die Auslage sieht einfach fantastisch aus", stellte Carly fest. „Wann kommen deine anderen Angestellten?"

Pippa wischte sich mit dem Handrücken über die Stirn. „Sie müssten jeden Moment hier sein", entgegnete sie erschöpft.

„Du musst dich unbedingt ausruhen", sagte Carly und nahm sie kurz in den Arm.

„Keine Zeit bis heute Nachmittag. Bis dahin hoffe ich, viele Kunden zu haben. Vielleicht hat Cam ja ein bisschen mit seiner Anzeige für die Eröffnung übertrieben? Ich hoffe nur, dass die Leute nicht enttäuscht sein werden."

„Ganz bestimmt nicht", entgegnete ihre Freundin.

Die Glocke an der Eingangstür läutete, und Carly ging nach vorn in den Laden, um die Angestellten zu begrüßen. Pippa putzte weiter in der Küche und dachte dabei voller Stolz an den nagelneuen Lieferwagen, der vor dem Geschäft stand. Nach ihrer illegalen Fahrt durch die Stadt hatte Pippa in den darauf folgenden Wochen ihren Führerschein gemacht.

Als sie schließlich mit der Küche zufrieden war, ging sie ins Bad, um ihr Äußeres zu überprüfen. Eigentlich hätte sie gerne noch geduscht, aber ihr blieb keine Zeit mehr, nach Hause zu fahren.

„Pippa, bist du da drin?"

Als sie die Badezimmertür öffnete, erblickte sie Carly und Tabitha, die mit großen Kosmetiktaschen bewaffnet waren und sich zu ihr gesellten.

„Wir sind hier, um deine Haare und dein Make-up zu machen“, verkündete Tabitha.

Lächelnd setzte Pippa sich und ließ ihre Freundinnen ans Werk gehen, während sie ihren Gedanken nachhing. Als sie nach einer halben Stunde fertig waren, kamen auch Ashley und Sylvia in den kleinen Raum.

„Pippa, das musst du dir ansehen!“, rief Ashley und zog Pippa in den vorderen Ladenbereich.

Verwirrt blieb Pippa stehen, als sie die vielen Leute sah, die vor der Eingangstür des Geschäftes darauf warteten, dass es eröffnet wurde. Ihre Angestellten hatten bereits mitgedacht und verteilten unter den Wartenden Becher mit Kaffee und Gebäckproben.

Aufgeregt lachte Pippa und umarmte ihre Freundinnen.

Eine halbe Stunde später wurden die Türen geöffnet, und die Leute strömten herein. Unter viel Gelächter halfen Pippas Freundinnen dabei, die Kunden zu bedienen. Zwei Stunden lang schien der Strom der Gäste nicht abreißen zu wollen, und als Pippa um die Mittagszeit zur Tür sah, bemerkte sie Cam, der sich seinen Weg durch die Kunden bahnte und auf den Tresen zukam.

„Na, geh schon“, flüsterte Ashley ihr zu. „Ich übernehme solange die Kasse.“

Pippa lächelte ihr dankbar zu und ging Cam entgegen.

„Sieht so aus, als wäre es ein toller Erfolg“, stellte Cam fest, sobald sie in Hörweite war.

„Es ist großartig! Ich kann es kaum glauben. So ist es schon den ganzen Vormittag.“

„Kann ich vielleicht einen Kaffee und ein paar Minuten deiner Zeit haben?“, fragte Cam lächelnd.

„Okay. Ein paar Minuten“, war sie einverstanden, nachdem sie sich vergewissert hatte, dass ihre Freundinnen für den Moment auch ohne sie zurechtkamen.

Sie schenkte Cam einen Kaffee ein und ging mit ihm durch die Küche in ihr Büro. Nachdem sie dir Tür geschlossen hatte, ließ sie sich erschöpft auf einen Stuhl fallen.

„Du liebe Güte, ich komme hier nicht wieder hoch", sagte sie.

„Du solltest dich ausruhen", meinte Cam besorgt.

„Da widerspreche ich nicht. Sobald ich zu Hause bin, schlafe ich zwölf Stunden."

Einen Augenblick lang schwieg er und wirkte überraschenderweise so, als wäre er sich seiner Sache nicht sicher, doch dann sagte er: „Ich wollte nur sehen, wie es läuft – und mich nochmals für mein Verhalten in der Klinik entschuldigen. Auch wenn du mir nicht glaubst, aber ich versuche, damit klarzukommen."

Die Verletzlichkeit, die sie in seinem Blick bemerkte, stimmte sie ein wenig milder, und sie schob ihm einen Cupcake zu. „Probier mal, und sag mir, dass ich eine Göttin bin", neckte sie.

Misstrauisch beäugte er das Gebäckstück, das mit rosafarbener Glasur überzogen war. Pippa konnte der Versuchung einfach nicht widerstehen, steckte den Finger in den Guss und strich damit über Cams Lippen. Unwillkürlich leckte er ihn ab, bevor er ihr den Kuchen aus der Hand nahm und sorgfältig das Papier zu entfernen begann. Nachdem er ein Stückchen abgebissen hatte, starrte er ungläubig auf den Cupcake.

„Okay, du bist eine Göttin."

„Ich weiß", bestätigte sie selbstzufrieden. „Ziemlich gut, oder?"

Er nahm einen weiteren Bissen und lächelte. „Bedeutet das, du verzeihst mir?"

„Kommt ganz darauf an, wohin du mich heute Abend zum Dinner ausführst", konterte sie nun schon milder gestimmt. „Ich habe so viel von meinen Backwaren gegessen, dass ich ein Steak gut vertragen könnte. Mein Baby und ich wollen Fleisch."

Sie erwartete, dass er zusammenzuckte, als sie das Kind erwähnte, aber er zeigte keine Regung.

„Sehr gern sogar", erwiderte er. „Gleich habe ich ein Meeting, hole dich aber ab, wenn du den Laden schließt. Dann kannst du dich in deinem Apartment noch umziehen, bevor wir zum Essen fahren."

„Das klingt nach einem großen Plan", sagte sie.

Er stand auf und reichte ihr die Hand, um ihr behilflich zu sein. „Du hast hier einen tollen Job geleistet, Pippa. Das wird ganz bestimmt ein Erfolg."

„Ich schulde dir eine Menge." Sie drückte dankbar seine Hand. „Ohne dich würde ich vermutlich immer noch nach Geschäftsräumen suchen."

„Das habe ich doch gerne getan."

Die leichte Befangenheit zwischen ihnen beiden stimmte sie ein wenig traurig, und sie sehnte sich nach der unbeschwerten Freundschaft, die sie in den vergangenen Monaten aufgebaut hatten – selbst wenn sie keine Liebesbeziehung haben konnten, dann war eine Freundschaft etwas, womit sie durchaus leben konnte. Alles war in Ordnung, nur nicht diese Unsicherheit zwischen ihnen.

Rasch umarmte sie ihn und führte ihn dann wieder nach vorn in den Laden, wo der Strom der Kunden immer noch nicht abgerissen war.

Einen Augenblick lang blieb er zögernd vor dem Tresen stehen. Dann beugte er sich vor und hauchte ihr einen Kuss auf die Wange. „Wir sehen uns in ein paar Stunden. Gib auf dich acht, okay?"

Als er fortging, legte sie ihren zitternden Finger an die Stelle, auf die er sie geküsst hatte.

Diese Unbeständigkeit in ihrer Beziehung nervte sie wirklich. Sie wusste nie, wie sie zueinander standen. Nur eins wusste sie genau – sie würde nicht ewig warten, bis er sich endlich entschieden haben würde.

13. KAPITEL

Als Cam wieder vor Pippas Café fuhr, sah er gerade noch, wie die Leuchtbuchstaben des Geöffnet-Schildes erloschen. Während er im Wagen vor dem Geschäft wartete, trommelte er ungeduldig mit den Daumen auf das Lenkrad und spürte, wie sehr er sich darauf freute, Pippa wiederzusehen.

Das ergab alles keinen Sinn. Auf der einen Seite wollte er möglichst weit von ihr entfernt sein, weil sie ihn nervös machte und ihn zu durchschauen schien. Auf der anderen hielt er es nur kurze Zeit ohne sie aus, bevor er sich um sie zu sorgen und sich nach ihr zu sehnen begann.

Wie sollte er bloß damit zurechtkommen? Wann würde er sich nicht mehr davor fürchten, jemanden zu verlieren, der ihm am Herzen lag? Eigentlich hätte er sich nicht bei ihr entschuldigen sollen. Dann wäre sie weiterhin wütend auf ihn, und sie hätten einen sauberen Bruch. Aber er wollte sie sehen – und mit ihr schlafen. Obwohl er wusste, wie selbstsüchtig das war. Doch er fühlte sich lebendig, schon wenn sie nur mit ihm im selben Zimmer war.

Nachdem Pippa zu ihm ins Auto gestiegen war, wurde sein Verlangen, ihr nahe zu sein, noch drängender, und er war kaum in der Lage, ihrem Bericht über den ersten Tag in ihrem Laden zu folgen. Sie wirkte völlig erschöpft, und Cam verspürte den unbändigen Wunsch, sie ganz für sich allein zu haben.

„Wir ändern unsere Pläne“, erklärte er, als sie bei Pippa ankamen. „Wir bleiben bei dir. Dort kannst du die Füße hochlegen, während ich uns das beste Steak der Stadt liefern lasse. Dann bringe ich dich ins Bett, und ich verpasse dir eine Ganzkörpermassage. Und danach haben wir Sex.“

Einen Moment lang sah sie ihn sprachlos an. „Okay“, sagte sie schließlich.

Er lächelte, weil sie einverstanden war, denn er fand es weit mehr als nur okay.

Als Pippa ihn in ihr Apartment führte, schien die Luft vor erwartungsvoller Erregung nur so zu vibrieren. Sie traute sich nicht, Cam ins Gesicht zu schauen, weil sie fürchtete, wie ein offenes Buch für ihn zu sein – und welche Frau hatte nicht gern ein paar Geheimnisse?

Allerdings machte sie sich selbst nichts vor – sie begehrte ihn. Als sie ins Wohnzimmer ging, fühlte sie sich plötzlich energiegeladen und kein bisschen erschöpft. Jedes Mal, wenn er sie ansah, begann ihre Haut zu prickeln, und es kam ihr vor wie ihr erstes Date oder ihr allererster Kuss. Oder das erste Mal, als sie sich vor einem Mann ausgezogen hatte. Und sie war nicht sicher, ob sie dieses Gefühl mochte.

„Warum setzt du dich nicht einfach hin und entspannst?“, schlug er vor. „Ich finde mich schon zurecht. Möchtest du etwas trinken?“

Seine plötzliche Beflissenheit verwirrte sie nur noch mehr. Aber sie mochte diesen neuen Cam, sehr sogar, und sie hätte sich glatt an ihn gewöhnen können, denn mit einem Mal wirkte seine Besorgnis aufrichtig. Sie hatte keine Ahnung, ob er nur sein Verhalten in der Klinik wiedergutmachen wollte oder ob er ihr gegenüber milder wurde. Woher sollte man das bei ihm auch wissen?

Sie setzte sich erleichtert auf das Sofa und hörte Cam dabei zu, wie er in der Küche herumhantierte und das Essen bestellte.

Als er ins Wohnzimmer zurückkehrte, reichte er ihr ein Glas Wasser und machte es sich im Sessel bequem.

„Hast du eigentlich schon darüber nachgedacht, was mit dem Geschäft wird, wenn erst das Baby auf der Welt ist?“

Neugierig sah sie ihn an. „Was meinst du damit?“

„Willst du so weitermachen oder noch ein paar Leute einstellen, damit du mehr Zeit mit unserem Sohn verbringen kannst?“

Einen Moment lang war sie sprachlos, weil er über ihren Sohn sprach. Außerdem wurde sie schmerzhaft wieder daran erinnert, dass Cam und sie kein Paar waren. Natürlich musste er wissen, was sie plante, damit er sich darauf einstellen konnte, schließlich würde er nicht vierundzwanzig Stunden am Tag zur Verfügung stehen können.

Wie sehr wünschte sie, dass es anders wäre zwischen ihnen beiden. „Das habe ich noch nicht entschieden“, erwiderte sie. „Es kommt wohl darauf an, wie gut das Café läuft und ob ich mir Personal leisten kann. Im Mutterschaftsurlaub kann ich meine Assistentin für mich kochen lassen, aber auf keinen Fall kann ich mich ganz aus dem Geschäft zurückziehen.“

„Natürlich nicht. Wenn du mich helfen lässt, kann ich ja mal die Fühler ausstrecken. Vielleicht kann ich dir einen von den Konditoren aus unseren Hotels ausleihen.“

Fassungslos sah sie ihn an. „Cam, diese Leute arbeiten für Fünfsternehotels. So ein Gehalt könnte ich niemals zahlen.“

„Er oder sie würde selbstverständlich weiterhin auf unserer Lohnliste stehen.“

Sie seufzte. „Ich kann mich nicht immer auf dich verlassen, Cam. Falls du mich irgendwann mal nicht mehr unterstützt, muss ich selbst zurechtkommen.“

„Niemand behauptet, dass ich dir irgendwann nicht mehr helfe“, erwiderte er stirnrunzelnd.

„Ich muss es alleine schaffen“, beharrte sie.

Obwohl er nicht widersprach, beschlich sie der Verdacht, dass für ihn das Thema längst noch nicht beendet war.

Als es klingelte, lief Cam zur Tür und kam einige Augenblicke später mit einem Lieferboten zurück, der das Essen auf den Couchtisch stellte. Der junge Mann lächelte Pippa zu, bevor er und Cam wieder aus dem Wohnzimmer gingen. Das Essen duftete köstlich, und Pippa wollte gerade neugierig einen Blick darauf werfen, als Cam zu ihr sagte: „Nicht so schnell.“

Schuldbewusst lehnte sie sich wieder zurück.

„Möchtest du hier oder in der Küche essen?“

„Der Couchtisch ist völlig in Ordnung. Ich brauche mich nur vorzubeugen und alles in mich hineinzuschaufeln.“

Er lachte. „Keine besonders hübsche Vorstellung."

„Ist eben nichts für Weichlinge, einer schwangeren Frau beim Essen zuzusehen."

Schweigend genossen sie das köstlichste Steak, das Pippa jemals gegessen hatte. Sie war erst halb fertig, als Cam seine Mahlzeit bereits beendet hatte und das Geschirr in die Küche stellte. Als er zurückkam und ihr den Teller aus der Hand nehmen wollte, protestierte sie zunächst, bis sie erkannte, was er vorhatte. Er bedeutete ihr, sich auf dem Sofa zurückzulehnen. Dann legte er ihr ein paar Kissen auf den Schoß, auf die sie den Teller stellte, sodass sie in Ruhe weiteressen konnte.

Bevor sie wusste, wie ihr geschah, hob er ihre Füße und begann sie zu massieren. Genüsslich stöhnte Pippa auf. „Und wie soll ich dabei essen?", beschwerte sie sich.

„Es ist ganz einfach", erklärte er. „Nimm einfach die Gabel. Du bist den ganzen Tag auf den Beinen gewesen. Sie tun bestimmt weh."

Sie nickte heftig.

„Tja, dann entspann dich, und ich kümmere mich um den Rest."

Dagegen hatte sie nichts einzuwenden. Sie würde nur hier sitzen und ihr köstliches Steak verspeisen, während ihr der attraktivste Mann der Welt eine Fußmassage verpasste.

„Weißt du noch, was ich dir versprochen habe?", fragte er leise.

Sie hätte sich fast verschluckt, weswegen sie lediglich nickte.

Mit einer Hand umfasste er ihre Ferse, mit der anderen strich er ihr über den Fuß bis hoch zur Wade. Die Wärme seiner Berührung ließ ihre Haut vor Erregung prickeln.

„Sobald wir fertig sind, bringe ich dich ins Bett, Pippa. Und wie viel Schlaf du bekommst, liegt ganz allein an dir."

Oh, verdammt …

Achtlos schob sie den Teller beiseite. Aufmerksam betrachtete Cam sie, als wolle er herausfinden, ob sie bereit war. Und das war sie – ohne Zweifel.

Als Cam Pippa beim Aufstehen half, hatte sie das Gefühl, von purem Adrenalin durchströmt zu werden. Einen Augenblick lang zog Cam sie an sich, sodass ihre Körper sich berührten und seine Wärme sie schützend umhüllte. Dann streichelte er sanft ihr Haar und küsste sie.

Obwohl es nur ein ganz zarter Kuss war, spürte sie ihn bis in die Zehenspitzen. Als er sich von ihr zurückzog, atmete er erregt.

„Und wo steht dein Bett?“, fragte er.

Sie wollte sich von ihm lösen, um an ihm vorbei in ihr Schlafzimmer zu gehen. Doch er verstärkte seinen Griff und strich ihr zärtlich mit dem Daumen über das Handgelenk.

Eng aneinandergeschmiegt, stiegen sie die wenigen Treppen zum kleinen Loft nach oben, in dem sich ihr Bett befand. Zitternd vor Erregung blieb sie oben schließlich stehen und fragte sich, was Cam wohl als Nächstes vorhaben mochte.

Er stellte sich hinter sie und brachte sie dazu, sich auf die Bettkante zu setzen, bevor er begann, ihr das Shirt aufzuknöpfen.

Dazu kniete er sich hin und streifte ihr das Shirt über den Kopf, sodass ihr BH aus zarter Spitze zum Vorschein kam. Als Cam ihren Babybauch sah, verharrte er. Sie hielt den Atem an und fragte sich, ob es jetzt um die Magie des Moments geschehen war, aber zu ihrer großen Überraschung schmiegte er die Wange an ihren Bauch und bedeckte ihn mit Küssen.

Überwältigt holte sie tief Luft und strich ihm zärtlich übers Haar.

Er hob ihren Po gerade so weit an, dass er ihr den Slip herunterstreifen konnte. „Ich habe dir eine Massage versprochen“, sagte er heiser. „Und ich denke, ich werde sie sogar noch mehr genießen als du.“

Das bezweifelte sie zwar, aber wenn er es unbedingt glauben wollte, war das in Ordnung für sie. Im Augenblick jedenfalls fühlten sich seine Hände auf ihrer Haut einfach fantastisch an.

Nachdem er ihre Arme ein wenig angewinkelt hatte, drehte er sie auf die Seite, bevor er den Verschluss ihres BHs öffnete und ihr den Slip auszog, sodass Pippa schließlich völlig unbekleidet mit dem Rücken zu ihm lag.

Als eine Weile lang nichts geschah, warf sie einen vorsichtigen Blick über die Schulter und sah, dass Cam sich ebenfalls auszog. Sein Körper war traumhaft schön und hatte mehr als genug Sex-Appeal, um eine Frau allein durch seinen Anblick vor Lust um den Verstand zu bringen.

Schließlich kniete er sich auf das Bett hinter sie und begann, über ihre Hüfte, ihren Rücken und ihre Schulter zu streichen. Genüsslich schloss Pippa die Augen, als Cam sie auf die empfindliche Stelle ihres Halses küsste und danach auch ihre Schultern verwöhnte. Dann massierte er sanft mit beiden Händen ihren Rücken, sodass Pippa glaubte, vor Wonne vergehen zu müssen.

Er vernachlässigte keinen Zentimeter ihrer Haut. Als er ihren Po erreichte, umfasste er ihn zärtlich, bevor er sich ihren Schenkeln zuwandte. Vorsichtig rollte er Pippa auf den Rücken und massierte eins ihrer Beine bis zum kleinen Zeh mit diesen göttlichen Händen, deren zärtliche Berührungen Pippa fast alles um sich herum vergessen ließen. Dann begann er, ihren Fuß zu massieren, sodass sie sich vorkam, leicht wie eine Feder auf Wolke sieben davonzuschweben. Schließlich drückte er ihr einen Kuss auf den Fußspann, und beinahe wäre es um Pippa geschehen gewesen, denn das war die erotischste Erfahrung, die sie je gemacht hatte – dabei handelte es sich doch nur um ihren Fuß! Es musste an diesem Mann liegen, dass jede noch so leichte Berührung einfach unwiderstehlich sexy war.

Als er sich ihrem anderen Bein widmete, nahm Pippa das kaum noch wahr, sondern schwelgte in den sinnlichen Genüssen und der Vorstellung, dass dieser Traummann alles tun würde, um ihre lustvollen Fantasien zu befriedigen.

Jede Zärtlichkeit erwärmte ihre Seele, und sie öffnete die Augen, um fasziniert zuzusehen, wie er sich über ihr bewegte, zärtlich ihre Schenkel spreizte, bevor er sich zwischen sie legte. Kurz schaute er auf, und ihre Blicke trafen sich, bevor er den Kopf senkte und sie dort berührte, wo sie es am meisten ersehnte.

Unwillkürlich stöhnte sie auf und begann, sich unter ihm lustvoll zu winden, aber er hielt ihre Hüften mit beiden Händen fest umschlungen, sodass sie den innigen Küssen und den verführerischen Bewegungen seiner Zunge nicht entkommen konnte. Er war sehr talentiert bei diesem Zungenspiel, und Pippa schwanden beinahe die Sinne. Sie grub die Finger in sein Haar und streckte sich ihm begierig entgegen. Immer tiefer spürte sie seine Zunge in sich, und als sie glaubte, es nicht mehr aushalten zu können, nahm er eine Hand von ihrer Hüfte und berührte sie mit den Fingern zwischen den Schenkeln, bevor er in sie drang.

Das war mehr, als sie aushalten konnte, und sie bäumte sich auf, als sie völlig unvermittelt auf den Gipfel der Lust katapultiert wurde.

Zärtlich küsste er ihre zitternden Muskeln, während Wellen der Erregung ihren Körper immer und immer wieder durchströmten. Mit den Lippen begann er ihren Bauch zu liebkosen. Er umfasste ihn dabei mit beiden Händen unglaublich zärtlich, beinahe ehrfürchtig, wie Pippa bemerkte, und sie schluckte schwer vor Rührung.

Wie gerne wollte sie glauben, dass Cam sich wieder fing und er jetzt begann, die Vergangenheit zu vergessen. Doch sie fürchtete sich davor, das Thema anzusprechen, denn sie hatte Angst vor seiner Zurückweisung. Sie konnte nicht geduldig und verständnisvoll sein und ewig darauf warten, dass Cam sich endlich dafür entschied, für ihre gemeinsame Zukunft zu kämpfen.

„Sag mir, falls ich dir wehtue", bat er und rutschte höher, während er sich mit einer Hand auf dem Bett abstützte und mit der anderen seine Erregung zwischen ihre Schenkel führte.

Ganz allmählich bewegte er sich vorwärts, wobei er sie unentwegt ansah, und drang dann tiefer in sie. Immer noch aufs Äußerste erregt, hieß sie ihn in sich willkommen und genoss seine lustvollen Bewegungen. Begierig krallte sie die Finger in seine Schulter.

„Zu viel?", fragte er besorgt.

„Oh, nein", erwiderte sie schnell. „Auf gar keinen Fall."

Sein Blick verdunkelte sich, als würde es ihn viel Anstrengung kosten, sich nicht augenblicklich in ihr zu verlieren.

Zärtlich streichelte sie sein Kinn. „Liebe mich, Cam. Halt dich nicht zurück. Du tust mir schon nicht weh."

Daraufhin schloss er die Augen und stöhnte auf, bevor er das Gesicht an ihre Handfläche schmiegte und sie küsste. Behutsam senkte er sich auf ihren Bauch nieder, wobei er sich weiterhin mit den Unterarmen neben ihrem Kopf abstützte. Und dann drang er noch tiefer in sie ein.

Seine Lippen fanden die ihren. Hungrig, heiß, voller Verlangen und gleichzeitig zärtlich.

Er fand einen langsamen, sinnlichen Rhythmus, mit dem er sich lustvoll in ihr bewegte, und geduldig wartete er, bis Pippa spürte, dass sie sich dem Höhepunkt ein weiteres Mal näherte.

Er wirkte weniger drängend als sonst in seinem Liebesspiel. Sanftes Vergnügen durchströmte sie, und sie fühlte sich leicht und umfangen von Cam … fühlte sich … geliebt.

Selbst als ihr klar wurde, wie töricht dieser Gedanke war, gab sie sich ihm ganz hin und genoss das Gefühl vollkommenen Glücks, das er ihr bescherte.

Mit den Lippen berührte er ihr Kinn und ihren Hals, knabberte an der empfindlichen Haut hinter ihrem Ohr. Ein weiteres Mal bewegte er sich tiefer in sie hinein, sodass sie aufschrie und ihre Nägel fester in seine Schulter grub. Sie wölbte sich ihm entgegen in dem Bestreben, noch mehr mit ihm verbunden zu sein.

„Das gefällt mir so an dir", murmelte er. „Wie du auf mich reagierst."

Oh, wenn er wüsste, wie sehr sie auf ihn ansprach und mit ihm zusammen sein wollte. Sie biss sich auf die Lippe, um diese verdammten Worte, die sich in der Hitze des Moments in ihrem Kopf bereits geformt hatten, daran zu hindern, ausgesprochen zu werden.

Ich liebe dich.

Sie schlang ihm die Arme um den Nacken und zog ihn zu sich herunter. Ganz nah wollte sie ihn jetzt spüren, so nah, dass seine Wärme ihren Körper erfüllte und sie nicht mehr wusste, wo Cam begann und Pippa endete.

Erzitternd stieß er einen leisen Schrei aus, als er den Höhepunkt erreichte. Sie stöhnte leise und raunte seinen Namen, als Wellen der Lust sie überfluteten und mit sich rissen. Ihre beiden Körper schienen eine untrennbare Einheit zu bilden.

Erschöpft sank sie zurück, unfähig, sich weiterzubewegen. Sie genoss das Gefühl tiefer Zufriedenheit, die sie durchströmte.

Einen Moment verharrte er noch über ihr, bevor er sich zur Seite rollte und sie dabei mitnahm und in seine Arme zog. Sie schmiegte sich an seinen Hals und lauschte seinem rasenden Herzschlag, darum bemüht, alles von Cam in sich aufzunehmen und unauslöschlich in ihrer Erinnerung zu verankern.

Weder er noch sie sprachen ein Wort, denn alles, was sie hätte sagen können, hätte den Augenblick zerstört. Und alles, was er hätte sagen können, hätte sie vermutlich nicht gerne gehört.

Also schloss sie die Augen und ahnte, dass er fort sein würde, wenn sie wieder erwachte – wie all die anderen Male würde sie in einem leeren Bett und mit einem noch leereren Herzen aufwachen.

Sie legte einen Arm und ein Bein über ihn, obwohl sie wusste, ihn auch so nicht zum Bleiben bewegen zu können. Trotzdem konnte sie der Versuchung nicht widerstehen, es zumindest zu probieren. Dann kuschelte sie sich fester in seine Arme und schlief erschöpft ein.

Cam erwachte schweißgebadet, den Horror seines Traums immer noch lebhaft vor Augen. Einen Moment lang starrte er in die Dunkelheit und erlebte den furchtbaren Unfall noch einmal, bei dem Elise und Colton ums Leben gekommen waren.

Abermals hatte er die Hilflosigkeit verspürt, als ihm bewusst geworden war, dass er den beiden nicht mehr helfen konnte. Trotzdem war er auf das Autowrack zugerannt und hatte inständig darum gebetet, dass es dieses Mal anders ausgehen würde, dass er sie lebend vorfinden würde.

Doch als er angekommen war, waren es Pippas blutiges Gesicht gewesen, das er gesehen, und der schmerzerfüllte Schrei seines neugeborenen Sohnes, den er gehört hatte.

In der Hoffnung, die grässliche Vision loszuwerden, stand er trotz Pippas schläfrig gemurmelten Protestes hastig auf und griff eilig nach seinen Sachen, um sich anzuziehen. Dann stahl er sich durch das dunkle Apartment bis zur Eingangstür. Draußen atmete er tief durch. Nach einer Weile stieg er in seinen Wagen und blieb einfach so darin sitzen, während er versuchte, sich Elises Gesicht wieder in Erinnerung zu rufen.

Doch jedes Mal, wenn er die Augen schloss, sah er nicht seine geliebte Frau, sondern Pippa.

14. KAPITEL

Als Pippa am kommenden Morgen aufstand, hätte sie allen Grund zur grenzenlosen Freude haben müssen. Ihre Eröffnungsfeier war ein Riesenerfolg gewesen, und sie hatte einen wundervollen Abend und eine noch wundervollere Nacht mit Cam verbracht. Doch wie befürchtet, war Cam bereits fort, als sie aufgewacht war.

Völlig niedergeschlagen kam sie kurz vor ihren beiden Angestellten in ihrem Geschäft an. Während sie ihre Arbeiten erledigte, hing sie ihren trübsinnigen Gedanken nach. Cams Verhalten nervte sie gewaltig, und ihr war klar, dass sie so nicht weitermachen konnte. Allerdings brauchte dieser Mann nur einmal zu lächeln, und schon landete sie wieder bereitwillig in seinem Bett. Nie hätte sie gedacht, einmal zu diesen leichtgläubigen Frauen zu gehören, über die sie und ihre Freundinnen stets nur den Kopf geschüttelt hatten. Offensichtlich verließ Pippa ihr gesunder Menschenverstand immer dann, wenn es um Männer und Beziehungen ging.

Ein paar Minuten bevor sie den Laden aufmachen wollte, klingelte ihr Mobiltelefon. Es war Devon, und er klang ziemlich gestresst.

„Ist was mit Ashley?“, fragte Pippa aufgeregt nach.

„Wir sind im Krankenhaus. Die Wehen haben bei ihr eingesetzt, und sie hat mich gebeten, dich anzurufen. Ich kann ihre Mutter nicht erreichen, und sie ist deswegen ziemlich panisch. Ich fürchte, sie sehnt sich nach weiblicher Gesellschaft, weil ich ihr auf die Nerven gehe.“

Pippa lächelte. „Bin schon auf dem Weg, Dev.“

„Danke, Pippa“, erwiderte er hörbar erleichtert.

Nachdem sie aufgelegt hatte, instruierte sie ihre Angestellten, wie sie den Laden während ihrer Abwesenheit zu führen hatten. Ihr fiel es schwer, gleich am zweiten Tag die Zügel aus der Hand geben zu müssen, aber auf keinen Fall würde sie Ashley im Stich lassen. Dann nahm sie sich ein Taxi, denn sie wollte nicht auf John warten müssen. Sie bangte mit Ashley und machte sich gleichzeitig Gedanken darüber, wie ihre eigene Niederkunft sein würde. Zwar wusste sie eine Menge über Schwangerschaft, hatte aber keine Ahnung von den Einzelheiten des Geburtsvorganges.

Im Krankenhaus angekommen, eilte sie gleich auf die Entbindungsstation und klopfte zaghaft an Ashleys Tür. Ein wenig fürchtete sie sich schon vor dem, was sie drinnen erwarten würde.

Devon öffnete die Tür und sah überaus erleichtert aus. Verstohlen schaute Pippa zu Ashley, die überraschenderweise kein bisschen mitgenommen wirkte. Sie begann zu strahlen, als sie Pippa erblickte. „Pippa! Ich freue mich ja so, dass du da bist!"

Lächelnd umarmte Pippa ihre Freundin. „Hey, wie geht es dir? Wann wird das Baby da sein?"

„Noch lange nicht", antwortete Ashley niedergeschlagen. „Das kann noch Stunden dauern. Ich bin erst auf vier geweitet."

„Vier was?", hakte Pippa verwirrt nach.

„Zentimeter. Was sonst?"

„Oh."

Eigentlich wollte Pippa gar nicht so genau wissen, was das zu bedeuten hatte. Diese Dinge vermied sie sorgfältig. Sie hatte viel lieber darüber gelesen, wie das Baby sich zum ersten Mal im Mutterleib bewegte und nach der Geburt entwickelte.

„Kann ich dir etwas bringen, Ash?"

Ashley schüttelte den Kopf. „Nein, bleib einfach hier bei mir."

Dev trat an die andere Seite des Bettes und gab seiner Frau einen Kuss auf die Schläfe. „Es wird alles gut, Ash. Du machst das prima."

Als Ashley ihn ansah, erkannte Pippa so viel Liebe in Devons Blick. Sie musste wegsehen und schluckte schwer. Genau das, was die beiden hatten, wollte sie auch. Sie und Cam hingegen hatten noch nicht einmal darüber gesprochen, ob er bei der Geburt dabei sein wollte. Vermutlich würde er wollen, aber sie hatte ja gelernt, dass Cams Verhalten nicht vorhersagbar war.

Abrupt stand sie auf, als sie Tränen in ihren Augen spürte. „Ich bin gleich wieder zurück. Ich muss nur mal kurz im Geschäft anrufen."

Mit diesen Worten floh sie regelrecht aus dem Zimmer in den Wartebereich, um ihre Fassung wiederzuerlangen. Heute musste sie stark sein für Ashley.

Die ganze Zeit über herrschte ein ständiges Kommen und Gehen in Ashleys Krankenzimmer. Ein paar Stunden nach Pippas Ankunft traf auch Ashleys Mutter ein. Pippa war froh, Mrs Copeland zu sehen, denn sie hatte eine äußerst beruhigende Art an sich. Sie hatte Pippa mindestens ein Dutzend Mal umarmt, und jedes Mal ging es ihr ein bisschen besser danach.

Tabitha, Carly und Sylvia kamen auch, blieben aber nicht lange, da das Zimmer mehr und mehr von Ashleys Familie bevölkert wurde.

Pippa hatte sich dann wieder in den Wartebereich zurückgezogen, um nicht im Weg zu sein. Sie holte sich einen Becher Wasser aus dem Wasserspender und machte es sich wieder auf dem Stuhl bequem, während sie auf die Ankunft von Ashleys Baby wartete. Ashley hatte eine große Familie, und es schien, als wären alle Mitglieder ins Krankenhaus gekommen, um bei der Geburt dabei zu sein.

Plötzlich wurde Pippa schmerzlich bewusst, dass bei der Geburt ihres Kindes nicht so viele Menschen da sein würden. Wie großartig musste es sein, eine große, liebevolle Familie zu haben, die zu speziellen Anlässen zusammenkam und gemeinsam feierte.

Sie hatte sich nie einsamer in ihrem Leben gefühlt als jetzt inmitten all der freundlichen Menschen, die den Wartebereich bevölkerten und aufgeregt miteinander sprachen.

„Hast du heute schon etwas gegessen?"

Cams Stimme, die plötzlich hinter ihr erklang, riss sie aus ihren Gedanken. Sie drehte sich um und schüttelte den Kopf.

„Dann lass uns in die Cafeteria gehen", schlug Cam vor und fasste sie am Ellbogen, aber sie entzog sich seinem Griff.

„Ich gehe nirgendwohin. Jeden Moment kann es bei Ashley so weit sein. Und das möchte ich auf gar keinen Fall verpassen."

„Dann hole ich dir eben etwas", schlug er vor. „Du musst doch etwas essen."

Sie zuckte mit den Schultern – was ihn zu verärgern schien, aber das störte sie im Moment nicht sonderlich.

Nachdem er Pippa einen mahnenden Blick zugeworfen hatte, verließ Cam den Wartebereich. Erleichtert ließ sie sich wieder auf den Stuhl sinken. Sicherlich wunderte er sich, warum sie so abweisend war, denn er hatte bestimmt schon wieder verdrängt, dass er nach ihrer letzten gemeinsamen Nacht erneut sang- und klanglos verschwunden war. Er konnte nicht ahnen, was für ein Durcheinander er damit in Pippas Gefühlen angerichtet hatte und wie dicht sie davor war, an die Grenze ihrer Belastbarkeit zu kommen.

Eine Viertelstunde später brachte Cam ihr etwas zu essen. „Ich wusste nicht, was du trinken willst, also habe ich eine Flasche Wasser genommen."

„Fein", sagte sie und nahm sie ihm ab. „Isst du denn nichts?"

„Ich habe gegessen, bevor ich hierhergekommen bin." Er setzte sich auf den Stuhl neben sie und streckte seine langen Beine aus.

Obwohl die Spaghetti und das Knoblauchbrot wirklich lecker aussahen, verspürte Pippa keinen Appetit. Sie zwang sich dazu, ein paar Bissen zu essen, und stocherte anschließend lustlos in den Spaghettis herum. Und sie konnte seinen mahnenden Blick förmlich spüren.

Ashleys Vater William rettete sie, als er in den Warteraum gestürzt kam und glücklich lächelnd verkündete: „Es ist ein Mädchen! Ich habe eine Enkelin!"

Pippa schob den Teller beiseite, um gemeinsam mit den anderen Familienmitgliedern Mr Copeland zu gratulieren. Alle schienen sich aufrichtig zu freuen und waren glücklich – alles war so, wie Pippa es sich für die Geburt ihres eigenen Kindes gewünscht hätte.

Ein paar Minuten später gesellte sich Devon mit einem kleinen Bündel auf dem Arm und einem stolzen Lächeln zu ihnen. Cam gratulierte seinem Freund fröhlich – und Pippa traute ihren Augen kaum, als sie sah, wie Cam fasziniert die Tochter seines Freundes betrachtete und sich angeregt mit Devon unterhielt. Und dann reichte Devon ihm das Neugeborene, und beide standen da, plapperten in Babysprache mit ihm und lachten dabei.

Pippa hätte nie gedacht, dass ihr etwas noch mehr Leid zufügen könnte als das Erlebnis an dem Tag ihres Ultraschalls. Wie erstarrt beobachtete sie, dass der derselbe Mann, der vor ihr und dem Baby davongelaufen war, sich so über dieses kleine Mädchen freute.

Nachdem Cam seinem Freund das Kind zurückgegeben hatte, klopfte er ihm auf die Schulter und gratulierte ihm herzlich. Alle Menschen im Warteraum schienen vor Freude überzusprudeln – doch Pippa konnte sich nur auf Cam konzentrieren. Cam, der lächelte. Cam, der glücklich war. Cam, der ohne Zweifel die Fähigkeit besaß, einen Menschen zu lieben.

Und warum konnte er bloß nicht sie und ihr gemeinsames Kind lieben?

Pippa war nicht länger imstande, hierzubleiben und so zu tun, als sei alles in Ordnung, denn eine tiefe Traurigkeit erfüllte ihr Herz.

In der allgemeinen Aufregung gelang es ihr, unbemerkt zum Fahrstuhl zu gehen. Sie hatte Tränen in den Augen. In dem Moment, als die Türen sich schlossen, sah Cam auf, und ihre Blicke trafen sich.

Um zu verhindern, dass Cam ihr folgte, beeilte sie sich, das Gebäude zu verlassen und die Straße zu überqueren, um ein paar Straßen weiter ein Taxi zu rufen.

Jetzt am Abend war es nach dem warmen Tag erstaunlich frisch. Ein perfekter Frühlingstag für die Geburt von Ashleys Tochter und den Beginn eines neuen Lebens nach einem langen Winter.

Trotzdem hatte sie das Gefühl, dass der Frühling für sie nur Kummer und Leid brachte. Zugegeben, das war ein bisschen dramatisch, aber sie war unsagbar traurig. Sie liebte Cam – trotz seiner Fehler.

Aber sie wollte, dass er ihr Kind genauso glücklich ansah wie Devons und Ashleys Tochter. War er jemals so zufrieden gewesen, wenn sie zusammen gewesen waren? Es schien, als wäre er ein völlig anderer Mensch. Er hatte bewiesen, dass er zur Liebe fähig war, aber es war, wie er gesagt hatte – er liebte weder sie noch ihren Sohn.

Schluchzend hielt sie die Hand hoch, um ein näherkommendes Taxi herbeizuwinken. Als sie eingestiegen war, teilte sie dem Fahrer mit, wohin sie wollte. Der Mann warf einen misstrauischen Blick in den Rückspiegel, bevor er sich in den Verkehr einfädelte.

Als ihr Mobiltelefon klingelte, erkannte sie am Klingelton, dass es Cam war, der versuchte, sie zu erreichen. Sie ignorierte den Anruf. Gleich darauf signalisierte ihr ein Pling, dass sie eine SMS erhalten hatte.

Kurz vor ihrem Apartment leuchtete Ashleys Nummer auf dem Display auf, und Pippa nahm den Anruf entgegen. „Ja, Ash?“, meldete sie sich.

„Nein, ich bin's, Devon.“

„Ist alles in Ordnung mit Ash und dem Baby?“, fragte sie erschrocken.

„Ich mache mir eigentlich mehr Sorgen darum, ob es dir gut geht.“

„Ja, mir geht es gut“, erwiderte sie mit zittriger Stimme. „Wirklich. Hoffentlich ist Ashley mir nicht böse, weil ich weggegangen bin. Ich habe nur gedacht, sie ist bestimmt vollkommen erschöpft. Und bei den vielen Leuten wäre ich nur im Weg gewesen.“

„Du bist niemals im Weg, Pippa“, versicherte Devon ihr freundlich. „Ich kann mir denken, dass du ziemlich aufgebracht sein musst, weil du das mit Cam gesehen hast.“

Damit hatte er den Nagel auf den Kopf getroffen, aber Pippa versuchte, sich nichts anmerken zu lassen. „Mir geht es wirklich gut, Dev. Hab trotzdem vielen Dank. Sag Ash, dass ich sie morgen besuchen komme."

„Geht klar", sagte Devon. „Kopf hoch, Pippa. Ich weiß, dass er sich mies verhält. Allerdings bin ich früher auch so ein mieser Kerl gewesen. Es besteht also noch Grund zur Hoffnung, dass er auch die Kurve kriegt."

Pippa lächelte. „Danke, Dev. Grüß bitte Ash von mir."

„Pass auf dich auf", bat Devon. „Wir sind immer für dich da."

„Danke", sagte sie leise, bevor sie das Gespräch beendete. Das Taxi hatte mittlerweile vor ihrem Apartment gehalten. Sie bezahlte und stieg aus. Als sie das Handy wegstecken wollte, sah sie, dass Cam ihr mehrere SMS geschickt hatte. In der letzten stand: Verdammt, Pippa. Geh ans Telefon. Was ist los? Geht es dir gut?

Sie steckte das Telefon zurück in die Tasche und holte die Schlüssel heraus, während sie die Treppen nach oben lief. Nein, es ging ihr ganz und gar nicht gut – und ehrlich gesagt, hatte sie sich nie schlechter gefühlt.

Am nächsten Tag war es nach einer schlaflosen Nacht um ihre Laune nicht besser bestellt. Zwar lief im Laden alles gut – Cam ließ sich nicht blicken, die Kunden waren zahlreich und lobten ihre Speisen in den höchsten Tönen –, aber Pippa wurde bewusst, dass sich etwas ändern musste.

Immer wieder sah sie Cams Lächeln vor sich, als er am Vortag Devons und Ashleys kleine Tochter bewundert hatte. Sie fühlte sich völlig erschöpft und desillusioniert – und sie wollte nicht länger darauf warten, bis Cam endlich erkannte, dass er nach vorn schauen und ein neues Leben beginnen musste.

Nach Ladenschluss ruhte sie sich kurz zu Hause aus, bevor sie sich auf den Weg ins Krankenhaus machte, um Ash wie versprochen zu besuchen.

Nachdem sie ins Zimmer getreten war, musterte Dev sie aufmerksam. Dann schloss er sie wortlos in die Arme und drückte sie.

„Danke“, flüsterte Pippa. „Wie geht es Ash?“

„Schau selbst“, sagte er und ließ sie los.

Pippa eilte zum Bett und blieb verzückt stehen, als sie sah, wie Ashley ihre kleine Tochter stillte.

Ihre Freundin lächelte. „Hey, Pip. Komm her und schau sie dir an. Sie ist wunderschön.“

Ehrfürchtig betrachtete Pippa das Baby. Devon stellte für sie einen Stuhl neben das Bett und bat sie, sich zu setzen.

„Dev hat gesagt, dass Cam sich gestern Abend wie ein Idiot verhalten hat“, sagte Ashley leise.

Pippa seufzte. „Ich möchte eigentlich gar nicht über ihn reden. Du solltest dich lieber über euer wunderbares Baby freuen, anstatt mir beim Jammern zuzuhören.“

Ashley reichte Devon das Baby. „Pass bitte auf Katelynn auf, damit sie ihr Bäuerchen macht.“

Freudestrahlend nahm Devon ihr das Baby ab und ging mit ihm zum Fenster, um sich dort in einen Sessel zu setzen.

„Jetzt schieß mal los“, forderte Ashley ihre Freundin auf und verschränkte die Arme. „Du siehst grauenhaft aus. Man merkt, dass du unglücklich bist.“

„Bin ich auch“, erwiderte Pippa mit tränenerstickter Stimme. „Aber das habe ich mir selbst eingebrockt. Ich bin fest entschlossen, ihn zur Rede zu stellen. Vielleicht klingt das blöd, aber ich muss es einfach tun.“

Ashley drückte sacht ihre Hand. „Und was willst du ihm sagen?“

Pippa lachte bitter auf. „Dass ich ihn liebe.“

„Dann bist du viel tapferer als ich“, meinte Ashley bewundernd. „Und dann?“

„Nichts dann“, entgegnete Pippa frustriert. „Er wird tun, was er immer tut, und ich werde gehen – doch dieses Mal für immer. Ich finde, dass er diese letzte Chance verdient hat, und wie die

Sache auch immer ausgehen mag, ich muss endlich Klarheit haben. Ich kann so nicht mehr weitermachen – heute so, morgen so. Nie weiß ich, woran ich bei ihm bin. In der Gesellschaft von anderen Menschen ist er glücklich, nur nicht, wenn er mit mir zusammen ist. Und das tut furchtbar weh."

„Oh, Pip", sagte Ash traurig. „Ich wünschte ..."

„Ich auch", unterbrach Pippa sie. „Aber mit Wünschen kommen wir auch nicht weiter – das ist etwas für Märchen. Cam ist nicht Prinz Charming, und ich bin nicht die Prinzessin, die glücklich bis zum Ende ihrer Tage mit ihm zusammenlebt."

Ashley sah so mitfühlend aus, als würde sie gleich in Tränen ausbrechen. Deshalb beschloss Pippa, ihre Freundin aufzuheitern, denn sie wollte sie auf keinen Fall aufregen. „Ich nehme Dev das Baby für eine Minute ab", sagte sie betont fröhlich. „Und dann lasse ich euch wieder allein, damit du dich ausruhen kannst."

Als sie Katelynn im Arm hielt und aufmerksam betrachtete, konnte auch sie sich dem Zauber des kleinen Mädchens nicht entziehen, als dieses mit dem Händchen nach Pippas Finger griff und ihn umschloss.

Wie konnte man sich nicht augenblicklich in ein Baby verlieben? dachte Pippa. Genauso war es ihr mit dem Ultraschallbild von ihrem eigenen Kind ergangen. Doch für Cam war es nicht dasselbe gewesen. Er hatte gar nicht schnell genug die Flucht ergreifen können.

Sie schloss die Augen und küsste Katelynn auf die Stirn, bevor sie Ashley das Mädchen zurückbrachte. „Sie ist absolut perfekt, Ash. Das hast du gut gemacht."

Stolz nahm Ashley ihre Tochter entgegen. „Alles wird gut, Pippa", versicherte sie.

Wenig überzeugt nickte Pippa und winkte Devon zum Abschied zu. „Ich sehe euch dann später."

„Ruf an, falls du was brauchst", ermahnte Devon sie.

Wieder nickte Pippa, ging aus dem Zimmer und schloss leise die Tür hinter sich. Nachdem sie auf ihre Uhr gesehen hatte, lehnte sie sich gegen die Wand im Flur. Es bestand keine Aussicht darauf, dass sie heute Abend würde schlafen können. Vorher musste sie erst die Sache mit Cam klären, sonst würde sie noch daran zerbrechen.

Es würde eine lange Fahrt werden, und sie würde Cam vermutlich aus dem Schlaf holen, aber das kümmerte sie nicht im Geringsten. So oder so – heute Nacht würde es ein für alle Mal zwischen ihnen geklärt werden.

15. KAPITEL

Sogar zu dieser späten Stunde herrschte noch reger Verkehr auf den Straßen. Pippa war es gelungen, einen Taxifahrer davon zu überzeugen, sie nach Greenwich zu chauffieren. Als sie Cams Anwesen erreichten, war es bereits nach Mitternacht. Pippa bezahlte den Fahrer und sagte ihm, dass er nicht auf sie zu warten brauchte.

Nachdem John sie hereingelassen und ihr versprochen hatte, Cam zu wecken, wartete Pippa in Cams Büro auf ihn. Sie verzichtete darauf, das Licht einzuschalten, denn die Dunkelheit wirkte beruhigend auf sie. Stattdessen genoss sie den Blick auf den mit Sternen übersäten Nachthimmel. Feenstaub, dachte sie. Eine Million Wünsche. Sie hatte jedoch nur einen.

Die Tür wurde geöffnet, und Cam betrat den Raum. „Pippa, ist etwas passiert?", fragte er besorgt, während er das Licht einschaltete.

Von der plötzlichen Helligkeit geblendet, kniff Pippa einen Moment die Augen zusammen.

„Was ist denn los, Pippa?"

Sie schluckte, straffte die Schultern und holte tief Luft. „Sind wir getrennte Leute, Cam?", fragte sie geradeheraus.

Überrascht sah er sie an. „Was willst du mir damit sagen?"

„Lass es mich einfach für dich machen, Cam. Ich liebe dich."

Plötzlich wurde er ganz blass und wich vor ihr zurück. Seine Reaktion sagte ihr mehr als tausend Worte. Eigentlich war das alles, was sie wissen wollte, aber etwas in ihr drängte sie dazu nachzuhaken.

„Ich muss wissen, wie du zu mir stehst", sagte sie. „Auf der einen Seite tust du so, als wären wir ein Paar, und auf der anderen behandelst du mich wieder wie eine Fremde."

„Ich bin von Anfang an ehrlich zu dir gewesen", protestierte Cam.

Sie nickte. „Ja, das bist du zweifellos. Trotzdem sendest du widersprüchliche Signale aus. Deine Taten stehen im Gegensatz zu deinen Worten. Ich muss wissen, ob ich hoffen darf, Cam."

Er wich noch weiter vor ihr zurück, wie Pippa wutentbrannt bemerkte.

„Wag es bloß nicht, mir den Rücken zuzudrehen!“, rief sie. „Sieh mich gefälligst an, wenn du mir sagst, warum du mich nicht lieben kannst. Es ist Zeit, mit dem Leben weiterzumachen und nicht der Vergangenheit nachzutrauern. Dein Sohn braucht dich – ich brauche dich“, setzte sie flehentlich hinzu.

Wütend drehte Cam sich zu ihr um. „Weitermachen? Was willst du mit diesem Hobbypsychologenquatsch denn bewirken? Dass ich sage, oh ja, du hast ja recht – und dass wir dann glücklich bis ans Ende unserer Tage zusammenleben?“

„Ich finde es lächerlich, dass du glaubst, niemanden mehr lieben zu können.“

Einen Moment lang schaute er sie sprachlos an. „Es ist nicht so, dass ich nicht lieben kann“, gab er schließlich zu. „Ich bin keiner von denen, die meinen, dass es im Leben nur einen einzigen Seelenverwandten für sie gibt.“

Mit dieser Antwort hatte sie überhaupt nicht gerechnet. „Was ist es denn dann?“, fragte sie völlig perplex. „Warum kannst du mich und das Baby nicht lieben?“

„Es ist nicht so, dass ich dich nicht lieben kann, Pippa“, wiederholte er. „Ich will es einfach nicht. Verstehst du? Ich will dich nicht lieben“, fügte er dann hinzu.

Seine Worte trafen sie wie Fausthiebe, und sie wusste nicht, was sie darauf erwidern sollte. Sie schlang die Arme um den Bauch und schwieg fassungslos.

„Wenn ich dich nicht liebe“, erklärte Cam, „dann kann es mir egal sein, ob dir was passiert. Wenn ich dich nicht liebe, kann mich das nicht mehr berühren. Denn ich will nie wieder so fühlen wie damals, als ich zusehen musste, wie Elise und Colton vor meinen Augen gestorben sind.“

„Du liebst uns nicht, weil du Angst hast?“, fragte sie heiser. „Was für ein gefühlloses Monster bist du eigentlich?“

„Genau das ist es“, stimmte er ihr zu. „Gefühllos – das will ich sein.“

„Du Mistkerl", platzte sie wütend heraus. „Du herzloser Mistkerl! Und was hast du in den letzten Monaten getan? Wenn du so wild entschlossen bist, keine Beziehung zu haben, warum hast du dann immer noch mit mir geschlafen?"

Schuldbewusst senkte er den Blick und schwieg.

„Soll ich etwa Mitleid mit dir haben?", fragte Pippa zornig. „Weil du armer Kerl so etwas Schreckliches erlebt hast? Soll ich dir mal was verraten, Cam? Das läuft nicht immer so, wie man es sich vorstellt. Das gilt für alle Menschen – auch für dich. Und nicht jeder benimmt sich wie ein herzloser Mistkerl, nur weil er mal was Schlimmes erlebt hat. Andere stehen wieder auf und machen mit ihrem Leben weiter. Vielleicht hat dir das ja nur nie jemand so gesagt."

„Es reicht!", rief er.

„Oh, nein, das tut es nicht. Ich habe gerade erst angefangen, und du schuldest mir, dass du mir zuhörst. Eines Tages wirst du bereuen, dich von mir und dem Baby abgewandt zu haben. Wenn du eine andere geheiratet hast und dir klar wird, dass du einen Sohn hast, der nie einen Vater hatte, weil du ein Feigling bist."

„Irgendwie bezweifle ich, dass es meine zukünftige Frau stört, dass meine Ex und unser uneheliches Kind in der Nachbarschaft leben", entgegnete er.

Pippa traute ihren Ohren kaum und wich zurück. Ihr fiel es schwer, ihr letztes bisschen Würde zu bewahren, aber ihr Stolz ließ es nicht zu, dass sie jetzt anfing zu weinen. Es machte keinen Sinn. Sie verletzten sich wie zwei wütende Hunde, und es änderte nichts – würde nie etwas ändern.

„Wir sind geschiedene Leute", erklärte sie kalt. „Ich möchte nichts von dir, Cam. Keine Unterstützung, kein Geld. Und ganz bestimmt nicht deine Gesellschaft. Ich will auch nicht, dass du unserem Kind zu nahe kommst – *meinem* Kind."

„Pippa …"

Sie schüttelte den Kopf. „Ich will nichts mehr hören. Aber das verspreche ich dir, Cam: Wenn du eines Tages merkst, was für einen schrecklichen Fehler du gemacht hast, dann ist es zu spät." Beschützend legte sie die Hände über ihren Bauch. „Dann sind wir nicht mehr für dich da. Mein Sohn und ich verdienen bedingungslose Liebe – und nicht nur halbherzige Lippenbekenntnisse. Mein Kind verdient einen Vater, der auch noch einen anderen Menschen außer sich selbst lieben kann."

Mit diesen Worten ging sie zur Tür. „Ich wünsche dir ein schönes Leben, Cam. Aber irgendwie bezweifle ich, dass du das haben wirst, weil es dir nämlich viel zu viel Spaß macht, im Selbstmitleid zu baden." Sie stürmte aus dem Arbeitszimmer und warf die Tür hinter sich zu. Kurz darauf stand sie im Dunkeln vor dem Hauseingang und erinnerte sich mit Schrecken daran, den Taxifahrer fortgeschickt zu haben.

„Ms Laingley, gestatten Sie mir, Sie nach Hause zu fahren?"

Als sie sich umwandte, erblickte sie John, der sie mitleidig ansah. Jetzt erst brach sie in Tränen aus und ließ sich bereitwillig von ihm zum Wagen führen.

Cam ließ sich auf den Stuhl hinter seinem Schreibtisch sinken und schlug die Hände vors Gesicht.

Nachdem er Pippa zur Tür gefolgt war, hatte er gesehen, dass John sie nach Hause fahren würde. Lange Zeit hatte er wie betäubt den Rücklichtern des Wagens nachgesehen, bis sie in der Ferne verschwunden waren. Die kalte Nachtluft spürte er nicht, er fühlte sich innerlich wie tot – so wie schon seit einer langen Zeit.

Jetzt, da er am Schreibtisch saß, spürte er einen seltsamen Schmerz in der Brust, der eigentlich nicht da hätte sein dürfen. Er hätte erleichtert sein sollen, dass es vorüber war und Pippa sich keine Illusionen mehr machte. Ein sauberer Schnitt eben – das hätte er schon von Anfang an tun sollen.

Aber warum fühlte er sich nicht besser? Er konnte sich freuen, denn jetzt konnte er zu seinem gefühllosen, sicheren Leben zurückkehren und nie wieder Schmerz empfinden. Doch das stimmte nicht. Er fühlte Schmerz – jetzt in diesem Moment tat ihm alles so weh, dass er kaum Luft bekam. Er hatte Pippa verloren.

Ihm war genau das passiert, wovor er sich die ganze Zeit über hatte beschützen wollen – er hatte einen Menschen verloren, den er geliebt hatte. Genau hier, gerade eben hatte er Pippa und seinen Sohn verloren. *Seinen* Sohn – ein unschuldiges, kostbares neues Leben. Ein Kind, das es verdiente, dass man ihm die Welt zu Füßen legte. Und zwei Eltern, die es liebten. Einen Vater, der es vor allem, was ihm im Leben zustoßen könnte, bewahrte.

Mein Gott, was war er nur für ein Mistkerl! Pippa hatte ihn völlig zu Recht als gefühlloses Monster beschimpft. Allerdings gab es ein Problem – er war nicht gefühllos, und er würde alles dafür geben, jetzt nicht diesen Schmerz empfinden zu müssen. Pippa hatte ihm heute Nacht ihre Gefühle gestanden und alles gewagt – und er hatte sie abgewiesen, weil er Angst hatte. Was für ein erbärmlicher Feigling er doch war – und schon so lange gewesen war.

Er hatte etwas bekommen, wofür andere Menschen alles geben würden. Ein Geschenk, das sie voller Dankbarkeit annehmen würden. Eine zweite Chance. Pippa war wie eine frische Brise gewesen und hatte ihm klargemacht, dass er vor langer Zeit aufgehört hatte zu leben. Sie hatte wie ein Blitz in seine Gefühlswelt eingeschlagen, schon beim ersten Mal, als er sie gesehen hatte. Ihr Lächeln, ihr Lachen, ihre Schönheit, ihr entschlossenes Handeln, ihre Entschlossenheit, ihr Mut. Sie könnte jeden Mann haben, aber sie hatte sich für ihn entschieden, obwohl sie versehentlich von ihm schwanger geworden war. Sie versuchte, das Beste aus der Lage zu machen und dem Leben die Stirn zu bieten – für sich und ihren Sohn das Beste herauszuholen.

Er war so verdammt stolz auf sie und so tief beschämt über sein schäbiges Verhalten. Er verdiente sie nicht, da hatte sie völlig recht. Aber er wollte sie. Und wie sehr er sie wollte!

Er sprang von dem Schreibtischsessel auf, denn plötzlich verspürte er mehr Entschlossenheit als je zuvor in seinem Leben. Er liebte sie, verdammt noch mal. Er hatte sich selbst und Pippa belogen – und jetzt würde er vor ihr auf die Knie gehen und sie anflehen, ihm noch eine Chance zu geben. Ohne noch eine weitere Sekunde zu verlieren, rannte er in die Garage und stieg in den Cadillac. Er war wild entschlossen, sofort in die Stadt und zu Pippas Apartment zu fahren. Vermutlich wäre er erst am Morgen dort, aber das spielte keine Rolle, denn er konnte nicht länger warten. Schon viel zu lange hatte er sie warten lassen.

Ihm würde es verdammt schwerfallen, ihr seine Liebe zu gestehen und nicht zu wissen, wie ihre Antwort ausfallen würde. Aber sie hatte dasselbe für ihn getan. Auf der anderen Seite war es so schlimm auch wieder nicht, denn er wollte ja ein Leben mit Pippa und ihrem gemeinsamen Sohn. Dafür lohnte es sich doch schon mal, auf die Knie zu gehen, oder?

In ihrem Apartment ließ Pippa sich erschöpft aufs Sofa sinken. Sie war wie betäubt über Cams Zurückweisung. Was sollte sie nur tun? Ihr Kopf schmerzte, und sie wusste, dass sie unbedingt schlafen musste. Sie stellte den Wecker ihres Handys, zog die Beine auf das Sofa, rückte sich ein Kissen zurecht und war fast augenblicklich eingeschlafen.

Irgendwann in der Nacht wurde Pippa von Rauchgeruch wach. Sie öffnete die Augen, zunächst verwirrt von der Dunkelheit und dem beißenden Gestank. Kurz darauf setzte sie sich alarmiert auf und stellte entsetzt fest, dass um sie herum Flammen loderten. Der Rauch war so dicht, dass sie keine Ahnung hatte, wo sie sich befand und wo die Tür war. Als sie Luft holte, musste sie husten, und ihre Lungen brannten. Panik überkam sie, als ihr bewusst wurde, in welcher Gefahr sie sich befand.

Sie sprang auf und versuchte zu erkennen, wo die Tür war. Dann fiel ihr ein, gehört zu haben, dass der sicherste Ort bei einem Brand der Fußboden wäre. Also legte sie sich hin, so gut das mit ihrem Babybauch ging, und zog sich das Shirt über Nase und Mund. Wo war ihr Telefon?

Doch in dem Rauch konnte sie selbst nicht mehr den Couchtisch erkennen. Sie war völlig orientierungslos und ahnte, dass sie sterben würde, wenn ihr nicht bald etwas einfiel. Also schloss sie die Augen und rief sich innerlich zur Ruhe. Sie musste das Baby und sich retten und durfte jetzt nicht in Panik geraten.

Sie kannte ihr Apartment wie ihre eigene Westentasche, also krabbelte sie in Richtung Tür, während über ihr die Flammen aus der Decke schlugen. Es wurde immer schwieriger, Luft zu bekommen, und sie hatte wahnsinnige Angst davor, dass der Rauch ihrem Kind Schaden zufügen könnte. Der Gedanke an ihr Baby trieb sie weiter, bis sie es schließlich in das Foyer geschafft hatte. Sie ignorierte die Schmerzen an ihren Händen und Knien.

Als sie ein Stückchen von der Tür entfernt war, zersplitterte diese plötzlich mit einem lauten Krachen. Sie hörte Rufe, bevor sie von starken Händen gepackt und hochgehoben wurde. Der Feuerwehrmann hielt sie auf den Armen und trug sie in die kühle Nachtluft hinaus. Die Welt um sie herum schien aus blitzenden Signallichtern, Rauch und Flammen zu bestehen, die in den mit Sternen übersäten Nachthimmel züngelten.

„Ist noch jemand in dem Apartment?“, erkundigte sich der Feuerwehrmann.

Sie schüttelte den Kopf. „Nein“, wollte sie sagen, aber sie brachte nur ein heiseres Krächzen heraus.

Er brachte sie zu einem Krankenwagen und legte sie sofort auf eine Trage.

„Das Baby“, stieß sie hervor. „Ich bin schwanger.“

Doch dann wurde ihr eine Sauerstoffmaske übers Gesicht gezogen, und sie konnte nicht mehr sprechen. Dann spürte sie einen Piks im Arm, und zwei Rettungssanitäter stellten ihr Unmengen von Fragen. Sie wollte ihnen mitteilen, dass es ihr gut ging, aber die Maske verhinderte das, und außerdem tat ihr Hals so furchtbar weh.

Sie lag da wie betäubt, als sie spürte, dass es um sie herum dunkler zu werden begann. Einer der Sanitäter beugte sich zu ihr herunter und rief, sie solle wach bleiben.

Wieder wollte sie beteuern, dass alles in Ordnung mit ihr sei, aber ihr Mund versagte ihr den Dienst. Sie blinzelte hilflos, bevor alles um sie herum schwarz wurde.

16. KAPITEL

Als Cam in Pippas Straße einbog, erwartete ihn eine böse Überraschung. Entsetzt hielt er beim Anblick all der Polizei- und Krankenwagen sowie Löschzüge der Feuerwehr das Lenkrad umklammert. Die Luft war rauchgeschwängert, und der orangefarbene Schein der Flammen hob sich vom Nachthimmel ab.

Vor einer Polizeibarrikade hielt er an und sprang aus dem Auto, um zu Pippas Apartment zu rennen.

„Hey! Sie können da nicht rein!“, rief ein Officer, den Cam jedoch ignorierte und weiterrannte. Als er bei den vorderen Krankenwagen angelangt war, gelang es schließlich zwei Polizisten, ihn zu überwältigen und zu Boden zu drücken. Cam wehrte sich wie wild.

„Lassen Sie mich los!“, schrie er. „Ich muss zu ihr. Pippa! Sie ist schwanger! Ich muss sie retten.“

„Sie gehen nirgendwohin“, widersprach einer der Cops. „Der ganze Block steht in Flammen. Sie würden sich in Lebensgefahr bringen, und die Jungs hier haben schon genug zu tun. Lassen Sie sie in Ruhe ihren Job machen.“

„Lassen Sie mich los“, verlangte Cam energisch, und nur zögernd kamen die beiden Männer seiner Aufforderung nach.

„Keine falsche Bewegung“, ermahnte ihn einer von ihnen.

Mit wild klopfendem Herzen richtete Cam sich auf und sah sich fassungslos das Inferno an. Ich hätte Pippa nicht nach Hause fahren lassen dürfen, dachte er verzweifelt. Alles war seine Schuld. Falls Pippa und dem Kind etwas zugestoßen sein sollte, dann würde sein Leben keinen Sinn mehr haben.

„Pippa Laingley“, stieß er heiser hervor. „Sie hat dort gewohnt.“ Er deutete mit zitternder Hand auf das Apartment. „Können Sie mir sagen, ob sie gerettet worden ist?“

Er sah zu, wie einer der Officer mit einem Feuerwehrmann sprach. „Sie haben sie herausgeholt“, teilte er Cam dann mit. „Und sie wurde ins Krankenhaus gebracht. Es klingt verrückt, aber sie soll bei Bewusstsein gewesen sein und schien nicht weiter verletzt."

Die Erleichterung, die Cam empfand, war unbeschreiblich. „Wohin hat man sie gebracht?", wollte er wissen, während er sich schon auf den Rückweg zu seinem Wagen machte. Der Officer rief ihm den Namen des Krankenhauses hinterher. Cam war nur noch von dem einzigen Gedanken beseelt, Pippa zu sehen, sich zu vergewissern, dass es ihr gut ging. Er musste ihr unbedingt sagen, was er für sie empfand – musste ihr das sagen, wofür er vorhin den Mut nicht aufgebracht hatte.

Und er hoffte, dass sie ihm zuhören würde.

Pippa lag in dem unbequemen Bett in der Notaufnahme. Krankenschwestern liefen geschäftig hin und her. Seitdem man ihr nach einer eingehenden Ultraschalluntersuchung mitgeteilt hatte, dass mit dem Baby alles in Ordnung sei, war sie wesentlich ruhiger. Trotzdem musste sie daran denken, was alles hätte geschehen können, wenn sie nicht rechtzeitig aufgewacht wäre.

Sie roch nach Qualm und sah zum Fürchten aus, aber das kümmerte sie nicht weiter. Für sie zählte nur, dass es ihrem Kind gut ging.

Die Tür zu dem Zimmer wurde geöffnet, und Devon kam herein. Zu Pippas großer Überraschung erblickte sie Ashley hinter ihm.

„Pippa! Oh, mein Gott!", rief Ashley aus und umarmte sie.

„Was macht ihr denn hier?", fragte Pippa fassungslos. „Ash, du solltest im Bett liegen. Du hast gerade ein Kind bekommen."

„Wir mussten einfach herkommen, als wir davon gehört haben", erklärte Devon. „Ashley hat sich nicht davon abhalten lassen mitzukommen." Nachdem er Pippa beruhigend über das Haar gestrichen hatte, verließ er das Zimmer wieder, um diskret im Flur zu warten.

„Typisch", meinte Pippa und warf ihrer Freundin einen finsteren Blick zu.

Ashley setzte sich auf die Bettkante und ergriff die Hand ihrer Freundin. „Erzähl, was passiert ist!"

Angesichts der aufrichtigen Besorgnis ihrer Freundin verlor Pippa die Fassung und spürte, wie ihr die Tränen über die Wangen liefen. „Oh, Ashley, es war eine fürchterliche Nacht", flüsterte sie.

„Bist du nicht zu Cam gefahren?", fragte Ashley nach. „Was ist passiert?"

„Es ist vorbei", erklärte Pippa schluchzend. „Ich habe ihm gesagt, dass ich ihn liebe, und jetzt ist es vorbei. Er hat mir gestanden, dass er mich und das Baby nicht lieben *will*. Er war so … abweisend. Aber das Schlimmste ist, ich liebe ihn immer noch."

„Dieser Mistkerl!", stieß Ashley hervor und drückte beschwichtigend Pippas Hand. „Aber mach dir keine Sorgen. Alles wird gut. Du hast mich. Du hast meine Mutter. Du hast Sylvia, Carly und Tabitha, die dir helfen. Devon wird alles tun, was in seiner Macht steht. Also mach dir keine Sorgen. Im Augenblick musst du dich darauf konzentrieren, dass es dir und dem Kind gut geht."

„Danke." Pippa lächelte unter Tränen. „Ich wüsste nicht, was ich ohne dich tun sollte."

„Ich muss gleich wieder zurück auf die Babystation, aber Dev sieht wieder nach dir. Und meine Mutter bringt dir nachher was zum Anziehen. Du musst mir unbedingt sofort Bescheid geben, wenn du wieder entlassen wirst."

Als Pippa dann allein war, schloss sie erschöpft die Augen. Körperlich und emotional war sie am Ende. Und sie verspürte eine schreckliche Leere. Etwas in ihr war zerbrochen.

In der Notaufnahme log Cam unverblümt, indem er behauptete, Pippas Mann zu sein und sie sehen zu wollen. Auf dem Weg zu ihrem Zimmer erblickte er Dev, der auf dem Flur wartete. Gerade als Cam ihm zurufen wollte, kam Ashley aus dem Zimmer, und Devon legte ihr den Arm um die Schultern. Als sie Cam sahen, blieben sie stehen. Cam bemerkte den verärgerten Gesichtsausdruck seines Freundes.

„Wie geht es ihr?, fragte er und wollte an ihnen vorbei ins Zimmer, doch Devon hielt ihn zurück.

„Cam, bitte. Lass sie in Ruhe“, bat Ashley ihn leise.

„Sie in Ruhe lassen? Ich muss sie aber sehen!“, protestierte er.

„Sie ist vollkommen erschöpft und braucht Ruhe – besonders jetzt.“

Ihre Worte konnten ihn nicht davon abbringen, er musste zu Pippa, doch Ash packte ihn am Arm.

„Lass sie in Ruhe. Für heute Nacht hast du genug getan. Sie weiß noch nicht einmal, dass du uns angerufen und von dem Feuer berichtet hast.“

Etwas in ihrer Stimme ließ Cam aufhorchen, und resigniert schloss er die Augen. „Sie hasst mich“, sagte er.

„Nein, sie liebt dich“, widersprach Ashley. „Und genau das ist das Problem. Und deswegen gehst du nicht dort rein und nutzt ihren schwachen Zustand zu deinem Vorteil aus. Das würde ich dir nie verzeihen. Es ist zu einem großen Teil auch deine Schuld, dass es ihr so schlecht geht.“

„Reg sie nicht auf“, mischte Devon sich ein. „Ashley hat vollkommen recht. Wenn du jetzt zu ihr reingehst, nur damit du dich nicht so schuldig fühlst, dann ist niemandem geholfen. Denk ausnahmsweise mal an jemand anderen und nicht nur an dich.“

Der Zorn in Devons Stimme ließ Cam zusammenzucken. „Verdammt, das hat doch nichts mit Schuld zu tun“, entgegnete er. „Ich liebe sie. Es darf nicht so zwischen uns enden.“

Devon legte eine Hand auf Cams Schulter. „Wenn du sie wirklich liebst, kann das warten – dann kannst du warten.“

„Ich gehe aber nicht weg“, protestierte Cam trotzig.

„Das verlangt auch keiner von dir.“

„Okay“, lenkte Cam ein. „Dann gehe ich jetzt nicht rein.“ Die Vorstellung, dass Pippa völlig erschöpft und am Ende ihrer Kräfte war, versetzte ihn in Panik. Am liebsten wäre er zu ihr geeilt, um ihr seine Liebe zu gestehen und sie in den Armen zu halten. Er war nicht für sie da gewesen, als sie ihn gebraucht hatte, und er sollte verdammt sein, wenn er sie jetzt im Stich ließ.

„Vermassele es nicht“, ermahnte Ashley ihn. „Und tu ihr nie wieder weh.“

„Falls sie mich noch will, werde ich sie für den Rest ihres Lebens lieben und beschützen."

„Tja", meinte Devon. „Das ist die große Frage. Ich schätze mal, das wird nicht leicht für dich."

Das wusste Cam bereits, aber sein Mut sank dennoch bei den Worten seines Freundes.

Nachdem Devon und Ashley gegangen waren, blieb Cam vor der verschlossenen Tür stehen und rang mit sich. Wie gerne hätte er Pippa gesehen und sie berührt. Er dachte allerdings an Devons mahnende Worte und setzte sich schließlich auf einen der Stühle. Und niemand würde ihn dazu bewegen können, von hier fortzugehen.

Als ihm eine der Krankenschwestern später erklärte, dass Pippa tief und fest schlief, schlich er sich verstohlen in den abgedunkelten Raum, um einen Blick auf sie zu erhaschen. Bei ihrem Anblick erschrak er, denn sie wirkte so zerbrechlich und war blass. Unfähig, dem Drang zu widerstehen, berührte er sanft ihre Wange und strich ihr eine Haarsträhne aus dem Gesicht. Dann beugte er sich zu ihr herunter und küsste sie ganz sanft auf die Stirn. „Ich liebe dich", flüsterte er.

Als Pippa aufwachte, drang bereits Sonnenlicht durch das kleine Fenster in ihrem Zimmer, und sie hatte das seltsame Gefühl, etwas verpasst zu haben. Ihre Träume waren wirr gewesen und hatten von Cam und dem Feuer gehandelt, dem sie gerade noch so entkommen war.

Sie strich über ihren Bauch und lächelte, als sie spürte, wie das Baby sich bewegte. Was für eine Erleichterung, dass es ihr und dem Kind gut ging. In diesem Moment wurde die Tür geöffnet, und Gloria Copeland, Ashleys Mutter, betrat den Raum.

„Meine arme Süße", rief sie. „Wie geht es dir denn?"

Pippa brach in Tränen aus angesichts der mütterlichen Fürsorge, die ihr Gloria zuteilwerden ließ. Sie wusste mit einem Mal, dass es das war, was sie wollte für ihren Sohn – bedingungslose Liebe und Unterstützung von seiner Familie. Und sie würde alles daransetzen, um das zu verwirklichen.

Gloria umarmte sie. „So, weißt du was? Ich nehme dich jetzt mit nach Hause und packe dich dort ins Bett. Und sobald es dir wieder gut geht, machen wir zusammen mit Ashley einen Wellnesstag."

Pippa lächelte. Ein Tag mit Ashley und Gloria, das klang einfach wunderbar, und sie spürte, wie ihre Traurigkeit mehr und mehr zu schwinden begann. Plötzlich fiel ihr etwas ein. „Aber was ist mit meinem Geschäft?", fragte sie besorgt.

„Keine Sorge, das bekommen wir schon hin", versicherte ihr Gloria. „Schließlich hast du zwei fähige Angestellte, und wenn es dir wieder besser geht, macht William gerne den Fahrer für dich."

Pippa war erleichtert.

„Und jetzt sehen wir zu, dass wir dich hier herausbekommen", schlug Gloria vor. „Ich spreche mal kurz mit einer Schwester. Bin gleich wieder da."

Erleichtert lehnte Pippa sich zurück. Jetzt würde alles gut werden, denn sie war umgeben von Menschen, die sie wirklich liebten und umsorgten.

Nach einer Weile kehrte Gloria zurück. Ihrem Gesichtsausdruck sah Pippa an, dass etwas nicht stimmte.

„Was ist denn?", fragte sie besorgt. „Darf ich etwa nicht nach Hause?"

„Doch, doch, meine Liebe. In ein paar Stunden wirst du entlassen", beteuerte Gloria. „Aber Cam sitzt vor der Tür. Sieht so aus, als hätte er dort schon die ganze Nacht zugebracht. Er wollte vorhin schon unbedingt zu dir ins Zimmer, aber ich habe ihm das verboten, damit du dich nicht aufregst."

„Ich will ihn nicht sehen", flüsterte Pippa und spürte, wie der Schmerz sie wieder zu überwältigen drohte. Dabei war sie kein Feigling, aber als Allerletztes wünschte sie eine Konfrontation mit Cam. Seine Worte hatten sie tief verletzt, und sie hatte keine Ahnung, wie lange es dauern würde, bis diese Wunde wieder verheilte. Sie musste einfach daran glauben, dass es ihr irgendwann wieder besser gehen würde.

17. KAPITEL

Nervös lief Cam vor der Tür zu Pippas Zimmer auf und ab. Als er Devon näherkommen sah, hob er den Blick.

„Bist du etwa bei ihr im Zimmer gewesen?", wollte Devon wissen.

Cam schüttelte den Kopf. „Ashleys Mutter ist bei ihr und hat mich nicht reingelassen. Ich mache ihr keinen Vorwurf. Wo sind Ashley und Katelynn?"

„Draußen im Wagen. William ist auch da, um Gloria und Pippa nach Hause zu fahren."

Frustriert dachte Cam daran, dass Pippa kein Zuhause mehr hatte, in das sie zurückkehren konnte. Doch sie hätte eins haben müssen – bei ihm. Immer bei ihm – schon die ganzen letzten Monate.

In diesem Moment wurde die Tür zu Pippas Zimmer geöffnet, und Pippa kam mit Gloria auf den Flur heraus.

Erschüttert bemerkte Cam, wie blass sie war. Lediglich ihr Babybauch wirkte so gesund wie eh und je. „Pippa", sagte er mit unsicherer Stimme. „Gott sei Dank geht es dir gut."

Er streckte die Hand aus, um sie zu berühren, aber sie wich zurück und ging an ihm vorbei.

„Pippa! Bitte warte!", rief er verzweifelt, und sie drehte sich langsam zu ihm um. „Wartet bitte draußen auf mich", sagte sie zu Gloria und Devon. „Ich bin in einer Minute bei euch."

Nachdem die beiden gegangen waren, konnte Cam nicht länger widerstehen und ergriff Pippas Hand. Er zog sie dicht an seine Brust, damit sie seinen Herzschlag spüren konnte. Seufzend lehnte sie sich an ihn und wirkte noch verlorener als zuvor. Einen Moment lang schmiegte sie sich an seinen Hals, bevor sie sich von ihm zurückzog und ihn mit ausdrucksloser Miene ansah.

„Ich muss jetzt gehen", sagte sie.

„Komm mit mir nach Hause, Pippa. Wir haben viel zu besprechen. Du bist mir das Wichtigste im Leben."

„Nein“, erwiderte sie.

Er hatte mehr erwartet – einen Streit oder sonst etwas, womit er fertigwerden würde. Doch sie sagte einfach Nein und sah ihn ausdruckslos an.

Er presste ihre Hand an sein Gesicht. „Mein Gott, Pippa, ich hatte befürchtet, dich in dem Feuer verloren zu haben.“

Die Kälte in ihrem Blick ließ ihn frösteln. Das war nicht die Pippa, die er kannte, sondern jemand völlig anderer. Jemand, der durch sein widersprüchliches Verhalten dazu getrieben worden war, sich nicht mehr auf ihn einlassen zu wollen.

„Ich habe gewusst, dass so etwas passieren würde – dass ich euch verlieren könnte. Ich habe mich von meiner Angst leiten lassen und schreckliche Sachen gesagt. Sachen, die ich nicht so gemeint habe, Pippa.“

„Du bist ein Idiot“, stieß sie hervor. „Du hast mich schon längst verloren. Nur mit dem Unterschied, dass ich nicht im Feuer ums Leben gekommen bin. Trotzdem bin ich für dich gestorben. Du hast uns schon lange vor dem Brand verloren. Wenn du mich jetzt bitte entschuldigen würdest? Ich will nach Hause ins Bett.“

Als sie an ihm vorbeiging, streifte er mit den Fingern kurz ihre Hand – eine letzte, flüchtige Verbindung, die kurz darauf endgültig unterbrochen wurde, als Pippa ging.

Traurig sah Cam ihr hinterher, denn ihm wurde bewusst, dass er sie von Beginn an geliebt hatte. Doch er hatte diese Liebe als Bedrohung empfunden, weswegen er versucht hatte, Pippa von sich zu stoßen und sich einzureden, dass er sie nicht lieben wollte. Und jetzt war es zu spät.

Plötzlich spürte er eine Hand auf seiner Schulter. Er bekam mit, dass Devon neben ihm stand.

„Ich schätze, dass wir beide jetzt mal Klartext reden müssen“, sagte sein Freund. „Das hat damals Rafe mit mir auch so gemacht, als ich Angst gehabt habe, Ashley zu verlieren.“

Schweigend hörte Cam, was Devon ihm zu sagen hatte.

„Mach es richtig, oder lass es bleiben“, riet Devon seinem Freund.

„Kannst du vielleicht aufhören, in Rätseln zu sprechen?“, bat Cam ihn entnervt.

„Das tue ich gar nicht. Mach es richtig, oder lass es bleiben. Hier geht es um deine Zukunft, Cam – und um die deines Sohnes. Das ist deine letzte Chance. Es ist an der Zeit, dass du den Kopf aus dem Sand nimmst und wieder zu leben anfängst. Geh auf die Knie vor Pippa, wenn sie dir dann verzeiht.“

„Ich habe ein paar unverzeihliche Sachen zu ihr gesagt.“

„Na und?“ Devon zuckte mit den Schultern. „Das hängt vom Standpunkt des Betrachters ab. Es ist nur unverzeihlich, wenn sie sich weigert, dir zu verzeihen. Und du wirst erst sicher sein, wenn du sie angefleht hast.“

„Ich liebe sie.“

„Das weiß ich doch. Du hast nur ziemlich lange gebraucht, das zu erkennen.“

„Ich kann nicht glauben, was ich beinahe getan hätte“, gab Cam zu.

„Das entscheidende Wort lautet *beinahe*“, erklärte Devon. „Sag ihr, dass du ein Idiot gewesen bist und dass du dich nie wieder wie einer benehmen willst.“

„Und wenn sie mich nicht anhören will?“

„Dann bring sie eben dazu. Wenn sie dir wirklich was bedeutet, dann gib nicht einfach so auf.“

Devon hatte recht. Cam würde alles dafür geben, Pippa und seinen Sohn zurückzugewinnen, denn sie bedeuteten ihm mehr als sein eigenes Leben. Natürlich gab es keine Sicherheit dafür, dass er sie immer vor allem würde beschützen können. Aber es konnte auch wundervoll werden, ein langes gemeinsames Leben voller Lachen und Pippas Liebe. Und noch mehr Kindern. War das nicht ein Risiko wert?

„Pippa, meine Liebe. Cam ist hier. Er hat gesagt, dass er notfalls so lange vor der Tür schlafen will, bis du mit ihm sprichst.“

Erstaunt sah Pippa zu Gloria. „Ist das dein Ernst?“

Ashleys Mutter nickte. „Ich fürchte, ja. Er scheint ziemlich entschlossen zu sein – er hat sogar eine kleine Reisetasche bei sich."

„Hartnäckig ist er ja, das muss man ihm lassen", erwiderte Pippa.

In den vergangenen zwei Tagen hatte Cam nicht aufgegeben. Er hatte angerufen, war zum Apartment der Copelands gekommen und in ihrem Geschäft gewesen. Kurzum – er hatte es sich zur Gewohnheit gemacht, an jedem nur denkbaren Ort wie aus dem Nichts aufzutauchen.

Als seine Bemühungen keinen Erfolg gebracht hatten, hatte er sich darauf verlegt, SMS zu schreiben und Blumen zu schicken. Und auf jeder beigefügten Karte stand: Ich liebe dich. Die paar Male, die Pippa ihm persönlich begegnet war, hatte er nur dagestanden und unglaublich gequält, aber auch entschlossen gewirkt – und sie dabei unentwegt angesehen.

Sie kam sich ein wenig gejagt vor, jedoch nicht bedroht. Vielmehr überraschte sie seine Hartnäckigkeit, verwirrten sie seine Nachrichten. Nachdem sie sich endlich nach so langer Zeit dazu durchgerungen hatte, die Bindung zu Cam ein für alle Mal zu lösen, schien er umso mehr bemüht, ihre Aufmerksamkeit und ihre Gunst für sich zu gewinnen. Das alles ergab einfach keinen Sinn, und sie war am Ende ihrer Weisheit. Nervös knabberte sie an ihrer Unterlippe.

„Was soll ich bloß tun?", fragte sie und sah zweifelnd zur Eingangstür. Auf gar keinen Fall wollte sie den Copelands Unannehmlichkeiten bereiten.

Gloria lächelte, als sie sich neben sie setzte und ihr beruhigend auf die Schulter klopfte. „Meine Liebe, mach einfach, was du machen willst. Ich hole ihn gerne herein und lasse euch beide dann allein. Und wenn du ihn nicht sehen willst, dann stehe ich Wache und passe auf dich auf wie eine Löwenmutter. Oder ich lasse ihn vom Sicherheitsdienst entfernen."

Pippa holte tief Luft. „Ich will ihn nicht sehen – jetzt jedenfalls noch nicht. Ich will es selbst bestimmen, wann wir miteinander sprechen, und mich nicht von ihm überrumpeln lassen."

„Braves Mädchen“, lobte Gloria sie und erhob sich, um den Gebäudesicherheitsdienst anzurufen.

Doch irgendwie bezweifelte Pippa, dass Cam dieses Mal einfach aus ihrem Leben verschwinden würde, so wie er es früher getan hatte.

Mach es richtig, oder lass es bleiben. Devons Worte gingen Cam nicht aus dem Kopf.

Die letzten Tage waren ziemlich frustrierend gewesen. Er hatte so ziemlich alle Register gezogen, um Pippa dazu zu bewegen, mit ihm zu sprechen – oder wenigstens wahrzunehmen. Der Rauswurf aus dem Apartmentgebäude der Copelands war der krönende Abschluss eines ohnehin miserablen Tages gewesen und hatte ihm außerdem eine Verwarnung von Devon eingebracht.

Doch Cam hatte nicht vor aufzugeben. Also stand er jetzt vor der Rezeption eines exklusiven Schönheitssalons. In einem der Hinterzimmer befand sich seine Pippa. Heute würde sie ihn anhören müssen. Und falls er dazu vor völlig Fremden einen Seelenstriptease hinlegen musste, dann würde er das tun – aber Pippa würde ihn anhören.

Zunächst würde er allerdings an der mürrischen Lady vorbeikommen müssen, die wie ein Drachen den Gang bewachte, der von der Rezeption in den Wellnessbereich führte. Am besten versuchte er es mit Ehrlichkeit. Sagte man nicht, dass alle Frauen gerührt waren, wenn ein Mann etwas Großartiges für die Liebe seines Lebens zu tun beabsichtigte? Falls das nicht funktionierte, würde er eben auf die Knie gehen – das ließ sich doch bestimmt keine Frau entgehen.

Als er sich der Drachenlady näherte, verschränkte sie die Arme und bedachte ihn mit einem finsteren Blick. Cam seufzte. Das würde nicht leicht werden.

Pippas Gesicht und Bauch waren mit eigenartigem Schlamm bedeckt, was sie aber völlig in Ordnung fand. Es fühlte sich sogar ausgesprochen toll an, und zum ersten Mal seit Langem war sie wirklich entspannt.

Während eine Kosmetikerin ihre Füße einer wohltuenden Massage unterzog, legte ihr eine andere Gurkenscheiben auf die Augenpartien.

Beinahe hätte Pippa gelacht, als sie sich vorstellte, wie lächerlich sie aussehen musste, aber sie kam sich vor wie im Himmel. Und wen kümmerte es schon, wenn sie aussah wie ein Windbeutel im Bikini mit Gurkenscheiben auf den Augen?

Als die Fußmassage plötzlich unterbrochen wurde, hätte Pippa beinahe protestiert, aber rasch massierten andere Hände sie weiter. Lange Finger, längst nicht so weich wie die der Vorgängerin, umfassten ihren Spann und begannen mit einer Massage, die sie wohlig wärmte.

Pippa gefiel das außerordentlich gut, denn die neue Masseurin schien genau zu wissen, wo Pippa am liebsten berührt werden wollte. Sie genoss die wohltuenden Berührungen, als plötzlich die Hand zurückgezogen wurde und jemand mit einem weichen Tuch über ihren Bauch wischte, auf den man irgendeine wohltuende Creme aufgetragen hatte. Und sie dann dort küsste.

Überrascht richtete sie sich auf, sodass die Gurkenscheiben herunterfielen. Völlig verwirrt sah sie Cam an, der ihren Bauch zärtlich umfasst und seine Lippen daraufgepresst hatte. Sie versuchte aufzustehen, was sich jedoch als schwierig herausstellte, da Cam ihr jetzt eine Hand auf die Schulter legte und sie sacht auf die Kosmetikliege zurückdrückte.

„Was machst du denn hier?“, stieß Pippa hervor. „Und wo ist meine Kosmetikerin? Wie lange bist du schon hier?“

Cam streckte die Hände vor, die Handflächen nach oben gerichtet. „Ich gehöre ganz dir, um dir jeden deiner Wünsche von den Augen abzulesen.“ Er sah hoffnungsvoll und hoffnungslos zugleich aus. Müde, besorgt – aber mehr als alles andere wirkte er entschlossen. Der Glanz in seinen Augen verriet ihr, dass er dieses Mal nicht die Flucht ergreifen würde.

„Ich spreche ganz bestimmt nicht mit dir, wenn ich noch diesen Schlamm im Gesicht habe und nicht mehr als einen Bikini trage“, erklärte Pippa.

Er beugte sich zu ihr herunter, umfasste ihr Gesicht und küsste sie mit einer Leidenschaft, die ihr fast den Atem raubte. Als er sich schließlich von ihr löste, war sein Gesicht ebenfalls von dem seltsamen Schlamm bedeckt wie das ihre, und Pippa konnte sich ein Lachen nicht verkneifen.

„Mir ist es vollkommen egal, wie du aussiehst“, gestand er ihr atemlos. „Denn du wirst immer die schönste Frau in meinem Leben sein.“

„Was willst du hier, Cam?“, wollte sie wissen und versuchte, das Gefühl von flatternden Schmetterlingen in ihrem Bauch zu ignorieren. „Wir haben alles gesagt, was gesagt werden kann.“

„Nein“, widersprach er heftig und sah sie voller Verlangen an. „Noch nicht einmal annähernd. Bitte, Pippa, hör mich an.“

Sie dachte einen Moment lang nach, bevor sie ihre Hand ausstreckte. „Hilf mir bitte hoch, Cam. Ich führe dieses Gespräch nicht mit dir, wenn wir beide aussehen wie zwei Windbeutel.“

Nachdem er ihr von der Liege aufgeholfen hatte, ging sie zum Waschbecken, wusch sich erst ihr Gesicht ab, bevor sie ein Handtuch befeuchtete und dann Cams Gesicht säuberte.

Danach zog sie ihren Bademantel über, um sich nicht mehr so entblößt vorzukommen. Die ganze Zeit über beobachtete Cam sie, ohne ein Wort zu sagen. Doch dann schien er sich nicht länger zurückhalten zu können. Er kam auf sie zu, schloss sie in seine Arme und küsste sie mit einer Intensität, als würde es kein Morgen mehr geben. Dabei hielt er sie fest umschlungen, als wolle er sie nie wieder loslassen, und voller Verlangen und heißer Begierde berührten seine Lippen die ihren immer und immer wieder.

Pippa war zutiefst verwirrt von den Gefühlen, die er so offen zeigte, und er wirkte wie ein Mann, der alles verloren hatte.

„Ich kann ohne dich nicht leben, Pippa“, gestand er ihr schließlich. „Zwing mich nicht dazu, ohne dich und unseren

Sohn leben zu müssen, denn ich liebe euch beide so sehr, dass es mir das Herz zerreißt. Du bedeutest mir alles. Einfach *alles.*"

Sie schluckte und versuchte, ihre Gefühle unter Kontrolle zu halten. Wie gerne hätte sie ihm widersprochen, aber sie wusste, dass sie dadurch nichts lösen würde. Seine Worte damals hatten sie verletzt und schmerzten wie eine tiefe Wunde.

„Findest du es nicht auch ein bisschen merkwürdig, dass dein Sinneswandel ausgerechnet dann kommt, nachdem ich beinahe gestorben wäre?", fragte sie.

„Das stimmt nicht", widersprach er heftig. „Ich habe dich auch schon vorher geliebt, habe es aber nicht zulassen wollen. Und nun weiß ich es besser. Ich bin es leid, gegen mich selbst zu kämpfen. Ich möchte ein Leben mit dir und unserem Sohn. Ich bin es auch leid, immer das Schlimmste zu erwarten und zu befürchten, die zu verlieren, die ich am meisten liebe. Selbst wenn wir nur ein Jahr gemeinsam zusammen sein würden, dann wäre mir diese Zeit das Wertvollste bis zum Ende meines Lebens, und ich würde als glücklicher Mann sterben, weil ich wenigstens dieses eine Jahr gehabt hätte."

Er klang so aufrichtig und leidenschaftlich, dass Pippa allmählich zu glauben begann, was er sagte. Es bestand kein Zweifel daran, dass er völlig überzeugt war, denn sie konnte die Wahrheit in seinen Augen erkennen.

Zärtlich streichelte er mit den Daumen ihr Gesicht und schaute sie so liebevoll an, dass Pippa vor Rührung die Tränen in die Augen traten. „Ich bin so ein Idiot gewesen", gab er heiser zu. „Und eigentlich verdiene ich keine zweite Chance mit dir und unserem Sohn, aber ich flehe dich an. Ich falle vor dir auf die Knie und tue alles, um dich davon zu überzeugen, dass ich mich geändert habe. Den Rest meines Lebens möchte ich damit verbringen, dir zu beweisen, dass du dich immer auf mich verlassen kannst."

Liebevoll betrachtete sie ihn. „Oh, Cam, weißt du, was du für mich tun kannst? Hör einfach auf, immer das Schlimmste zu befürchten. Wenn ich es irgendwie verhindern kann, werde ich dich niemals verlassen.“ Sie strich ihm zärtlich mit der Hand über die Wange. „Es tut mir so leid, was damals geschehen ist. Ich gebe dir noch eine Chance, und es liegt ganz bei dir, was du mit diesem Geschenk anfängst.“

Er ergriff ihre Hand und bedeckte sie mit Küssen. „*Du* bist das Geschenk, Pippa. Ich liebe dich. Bitte vergib mir.“

Überwältigt von ihren Gefühlen, schlang sie ihm die Arme um den Nacken und schmiegte sich an ihn, bevor sie ihn so fest drückte, dass er keinen Zweifel mehr an der Stärke ihrer Liebe haben konnte.

„Ich vergebe dir“, flüsterte sie. „Ich liebe dich, Cam. Ich liebe dich von ganzem Herzen.“

Er strich ihr übers Haar und küsste sie auf den Scheitel, während sie eng umschlungen dastanden und alles um sich herum vergaßen.

„Komm mit mir nach Hause, Pippa“, bat er sie schließlich. „Bleib bei mir. Ich möchte keine Stunde mehr ohne dich sein. Heirate mich. Liebe mich. Verbringe dein Leben mit mir. Ich schwöre dir, dass ich dich immer glücklich machen werde.“

Sie lächelte glücklich und hob den Kopf. „Oh, ja. Ich will auch keinen Moment mehr ohne dich sein.“

„Und heiratest du mich? Ich weiß, das ist nicht gerade ein gelungener Antrag, aber ich werde es nachholen, versprochen. Ich kaufe einen Ring und fall vor dir auf die Knie. Ich tue alles, was du willst.“

Zärtlich berührte sie seine Stirn mit den Fingerspitzen. „Es macht mich so glücklich, dass du mich liebst.“

„Dann wirst du immer eine sehr glückliche Frau sein“, versprach er ihr. „Solange ich atme, werde ich dich lieben – jeden Atemzug lang, jeden Augenblick, ein ganzes Leben lang.“

EPILOG

Pippas Wohnzimmer war erfüllt von fröhlichem Geplauder und Gelächter. Sie machte es sich auf dem Sofa bequem und betrachtete glücklich die versammelte Gesellschaft. Auf ihrer im familiären Kreis begangenen Hochzeit hatte sie Cams Freunde kennen- und als sehr warmherzige Menschen schätzen gelernt. Rafael de Luca war mit Frau und Kind vor zwei Tagen angereist. Ryan Beardsley, dessen Frau und ihre gemeinsame Tochter waren heute erst angekommen. Selbstverständlich waren auch Ashley, Devon und Katelynn da.

Ashley saß gerade neben Pippa, als bei ihr Wehen einsetzten. Sie stöhnte leise auf, und Ashley ergriff besorgt ihre Hand.

„Was ist los, Pippa?“, fragte sie.

„Pscht“, flüsterte Pippa. „Cam darf nichts mitbekommen, er flippt sonst aus.“

„Jetzt sag schon“, drängte Ashley sie. „Haben etwa die Wehen eingesetzt?“

Pippa atmete heftig aus. „Ja, schon vor einer Weile.“

„Um Himmels willen, warum hast du denn nichts gesagt?“

„Weil ich nicht wollte, dass Cam sich früher als notwendig aufregt.“

„Cam!“, rief Ashley und zog Pippa am Arm vom Sofa hoch. „Pippa muss sofort ins Krankenhaus.“

Alle vier Männer drehten sich gleichzeitig um, und Cam eilte auf sie zu. „Liebling, ist es denn so weit?“

„Verdammt noch mal, ja“, antwortete Ashley an Pippas Stelle.

Pippa schloss die Augen, als sie spürte, dass eine weitere Wehe im Anmarsch war.

Ohne Umschweife hob Cam sie auf die Arme und trug sie zur Garage. Lächelnd schmiegte Pippa sich an seine Brust. Hinter ihnen brach Chaos aus, als alle hastig nach ihren Babys und den dazugehörigen Windeln griffen, um ihnen ins Krankenhaus folgen zu können.

Pippa war Cam unendlich dankbar dafür, seine Freunde eingeladen zu haben, denn auf diese Weise würde sie bei der Entbindung von vielen liebenden Menschen umgeben sein – so wie sie es sich immer gewünscht hatte.

Cam setzte sie auf den Beifahrersitz und legte ihr vorsichtig den Sicherheitsgurt an.

„Alles wird gut“, versprach sie.

Daraufhin gab er ihr einen Kuss und startete den Wagen. „Ich weiß“, erwiderte er. „Und jetzt lass uns losfahren, damit ich endlich unseren Sohn kennenlerne.“

„Pressen, Pippa. Ja, genau so. Und jetzt atmen. Okay, und noch einmal tief einatmen. Anhalten, und jetzt wieder pressen und dann bis zehn zählen!“

Mein Gott, diese Sache mit dem Kinderkriegen ist wirklich ganz schön nervig, dachte Pippa, während sie angestrengt versuchte, all die Anweisungen zu befolgen.

„Wann ist er denn endlich da?“, stieß sie atemlos hervor.

Die Krankenschwester neben ihr lächelte ihr aufmunternd zu, und der Arzt sah zwischen ihren Beinen auf. „Noch eine Wehe“, erklärte er. „Und dann haben wir ihn.“

Das klang ja beruhigend.

„Pressen, Liebling“, forderte Cam sie unaufhörlich auf. „Wir haben es gleich geschafft.“

„Du hast gut reden“, murmelte sie, und die Schwester und der Arzt lachten.

Dann war es endlich so weit.

„Sind Sie bereit, Ihren Sohn kennenzulernen?“, fragte der Arzt, kurz bevor die Schwester das Baby in eine weiche Decke hüllte und Pippa in den Arm legte.

Tränen der Freude liefen Pippa über die Wangen, als sie ihren Sohn betrachtete. Dann sah sie auf und hielt Cam vorsichtig das Bündel entgegen.

Völlig überwältigt nahm Cam das Baby in die Arme. Ein Lächeln erschien auf seinem Gesicht. Und es war das schönste Lächeln, das Pippa je gesehen hatte.

„Er ist so großartig“, flüsterte er. Er legte seine Stirn an Pippas und begann ebenfalls zu weinen. Das Kind hielt er behutsam zwischen ihnen.

„Ich danke dir, Pippa. Und ich liebe dich. Unser Sohn ist einfach perfekt.“

„Und wie wollen wir ihn nennen?“, fragte sie leise.

„Wie wäre es mit Maverick?“, schlug Cam nach einer Weile vor. „Maverick Hollingsworth.“

„Unser kleiner Mav“, sagte Pippa glücklich. „Das gefällt mir. Warum stellst du ihn nicht seiner Familie vor?“

Cam küsste sie auf die Stirn und richtete sich auf. „Eine wunderbare Idee. Wir sind sofort wieder zurück.“

Mit diesen Worten ging er zur Tür und wiegte dabei seinen Sohn beschützend in den Armen.

Als er in den Warteraum kam, sahen die anderen alle erwartungsvoll zu ihm. Lächelnd blieb Cam stehen. Er hatte das Gefühl, so vor Glück zu strahlen, dass alle Dunkelheit für immer aus seinem Leben verbannt worden war.

„Darf ich vorstellen: Das hier ist mein Sohn“, verkündete er voller Stolz.

– ENDE –

Lesen Sie auch von Maya Banks:

Maya Banks
Deep Desire:
Ungezähmtes Feuer

Band-Nr. 25839
9,99 € (D)
ISBN: 978-3-95649-182-5
eBook: 978-3-95649-420-8
320 Seiten

Habe ich dich schon mal geküsst?:

Wie konnte er eine solch feurige Frau vergessen? Nach einem Unfall hat der millionenschwere Unternehmer Rafael de Luca sein Gedächtnis verloren. Als Bryony vor ihm steht, ihn voller Wut anfunkelt und behauptet, er habe ihr die Welt versprochen, sieht er nur eine Möglichkeit, um sich zu erinnern: Sie müssen ihre sinnliche Affäre wiederholen, Berührung für Berührung …

Unvergesslich wie deine Leidenschaft:

Ryan in einem schäbigen Diner?! Schockiert starrt Kelly den sexy Millionär an. Dass Ryan sie für eine skrupellose Femme fatale hält und sie fallen ließ, kann Kelly ihm nicht verzeihen. Gerne würde sie ihn rausschmeißen lassen! Doch zu spät, er hat ihren Babybauch bereits gesehen. Und obwohl er denkt, nicht der Vater zu sein, soll sie ihn begleiten. Warum besteht er darauf, für sie zu sorgen und sie mit in seine Luxuswelt zu nehmen?

„Einfach mitreißend – eine Geschichte über Liebe, Eifersucht, Verrat und Vergebung.“

Romantic Times Book Reviews

„Banks gibt ihrem Buch über zwei wiedervereinte Liebende einen besonderen Dreh – Überzeugende Charaktere versprechen ein perfektes Lesevergnügen.“

Romantic Times Book Reviews

Band-Nr. 25797
9,99 € (D)
ISBN: 978-3-95649-084-2
eBook: 978-3-95649-384-3
301 Seiten

Maya Banks
Im Herzen der Angst

CIA-Agent Manuel Ramirez steht vor einem Rätsel: Während einer Parisreise verschwindet seine Jugendliebe Jules spurlos. Drei lange Jahre sucht er nach ihr – vergeblich! Bis sie plötzlich in einem Krankenhaus im US-Staat Colorado wieder auftaucht, schwer verletzt durch eine Explosion. Sofort eilt Manuel an ihre Seite und schwört, sie nie wieder gehen zu lassen. Doch Jules ist nicht mehr die, die sie einmal war. Das Funkeln in ihren Augen ist erloschen und einer dumpfen Furcht gewichen. Was verbirgt sie vor ihm? Als Manuel schockiert entdeckt, gegen welch tödliche Bedrohung sie kämpft, scheint es schon zu spät. Denn Jules ist erneut wie vom Erdboden verschluckt …